Iacobus

Biografía

Matilde Asensi nació en Alicante. Estudió periodismo en la Universidad Autónoma de Barcelona y trabajó durante tres años en los informativos de Radio Alicante-SER. Después pasó a RNE como responsable de los informativos locales y provinciales, ejerciendo simultáneamente como corresponsal de la agencia EFE, y colaborando en los diarios provinciales *La Verdad* e *Información*. En 1999 publicó su primera novela, *El Salón de Ámbar*, que ha sido traducida a diversos idiomas. Con *Iacobus* (2000), su siguiente novela, se situó en los primeros puestos de las listas de ventas, y desde entonces con cada nuevo título ha cosechado un gran éxito. *El último Catón* (2001), *El origen perdido* (2003) y *Peregrinatio* (2004) han confirmado a Matilde Asensi como la autora de su generación de mayor éxito de crítica y público.

Ha sido finalista de los premios literarios Ciudad de San Sebastián (1995) y Gabriel Miró (1996), y ha obtenido el primer premio de cuentos en el XV Certamen Literario Juan Ortiz del Barco (1996), de Cádiz, y el XVI Premio de Novela Corta Felipe Trigo (1997), de Badajoz.

Matilde Asensi
Iacobus

Planeta

© Matilde Asensi, 2000
© Editorial Planeta, S. A., 2007
   Avinguda Diagonal, 662, 6.ª planta. 08034 Barcelona (España)

Fotografía de la autora: Miguel Perdiguero Gil
Primera edición en Colección Booket: septiembre de 2006
Segunda impresión: noviembre de 2006
Tercera impresión: diciembre de 2006
Cuarta impresión: octubre de 2007

Depósito legal: B. 47.265-2007
ISBN: 978-84-08-06857-0
Impresión y encuadernación: Litografía Rosés, S. A.
Printed in Spain - Impreso en España

A mi pequeño amigo Jacobo C. M.,
que está convencido de que esta novela es suya

Prólogo

Resulta inexplicable que a estas alturas, yo, Galcerán de Born, hasta hace poco caballero de la Orden del Hospital de San Juan de Jerusalén, segundo hijo del noble señor de Taradell, que fue cruzado en Tierra Santa y es vasallo de nuestro señor Jaime II de Aragón, pueda creer todavía en la existencia de un destino ineludible oculto tras los aparentes azares de la vida. Sin embargo, cuando pienso en lo sucedido durante los últimos cuatro años —y pienso en ello con harta frecuencia— no consigo librarme de la sospecha de que un misterioso *fatum*,[1] quizá ese *supremum fatum* del que habla la *Qabalah*, teje los hilos de los acontecimientos con una lúcida visión de futuro sin contar en absoluto con nuestros deseos y proyectos. Así pues, con el propósito de intentar aclarar mis confusas ideas y con el deseo de dejar constancia de los extraños pormenores de esta historia para que puedan ser conocidos fielmente por las futuras generaciones, comienzo esta crónica en el año de Nuestro Señor de 1319, en la pequeña localidad portuguesa de Serra d'El-Rei, donde, entre otras actividades, ejerzo como físico.

1. Latín, destino.

Capítulo I

Nada más descender de la robusta *nau* siciliana en la que había hecho el largo viaje desde Rodas —con agotadoras escalas en Chipre, Atenas, Cerdeña y Mallorca—, y tras presentar mis cartas en la Capitanía provincial de mi Orden en Barcelona, me apresuré a dejar la ciudad para dirigirme hacia Taradell y realizar una rápida visita a mis padres, a los que no veía desde hacía doce años. Aunque me hubiera gustado permanecer algunos días a su lado, apenas pude quedarme unas pocas horas, pues mi verdadero objetivo era llegar cuanto antes al lejano monasterio mauricense de Ponç de Riba, a doscientas millas al sur del reino, junto a tierras que, hasta no hacía mucho tiempo, estaban todavía en manos de moros. Tenía algo muy importante que hacer en aquel lugar, tan importante como para abandonar súbitamente mi isla, mi casa y mi trabajo, aunque, oficialmente, sólo iba para dedicar unos años al concienzudo estudio de ciertos libros que obraban en poder del cenobio y que habían sido puestos a mi disposición gracias a las influencias y los requerimientos de mi Orden.

Mi caballo, un bello animal de poderosos cuartos, hacía verdaderos esfuerzos por correr al ritmo que mi prisa le imponía, mientras cruzábamos al galope los campos de trigo y cebada y atravesábamos velozmente numerosas aldeas y villorrios. No era un buen año para las cosechas aquel de 1315, y el hambre se extendía como la peste por todos los reinos cristianos. Sin embargo, el largo tiempo pasado lejos de mi tierra me hacía verla con los ojos ciegos de un enamorado, hermosa y rica, como siempre fue.

Pronto avisté los vastos territorios mauricenses, cercanos a la localidad de Torá, y enseguida los altos muros de la abadía y las puntiagudas torres de su hermosa iglesia. Sin albergar ninguna duda, me atrevo a asegurar que Ponç de Riba, fundado ciento cincuenta años atrás por Ramón Berenguer IV, es uno de los monasterios más grandes y majestuosos que yo haya visto jamás, y su riquísima biblioteca es única a este lado del orbe, pues no sólo posee los códices sacros más extraordinarios de la cristiandad, sino la práctica totalidad de los textos científicos, árabes y judíos, condenados por la jerarquía eclesiástica, ya que, por fortuna, los monjes de San Mauricio se han caracterizado siempre por tener un espíritu muy abierto a todo tipo de riquezas. En los archivos de Ponç de Riba he llegado a ver cosas que nadie creería: cartularios hebreos, bulas papales y cartas de reyes musulmanes que hubieran impresionado al estudioso más imperturbable.

Es evidente que un caballero hospitalario como yo no tiene sitio, al menos en apariencia, en un recinto sagrado dedicado al estudio y la oración, pero mi caso era singular, ya que, además de la verdadera y secreta razón que me había llevado hasta Ponç de Riba, mi Orden estaba especialmente interesada, por el bien general de nuestros hospitales, en el conocimiento de las terribles fiebres eruptivas, las viruelas, que tan magníficamente han sido descritas por los físicos árabes, así como en la preparación de jarabes, alcoholes, pomadas y ungüentos de los que habíamos tenido alguna noticia durante los años que duró nuestra presencia en el reino de Jerusalén.

En concreto, yo sentía un particularísimo afán por estudiar el *Atarrif* de Albucasis el Cordobés, obra conocida también como *Metodus medendi* después de su traducción al latín por Gerardo de Cremona. En realidad, a mí tanto me daba la lengua en la que estuviera escrita la copia del cenobio, pues domino varias de ellas con soltura, al igual que todos los caballeros que han tenido que luchar en Siria o Palestina. Esperaba encontrar en este libro los secretos de las incisiones sin dolor en cuerpos vivos y de los cauterios, tan necesarios en tiempos de guerra, y aprenderlo todo acerca del maravilloso instrumental médico de los físicos persas, minuciosamente descrito por el gran Albucasis, para poder mandarlo fabricar con precisión en cuanto volviera a Rodas. Así pues, ese mismo día abandonaría el jubón, la cota y el manto negro con la cruz latina blanca, y sustituiría el yelmo, la espada y el escudo por el cálamo, la tinta y el *scrinium*.

No dejaba de ser un proyecto apasionante, desde luego, pero, como he dicho, no era el verdadero motivo por el cual estaba entrando en las tierras del cenobio; la auténtica razón que me había llevado hasta allí —una razón exclusivamente personal, que había sido amparada desde el primer momento por el gran senescal de Rodas— era que, en aquel lugar, debía encontrar a alguien muy importante de quien no sabía absolutamente nada: ni cuál era su nombre, ni quién era, ni cómo era..., ni siquiera si seguía allí en aquel momento. Sin embargo, confiaba en mí mismo y en la Providencia para lograr el triunfo en tan espinosa misión. No por nada me apodan el *Perquisitore*.

Atravesé al paso el portalón de la muralla y desmonté sosegadamente de mi caballo para no dar impresión de violencia en un recinto de paz. Me recibió el hermano cellerer, prevenido de mi llegada —luego supe que un *novicius* vigila siempre las inmediaciones desde la linterna de la iglesia, costumbre que guardan de los tiempos no tan lejanos de las *aceifas* moras—, y con mi caballo sujeto por las riendas, y acompañado por el diminuto cellerer, me dirigí al interior del recinto, observando la perfecta distribución del monasterio, cuyas dependencias y edificios estaban muy bien organizados alrededor del claustro mayor. Había otro claustro, el menor, más antiguo, situado a la izquierda de una pequeña construcción que me pareció el hospital.

Nos detuvimos, por fin, frente a la puerta principal de la abadía, donde me recibió cortésmente el subprior, un monje joven y serio, de noble aspecto y, sin duda, de encumbrada cuna, por lo que pude deducir de sus maneras y andares, el cual me introdujo con presteza en la muy bella casa del abad. También éste y el prior me recibieron de manera muy correcta, se notaba que eran personas principales acostumbradas a recibir visitantes ilustres, pero aún se mostraron mucho más acogedores y amables cuando me vieron salir de mi nueva celda ataviado con lo más parecido al hábito mauricense que pudieron encontrar sin contravenir el respeto debido a su Regla: túnica talar blanca con esclavina, sin escapulario ni cinturón, y para los pies, unas sandalias de cuero sin tintar, muy diferentes de las suyas, cerradas y negras. Paseando por el claustro comprobé que aquellas vestiduras resultaban muy apropiadas para el frío, mucho más calientes que mi jubón de mangas anchas y mi gramalla, de manera que mi encallecido cuerpo, acostumbrado a grandes rigores, se acomodó rápidamente a aquel atuendo que, en adelante, sería el mío.

Se acercaba el invierno y, aunque en Ponç de Riba la nieve no es cosa extraña, aquel año fue especialmente duro, no sólo para el campo y las cosechas, sino también para los hombres. La Nochebuena nos pilló, a los habitantes del monasterio, sitiados por un interminable manto blanco.

Durante las semanas que siguieron a mi llegada procuré, dentro de lo que me fue posible, permanecer al margen de la vida y de las intrigas del monasterio. Aunque de distinta índole, también en las capitanías de los caballeros hospitalarios se producían situaciones de profunda tensión por motivos casi siempre baladíes... Un buen abad o un buen prior —como también un buen maestre o un buen senescal— se distinguen, precisamente, por el control que ejercen sobre su comunidad evitando estos problemas.

Mi distanciamiento de la vida del cenobio, sin embargo, no podía ser total, ya que, como monje hospitalario, debía asistir a los oficios religiosos comunitarios y, como médico, pasaba algunas horas al día en el hospital, en contacto con los hermanos enfermos. Naturalmente, me saltaba los capítulos, que eran asunto privado, y en absoluto estaba obligado a realizar tarea alguna que no fuera de mi agrado. Laudes, Prima, Tertia, Sexta, Nona, Vísperas y Completas regulaban mi horario cotidiano de estudio, comida, paseo, trabajo y sueño, con precisión matemática. A veces, presa de la inquietud y la nostalgia de mi lejana isla, rondaba incansablemente por el claustro contemplando sus singulares capiteles, o me subía a la linterna de la iglesia para hacer compañía al *novicius* vigía, o caminaba sin destino entre la biblioteca y la sala capitular, entre el refectorio y los dormitorios, o entre los baños y la cocina, en un intento por serenar mi ánimo y por atemperar la urgencia que sentía por dar, al fin, con aquél a quien en mi interior había bautizado como Jonás, no como el Jonás que entró atemorizado en el vientre de la ballena, sino el que salió de ella libre y renovado.

Cierto día, durante el rezo, oí entre los cantos una tos infantil y cavernosa que me sobresaltó: de no ser porque aquella tos no había salido de mi pecho, hubiera jurado que era yo mismo quien carraspeaba y se ahogaba. Miré afanosamente en dirección a la zona desde la que, bajo la atenta mirada del pacientísimo hermano nodriza, los *pueri oblati* seguían la liturgia entre bostezos, pero no pude distinguir más que un grupo de inquietas y minúsculas sombras; la nave estaba sumida en tinieblas, apenas iluminada por unas decenas de cirios.

Cuando entré en la enfermería, a primera hora de la mañana del día siguiente, el hermano enfermero examinaba con atención a un niño, casi un muchacho ya, que miraba con gesto adusto y desconfiado todo cuanto le rodeaba. Me coloqué discretamente en un rincón y realicé también, a distancia, mi propia exploración del paciente. Ciertamente tenía mal color, sus ojos y sus mejillas estaban un poco hundidos y se le veía sudoroso, pero no parecía tener nada fuera de lo corriente, amén de un vulgar enfriamiento; su pecho escuálido subía y bajaba con ansiedad, produciendo un débil silbido, y sufría accesos repentinos de una fuerte tos seca. Lo más conveniente, me dije a mí mismo, sería meterlo en la cama y tenerlo varios días a base de caldos calientes y de vino para que exudara los malos humores...

—Lo más conveniente —dijo, sin embargo, el enfermero propinándole unos golpecitos en la espalda—, es practicarle una sangría y darle un purgante suave. Dentro de una semana estará perfectamente.

—¿Lo veis? —gritó Jonás volviéndose hacia el benévolo hermano nodriza—. ¿Veis como quiere hacerme una sangría? ¡Prometisteis que no le dejaríais!

—Así es, hermano enfermero —repuso éste—. Se lo prometí.

—¡Muy bien, pues entonces el purgante más fuerte que tenga!

—¡No!

Es curioso cómo la naturaleza juega con la carne y la sangre de generación en generación. Jonás, que no había sacado ni uno sólo de mis rasgos, tenía, sin embargo, una voz idéntica a la mía, una voz infantil que, de vez en cuando, por estar convirtiéndose en hombre, se le volvía grave, y era entonces cuando nadie hubiera podido percibir la diferencia entre él y yo.

—Si me lo permitís, hermano Borrell —le dije al enfermero acercándome al escenario del drama—, quizá podríamos sustituir la purga por una *exudatio*.

Levanté el párpado derecho de Jonás y me aproximé lo suficiente para verle el fondo del iris. Su salud general era excelente, quizá estaba un poco flojo en esos momentos, pero una buena exudación y un largo sueño le vendrían espléndidamente. No pude evitar darme cuenta de que, como los ojos de su madre, los de

Jonás eran también de un azul claro estriado de gris, unos ojos que ambos habían heredado de un lejano antepasado francés... Porque, aunque Jonás no lo sabía, su linaje materno era noble, descendiente de la rama leonesa de los Jimeno y del solar alavés de los Mendoza, y antiguo y real su linaje paterno que, aunque venido a menos, no por eso olvidaba su origen en Wifredo el Velloso. Por sus venas corrían las sangres de los fundadores de los reinos españoles, y en sus escudos —aunque él tampoco sabía aún que tenía escudos— se mezclaban hermosos cuarteles de castillos, leones y cruces patadas. Si, como yo sospechaba, aquel niño era realmente Jonás, nunca, bajo ningún concepto, sería ordenado monje, por muy *puer oblatus* que fuera; tenía un destino mucho más alto, y nadie —ni siquiera la misma Iglesia—, podría impedir que lo cumpliera.

—No me gustan las exudaciones —rezongó el hermano Borrell replegando velas—. Surten poco efecto contra los humores de bilis.

—¡Pero, hermano...! —protesté—. Fijaos bien y veréis que este niño no sufre de humores de bilis sino de enfriamiento, y que, además, está en pleno cambio, en pleno estirón viril. En cualquier caso, podéis aplicarle un emplasto de piedra pómez, azufre y alumbre, que le ayudará en la exudación, y prepararle también unas píldoras para la tos con pequeñas cantidades de opio, castoreo, pimienta y mirra...

Convencido con esta sugerencia que ponía a prueba su reconocida capacidad de herbolario, el hermano Borrell se dirigió a la farmacia para preparar las mezclas, mientras Jonás y el hermano nodriza me observaban con admiración.

—Vos sois el caballero hospitalario que vive en

nuestro monasterio desde hace unas semanas, ¿verdad? —preguntó el anciano—. Os he visto muchas veces en los rezos... ¡Corren tantos rumores sobre vos en la comunidad!

—Los invitados despiertan siempre la curiosidad... —me limité a observar con una sonrisa.

—Los niños no hacen otra cosa que hablar sobre vos, y he tenido que arrancar a más de uno de las ventanas de la biblioteca cuando os ponéis a estudiar, ¿no os habíais fijado...? ¡Éste, por ejemplo, que más que un niño parece un gato, se ha llevado muchos pescozones por tal motivo!

Me eché a reír viendo la cara de pasmo de Jonás, que me observaba de hito en hito sin pronunciar una palabra. Por mi elevada estatura y por la forma que el constante manejo de la espada había dado a mis brazos y a mis hombros, yo debía de parecerle algo así como un Hércules o un Sansón, sobre todo si me comparaba con los monjes de coronas rasuradas de la comunidad, siempre entregados a ayunos y penitencias.

—Así que me has estado observando por la ventana...

Mi voz le despertó de su ensueño y le sobresaltó. Recogiéndose los faldones del hábito hasta la cintura, saltó de la mesa y echó a correr, cruzando la puerta como una exhalación y perdiéndose entre los edificios.

—¡Bendito sea Dios! —chilló el monje nodriza lanzándose en su persecución—. ¡Morirá de pulmonía!

El hermano Borrell, con el fétido emplasto entre las manos, dejó escapar un suspiro de resignación desde las cortinas de la farmacia.

El corazón de la biblioteca era el *scriptorium*, un corazón que latía poderosamente bajo las altas bóvedas de piedra, insuflando vida a los bellos códices que con tanta devoción y paciencia copiaban e iluminaban los monjes *scriptores*. Cualquiera que habitara en el cenobio, ya fuera *monacus*, *capellanus* o *novicius*, tenía perfecto derecho de acudir allí para instruirse cuando así lo deseara. En un recinto anejo, al que se accedía por una puerta baja, se guardaba celosamente el archivo principal, un gran *corpus* documental en el que quedaban registradas, día tras día, las menores incidencias de la abadía. Supuse, pues, que allí encontraría la información que necesitaba sobre Jonás. Solicité permiso al prior para poder consultar aquellos documentos.

—¿Y a qué se debe vuestro sorprendente interés por los anales del monasterio?

—Sería muy largo de contar, prior, y puedo aseguraros que no se ocultan malas intenciones en mi ruego.

—No quise ofenderos con mi pregunta, *frere* —repuso de inmediato, turbado—. Por supuesto que tenéis mi permiso para consultar el archivo. Sólo deseaba conversar un rato con vos... Pronto hará dos meses que convivís con nosotros y no habéis hecho amistad con ninguno de los monjes, ni siquiera con el abad, que se ha esforzado por beneficiaros en todo lo que ha podido. Sabemos que, aparte de nuestros libros, nada puede llamar vuestra atención en un lugar como éste, dedicado al estudio y a la contemplación, pero hubiéramos deseado que nos contarais cosas de vuestros viajes y de vuestra vida.

Siempre la misma historia..., pensé alarmado. No debo bajar la guardia o los hospitalarios acabaremos también como los caballeros del Temple...

—Debéis disculparme, prior. Mi aislamiento no es producto de mi condición de sanjuanista... Siempre fui así y no creo que pueda cambiar a estas alturas. Pero tenéis razón, quizá deba abrirme más al trato con los hermanos. De hecho, recientemente el hermano nodriza me comentó el interés que sienten por mí los *pueri oblati*... ¿Os parecería correcto que asistiera a alguno de sus descansos para hablar con ellos?

—¡Pero, *frere*... los niños tienen una imaginación desbordante! Vuestras aventuras no harían otra cosa que excitarlos y robarles el sueño que tanto necesitan a su edad... No, lo siento, no puedo autorizar esas visitas. Sin embargo... —añadió pensativo—, creo que sería muy bueno que alguno de los *pueri* mayores entrara a serviros como asistente, así podríais enseñarle los rudimentos de vuestra ciencia para que en el futuro se hiciera cargo del hospital y la enfermería.

—Sin duda habéis tenido una gran idea, prior... —afirmé—. ¿Me dejaréis elegir o vos mismo nombraréis a mi asistente?

—¡Oh, no hay prisa, no hay prisa...! Hablad con el hermano nodriza y elegid vos al *novicius* que veáis con mayores aptitudes.

Después de todo, me dije gratamente sorprendido, aquel monje no era prior por casualidad.

Esa misma tarde me encaminé a la biblioteca y saqué de los estantes del archivo los *chartae* correspondientes al año de Nuestro Señor de 1303, año del nacimiento de Jonás... Sobre mi *lectorile*, junto a un bello ejemplar de los *Comentarios al Apocalipsis* del *Beatus* de Liébana y de un *Collectaneorum de re medica* de Averroes, desplegué un mar de documentos relativos a donaciones, obras emprendidas para la construcción de graneros, rendimientos de presura, mejoras en las naves de la iglesia, cosechas, muertes y nacimientos de siervos, testamentos, compras y ventas, y un interminable sinfín de asuntos oficiales y tediosos. Durante dos largos días busqué con infinita paciencia hasta dar con la información sobre los niños abandonados en la abadía durante aquel año. Entonces me alegré de desconocer el nombre de pila que los monjes habían puesto al joven Jonás, porque resultaron ser tres los niños a investigar, y de este modo, ninguna preferencia previa empañaría mi lectura.

Una de las criaturas, afortunadamente, destacó sobre las otras desde el primer momento: el día 12 de junio, de madrugada, el hermano *operarius*, que salía para reparar las aspas rotas de un molino, encontró en la puerta un neonato dentro de un cesto, envuelto en ricas telas sin marcas ni bordados. El niño llevaba, colgando del cuello, un pequeño amuleto de azabache negro engarzado en plata con forma de pez —lo que preocupó a los monjes por si era vástago de judíos— y, oculta entre los pañales, una nota sin sello que pedía la gracia de que el infante fuera bautizado cristianamente con el nombre de García. No busqué más; tenía todas las pruebas que necesitaba. Ahora sólo me faltaba comprobar si aquel García de los documentos era el Jonás de la enfermería, así que, en cuanto me fue posible, me encaminé hacia la casa de los *pueri oblati* con la intención de seleccionar a mi futuro aprendiz. Pero ¿para qué esperar?, dijo el destino, burlón, así que, aún no había cruzado la puerta, cuando un grito vino a responder de golpe a todas mis preguntas:

—¡Garcíaaaaaaaaa!

Y García pasó por mi lado como una centella, co-

rriendo como cuando escapó de la enfermería con el
hábito recogido para no estorbarse las piernas.

Y de nuevo estábamos en Navidad, y ese año celebra-
mos las fiestas con la triste nueva de la muerte del
abad de Ponç de Riba. Me había esforzado, sin demasiado éxito, en aliviar el dolor de sus últimos días con
grandes dosis de adormideras, pero no había servido
de mucho: cuando palpé su vientre, hinchado como el
de una parturienta e igualmente consistente, supe que
no había esperanza para él. Le propuse, por aliviar su
ánimo, extirparle aquel maligno tumor, pero se negó
en redondo y, entre grandes sufrimientos, entregó su
alma a Dios durante la Epifanía de 1317. El pavoroso
ruido de la matraca se pudo escuchar durante tres
días seguidos en todo el recinto, haciendo más sobre-
cogedor el luto en el que se había sumido la comunidad.

Los funerales duraron varios meses y estuvieron car-
gados de pompa y fasto; asistieron a ellos los prelados
de las abadías hermanas de Francia, Inglaterra e Italia,
y, por fin, a principios de abril, la comunidad en pleno
se encerró y dio inicio al capítulo —presidido por el
abad de la casa-madre, el monasterio francés de Bellicourt— para elegir de entre todos ellos un nuevo *abba*.
Las deliberaciones se sucedían día tras día sin que los
pocos que permanecíamos fuera tuviéramos la menor
información sobre lo que estaba ocurriendo dentro,
aunque, al cabo de la primera semana, nos habíamos
acostumbrado a la situación, e incluso la disfrutába-
mos, porque la presencia del abad de Bellicourt ayudaba a mejorar la calidad y cantidad de las comidas: los

días de carne, el hermano cocinero nos daba raciones de hasta tres cuarterones de vaca, carnero o cordero, según tocara, y, como íbamos hacia el verano, acompañaba el manjar con salsa de perejil o agraz; los miércoles y los sábados, badulaque, y la cantidad diaria de pan subió de media a una libra entera para cada uno.

Ya estábamos atravesando la tercera semana de capítulo cuando, una cálida mañana en la que reinaba el silencio por todas partes, el *novicius* de la linterna tañó enérgicamente la campana anunciando la llegada de unos visitantes. El subprior abandonó el encierro para hacerse cargo de los recién llegados y el cellerer arrancó de la huerta a varios siervos a quienes encomendó los deberes de servicio y hospitalidad en ausencia de los monjes.

Jonás y yo trabajábamos en la herrería, limando unos delicados instrumentos quirúrgicos que, con gran sacrificio y torpeza, habíamos fabricado a semejanza de los que aparecían en las láminas del maestro Albucasis. Aquella tarea requería una enorme concentración pues, a falta del hermano herrero, las aleaciones y el forjado dejaban mucho que desear, y los instrumentos se nos quebraban en las manos como figurillas de barro. Tanta era nuestra concentración en lo que estábamos haciendo, que no acudimos a recibir a los viajeros, como hubiera sido lo correcto; ellos, por su parte, tardaron poco en hacer acto de presencia en la herrería.

—¡Caballero Galcerán de Born! —gritó una voz familiar—. ¡Cómo os atrevéis a llevar ese sucio mandil de herrero en presencia de otros *fratres milites* de vuestra Orden!

—¡Joanot de Tahull!... ¡Gerard! —exclamé, levantando de golpe la cabeza.

—¡Seréis duramente sancionado por el maestre provincial! —bramó mi hermano Joanot propinándome un fuerte abrazo; el ruido del acero de su cota de mallas y los golpes de la vaina de su espada contra las grebas me despertaron bruscamente de un largo sueño.

—¡*Freires*! —balbucí sin salir de mi asombro—. ¿Qué hacéis aquí?

—Se terminó el descanso, *freire*, debes volver al trabajo —rió Gerard abrazándome también.

—Hemos venido por ti, para que no sigas estropeándote y engordando con esta vida regalada de monje de convento...

Me dejé caer, abrumado, en una de las banquetas y observé a mis hermanos lleno de entusiasmo. Allí estaban, frente a mí, los dos caballeros hospitalarios más dignos y honrados del orbe cristiano, con sus mantos negros, sus largas barbas sobresaliendo de los almófares y sus espadas bendecidas al cinto. ¡Cuántas batallas habíamos librado juntos, cuántos caminos habíamos recorrido hasta casi la muerte, cuántas horas de estudio, de duro entrenamiento, de servicio! Y ni siquiera me había dado cuenta hasta entonces de lo mucho que los echaba de menos, de lo mucho que añoraba el regreso...

—¡Está bien —declaré incorporándome—, vámonos, aquí ya he aprendido todo lo que vine a aprender!

—¡Alto ahí! ¿Adónde crees que vas? —mi hermano Gerard me paró en seco, apoyando su guante de malla sobre mi pecho.

—¿No habéis dicho que debo regresar...?

—Pero no a Rodas, hermano. Tú todavía no vuelves a casa.

Presumo que debí de poner cara de estúpido...

—¡Ah, no, eso sí que no! —advirtió Joanot—. ¡A fe mía que no soporto ver lágrimas en los ojos de un hospitalario!

—No seáis zoquete, *freire*. Las lágrimas estarán en vuestros sucios ojos en cuanto recupere mi espada... y en cuanto recupere la fortaleza para blandirla, naturalmente.

—Dices bien, hermano, porque tu aspecto es el de...

—¡Callaos ya los dos! —vociferó Gerard—. ¡Y tú, Joanot, entrégale las cartas!

—¿Las cartas...? ¿Qué cartas?

—Tres cartas muy importantes, *freire* Galcerán: una, del mismísimo senescal de Rodas, a cuyas órdenes permaneces; otra, del gran comendador de los hospitalarios de Francia, a cuyas órdenes vas a pasar; y, por último, una tercera, de Su Santidad el papa Juan XXII, a quien el Altísimo proteja, y que es el culpable de toda esta telaraña cartularia.

Sólo pude murmurar un triste «¡Vivediós...!» antes de caer como un fardo sobre mis pobres instrumentos quirúrgicos.

Las misivas eran taxativas. La del senescal me indicaba que debía ponerme a las órdenes del gran comendador de Francia antes de finales de mayo; la del gran comendador de Francia me indicaba que debía presentarme en la sede pontificia de Aviñón antes del 1 de junio; y la de Su Santidad Juan XXII contenía mi nombramiento como legado papal con todos los derechos y honores que esto representaba, muy en especial, según señalaba explícitamente, el de utilizar las caballerías más rápidas que yo mismo eligiera en las cuadras de cualquier cenobio, parroquia, o casa cristiana desde Ponç de Riba hasta Aviñón... O lo que venía a ser lo mismo, haciendo un breve resumen, que tenía que llegar a Aviñón antes de dos semanas... Admirable.

Me encargué personalmente de alojar a mis hermanos en las celdas de la casa de los peregrinos, y luego, ya avanzada la tarde, me encerré en la iglesia para meditar... Nunca es bueno hacer las cosas sin haber previsto antes todos los movimientos probables de la partida, sin haber calculado todas las posibilidades —las más verosímiles, al menos—, sin haber pensado cuidadosamente en los beneficios y las pérdidas, en las eventuales consecuencias y en las repercusiones sobre la vida de uno y sobre las vidas de los que dependen de uno... aunque no lo sepan, como era el caso de Jonás. Así pasé el resto de la tarde y la noche, solo en el centro de la iglesia, arropándome por última vez con el hábito blanco que abandonaría en cuanto saliera el sol para recuperar definitivamente mis propios atavíos, aquellos que harían renacer al Galcerán que desembarcó en Barcelona diecisiete meses atrás.

Recé maitines con los monjes, en la sala capitular, y pedí al prior que tuviera a bien recibirme unos instantes en su celda para comunicarle mi precipitada marcha del monasterio. Jamás le habría dado detalles sobre los motivos de mi partida de no haber sido porque, a cambio, pensaba obtener algo mucho más valioso, así que exhibí ante sus ojos la epístola del Papa, dejándole boquiabierto, y le hice creer que me estaba desahogando con él, como si fuera un amigo, al confesarle lo mucho que me trastornaba dicho nombramiento y cuánto me disgustaba mi salida de Ponç de Riba precisamente ahora que él iba a ser elegido abad. Antes de que pudiera abrir la boca, mientras todavía le tenía aturdido y deslumbrado, solicité su permiso para llevar conmigo al novicio García con el fin de no interrumpir su preparación, y le aseguré que, sin falta, antes de un año se lo devolvería maduro y formado, listo para tomar los votos. Le juré que el muchacho viviría siempre en el monasterio mauricense más cercano al lugar en el que yo me encontrara, y que cumpliría con todas las obligaciones y prácticas propias de su Orden.

Ni que decir tiene que cometí perjurio a conciencia y que toda aquella palabrería no era más que una sarta de mentiras, a cuál mayor; pero debía obtener la custodia de Jonás de manos del prior y sacarlo de aquellos muros a los que, desde luego, no volvería jamás.

La comitiva formada por tres caballeros hospitalarios, dos escuderos, llamados *armigeri*, también del Hospital de San Juan, un novicio mauricense a punto de cumplir catorce años, y dos mulas cargadas con el equipaje, abandonó el convento al mediodía bajo un sol de justicia, avanzando en dirección norte, hacia Barcelona.

Capítulo II

Los constantes enfrentamientos entre las familias romanas Gaetani y Colonna, que habían convertido Roma en un sangriento campo de batalla, obligaron al papa Benedicto XI a buscar seguridad fuera de los territorios de Italia. Su sucesor, Clemente V, que ostentaba el cargo de arzobispo de Bordeaux cuando fue elegido por el cónclave, a la vista de la situación en que se hallaban los Estados Pontificios, decidió no moverse de Francia hasta que las cosas en Roma se hubieran calmado, iniciando así el período conocido, no se sabe muy bien por qué, como «El cautiverio de Babilonia». Pero las cosas no mejoraron en absoluto, y Juan XXII, elegido dos años después de la muerte de Clemente —años en que la silla de san Pedro permaneció vacía por primera vez en su historia—, optó por seguir en su palacio episcopal de Aviñón, que se convirtió, de este modo, en el centro de la cristiandad. Después de dos papas francos, ¿quién puede saber si el pontificado volverá algún día a Italia?

Sin embargo, lo que sí estaba claro en aquellas postrimerías del mes de abril de 1317, era que Jonás y yo debíamos recorrer cuatrocientas setenta millas a lomos de nuestras caballerías —atravesando los arriesgados desfiladeros pirenaicos—, con el tiempo pisándonos los talones. Pese a todo, nos entretuvimos más de lo deseable en Barcelona para despedirnos de Joanot y Gerard, que regresaban a Rodas.

Jonás y yo, que no podíamos relajarnos en nuestro viaje, atravesamos Foix y el Languedoc en un suspiro, parando en Narbonne un par de días para descansar y reemplazar los caballos y las mulas. Casi siempre dormíamos junto al camino, sobre nuestras capas, al resguardo de un buen fuego, y aunque al principio el muchacho se quejaba un poco de las incomodidades a las que no estaba acostumbrado, pronto encontró el placer de dormir bajo las estrellas, con el cuerpo apoyado directamente sobre la madre tierra. Yo no podía explicarle lo importante que es el contacto con las arcanas fuerzas de la vida porque él no había sido iniciado todavía, pero en poco tiempo se le vio reverdecer como una planta en primavera, y el escurrido y pálido novicio de Ponç de Riba, que ya era casi tan alto como yo, se convirtió en el vigoroso *armiger* al que todo caballero hospitalario tiene derecho por su condición.

Cruzamos Béziers a galope tendido, y alcanzamos el Nemausus[1] de la Galia Narbonensis en sólo una jornada de viaje desde Montpellier. Finalmente, a última hora de la tarde del 31 de mayo, entrábamos en el territorio papal llamado Comtat Venaissin, estratégicamente situado entre Francia, Alemania e Italia, y nuestros animales pisaron, al fin, el magnífico Pont St. Bénézet, sobre el negro Rhône,[2] cuando todavía el sol no había desaparecido a nuestras espaldas.

El Castillo del Obispo, alma del orbe, fue el primero de los imponentes edificios con los que tropezamos

1. Nimes.
2. Ródano.

nada más cruzar las murallas de Aviñón; le echamos una mirada cansada y curiosa y continuamos nuestra exhausta cabalgata a paso sofrenado en dirección al barrio judío, tras el cual se hallaba la capitanía de los caballeros del Hospital de San Juan.

Un siervo nos abrió las puertas y se hizo cargo de nuestras caballerías mientras nosotros éramos conducidos al interior por un *armiger*.

—¿Dónde queréis alojar a vuestro escudero? —preguntó éste sin volver la cabeza.

—Llevadle con vos, hermano. Que duerma con los *armigeri*.

Jonás dio un respingo y me miró ofendido.

—Lo siento, *frere* Galcerán —dijo—, pero yo no puedo dormir en una casa de hospitalarios.

—Ah, ¿no? —repuse divertido avanzando por unos amplios y extensos pasillos cubiertos de ricos tapices—. ¿Y dónde quieres dormir?

—Si no os molesta, preferiría llegarme hasta el convento mauricense más cercano. Así se lo prometisteis al prior de mi monasterio y ya habéis incumplido bastante vuestra promesa durante el viaje, ¿no os parece?

Su insolencia se había hecho tan grande como su cuerpo, pero era preferible soportarle así antes que verle convertido en un sumiso *monacus* de Ponç de Riba.

—Sea. Vete. Pero mañana, con las primeras luces, te quiero listo en el patio y con los caballos preparados.

El *armiger* carraspeó.

—Hermano...

—Decid.

—Siento tener que informar a vuestro escudero de que en la ciudad de Aviñón no hay comunidades mauricenses... —Se detuvo frente a una puerta bellamente labrada y sujetó las manijas con ambas manos—. Ya hemos llegado.

—Muy bien, Jonás, escucha —le dije volviéndome hacia él, exasperado—. Ahora seguirás al criado y dormirás con los *armigeri*, y mañana por la mañana te darás una buena fregada por todo el cuerpo con agua fría, te quitarás la suciedad del camino, y harás desaparecer de mi vista esa vieja saya mauricense... Y ahora, vete.

El gran comendador de Francia, el prior de Aviñón, y otros destacados oficiales de mi Orden, me esperaban en la sala. Mi aspecto no era precisamente el más correcto para un encuentro de tan alto nivel, pero ellos parecieron no dar importancia al hábito sucio, al mal olor y a la barba de varios días. En realidad, se trató sólo de una corta bienvenida y de ponerme en antecedentes de cómo iba a ser el inmediato encuentro con el Papa: únicamente el gran comendador de Francia, *frey* Robert d'Arthus-Bertrand, duque de Soyecourt, y yo, acudiríamos a la cita con el Pontífice, y, para mi sorpresa, me anunció que lo haríamos disfrazados de franciscanos —con los que, por cierto, Su Santidad no tenía muy buenas relaciones por causa de las famosas tesis sobre la pobreza de Nuestro Señor Jesucristo—, y que haríamos el camino a pie y sin darnos a conocer hasta que llegáramos a sus habitaciones privadas, donde nos esperaba a la hora de maitines...

—¡A la hora de maitines! —grité aterrorizado—. ¡Mi señor Robert, por caridad, ordenad que me preparen un baño urgentemente! No puedo presentarme ante Su Santidad con este aspecto. También me gustaría comer algo, si es que nos alcanza el tiempo.

—Tranquilo, hermano, tranquilo... La cena está caliente y detrás de esa puerta os espera el barbero. No os preocupéis; todavía faltan tres horas.

Era noche cerrada cuando, transformados de repente en un par de *poverellos* de Francesco, el comendador y yo afrontábamos las preguntas de las patrullas papales que hacían la ronda nocturna por la ciudadela. Con la mayor serenidad, respondíamos, simplemente, que nos habían llamado de la catedral de Notre Dame des Doms, donde una anciana sin familia estaba agonizando en la sacristía. Era una respuesta absurda, y, si los soldados se hubieran parado a pensar, se habrían dado cuenta de que, a esas horas, ni siquiera los *freires* franciscanos salen de su convento por una anciana que debía de estar ya muy bien atendida espiritual y sacramentalmente por algún prelado de la iglesia en la que, supuestamente, agonizaba. Pero no se apercibieron, así que nos dejaron pasar sin problemas. Siempre digo que la gente piensa demasiado poco.

Notre Dame des Doms, por encontrarse junto al Castillo del Obispo —dentro del recinto protegido por las antiguas murallas romanas—, era un destino perfecto: nos permitía avanzar en la dirección correcta sin despertar sospechas. Por fin, la dejamos a un lado y, dando un pequeño rodeo, nos encontramos de pronto frente a los portalones de las cuadras papales.

—Fijaos... —me susurró *frey* Robert—. Están entornados.

Parecía no haber nadie en las inmediaciones, así que empujamos las maderas y nos colamos dentro. El interior estaba húmedo y caliente. Algunos animales se alertaron por nuestra presencia y relincharon y piafaron inquietos. Pero, por fortuna, no apareció ni un alma para comprobar qué estaba pasando.

Una linterna situada estratégicamente en el guadarnés nos indicó el buen camino y de este modo, siguiendo señales parecidas, nos introdujimos hasta la cámara privada del Papa por una puerta oculta en la pared que venía a dar a la parte posterior de un pesado tapiz de damasco. Una chimenea encendida caldeaba la estancia, ocupada en su centro por una enorme cama con dosel en cuyos cortinajes estaban bordados los escudos pontificios y, sobre una sencilla mesa de madera, tres vasos de oro y una jarra de plata llena de vino nos indicaron que nuestra presencia era esperada y que debíamos aguardar la llegada de nuestro anfitrión.

—Lo raro es... —comentó *frey* Robert en un susurro; yo le sacaba una cabeza en altura, así que apenas me miraba cuando me dirigía la palabra—, que se pueda dejar tan vacío un palacio episcopal sin que a nadie se le ocurra hacer preguntas.

—Escuchad —dije yo—. Están todos en el piso inferior. ¿No oís, *sire*, los cantos del *Matutinale* bajo vuestros pies...? El Papa ha debido de convocar al rezo a todo el personal para dejarnos expedita la entrada.

—Tenéis razón. Este Papa es astuto como un zorro... ¿Sabíais que, a pesar de su avanzada edad, en menos de un año ha tomado con firmeza las riendas de la Curia y ha llenado las vacías arcas del Tesoro Apostólico? Se habla ya de millones de florines de oro...

—He pasado casi un año y medio encerrado en un cenobio mauricense —me disculpé por mi ignorancia—, y no sé mucho acerca de las cosas que han pasado en el mundo.

—Pues veréis, es opinión general que los Padres conciliares decidieron cortar por lo sano y quedarse con el mal menor después de dos años encerrados en cónclave sin tomar ninguna decisión. No obstante, a pesar de haber sido designado por aburrimiento, Juan XXII ha resultado una excelente elección: tiene un poderoso carácter, muy osado y tenaz, y está resolviendo, uno a uno, todos los problemas que tenía la Iglesia hasta su llegada.

Mientras *frey* Robert me exponía con evidente admiración las espectaculares proezas del nuevo Papa, observé que, al poco, los rezos llegaban a su fin y que fuera de la estancia se empezaban a oír los pasos sigilosos y las voces ahogadas de los sirvientes. No tuvimos que esperar mucho para que ver cómo se abría la puerta y cómo Su Santidad Juan XXII hacía acto de presencia en el dormitorio precedido por un afanoso y solícito *cubicularius*.

Juan XXII, en el mundo Jacques d'Euse, era un hombrecillo menudo de aspecto insignificante que se movía con suavidad y elegancia, como si ejecutara una danza misteriosa cuya música sólo él pudiera escuchar. Tenía los ojos pequeños y redondos, muy juntos, y todo su rostro se afilaba hacia el pico del mentón —orejas, nariz, labios— para darle el extraño aspecto de una peligrosa ave rapaz. Vestía una capa magna de color púrpura cuya cola se arrastraba y se movía como un perro tras su amo. Al quitarse la birreta, su noble y pequeña cabeza apareció monda y redonda como una pelota. *Frey* Robert y yo, a pesar de nuestros hábitos franciscanos, hincamos rodilla en tierra con gesto militar y abatimos nuestras testas a la espera de su bendición, una bendición que se demoró hasta el agotamiento porque, mientras nosotros permanecíamos de hinojos, Su Santidad se acomodó en un sillón de brocado, se dejó arreglar cuidadosamente las vestiduras por el *cubicularius* y se bebió un buen vaso de vino caliente sin prestar atención a nuestra presencia. Luego carraspeó y nos ofreció, por fin, el bellísimo anillo pastoral, hecho de un solo y enorme rubí, para que lo besáramos.

—*Pax vobiscum*... —murmuró rutinariamente.

—*Et cum spiritu tuo* —respondimos *frey* Robert y yo como un solo hombre.

—Incorporaos, caballeros del Hospital. Tomad asiento.

El *cubicularius* nos obsequió con sendas copas de vino caliente que sujetamos ávidamente entre las manos, y nos dispusimos a escuchar lo que el Santo Padre quería decirnos.

—Vos debéis de ser Galcerán de Born —comenzó el Santo Padre—, al que llaman el *Perquisitore*.

—Sí, Santidad.

—Debéis sentiros orgulloso, caballero de Born —su voz era acre y aguda y mientras hablaba tamborileaba con los dedos sobre los brazos de su sillón—, vuestro senescal de Rodas habla maravillas de vos. A Nuestra demanda de ayuda respondió que tenía el hombre perfecto para la delicada misión que vamos a encomendaros. Dijo, para que lo sepáis, que, además de un monje devoto, erais un hombre de grandes recursos y de muchos ardides, con una reconocida capacidad para descubrir la verdad, y que no sólo gozabais de una gran reputación como médico sabio, responsable y competente, sino que, además, sabíais investigar y resolver los problemas como ninguna otra persona era capaz de hacerlo. ¿Es eso cierto, *sire* Galcerán?

—No diría yo tanto, Santidad... —murmuré abrumado—. Pero es verdad que he participado con cierto éxito en el esclarecimiento de algunos enigmas. Ya sabéis que, al fin y al cabo, los hombres son hombres aunque el Espíritu vele por la salvación de sus almas.

El Papa hizo un gesto de aburrimiento y se recogió los faldones de su capa. Pensé que había hablado demasiado y me dije que no despegaría más los labios hasta que no me fuera expresamente solicitado.

—Pues bien, *sire* Galcerán, en vuestras capacidades confío para poder tomar una importante decisión que puede alterar el curso de mi reinado. Por supuesto, nada de lo que se diga hoy aquí puede salir de entre estas cuatro paredes... Apelo a vuestro voto de obediencia.

—*Freire* Galcerán de Born no hablará, Santidad —confirmó *frey* Robert.

El Papa asintió repetidamente con la cabeza.

—Que así sea. Supongo —empezó— que estaréis enterado de los desagradables sucesos que llevaron a mi antecesor, Clemente, a disolver la peligrosa Orden del Temple, ¿no es cierto? —inquirió mirándome a los ojos.

Durante un instante fugaz, un gesto de incrédula sorpresa y de profundo desagrado cruzó mi semblante pero, apercibiéndome de ello, dominé rápidamente la contracción que se iniciaba en los músculos de mi cara. ¿Acaso la misión que Su Santidad pensaba encomendarme estaba relacionada con los templarios? Vivediós que, si así era, acababa de meterme en la boca del lobo.

Había oído tantas veces la historia y conocía tan a fondo los terribles detalles que la acompañaban, que todo aquel cúmulo de circunstancias se me agolpó en la cabeza mientras seguía bajo la fría e inquisitiva mirada de Juan XXII.

Tres años atrás, el 19 de marzo de 1314, Jacques de Molay, gran maestre de la extinta Orden Templaria, y

Geoffroy de Charney, preceptor de Normandía, morían en la hoguera reos de perjurio y herejía. Ése fue el trágico colofón de siete años de persecuciones y torturas que pusieron fin a la Orden militar más poderosa de la cristiandad. Durante dos siglos, los templarios habían sido los dueños de más de la mitad de los territorios de Europa y habían estado en posesión de tal cantidad de riquezas que nadie, jamás, había podido cuantificar el límite de su erario. El Temple era, *de facto*, el principal banquero de los grandes señores y de los principales reinos cristianos de Occidente y en sus manos estaba, desde la época de Luis IX el Santo, el Tesoro Real de Francia. Según se decía, y con razón, éste había sido, precisamente, el motivo de su desgracia, pues el nieto de san Luis, Felipe IV el Bello, agobiado por la constante falta de dinero y humillado por su vasallaje económico, había encargado a su guardasellos y hombre de confianza, Guillermo de Nogaret, la tarea de crear lentamente las condiciones favorables para el desmembramiento y definitiva desaparición de la Orden templaria, cuyas primeras detenciones habían sido llevadas a cabo en octubre de 1307.

Las razones aducidas por Felipe para justificar ante los sorprendidos reyes de Europa tal afrenta contra la todopoderosa Orden, pasaban por las pruebas incontestables que obraban en su poder en las que, decía, se demostraba que los templarios habían cometido delitos que iban desde la herejía, el sacrilegio y la sodomía hasta la idolatría, la blasfemia, la brujería y la terrible renegación... En total catorce acusaciones que fueron confesadas por los propios *freires* del Temple bajo el hierro de la tortura. Pero mientras que los monarcas de Inglaterra, Alemania, Aragón, Castilla y Portugal po-

36

nían muy en duda tales imputaciones, Su Santidad el papa Clemente V, presionado terriblemente por el rey Felipe —que le había dado el papado—, decidió suprimir la Orden de los Caballeros Templarios mediante la bula *Considerantes Dudum*, dictando de manera inmediata *Pastoralis praeementiae* y *Faciens misericordiam*, por las cuales obligaba a todos los reinos cristianos a poner bajo la competencia de la Santa Inquisición a los templarios que se hallasen en sus territorios.

A partir de este momento, el monarca franco se consideró legalmente autorizado para llevar a cabo su particular venganza, otorgando plena libertad de acción a su guardasellos real, Guillermo de Nogaret. De este modo, treinta y seis *freires milites* murieron durante los interrogatorios, cincuenta y cuatro ardieron en la hoguera, los que se negaron a reconocer sus crímenes fueron condenados a cadena perpetua, y sólo aquellos que los aceptaron públicamente fueron liberados, en 1312, desapareciendo rápidamente de París y de toda Francia en el transcurso de las siguientes jornadas.

En todo esto estaba pensando yo cuando la voz de Su Santidad, Juan XXII, me devolvió a la realidad del momento:

—Conoceréis, por tanto —continuaba diciendo el Papa—, la diáspora de los templarios francos hacia reinos más benévolos que el de los Capetos y la formación, con Nuestro permiso, de nuevas Órdenes militares, más pequeñas y menos peligrosas, que hoy día llevan a cabo algunos de los servicios menores que antes prestaban los *milites Templi*. Pues bien, todo ello se conjuga ahora en una mixtura sorprendente para complicar aún más el difícil equilibrio político que existe en este momento entre los reinos cristianos. Sabréis que los templarios portugueses recibieron un trato muy diferente al de sus hermanos de otros países... —Asentí levemente—. De hecho, Portugal fue el único reino de toda la cristiandad que no los sometió a la Inquisición, librándolos así del potro y los borceguíes. ¿Por qué este reino ha desobedecido todos los mandatos papales? Porque don Dinis, el rey portugués, es un ferviente seguidor del espíritu templario... ¡Y ahora pretende —vociferó Su Santidad indignado—, pretende llegar aún más lejos y reírse de Nos!

Vació los restos del contenido de su copa de un solo trago y la dejó caer sobre la mesa con un fuerte golpe. El *cubicularius* se precipitó a llenarla de nuevo.

—Escuchad con atención, *freire*, no ha mucho que hemos recibido la increíble visita de un emisario de don Dinis solicitándonos autorización para crear en Portugal una nueva Orden militar que recibiría el nombre de Orden de los Caballeros de Cristo. La desfachatez del rey llega hasta el punto de enviarnos por emisario a un conocido templario, João Lourenço, que espera pacientemente en la ciudadela Nuestra respuesta, cualquiera que ésta sea, para regresar a uña de caballo a junto a su rey. ¿Qué opináis vos, Galcerán de Born?

—Creo que el rey de Portugal actúa de acuerdo a planes muy bien meditados, Santo Padre.

—¿Y cómo es eso, *freire*?

—Está claro que piensa permitir la continuidad del Temple en su reino, y el hecho de enviar a un templario como embajador prueba que no siente ningún temor a ofenderos con su desobediencia —decidí continuar con mi argumento ante el evidente interés del Papa—. Como Vos sabréis, el verdadero nombre de la Orden del Temple era Orden de los Pobres Caballeros de Cristo; lo del Temple les vino por su primera residencia en Tierra Santa, el Templo de Salomón, regalo del rey Balduino II de Jerusalén a los nueve primeros fundadores. Así que la diferencia entre los nombres de ambas Órdenes, la que quiere fundar, los Caballeros de Cristo, y la desaparecida, los Pobres Caballeros de Cristo, es sólo de una palabra que, además, bien está que desaparezca puesto que, sin duda, los templarios eran cualquier cosa menos pobres... Al menos, en este punto el rey de Portugal se muestra honrado.

—¿Y qué más?

—Si piensa permitir que el Temple sobreviva en su reino, necesitará no sólo cambiarle el nombre, sino también devolverle sus antiguas posesiones. ¿A quién pertenecen en este momento?

—Al rey —exclamó el Papa con resentimiento—. Él se encargó de incautar los bienes templarios según ordenaban las bulas de nuestro antecesor, Clemente, y ahora nos comunica con toda tranquilidad que dotará a la nueva Orden con dichos bienes y, para mayor desfachatez, por si algo faltaba en este indigno tapiz, nos hace saber que los Caballeros de Cristo se regirán por la Regla de los Caballeros de Calatrava, basada en las ordenanzas cistercienses que, fijaos de nuevo (¡y esto no lo dice el rey portugués, no, esto el rey portugués se lo calla!), son idénticas a las de la Regla de los *milites Templi Salomonis*.

Dio otro largo trago a su copa, apurándola de nuevo hasta el fondo, y la dejó caer otra vez sobre la mesa con un golpe seco. Estaba tan indignado que hasta los ojos se le habían congestionado por la cólera. Sin duda era de una naturaleza profundamente sanguínea —y también biliosa—, muy diferente en el fondo a la imagen de impasible suavidad que había manifestado al entrar, y no podía extrañarme lo que me había contado *frey* Robert sobre sus rápidos triunfos y su enérgico carácter.

—Y vos os preguntaréis... ¿qué importancia puede tener todo esto? Pues bien, si descartamos el pequeño detalle de que don Dinis quiere humillarnos ante todo el orbe, reírse de la Iglesia y hacer burla de su Pastor, todavía quedan pendientes unos cuantos pormenores... Imaginaos que, por estos vergonzantes motivos, no le damos nuestro permiso, ¿qué podría pasar...?

—No sé cuál... —interrumpí sin darme cuenta.

—¡No hemos terminado, *freire*! —profirió violentamente—. Si la Orden del Temple ve frustrados sus deseos de volver a renacer de sus cenizas en Portugal, probablemente acariciará la idea de un nuevo papa que sea más conforme con sus planes, y no descartamos la posibilidad de que, además de ese João Lourenço que nos ha enviado don Dinis, haya en la ciudadela otros templarios camuflados esperando nuestra respuesta para acabar con Nos si es necesario.

—Si así fuera, Santo Padre —me atreví a decir—, la Orden Templaria se arriesgaría a que el próximo pontífice le negara también el permiso. Y, entonces, ¿qué haría...? ¿asesinar a un papa tras otro hasta que alguno accediera a sus deseos?

—¡Ya, ya sé por dónde vais, *sire* Galcerán, pero estáis equivocado! No se trata del próximo pontífice, o los próximos cincuenta pontífices... ¡Se trata de Nos, *freire*, de nuestra pobre vida puesta al servicio de Dios y de la Iglesia! La cuestión es: ¿se atreverá el Temple a matarnos si le negamos el permiso...? Quizá no, quizá la fama que pesa sobre la Orden sea exagerada... ¿Recordáis la maldición de Jacques de Molay? ¿Habéis oído hablar del asunto...?

Según contaba la leyenda que había circulado de boca en boca por todo el orbe, cuando el fuego de la pira en la que se estaba quemando vivo Jacques de Molay, último gran maestre templario, se cimbreó de un lado a otro movido por una racha de viento, el reo quedó al descubierto durante unos instantes. Justo entonces, aprovechando la bocanada de aire, el gran maestre, que tenía la cabeza levantada hacia la ventana del palacio donde se encontraban el rey, el Papa y el guardasellos real, gritó a pleno pulmón:

—¡NEKAN, ADONAI!... ¡CHOLBEGOAL!... Papa Clemente... caballero Guillermo de Nogaret... rey Felipe: os convoco a comparecer ante el Tribunal de Dios antes de un año para recibir vuestro justo castigo... ¡Malditos!... ¡Malditos!... ¡Todos malditos hasta la decimotercera generación de vuestras razas!

Un silencio amenazador puso fin a sus palabras antes de que su imagen se perdiera para siempre entre las llamas. Lo terrible fue que, en efecto, antes de ese plazo los tres estaban muertos.

—Quizá los rumores que circulan sobre esas muertes —seguía diciendo Juan XXII— no sean otra cosa que patrañas, habladurías del vulgo, embustes hechos circular por la propia Orden para aumentar su prestigio como brazo armado, secreto y poderoso, del que nadie puede escapar. ¿A vos qué os parece, *freire*?

—Es posible, Santidad.

—Sí, es posible... Pero a Nos no nos gustan los posibles y deseamos que vos lo averigüéis. Ésta es la misión que os encomendamos: queremos pruebas, *freire*

Galcerán, pruebas que demuestren a ciencia cierta si las muertes del rey Felipe, del consejero Nogaret y del papa Clemente fueron producto de la voluntad de Dios o, por el contrario, de la voluntad de aquel miserable Jacques de Molay. Vuestra condición de médico y vuestra reconocida sagacidad son inestimables para este trabajo. Poned vuestras dotes al servicio de la Iglesia y traednos las pruebas que os pedimos. Pensad que, si las muertes fueron voluntad de Nuestro Señor, Nos podríamos rechazar tranquilamente la petición de don Dinis sin temor a morir asesinado, pero si fueron obra de la Orden del Temple..., entonces, toda la cristiandad vive amenazada por la espada magnicida de unos criminales que se hacen llamar monjes.

—La tarea es inmensa, Santidad —protesté; notaba cómo el sudor corría por mis costados y cómo el pelo se me pegaba al cuello—. No creo que pueda llevarla a cabo. Lo que me pedís es imposible de averiguar, sobre todo si fueron los templarios quienes los asesinaron.

—Es una orden, *freire* Galcerán de Born —musitó suavemente, pero con firmeza, el gran comendador de Francia.

—¡Sea, pues, caballero Galcerán, empezad cuanto antes! No disponemos de mucho tiempo; recordad que el templario espera en la ciudadela.

Sacudí la cabeza con gesto de impotencia. La misión era irrealizable, imposible de todo punto, pero no tenía escapatoria: había recibido una orden que no podía, bajo ningún concepto, desobedecer. De modo que aplaqué mi indignación y me sometí.

—Necesitaré algunas cosas para empezar, Santidad: narraciones, crónicas, informes médicos, los documentos de la Iglesia relativos a la muerte del papa Clemente... y también permisos para interrogar a ciertos testigos, para consultar archivos, para...

—Todo eso ya está previsto, *freire.* —Juan XXII tenía la desesperante costumbre de no dejar terminar de hablar a los demás—. Aquí tenéis informes, dinero, y cualquier otra cosa que os pueda hacer falta. —Y me alargó un *chartapacium* de piel que sacó de un arca a los pies de la mesa—. Naturalmente, no encontraréis nada que os avale como enviado papal y tampoco gozaréis de mi respaldo si llegáis a ser descubierto. Todas las autorizaciones que preciséis tendrá que proporcionároslas vuestra propia Orden. Supongo que lo comprenderéis... ¿Tenéis alguna última petición que hacernos?

—Ninguna, Santidad.

—Espléndido. Os espero de vuelta cuanto antes.

Y alargó el rubí del anillo de Pedro, el anillo del Pescador, para que lo besáramos.

De regreso a nuestra capitanía, mi señor Robert y yo guardamos un absoluto silencio. La energía del diminuto Juan nos había dejado completamente exhaustos y cualquier palabra hubiera sobrado antes de descansar nuestros oídos de su vertiginosa verborrea. Pero en cuanto entramos en el patio de nuestra casa, con las primeras luces iluminando el cielo, *frey* Robert me convidó a una última copa de vino caliente en sus dependencias privadas. A pesar del cansancio y la preocupación, jamás se me hubiera ocurrido rechazar la oferta.

—Hermano de Born... El Hospital de San Juan tiene otra misión para vos —comenzó el comendador en cuanto estuvimos instalados y con nuestras copas de vino entre las manos.

—La misión que me ha encomendado el Papa ya es

bastante pesada, *sire*, espero que la de mi Orden no sea tan exigente.

—No, no..., ambas están relacionadas. Veréis, el gran maestre y el gran senescal han pensado que, puesto que tendréis que moveros por ciertos ambientes, entrar en contacto con ciertas personas y escuchar ciertas cosas, estaríais en disposición de recoger algunas informaciones muy importantes para nuestra Orden.

—Os escucho.

—Cómo sabéis, tras la disolución de la Orden templaria, sus inmensas riquezas y sus prósperas posesiones debían ser divididas a partes iguales entre los monarcas cristianos y nosotros, la Orden del Hospital de San Juan. El reparto definitivo de sus numerosos bienes ha costado tres años de duros pleitos con los reyes de Francia, Inglaterra, Alemania e Italia, y con los de los reinos de España. Puedo aseguraros que los caballeros hospitalarios que llevaron a término los acuerdos con unos y con otros tienen bien ganado el paraíso de los pacientes y de los mansos. No he visto jamás acuerdos tan arduos de conseguir ni victorias tan poco satisfactorias. Las fracciones de los tesoros templarios fueron distribuidas en función de las cantidades que, según los documentos, obraban en poder de recaudadores, síndicos, contables y tesoreros reales, así como de los banqueros lombardos y judíos. Sin embargo, cuando fuimos a recoger el oro de las arcas, no encontramos ni un ochavo.

—¡Cómo!

Frey Robert hizo un gesto con la mano pidiéndome paciencia.

—Fueron encargados rápidamente estudios más serios a eminentes funcionarios y auditores —continuó—.

Se intentaba averiguar qué había pasado con el oro, puesto que los castillos, las tierras, el ganado, los molinos, las herrerías, etc., afortunadamente no pudieron ocultarlos. Se investigaron los cartularios con las actividades económicas de la Orden: donaciones, compras e intercambios; contratos de préstamos, registros bancarios, transacciones, arbitrajes, percepción de derechos... Pues bien —continuó el comendador d'Arthus levantando su copa hacia el techo con gesto desesperado—, los informes revelaron que, o bien los templarios habían sido más pobres que las ratas, o bien habían sido lo suficientemente listos como para hacer desaparecer en el aire la más que importante cantidad de mil quinientos cofres llenos de oro, plata y piedras preciosas, que fue lo que se calculó, *grosso modo,* que podrían haber tenido en el momento de su detención... quizá, incluso, más.

—¿Y qué pasó con todas esas riquezas?, ¿dónde están?

—Nadie lo sabe, hermano. Es otro de los grandes misterios que esa condenada Orden ha dejado tras su desaparición. Podría decirse que nos hemos conformado con la primera explicación de los contables: el Temple era más pobre que las ratas; mejor eso que aceptar la pública humillación de haber sido burlados ante nuestras propias narices. Pero si los reyes prefieren ignorar la verdad por motivos de prestigio personal, nosotros deseamos recuperar las riquezas que legalmente nos pertenecen. Por eso, hermano Galcerán, cualquier información que pudierais obtener sobre el oro durante vuestra misión para el Papa, sería de vital importancia para nuestra Orden. Pensad cuántos hospitales podrían construirse con ese dinero, cuántas obras de misericordia podrían realizarse, cuántos hospicios podríamos levantar...

—Y en lo poderosos e influyentes que nos volveríamos —añadí, crítico—, casi tanto como los templarios antes de su desaparición.

—Sí..., eso también, naturalmente. Pero en estos delicados asuntos resulta mejor no entrar.

—Cierto —masculé—. Mejor no entrar.

—Una última advertencia, *freire* Galcerán. Sabéis que nuestra Orden y la Orden del Temple fueron secularmente enemigas por cuestiones de fama y renombre. Por ello, en Rodas han pensado que, puesto que vais a encargaros de esta investigación en la que hay tantos intereses de por medio, no sería bueno para vos daros a conocer como *freire* hospitalario.

—¿Y en calidad de qué, si puedo preguntarlo, llevaré a cabo la investigación?

—En calidad de nada, hermano, en calidad de vos, simplemente. Pero si os hiciera falta en algún momento identificaros para proteger vuestra persona, diréis que sois miembro de la nueva Orden Militar de Santa María de Montesa, recientemente creada por Jaime II de Aragón para limpiar su honor, mancillado por las acusaciones que le imputan haberse lanzado como un ave de rapiña sobre las propiedades del Temple. Por ello, ha destinado los restos menos apetitosos de esas propiedades en el Reino de Valencia a la fundación de esta pequeña Orden, cuyos miembros, los montesinos, se consideran a sí mismos herederos espirituales e ideológicos de los templarios, aun cuando entre sus filas apenas figura un puñado de viejos *freires milites* valencianos que no pudieron optar por la huida.

—Así pues, ahora soy un montesino valenciano.

—Ante todo sois un hombre docto y prudente, hermano *Perquisitore*, y como tal sabéis que vuestra condición de hospitalario entorpecería sin duda vuestros trabajos, mientras que un montesino siempre será bien recibido en los lugares que por fuerza tendréis que visitar. —Desató cuidadosamente la basta cuerda de nudos que ceñía su falso hábito franciscano y de entre los pliegues sacó unas cartas selladas que me alargó—. Éstos son los salvoconductos, permisos y afidávit que mencionó el Papa, expedidos por la Orden de Montesa. Figuráis en ellos como médico; hemos pensado que sería más beneficioso para vos en caso de peligro.

Micer Robert se levantó costosamente de su asiento, desentumeciendo sus músculos con gestos de dolor. También mis huesos crujieron cuando me incorporé.

—Es tarde, hermano, el sol ya está fuera. Deberíamos acostarnos y descansar. Vos tenéis un largo camino por delante. ¿Por dónde pensáis a empezar?

—Por los documentos que tengo en este cartapacio —repuse propinando unos golpecitos sobre la cartera que me había entregado Juan XXII—. Nunca es bueno hacer las cosas sin haber previsto antes todos los movimientos probables de la partida.

Capítulo III

Una gélida y nubosa alborada de principios de junio, pocos días después de la visita al castillo del Papa, Jonás y yo partimos de madrugada rumbo al norte, hacia París. Nuestros caballos presentaban un magnífico aspecto después de aquellas jornadas de abundante comida y descanso en los establos de la capitanía y parecían, además, muy satisfechos con sus nuevas y lujosas guarniciones. Yo, por el contrario, no hubiera podido decir lo mismo sobre mí: amén de cansado, me sentía incómodo y extraño dentro de esas estiradas indumentarias de corte, recluido entre sedas y pieles finas, aprisionado en un elegante abrigo de brocado y ridículo con aquellos terribles borceguíes de puntera curva bordados en rojo y oro.

El joven Jonás seguía enfadado conmigo, sintiéndose poco menos que la víctima de un rapto vergonzoso; casi no había despegado los labios desde la primera noche, dirigiéndome sólo las palabras imprescindibles, pero como yo no tenía tiempo para tonterías, concentrado como estaba en el estudio de los documentos papales, no le hice el menor caso.

Al poco de abandonar Aviñón, apenas un par de horas después, me detuve en seco a la entrada de un pueblecillo llamado Roquemaure.

—Aquí nos quedamos —anuncié—. Adelántate

hasta la posada y encarga que nos preparen comida.

—¿Aquí...? —protestó Jonás—. ¡Pero si este villorrio no parece habitado!

—Sí lo está. Pregunta por la hospedería de François. Allí comeremos. Encárgate de todo mientras doy una vuelta por las inmediaciones.

Le vi entrar en el pueblo con el cogote hundido entre los hombros, arrastrando tras de sí las jacas que nos habían dado en Aviñón para cargar el equipaje y que, por su gran tamaño, son allí muy apreciadas y reciben el nombre de *haquenées*. En realidad, Jonás era un muchacho notable; ni siquiera de su gran orgullo tenía él la culpa, pues se trataba de un pecado de familia que sólo se corregía con el tiempo y con los golpes de la vida.

Roquemaure estaba formado por apenas cinco o seis casas de labriegos que, en realidad, aprovechando que la calzada Aviñón-París atravesaba el pueblo, se dedicaban a dar comida y posada a los viajeros. Su proximidad con la ciudad mermaba un tanto los beneficios, pero se decía que, precisamente por su ubicación, con frecuencia acudían allí los prelados de la corte de Aviñón para encontrarse discretamente con sus enamoradas, y que así se mantenía el negocio.

Pues bien, en Roquemaure se había detenido, la mañana del 20 de abril de 1314, la comitiva del desdichado y enfermo papa Clemente, que había iniciado un viaje —culminado con la muerte— en dirección a su ciudad natal, Wilaudraut, en la Gascuña, para recuperarse de lo que los informes médicos de mi cartapacio de cuero definían como «ataques de angustia y sufrimiento, cuyo único síntoma físico era una fiebre persistente». El decaimiento del Papa obligó al séquito a detener la marcha y a buscar refugio en la única hospedería oficial de la población, la del mesonero François. Unas horas después, entre agudos espasmos de dolor, el papa Clemente moría echando sangre por todos los orificios de su cuerpo.

Ante lo irremediable, y para evitar rumores y comentarios desagradables dada la mala fama del lugar, los cardenales de la Cámara Apostólica decidieron trasladar el cadáver discretamente al priorazgo dominicano de Aviñón, donde el Papa había residido desde el Concilio de Vienne, en 1311. El camarero personal de Clemente, el cardenal Henri de Saint-Valéry, había jurado sobre la cruz que Su Santidad no había ingerido comida ni bebida alguna desde el desayuno, antes de abandonar Aviñón. Curiosamente, poco después, el cardenal Saint-Valéry había solicitado ser enviado a Roma como vicario para encargarse del control de los impuestos en los Estados Pontificios.

El comedor de la hostería era un lugar pequeño y oscuro, de penetrante olor a comida y lleno del humo que las cazuelas exhalaban al calor del fuego. Entre las barricas de vino, apiladas aquí y allá, las paredes del recinto aparecían manchadas de mugrientos lamparones que no eran una buena recomendación para estómagos delicados. Jonás me esperaba, aburrido, en la única mesa limpia del establecimiento, jugando con las migas de una hogaza que le habían dado para acompañar la pitanza. Me senté frente a él, dejando mi abrigo a un lado.

—¿Qué nos van a servir?

—Pescado. Es todo lo que tienen para hoy.

—Muy bien, que sea pescado. Y mientras nos lo traen, hablemos. Sé que estás ofendido y quiero aclararlo.

—Yo no tengo nada que decir —profirió altanero, para inmediatamente añadir—: Hicisteis un juramento al prior de mi monasterio y habéis faltado a vuestra palabra.

—¿Cuándo he hecho tal cosa?

—El otro día, cuando llegamos a vuestra capitanía en Aviñón.

—¡Pero si no había convento mauricense en la ciudad! De haberlo habido, Jonás, hubieras dormido en él. Recuerda que te dije que podías marcharte.

—Sí, bueno... Pero tampoco durante nuestro viaje desde Ponç de Riba hasta aquí me llevasteis a pernoctar en abadías de mi Orden.

—Si no recuerdo mal, hicimos el viaje a tal velocidad que tuvimos que dormir al raso casi todos los días.

—Sí, también eso es cierto...

—Entonces, ¿cuál es tu queja?

Le vi debatirse atormentadamente entre la falta de argumentos y la certeza indemostrable de que yo no le dejaría volver al monasterio. Mi observación silenciosa de su impotencia no era crueldad; quería que encontrara la manera de defender de forma lógica lo que sólo eran sensaciones —acertadas— que luchaban en su interior por encontrar la manera de expresarse.

—Vuestra actitud —farfulló al fin—. Me quejo de vuestra actitud. No manifestáis el apoyo que un maestro dispensa a su aprendiz para que cumpla con sus obligaciones.

—¿A qué obligaciones te refieres?

—La oración, el santo oficio del día, la misa...

—¿Y soy yo quién debe obligarte a algo que debería nacer de ti...? Mira, Jonás, yo jamás impediré que lleves a cabo estas actividades, pero lo que no haré nunca será

recordarte que debes hacerlas. Si es tu deseo, cúmple-
las, y si no lo es, ya eres mayor para plantearte seriamente tu vocación.

—¡Pero yo no soy libre! —gimió como el niño pequeño que en el fondo era todavía a pesar de su estatura—. Fui abandonado en el monasterio y mi destino es
pronunciar los sagrados votos. Así está escrito en la Regla de san Mauricio.

—Ya lo sé —confirmé paciente—. También ocurre
en los monasterios cistercienses y en otros de menor importancia. Pero recuerda que siempre se puede elegir.
Siempre. Tu vida, desde que empiezas a tener un cierto
control sobre ella, es un conjunto de elecciones acertadas
o equivocadas, pero elecciones al fin y al cabo. Imagínate
que estás trepando a un inmenso árbol del cual no puedes
ver el final; para llegar hasta lo más alto de la copa debes
ir eligiendo las ramas que te parezcan más acertadas, y
vas, permanentemente, desechando una y eligiendo otra,
que, a su vez, te llevará a una nueva elección. Si arribas a
donde querías arribar, es que escogiste bien la trayectoria; si no, es que en algún punto te equivocaste, tomaste la
decisión equivocada y las preferencias posteriores ya estaban condicionadas por aquel error.

—¿Sabéis lo que estáis diciendo, *frere*? —me advirtió acobardado—. Estáis negando la predestinación de
la Providencia, estáis elevando el libre albedrío por encima de los secretos planes de Dios.

—No. Lo único que estoy elevando es el hambre de
mi estómago, que ya empieza protestar con rabia. Y recuerda que no debes llamarme *frere* a partir de ahora...
¡Mesonero! ¡Mesonero!

—¡Qué! —respondió una voz airada desde el fondo
de las cocinas.

—¿Viene ya ese pescado o es que todavía tenéis que ir al río a buscarlo?

—El caballero es amigo de chanzas, ¿eh? —dijo el tabernero apareciendo de repente detrás del mostrador. Era un hombre grueso y de aspecto vulgar, que lucía una enorme papada sudorosa, y, para completar su mugrienta traza, un sucio mandil atado a la cintura, con el que se limpiaba las manos de la grasa del pescado mientras se acercaba a nuestra mesa. El provenzal que utilizaba para expresarse era muy similar a mi lengua materna catalana. En cualquier caso, hubiéramos podido comunicarnos sin dificultades gracias a la profunda semejanza entre las lenguas romances.

—Tenemos hambre, mesonero. Pero ya veo que estáis en plena faena y, por mi propio bien, no quiero molestaros.

—¡Pues lo habéis hecho! —declaró, malhumorado—. Ahora la comida tardará más en estar lista. Además, hoy estoy solo; mi mujer y mis hijos se han marchado a casa de unos parientes, así que contentad vuestros estómagos con esa hogaza.

—¿Vos sois el famoso François? —pregunté fingiendo admiración y observándole minuciosamente. Él se volvió hacia mí con una nueva expresión en la cara. Así que eres vulnerable a la vanidad. ¡Bien, muy bien...!, me dije satisfecho. Cuando trabajaba en alguna misión encomendada por mi Orden tenía por costumbre olvidarme de la espada, el puñal y la lanza, pues en numerosas ocasiones había podido comprobar que no servían para nada a la hora de obtener información. Había depurado, por lo tanto, hasta casi la perfección, el arte del halago, la persuasión amistosa, los trucos verbales y la manipulación de la naturaleza y el temperamento ajenos.

—¿Por qué me conocéis? No recuerdo haberos visto antes por aquí.

—Y no había venido nunca, pero vuestras comidas son famosas por todo el Languedoc.

—¿Sí? —preguntó sorprendido—. ¿Y quién os ha hablado de mí?

—¡Oh, bueno, mucha gente! —mentí; me estaba metiendo en un atolladero.

—¡Decidme uno!

—Bien, dejadme recordar... ¡Ah... sí! El primero fue mi amigo Langlois, que pasó por aquí un día camino de Nevers, y que me dijo: «Si alguna vez pasas por Aviñón, no dejes de comer en la posada de François, en Roquemaure». También me viene a la memoria en este momento el conde Fulgence Delisle, a quien sin duda recordaréis, que tuvo el gusto de probar vuestra comida hace algún tiempo y que os elogió en el transcurso de una fiesta en Toulouse. Y, por último, mi primo segundo, el cardenal Henri de Saint-Valéry, que os recomendó especialmente.

—¿El cardenal Saint-Valéry...? —preguntó mirándome de reojo, con recelo. He aquí un hombre, me dije, que guarda un secreto. Las piezas comenzaban a encajar tal y como yo había sospechado—. ¿Es primo vuestro...?

—¡Oh, quizá he exagerado...! —rectifiqué soltando una carcajada—. Nuestras respectivas madres eran primas segundas. Cómo habréis notado por mi acento, yo no soy de por aquí; soy de Valencia, al otro lado de los Pirineos. Pero mi madre era de Marsella, en la Provence. —Di un ligero toque con el pie a Jonás por debajo de la mesa para que cerrara sus desorbitados ojos—. Sé que mi primo os visitaba con frecuencia cuando era camarero del papa Clemente. Él mismo me lo dijo en más de una ocasión antes de morir.

Me estaba jugando el todo por el todo, pero era una partida interesante.

—¿Es que ha muerto...?

—¡Oh, sí! Murió hace dos meses, en Roma.

—¡Demonios...! —dejó escapar sorprendido, y luego, dándose cuenta, rectificó veloz—: ¡Caramba, lo siento, *sire*!

—No pasa nada. No debéis preocuparos.

—Ahora mismo os traeré la comida —dijo desapareciendo precipitadamente en la cocina.

Jonás me miró espantado.

—¡*Frere* Galcerán, habéis contado un montón de mentiras! —balbució.

—Querido Jonás, ya te he dicho que no me llames *frere*. Debes aprender a llamarme *sire*, *micer*, señor, caballero Galcerán, o como se te ocurra, pero no *frere*.

—¡Habéis mentido! —repitió machaconamente.

—Sí, bueno, ¿y qué? Arderé en los infiernos, si eso te consuela.

—Creo que voy a regresar muy pronto a mi monasterio.

Durante un instante me quedé paralizado. No había previsto, por un sentido errado de secreta posesión sobre el muchacho, que él pudiera apelar a su libertad para regresar a Ponç de Riba; antes bien, había supuesto que a mi lado se sentiría libre por primera vez en su vida, lejos de los monjes y viajando por el mundo. Pero, naturalmente, él desconocía mis planes para su futuro e ignoraba que su auténtica formación estaba a punto de comenzar. Sin embargo, al parecer, me había equivocado completamente de método. Debía preguntarme qué me gustaría a mí y cómo actuaría yo si volviera a tener la edad de Jonás.

—Está bien, muchacho —dije después de unos minutos de silencio—. Hay algo que debes saber. Pero este conocimiento exige el mayor secreto por tu parte. Si estás dispuesto a jurar que callarás para siempre, hablaré. Si no, ahora mismo puedes regresar al cenobio.

Presumo que, en el fondo, no había tenido nunca la intención de abandonarme, aunque sólo fuera por el miedo que le daba el largo camino de regreso. Pero aquel bribón era tan astuto como yo y estaba aprendiendo de mí a jugar peligrosamente.

—Sabía que había alguna cosa detrás de todo esto... —observó satisfecho—. Tenéis mi juramento.

—Sí, pero no te diré nada ahora. Estamos en el centro de la hoguera, ¿me comprendes?

—¡Por supuesto, *sire*! Estamos haciendo algo relacionado con el secreto.

—En efecto, y ahora ¡cuidado!, vuelve el mesonero.

El grueso François avanzó hacia nosotros portando una enorme cazuela humeante que escampó por todas partes un agradable aroma a pescado. En su cara traía puesta la mejor de sus sonrisas.

—¡Aquí tenéis, *sire*, el mejor pescado del Ródano preparado a la provenzal, con hierbas aromáticas del Comtat Venaissin!

—¡Espléndido, mesonero! ¿Y un poco vino para acompañar? ¿Acaso en esta hostería no servís vino?

—¡El mejor! —afirmó señalando las barricas que había al otro lado de la estancia.

—Pues tomaos un vaso con nosotros mientras comemos y así nos hacéis compañía.

Le hice hablar hasta que vimos el fondo de la olla y

dimos buena cuenta del caldo con la hogaza de pan. Jonás, mientras tanto, le rellenaba el vaso en cuanto se le vaciaba, y se le vació varias veces a lo largo del almuerzo. Al final, me había puesto en antecedentes de su vida, la de su esposa, las de sus hijos y las de buena parte de la Curia Apostólica. Todavía no he podido encontrar un método mejor para obtener la información deseada que provocar la confianza del informante haciéndole hablar sobre sí mismo, sobre sus seres queridos y sobre aquellas cosas de las que se siente orgulloso, acompañando la atenta escucha con leves gestos apreciativos. Para cuando terminamos con el queso y las uvas, François ya estaba en mi poder.

—De manera, François —comenté limpiándome los dedos en la seda de mis finas calzas—, que vos sois el hombre en cuya casa murió el santo padre Clemente...

Su cara porcina y brillante palideció súbitamente.

—¿Qué...? ¿Cómo sabéis vos...?

—¡Vamos, vamos, François! ¿Queréis decirme que no os habíais dado cuenta de lo extraño de mi presencia en esta casa a los dos meses justos de la muerte de mi primo?

François abrió la boca para decir algo pero no se oyó nada.

—¿De verdad que no habíais recelado de tan curiosa coincidencia?... ¡No puedo creerlo de un hombre tan inteligente como vos!

Volvió a abrir la boca, pero sólo pudo oírse un sonido ahogado.

—¿Quién sois? —preguntó por fin con un gemido—. ¿Sois algún espía del rey o del nuevo Papa?

—Ya os lo he dicho. Soy Galcerán de Born, primo del difunto cardenal Henri de Saint-Valéry, y ésa es toda la verdad. Jamás os engañaría, debéis creerme. Lo único que he hecho hasta ahora ha sido callar el motivo de mi visita... Quería comprobar qué clase de persona erais y he quedado gratamente satisfecho. Por eso, paso a explicaros por qué he venido a vuestra casa.

Dos pares de ojos me observaron atentamente; unos, los de Jonás, con vivo interés; otros, los del pobre François, con un destello de agonía.

—Mi primo Henri vio anunciado el momento de su muerte durante un sueño en el que se le apareció la Santísima Virgen. —El pobre mesonero tiritaba bajo su mandil como si estuviera desnudo bajo la nieve—. Así que me escribió una larga carta suplicándome que acudiera a su lado para acompañarlo en los últimos momentos... Por culpa de la vieja *nao* en la que viajé desde Valencia a Roma, llegué con el tiempo justo para cogerle la mano y decirle adiós. Sin embargo, instantes antes de morir, Henri me sujetó la cabeza y acercó mi oído a su boca para confesarme algo que no pudo terminar... ¿Sabéis de lo que estoy hablando, mesonero?

François asintió y, soltando un lamento, ocultó la cara entre las manos.

—Lo que el cardenal me dijo fue: «Iré al infierno, primo, iré al infierno si no encuentras a François, el posadero de Roquemaure, y le dices que te cuente la verdad. La Virgen me anunció que tanto François como yo arderíamos en el infierno si no rompíamos antes de morir el juramento que hicimos cierto día... Dile a él todo esto, primo, dile que salve su alma.» Y, después, murió... Un par de días más tarde —continué—, entre los papeles de mi primo hallé una carta a mi nombre. En vista de que mi barco no terminaba de llegar y de que su final se acercaba, Henri me dejó unas líneas dentro de un sobre lacrado, en las que me pedía que os encontrara a vos, mesonero, «el hombre en cuya casa murió el santo padre Clemente». ¿Podéis explicaros...?

—¡Todo fue muy rápido! —lloriqueó François, atemorizado—. ¡Ni vuestro primo ni yo tuvimos la culpa de nada!

—¿Se puede saber, hombre de Dios, de qué demonios estáis hablando? —me escandalicé.

—¡Lo que voy a decir no puede oírlo vuestro sirviente! ¿Quién es él para conocer secretos que sólo conocen cuatro personas... tres, ahora, en todo el mundo?

—En realidad, François, este joven no sólo es mi sirviente y mi escudero, también es mi hijo, mi único hijo; por desgracia es ilegítimo, *bastard*... por eso lo llevo conmigo como lacayo, pero ya veis que podéis hablar con tranquilidad. No dirá nada.

—¿Estáis seguro, *sire*, de que no hablará?

—¡Jurad, Jonás! —ordené a mi sorprendido aprendiz que nunca se había encontrado en una situación tan descabellada como aquélla.

—Yo, Jonás... —murmuró atolondrado—, juro que jamás diré nada.

—Empezad, François.

François se limpió las lágrimas y la nariz en los faldones de su pringoso mandil y, más sereno, inició su relato.

—Si la Virgen quiere que rompa mi juramento, ¡sea...!, lo rompo en este día por el bien de mi alma... —Y se persignó tres veces para conjurar la presencia del demonio—. En realidad, tiene razón Nuestra Señora, porque habéis de saber, caballero, que vuestro primo y yo nos juramentamos por miedo, por temor a que nos culparan de la muerte del Santo Padre.

—¿Y por qué iban a hacer una cosa así? ¿Acaso lo matasteis?

—¡No! —chilló con desesperación—. ¡Sólo quisimos salvarle!

—Mejor será, amigo François, que empecéis por el principio.

—Sí, sí... Tenéis razón... Pues veréis, *sire*, aquel día la comitiva papal se detuvo frente a mi establecimiento y, del carruaje principal, varios sirvientes ayudaron a bajar al Santo Padre, al que reconocí por la túnica roja y el gorro. Era un hombre de unos cincuenta años, con barba poblada, y parecía no encontrarse muy bien de salud. Un soldado me ordenó a gritos que echara a la calle a todos los clientes que tenía en ese momento y vuestro primo, que entró a continuación, me pidió que preparara una cama para que el Santo Padre pudiera descansar un rato antes de seguir su camino. Mi esposa y mis hijos se esmeraron adecentando el mejor cuarto que tenemos, el último del piso de arriba, y allí llevaron a Clemente, que estaba pálido y sudoroso.

—Decid... —le interrumpí—. ¿Os fijasteis en el color de sus labios?, ¿estaban grises o azules?

—Ahora que lo pienso... Recuerdo que sí me fijé, pero lo hice porque, precisamente, me llamó la atención el color rojo subido que tenían, como si los llevara pintados.

—Ajá... Continuad, por favor.

—Pasaban las horas y no había novedades. Los soldados bebían en silencio en estas mismas mesas que ahora veis, como si estuvieran asustados y, en aquel rincón, en la tabla grande, un grupo de cardenales de la Cámara y la Cancillería conversaban en voz baja. Algunos de ellos eran viejos conocidos míos, clientes de esos que entran por la escalera del granero para que nadie les vea... En fin, les di de comer a todos, y luego subí comida para el Papa y para vuestro primo, que le cuidaba con la ayuda de un joven sacerdote que ya había bajado antes a tomar alguna cosa. Clemente estaba incorporado en el lecho, apoyado contra los almohadones, y respiraba afanosamente, ya sabéis, muy rápida y muy profundamente... Como si se ahogara; de hecho parecía que le faltaba el aire.

—¿Y qué ocurrió?

—Su Santidad no quiso comer nada, decía que tenía el estómago cerrado y que sólo deseaba un poco de vino, pero el camarero, vuestro primo, comentó que quizá no fuera conveniente, que le haría subir la fiebre y que lo más correcto sería regresar a Aviñón para que le viera su médico personal. Pero el Papa se negó. En realidad dio un brinco en la cama, ¿sabéis?, como si la rabia le impulsara a pesar de la debilidad, y le gritó a vuestro primo que tenía que llegar a Wilaudraut cuanto antes, que aquel médico suyo era un necio que no había sabido curarle y que si no le llevaban a su casa de la Gascuña se moriría muy pronto. En fin, yo me sentía muy violento, así que me excusé y salí, pero no bien hube alcanzado el pasillo, vuestro primo salió en pos de mí y me detuvo. Dijo que ya sabía que era imposible que en Roquemaure hubiera un físico, pero quería saber si en las aldeas cercanas sería posible encontrar a alguno. «No hace falta que sea bueno —me dijo—, con que tenga buen aspecto es suficiente. Quiero alguien que calme los nervios de Su Santidad con buenas palabras, alguien que le convenza de que se encuentra bien para proseguir su camino.»

—¿Eso dijo Henri, exactamente...?

—Sí, *sire*, tal cual. Y verá, aquí es donde empieza el problema, porque algunos días antes habían llegado hasta mi posada dos físicos árabes que me pidieron alojamiento para cuatro o cinco noches. No suele haber moros por estos pagos, pero tampoco es raro que ricos comerciantes, o incluso diplomáticos, crucen Roquemaure camino de España o de Italia, y son gente que paga bien, *sire*, con buenas onzas de oro. Los físicos se encerraron en su cuarto desde el primer día y sólo salían para comer o para dar un paseo por los contornos a media tarde. Uno de mis hijos les vio en una ocasión extender sus alfombrillas junto al río y prosternarse y hacer reverencias como hacen ellos para sus oraciones.

—Así que vos le dijisteis a mi primo que, casualmente, había dos físicos musulmanes en una de las habitaciones, y que si quería, podía avisarles y pedirles ayuda.

—Ocurrió tal como decís, caballero... Al principio el cardenal Henri no se atrevía a proponerle al Papa que se dejara examinar por dos moros, pero en vista de que no había otra solución, se lo consultó, y el Papa accedió. Por lo visto, Clemente ya había sido curado en alguna otra ocasión por médicos árabes y había quedado muy satisfecho con el resultado. Así que llamé a la puerta de aquellos caballeros y les conté lo que pasaba. Se mostraron dispuestos a colaborar y departieron largo tiempo con vuestro primo antes de entrar en la habitación en la que se encontraba el Santo Padre. Yo no sé lo que hablaron, pero vuestro primo debió de hacerles muchas indicaciones porque ellos asentían con mucha cortesía. Después entraron, y yo entré también, por si les hacía falta alguna cosa. Debo añadir que, de todo esto, los que estaban abajo no sabían nada, puesto que incluso el joven sacerdote que ayudaba a vuestro primo en las obligaciones con el Papa, había dejado el cuarto para rezar con los cardenales por la salud de Su Santidad, y estaban orando todos en este mismo comedor mientras sucedía lo que os estoy contando. Pues bien —prosiguió, después de dar un largo trago de vino—, los médicos reconocieron con mucha diligencia a Su Santidad. Le observaron las pupilas, la boca, le tomaron el pulso y le palparon el vientre, y finalmente le recetaron esmeraldas en polvo disueltas en vino; le dijeron que esa pócima aliviaría su estómago y bajaría la fiebre en pocos minutos. Parecía un buen remedio, y el Papa se mostró dispuesto a machacar tres hermosas esmeraldas que portaba consigo. Estaba convencido de que se curaría. Los físicos me pidieron un almirez y un poco de vino, y trituraron las esmeraldas con mucho cuidado, mezclándolas lentamente con la bebida. Eran unas piedras bellísimas, brillantes, enormes... de un verde transparente que me maravilló. Ya sé que las piedras preciosas tienen propiedades curativas, pero a mí me dolió en el alma verlas desaparecer en la boca de Su Santidad reducidas a nada.

—¿Y qué pasó después?

—Los moros volvieron a su habitación y el Papa se sintió mucho mejor inmediatamente. Recuperó la respiración, se le fue la fiebre, dejó de sudar... Y entonces, cuando estaba a punto de bajar para reemprender el viaje, se encogió, se dobló por la mitad, y empezó a vomitar sangre. Vuestro primo y yo estábamos aterrorizados. Lo primero que pensamos fue en pedir socorro a los médicos, así que corrí de nuevo hacia su habitación. Pero, en apenas diez minutos, habían desaparecido; no quedaba en el cuarto señal alguna de su presencia, como si jamás hubieran estado allí: ni ropas, ni libros, ni huellas en las camas, ni restos de comida... Nada. ¡Ya podéis suponer la angustia que teníamos! El Papa seguía vomitando sangre y retorciéndose de dolor. Vuestro primo me cogió entonces por el cuello y me dijo: «¡Escucha, bribón. No sé cuánto te habrán pagado esos asesinos por ayudarles a matar al Papa, pero te juro que te esperan los tormentos de la Inquisición si no me dices ahora mismo qué veneno le habéis dado.» Le juré y le volví a jurar que no sabía de qué hablaba, que yo también había sido engañado y que, por muy cardenal y muy camarero que fuera, también a él le entregarían a la Inquisición por haber permitido que dos moros envenenaran al Papa.

François dio un interminable suspiro y guardó silencio. Parecía estar reviviendo en su mente la agonía de aquel día, el miedo, el pánico que había sentido al ver morir a Su Santidad Clemente V en su casa, y casi por culpa suya.

—El Santo Padre también echaba sangre por... detrás, ya sabéis a qué me refiero. Un río, *sire*, salía un río de sangre por arriba y por abajo.

—¿Roja o negra?

—¿Cómo decís...?

—¡La sangre, demonios, la sangre! ¡Roja o negra!

—Negra, *sire*, muy negra, oscura —exclamó.

—Y entonces, asustados, mi primo, el cardenal Henri de Saint-Valéry, y vos jurasteis no decir nada a nadie y, puesto que los físicos habían hecho su parte desapareciendo en el aire, ambos os comprometisteis a no mencionar este incidente en las declaraciones posteriores a la muerte. ¿Me equivoco?

—No, *sire*, no os equivocáis, así fue...

—Pero Dios no estaba conforme, amigo mesonero, y envió a su Madre Santísima para que mi primo se arrepintiera de aquel mal juramento que, seguramente, le ha retenido hasta hoy en el purgatorio, hasta el mismo momento en que habéis hablado.

—¡Sí, sí...! —aulló el pobre infeliz con los ojos arrasados en lágrimas—. ¡Y no sabéis lo feliz que me siento de liberar mi alma y la de vuestro primo del fuego del infierno!

—Y yo me alegro de haber sido un instrumento de Nuestro Señor para llevar a cabo tan maravillosa tarea —declaré con orgullo—. Nunca podré olvidaros, amigo François. Me habéis hecho feliz permitiéndome cumplir esta sagrada misión.

—¡Siempre os deberé la salvación de mi alma, *sire*, siempre!

—Sólo una cosa más... ¿Por casualidad recordáis los nombres de aquellos árabes?

—¿Y qué importancia pueden tener? —me preguntó sorprendido.

—Ninguna, ninguna... —corroboré—. Con toda probabilidad, serían nombres falsos. Pero, si alguna vez me encontrara con algún médico árabe que respondiera a alguno de esos nombres, tened por seguro que pagaría con su vida el daño que le causó a mi primo y el que os causó a vos.

La mirada de François se posó en mí con húmeda veneración, y no pude evitar un ligero picorcillo en la conciencia.

—No lo recuerdo bien, pero creo que uno de ellos respondía por Fat no-sé-qué, y el otro... —frunció el entrecejo haciendo un esfuerzo por recordar—. El otro era algo así como Adabal... Adabal, Adabal, Adabal...

—salmodió—. Adabal Ka, creo, pero no estoy seguro...
¡Esperad! ¡Esperad un momento! Recuerdo que aquella noche, cuando todo había pasado y la comitiva se
había marchado con el cadáver, apunté los nombres de
aquellos físicos por si me sometían a interrogatorio.

—¡Bien pensado! Buscad, por favor, aquella nota.

—La puse por aquí —afirmó levantándose del
asiento y dirigiéndose hacia una esquina del comedor
donde, de los alfardones del techo, colgaban algunas
vasijas y embutidos puestos a secar. Con esfuerzo, se
subió a una de las sillas y sacó una de las jarras de su
gancho. Pero no, no era aquélla. Bajó de nuevo reso-
plando, arrastró la banqueta un poco más allá y volvió
a subir. La segunda jarra sí contenía lo que buscaba,
porque sonrió contento y sacó del interior, con dos dedos, un papelillo grasiento.

—¡Aquí está!

Me levanté y me acerqué hasta él para cogerle el pa-
pelito de la mano. Subido en aquella banqueta el mesonero me llegaba sólo hasta el cuello.

Con la infame letra de un comerciante que ha aprendido lo imprescindible para llevar su negocio, en el pa-
pelito estaba escrito:

ADAB AL-ACSA
y
FAT AL-YEDOM

—¿Esto es todo? —pregunté—. ¿Puedo quedarme
con el papel?

—Eso es todo —confirmo el grueso y sudoroso mesonero—. Y sí, podéis quedároslo.

—Bien, pues dejadnos pagar nuestra comida y nos

marcharemos de aquí mi escudero y yo, felices y agradecidos por el día de hoy.

—¡Por Dios, caballero! ¿No habéis pagado suficiente salvando mi alma de Satanás? No me debéis nada, en todo caso soy yo quien queda en deuda con vos.

—Sea. El dinero de esta comida lo entregaré a los sacerdotes de mi iglesia en Valencia, para que digan misas por el alma de mi primo.

—Dios os recompensará ampliamente por vuestro noble corazón. Esperad un momento y enseguida os traeré a la puerta vuestros caballos.

Miré a Jonás, esperando encontrar un profundo reproche en su mirada, pero tenía las mejillas coloradas por la excitación y sus ojos centelleaban de entusiasmo.

—Tengo mil preguntas que haceros —susurró.

—En cuanto nos alejemos de este lugar.

Unas tres horas después de salir de Roquemaure detuvimos nuestras caballerías en un recodo protegido del camino, un lugar perfecto a la orilla del Ródano —cuyo cauce seguíamos hacia el norte, hacia su nacimiento— para hacer un buen fuego, cenar y dormir, ya que hasta el día siguiente no llegaríamos a Vienne. Esas tres horas las había empleado en contar a Jonás la misión encargada por el papa Juan, así como los pormenores de la historia que, por su edad y tipo de vida, no podía conocer, y que estaban directamente relacionados con el problema. Mientras encendíamos el fuego, comentó:

—Creo que el Papa tiene tanto miedo a morir, *frere*, que si le decís que, en efecto, fueron los templarios quienes mataron a su antecesor, aprobará la petición del rey don Dinis para no vivir amenazado; y si le decís que no, que no fueron ellos, la denegará para quitarse de en medio a los templarios para siempre.

—Puede que tengas razón, muchacho. En cualquier caso vamos a tener que averiguarlo.

—Y ya sabéis algo, ¿verdad? Todas esas mentiras y pecados contra el primero de los Mandamientos han dado algún fruto, ¿no es cierto?

—Lo único que sabemos con certeza es que dos médicos árabes examinaron a Clemente V antes de morir. Nada más.

—¿Y qué me decís del remedio, las esmeraldas?

—Es muy común entre los que pueden permitírselo consumir piedras preciosas para luchar contra las enfermedades.

—¿Y es cierto, surten algún efecto?

—La verdad es que no, debo reconocerlo. Pero con el tiempo aprenderás que no sólo los verdaderos preparados curan los padecimientos. ¿No te has fijado en la mejoría del Papa en cuanto tomó la pócima?

—Pero ¿qué dolencia tenía? He visto que hacíais muchas preguntas a este respecto.

—Por lo que he podido averiguar, deduzco que Su Santidad no tenía la conciencia muy limpia... Imagínate, Jonás, que tú eres Clemente V. El decimonoveno día de marzo del año de Nuestro Señor de 1314 asistes al horrible espectáculo de ver morir en la hoguera a un par de hombres a quienes conoces de muchos años atrás, hombres importantes, poderosos, cuya culpabilidad no está demostrada y que, además, como monjes, son súbditos tuyos, exclusivamente tuyos, y no del monarca francés. Como papa, has intentado débilmente protegerles de las iras y ambiciones del rey, el soberano que te dio el papado y que te mantiene en él, pero Felipe te ha amenazado con nombrar un antipapa si no accedes a sus pretensiones. Así que estás allí, sabiendo que los ojos de Dios te miran y te juzgan y, en ese momento, cuando el fuego empieza a morder sus carnes, el gran maestre de la Orden Templaria te maldice y te emplaza ante el Tribunal de Dios antes de que se cumpla un año. Tú, naturalmente, te asustas, intentas no pensar en ello pero no lo puedes evitar; tienes pesadillas, te obsesionas... Quieres seguir con tu vida cotidiana como Pastor de la Iglesia pero sabes que una espada pende sobre tu cabeza. Entonces los nervios te traicionan. No todas las naturalezas son iguales, Jonás, hay gente que soporta con fortaleza las mayores desgracias físicas y que, sin embargo, se desploma ante un pequeño problema del alma; otros, por el contrario, sobrellevan grandes problemas con entereza pero braman como animales ante el menor dolor. Seguramente nuestro Papa era un hombre débil y crédulo, y empezó a padecer las torturas del infierno sin haber llegado a morir. La fiebre es un síntoma que podrás observar en pacientes enfermos y sanos; los nervios también pueden producir fiebre y, muy frecuentemente, vómitos o «estómagos cerrados», ¿recuerdas la negativa del Papa a comer algo en la posada...? También la respiración afanosa es signo de diferentes dolencias, pero descartado un problema de corazón, puesto que sus labios tenían buen color y no manifestaba dolor en ninguna parte de su cuerpo, sólo quedaban como causa los pulmones o, de nuevo, los nervios. En el caso de Clemente, creo que todo podría reducirse a un caso grave de excitación.

—¿Por eso en cuanto ingirió las esmeraldas mejoró?

—Se sintió mejor porque creyó que se estaba curando.

—¿Y era cierto?

—Las pruebas demuestran que no —declaré riendo.

—Pero la sangre negra... las hemorragias por arriba y por abajo...

—Bien, podemos elegir dos explicaciones: una, la que parece más probable por la forma de la muerte, es que el Papa sufrió cortes internos en el estómago y las tripas con cristales mal triturados de esmeralda que le provocaron las hemorragias, y otra, puramente especulativa, que aquellos dos médicos árabes eran en realidad dos templarios disfrazados que le administraron algún tipo de veneno en la pócima.

—¿Y cuál creéis vos que es la verdadera?

—Vamos, Jonás, piensa un poco. He simplificado al máximo tu trabajo; ahora demuéstrame tus capacidades deductivas.

—¡Pero yo no sé! —exclamó irritado.

—Está bien, pero sólo te ayudaré porque acabamos de empezar. Después serás tú quien tenga que ayudarme a mí.

—Haré lo que pueda.

—Veamos.... Alguien como el Papa, acostumbrado a una vida cómoda, que no sabe lo que es el frío, ni el hambre, que tiene decenas de personas pendientes de sus deseos, cocineros que guisan exclusivamente para él, Padres conciliares que le sirven como lacayos, y otras muchas cosas más de igual talante, alguien así, digo, ¿crees que bebería una pócima en la que unas esmeraldas capaces de cortarle los intestinos le pasaran antes por la boca y la garganta?

—Desde luego que no —confirmó, mordisqueándose el labio inferior y mirando las llamas de la hoguera con atención—. Alguien así habría protestado en cuanto un minúsculo cristal le hubiera arañado la lengua.

—En efecto. De modo que nos quedamos con el veneno de los templarios. Debes saber que existen miles de venenos y miles de elementos que, sin ser veneno, se convierten en tal una vez combinados con otras sustancias igualmente inocentes. Muchos de los preparados que utilizamos para curar enfermedades contienen veneno en cantidades que los herbolarios y los físicos debemos controlar muy bien para no producir el efecto contrario al deseado. Por lo tanto, si esos dos médicos eran templarios, y dados los amplios conocimientos que poseía su Orden en estas materias, por sus muchos años de contacto con Oriente...

—Eso también se podría decir de los hospitalarios.

—... por sus muchos años de contacto con Oriente, repito, es casi imposible saber qué sustancia echaron en el almirez del mesonero mientras trituraban las esmeraldas. Lo que sí podemos deducir es que era muy poderosa y muy rápida. El posadero nos dijo que la sangre era negra, oscura... Si la sangre hubiera salido de los cortes infligidos por las esmeraldas, hubiera sido roja.

—¿Por qué?

—Hay cosas del cuerpo que constituyen grandes misterios, y la sangre es uno de ellos. Simplemente, no se sabe. Lo cierto es que, según de la zona del cuerpo de la que provenga, la sangre parece tener una coloración diferente. Por eso sé que las esmeraldas no cortaron sus tripas, porque, si lo hubieran hecho, la sangre, igual que la que saldría de tu brazo si yo te cortara ahora mismo con mi cuchillo, hubiera sido roja, roja y brillante.

Sin embargo, la sangre era negra, es decir, no procedía de incisiones, lo cual confirma que tenía alguna sustancia que mudaba su color, que la ensuciaba. Pero nunca sabremos qué sustancia fue.

—¿Y los templarios? ¿Cómo pudieron hacerse pasar por moros?

—Acabo de decirte que los templarios tuvieron un conocimiento muy profundo del mundo musulmán y de sus sectas (la de los sufíes, por ejemplo, y la de los ismailíes...). Hacerse pasar por físicos sarracenos era sencillo para ellos. Aceptemos, pues, que eran dos templarios. En primer lugar, se cumple el precepto cabalístico de los dos iniciados...

—¿A qué os referís...?

—Ya lo irás aprendiendo poco a poco, Jonás. No puedes pretender adquirir en un solo día los conocimientos más profundos, secretos y sagrados del hombre y de la Madre Naturaleza. Baste decir que los templarios siempre van de dos en dos: su *sigillum*, incluso, representa a dos templarios cabalgando juntos en un mismo caballo, montura alegórica del conocimiento que conduce al *adeptus* por la vía de la Iniciación.

—No comprendo nada de lo que decís —suspiró.

—Y así debe ser por el momento, muchacho. Pero prosigo con mi argumento. Eran dos, y fingían ser árabes con una fidelidad tal que, incluso, hicieron creer al inocente hijo del mesonero que les había descubierto por casualidad mientras oraban en dirección a La Meca. Todo irreprochable. Pero los templarios son vanidosos. Están tan convencidos de su superioridad, de su eficacia y valentía, que acostumbran a dejar pequeños rastros, minúsculas señales que duermen durante años en espera de que alguien las desvele.

—¿Y qué rastros han dejado esta vez, *frere*? —preguntó Jonás, exaltado.

—Sus falsos nombres, ¿los recuerdas?

—Sí. Eran *Adab Al-Acsa* y *Fat Al-Yedom*.

—Recuérdame que una de las primeras cosas que debo enseñarte son las lenguas árabe y hebrea. Sin ellas no se puede ir hoy en día por el mundo.

—Seguramente esos nombres encierran algo que yo no soy capaz de comprender.

—En efecto. Verás, lo primero es escuchar su sonido. Debes darte cuenta que sólo disponemos de la transcripción hecha por un hombre ignorante cuyos oídos no están acostumbrados a la cadencia de la lengua árabe. Por tanto, lo primero es escuchar.

—*Adab Al-Acsa* y *Fat Al-Yedom*.

—Muy bien. Ahora, vayamos palabra por palabra: Adab; Adab es, sin lugar a dudas, *Ádâb*, que significa «Castigo», así que ya ves que vamos por buen camino. En cuanto a *Al-Acsa*, no ofrece ningún problema, se trata, evidentemente, de la mezquita de *Al-Aqsa*, que significa «La Única», situada dentro del recinto del Templo de Salomón y que los templarios utilizaron como residencia, como casa presbiterial o casa-madre, desde los tiempos del rey Balduino II hasta la pérdida de Jerusalén. Por lo tanto, y aunque parezca un poco enmarañado, la traducción de Adab Al-Acsa sería «Castigo de La Única» o, por aproximación, «Castigo de los templarios».

—¡Asombroso!

—Pero aún nos queda el segundo nombre: *Fat Al-Yedom*. *Fat*, como Adab, no tiene demasiados problemas. Se trata de *Fath*, que significa «Victoria», pero ¿victoria de quién? Lo cierto es que no conozco, ni recuerdo haber leído nada sobre un hombre o un lugar llamado Al-Yedom, pero el mundo es muy grande, y, como demostró *Al-Juarizmí*, cuyo verdadero nombre era *Muhammad ibn Musá*, la Tierra es un inmenso globo redondo que puede recorrerse eternamente sin principio ni fin. Quizá haya en él algún lugar que lleve ese nombre.

—¿Qué la Tierra es redonda? —se escandalizó Jonás, abriendo mucho los ojos—. ¡Menuda majadería! Todo el mundo sabe que la Tierra es plana y que se sostiene sobre dos columnas situadas al este y al oeste, y que si quisiéramos avanzar más allá de sus extremos caeríamos en un abismo infinito.

—De momento, y hasta que estudies suficientes matemáticas y astronomía, dejaremos que sigas creyendo esa tontería.

—¡Es la verdad que explica la Iglesia!

—¡Magnífico! Ya te dije que no pienso discutirlo en este momento. Me interesa mucho más resolver el enigma encerrado en las palabras Al-Yedom. Si nuestra pareja de templarios quería que sus huellas pudieran ser seguidas con apenas media luz, como es el caso del primer nombre, la solución del segundo también tiene que estar a nuestro alcance y sólo debemos desandar el camino que ellos recorrieron para elegir sus apelativos árabes. El primero significa algo así como «Castigo de los templarios», y el segundo empieza por «Victoria de», ¿de quién? ¿de una persona, de otro lugar, de un símbolo...? *Al-Yedom, Al-Yedom* —repetí incansablemente buscando una pista en el sonido—. No puede ser tan difícil, ellos querían que alguien lo descubriera... Empecemos suponiendo que sea «Victoria de» alguien, en ese caso ese alguien sería *Al-Yedom*... —me detuve en seco, deslumbrado por la brillantez del recurso—. ¡Pues claro! ¡Demonios, si lo teníamos delante! ¡Si era tan fácil que incluso debieron de reírse mucho cuando lo prepararon!

—Pues yo no lo comprendo.

—Piensa, Jonás. ¿Cuál es la primera regla para ocultar un mensaje?

—No lo sé, aunque me encantaría saberlo.

—¡Jugar con el orden de las letras, Jonás! ¡Simplemente, jugar con el orden de las letras y de las palabras! Hace años, por razones que ahora no vienen al caso, tuve que leer algunos tratados sobre la utilización de alfabetos secretos y lenguajes cifrados, y en todos ellos se recomendaba siempre el sistema más simple: los juegos de palabras, el retruécano, la asonancia, el anagrama y el jeroglífico. Por definición, el intruso siempre andará al acecho de un sistema o un código complejo e imposible y pasará por alto lo más sencillo y evidente.

—¿Queréis decir que las letras de *Al-Yedom* son también las letras de otra palabra? —inquirió Jonás bostezando y dejándose caer lentamente sobre su manto. A pesar de su apariencia, no era más que un muchacho demasiado cansado.

—¡Piensa, Jonás, piensa! ¡Es sencillísimo!

—No puedo pensar, *sire*... Me estoy durmiendo.

—¡Molay, Jacques de Molay, el gran maestre! Ha sido la «Y» de Yedom la que ha llamado mi atención, ¿comprendes? Bailando las letras construyeron *Al-Yedom* con De Molay. «Victoria de Molay»... ¿Qué te parece, eh? Ingenioso... «Castigo de Al-Aqsa», es decir, «Castigo de los templarios» y «Victoria de Molay». Querido muchacho, creo que vamos a...

Pero Jonás dormía profundamente al calor del fuego, con la cara apoyada sobre el brazo.

Descansamos una noche en Vienne y de allí pasamos a Lyons, y fuimos subiendo hasta La Chaise Dieu, Nevers, Orleans y, por fin, París. Un largo viaje de diez días durante los cuales enseñé a Jonás mis exiguos conocimientos de la lengua francesa que yo, por mi parte, procuré ampliar en cada ocasión que el camino me presentaba, hablando con unos y con otros hasta sentirme moderadamente seguro de mis expresiones. Nunca he comprendido a esas personas que se dicen incapaces de aprender una lengua; las palabras son instrumentos, como los del herrero o los del cantero, y no encierran más secreto que cualquier otro arte. Las lecciones, que tanto para el maestro como para el alumno mejoraban jornada a jornada, me permitieron también abordar para Jonás los primeros y rudimentarios conocimientos en materias tales como filosofía, lógica, matemáticas, astronomía, astrología, alquimia, cabalística... Jonás embebía todas y cada una de mis palabras y era capaz de repetir punto por punto lo que yo le había dicho. Tenía una memoria portentosa, pero no sólo portentosa por su capacidad para retener, sino también por su asombrosa capacidad para olvidar todo aquello que no le interesaba.

Por las noches, sobre todo aquellas que pasábamos a la intemperie en mitad del campo, le miraba dormir a la luz de las brasas buscando en sus rasgos los rasgos lejanos de su madre. Y, para mi tormento, los encontraba. Tenía las mismas cejas finas y la misma frente despejada, y el óvalo de su cara dibujaba los mismos ángulos perfectos y las mismas sombras. Algún día tendría que contarle la verdad... Pero aún no. Aún no era el momento, yo no estaba preparado y me preguntaba, lleno de temor, si lo estaría alguna vez.

Entramos en París una calurosa y soleada mañana de verano, apenas unos días después del decimocuarto cumpleaños de Jonás, cruzando la muralla de Felipe Augusto por la puerta de la torre de Nesle y saliendo justo por el otro lado: como no podíamos alojarnos en la capitanía provincial de mi Orden, buscamos acomodo en una casa de huéspedes del *suburbium* del Marais, fuera de las murallas, en un *hostel* llamado Au Lion d'Or. La elección no era casual: unas pocas casas más allá comenzaba lo que en su día fue el populoso barrio judío de París, ahora casi desierto tras la expulsión ordenada por Felipe, y, a su lado, imponentes y majestuosas, se elevaban hacia el cielo las torres puntiagudas de la residencia conventual de los caballeros templarios. Sólo hacía falta admirar por un momento aquel conjunto de construcciones amuralladas en medio de un terreno pantanoso —y, por sectores, roturado—, para comprender hasta dónde había llegado el poder y la riqueza del Temple. Más de cuatro mil personas, entre *milites*, refugiados de la justicia real, artesanos, campesinos y judíos, habían vivido en su interior. Lo verdaderamente increíble no era que Felipe IV hubiera tenido redaños suficientes para ordenar la detención masiva de sus ocupantes en mitad de la noche, no; lo que jamás cabría en cabeza humana es que lo hubiera conseguido: aquella fortaleza en las afueras de París parecía realmente inexpugnable. Ahora estaba en manos de mi Orden, y, aunque me duela decirlo, ya no quedaba nada en ella de su antiguo esplendor.

Nuestro cuarto en el Hostel au Lion d'Or era amplio y soleado, disponía de un ancho *scrinium* para trabajar, una mesilla con un lavamanos y tenía unas vistas inmejorables de los campos del *forisburgus*[1] del Marais; además, y esto es lo importante, las comidas de la dueña no eran del todo malas. Mi lecho de madera estaba en el centro del cuarto y el jergón de bálago de Jonás bajo las ventanas; en un primer momento pensé que sería mejor cambiarlo de lugar para evitarle una pulmonía, pero luego varié de opinión: tumbado en aquel lugar podría observar las constelaciones y los fenómenos celestes. Un par de mantas bastarían para aliviarle del frío nocturno.

Si se me permite el comentario, diré que lo único malo de París es que está lleno de gente. Por todas partes encuentras grupos de estudiantes, de actores que representan sus obras, de mercaderes que discuten precios, de nobles a la caza de aventuras, de campesinos, de obreros, de capellanes camino de sus residencias o de los numerosos conventos de la ciudad, de judíos, vagabundos, menesterosos, pintores, orfebres, meretrices, jugadores, guardias reales, caballeros, monjas... Dicen que viven allí doscientas mil personas, y la cosa llega hasta el punto de que las autoridades han tenido que poner pesadas cadenas fijadas en los extremos de las calles para poder bloquearlas de inmediato a fin de moderar la circulación de personas, coches y jinetes. Jamás había visto en ciudad alguna, y he conocido bastantes a lo largo de mi vida, un tráfico tan terrible como el de París; no pasa día que no muera alguien atropellado por el carruaje de algún amante de la velocidad. Na-

1. Suburbio, barrio ubicado fuera de las murallas de la ciudad.

turalmente, con tanto alboroto, los robos son tan comunes como el *Pater Noster*, y hay que llevar mucho cuidado para que no te birlen la bolsa del oro sin que te des cuenta. Y para terminar con la lista de males de París, diré que, si hay algo todavía más abundante que las personas, son las ratas, unas ratas enormes como lechones. Un día cualquiera en esa ciudad puede resultar agotador.

En mitad de aquella locura yo debía encontrar a una mujer llamada Beatriz d'Hirson, dama de compañía de Mafalda d'Artois, suegra del Felipe V el Largo, rey de Francia. Bien pensado, los salvoconductos extendidos a mi nombre por la Orden valenciana de Montesa me servirían de muy poco para ser admitido en presencia de una mujer como Beatriz d'Hirson, que aunque carente, al parecer, de título nobiliario, debía de ser descendiente de la más rancia nobleza francesa para ocupar un cargo como el de dama de compañía de la poderosa Mafalda. Estuve meditando sobre ello un buen rato y finalmente llegué a la conclusión de que lo mejor sería escribirle una carta de presentación en la que dejaría entrever, con exquisita sutileza, que mi interés por verla estaba relacionado con algún asunto relativo a su antiguo amante, Guillermo de Nogaret. Esto, si yo no estaba equivocado en mis sospechas, provocaría un recibimiento inmediato.

Escribí la carta con todo cuidado y envié a Jonás al Palacio de la Cité para entregarla en persona, si eso era posible; no quería que esas letras pudieran caer en manos de cualquiera. Yo, entretanto, pasé la mañana revisando mis notas y planeando los pasos subsiguientes. Se imponía obligatoriamente una rápida visita al bosque de Pont-Sainte-Maxence, a pocas leguas de París hacia el norte, para estudiar en persona el lugar donde Felipe IV el Bello, padre del actual rey, había caído del caballo, decían, y había sido atacado por un enorme ciervo. Según los informes que me había facilitado Su Santidad, la mañana del 26 de noviembre de 1314 el rey había salido a cazar por los bosques de Pont-Sainte-Maxence en compañía de su camarero, Hugo de Bouville, su secretario particular, Maillard, y algunos familiares. Cuando llegaron a la zona —que el rey conocía bien porque cazaba allí con frecuencia—, los campesinos les indicaron que, en dos ocasiones recientes, había sido visto por los contornos un raro ciervo de doce cuernas y hermoso pelaje grisáceo. El rey, deseoso de conquistar tan impresionante pieza, se lanzó en su captura con tanto empeño que terminó por dejar atrás a sus compañeros y por perderse en la floresta. Cuando tiempo después consiguieron encontrarlo, estaba tendido en el suelo repitiendo sin cesar: «La cruz, la cruz...» Fue trasladado inmediatamente a París, aunque él (que apenas podía hablar), pidió que le llevaran a su querido palacio de Fontainebleau, en el que había nacido. La única señal de violencia que los médicos pudieron encontrar en su cuerpo fue un golpe en la parte posterior de la cabeza que debió de provocarse, con toda seguridad, al caer del caballo, cuando fue atacado por el ciervo. Falleció después de doce días de demencia durante los cuales su único y constante deseo era beber agua, y cuando murió, para terror de los presentes y de la corte en general, sus ojos se negaron a ser cerrados. Según la copia que obraba en mi poder del informe de Reinaldo, gran inquisidor de Francia —que acompañó al rey durante sus últimos días—, los párpados del fallecido monarca volvían a abrirse una y otra vez, por lo que se hizo necesario taparlos con una venda antes de enterrarlo.

Para mí estaba claro que en aquellos papeles se planteaban muchas preguntas sin respuesta, por ejemplo: ¿por qué el rey no había hecho sonar su trompa cuando fue atacado por el ciervo?, ¿dónde estaba la jauría de perros?, ¿quién había visto a ese venado de cornamenta imposible?, ¿había cazado alguien realmente a ese animal después del accidente?, ¿cómo pudo perderse el rey en unos parajes que, al parecer, conocía perfectamente?... En cuanto a los síntomas que presentaba: sed, incapacidad para expresarse, locura, párpados rebeldes... todo eso encajaba bien con el golpe en la cabeza. Yo había leído sobre casos de gente que, si llegaban a despertar después de un golpe así y no morían, habían mudado de carácter para siempre, o habían perdido la razón, o repetían mecánicamente palabras o movimientos corporales sin sentido, o tenían visiones, o se les despertaba un hambre insaciable que terminaba matándolos, o, como en este caso, una sed insoportable. No era eso lo que me preocupaba, estaba claro que el golpe en la cabeza era la causa de todo, pero ¿y esas palabras, «La cruz, la cruz...»?, ¿a qué cruz se refería el rey?

Jonás regresó un par de horas más tarde con la camisa colgando fuera del jubón, las calzas llenas de barro y las mejillas coloradas.

—¿Qué novedades me traes? —le pregunté sonriendo.

—¡París es la ciudad más hermosa del mundo entero! —exclamó dejándose caer todo lo largo que era sobre su jergón.

—¿Acaso has conocido a alguna guapa muchacha?

Incorporó un poco la cabeza y me miró con reproche.

—Todavía soy *novicius*.

—Al parecer, no por mucho tiempo —comenté dejando a un lado el cálamo y el *scaepellum*—. ¿Has podido entregar la carta a Beatriz d'Hirson?

—¡Ha sido terrible, *sire*! Veréis, llegué hasta la zona del palacio que llaman La Conciergerie, donde vive la corte, y que es, en verdad, la construcción más bella de Francia. Los guardias de la verja me impidieron el paso, claro, y yo les pedí que avisaran a esa dama porque traía un mensaje importante para ella. Primero se rieron mucho de mí, pero, ante mi insistencia, enviaron a un mozo al interior del palacio. Tardó muchísimo en volver y, cuando lo hizo, dijo que la dama no me recibiría porque no sabía quién era yo ni tampoco quién erais vos, *sire*. De verdad que no comprendo —dijo malhumorado— cómo me habéis enviado tan inocentemente a una misión tan complicada. ¿No sabéis que a la nobleza no se accede así como así?

—La nobleza, mi querido Jonás, la auténtica nobleza, no tiene mucho que ver con los cortesanos.

—Pues bien, *sire*, a los cortesanos no se les puede hacer llegar mensajes como si tal cosa.

—¿Y cómo resolviste el problema? —pregunté con interés.

—¿Y cómo sabéis que lo resolví?

—Por que tu actitud hubiera sido muy distinta de no haber podido cumplir el encargo. Para empezar no habrías entrado con esa cara de alegría, ni estarías contándome tu odisea con ese tono de reproche si no la hubieras culminado con éxito. De ese modo, enfatizas tu victoria.

—¿Qué es odisea?

—¡Pardiez, Jonás! ¡Eres un ignorante! ¿Es que en el monasterio no has leído la hermosa obra *De bello Troiano* de Iosephus Iscanus, o la popular *Ilias Latina* de Silio Itálico, que recitan hasta los goliardos en las universidades?

—¿Queréis conocer el final de mi historia o no? —atajó enfadado.

—Quiero, pero el tema de tu educación vamos a tener que hablarlo seriamente un día de éstos.

—Pues bien, estuve dando vueltas por la Cité durante un rato, viendo las obras de la nueva catedral de Notre-Dame y visitando las capillas de St.-Denis-du-Pas y St.-Jean-le-Rond, en cuyas puertas se dejan por la noche a los niños abandonados como yo, ¿lo sabíais?

—¿Cómo iba a saberlo?

—Bien... El caso es que después de un rato, volví a La Conciergerie, dispuesto a no moverme hasta que encontrara una ocasión propicia para hacer llegar el mensaje. Como me aburría, me senté junto a una vieja que vendía tortas fritas junto a la verja y entablé una interesante conversación sobre las costumbres de los habitantes del palacio. Me dijo que el coche de Mafalda de Artois no tardaría en salir, como todos los días, por una de las puertas laterales de la rue de la Barillerie y, que si estaba atento, podría verla pasar por la Tour de l'Horloge. Entonces me dije que una señora de tanta importancia no puede salir a la calle de día si no va acompañada por sus damas, así que la tal Beatriz d'Hirson estaría seguramente dentro del carruaje. En cuanto la vieja me señaló el lujoso vehículo de la madre de la reina, calculé la distancia, la velocidad y el salto necesario para encaramarme a la portezuela de la cámara.

—¡Vivediós, Jonás!

—¡Haríais bien en no blasfemar en mi presencia, *sire*, o me veré obligado a dejar de hablaros!

—¡No seas tan melindroso, muchacho! —protesté airado, dando una firme patada en el suelo que retumbó como un tambor sobre la madera—. Más que *novicius*, en ocasiones pareces una delicada damisela. He conocido *novicius* con peor vocabulario que el mío.

—Serán los de vuestra Orden, que ni son *novicius* ni son nada.

Sentí ganas de abofetearle, pero recordé a tiempo que, no en vano, y en buena medida por mi culpa, había pasado catorce años entre monjes mauricenses. Su evolución era rápida y favorable, de modo que debía darle algo más de tiempo.

—¡Maldita sea —grité a pleno pulmón, dando un puñetazo sobre mi *scrinium*—, termina de hablar de una vez!

Otro en su lugar se hubiera acobardado, pero él no: se sentó cómodamente con la espalda apoyada contra la pared y me miró con descaro.

—Bueno, pues cuando el coche de Mafalda de Artois estaba a punto de llegar a mi altura, cogí impulso con una pequeña carrera y salté pasando justo por delante del morro de uno de los caballos de la guardia. Mi estatura favoreció la artimaña. Metí la cabeza por el ventanuco y pregunté con voz suave y galante, para no asustar a las damas: «¿Alguna de ustedes es Beatriz d'Hirson?» Dentro había tres mujeres, pero no hubiera sabido decir quién era cada una de ellas; lo gracioso es que los ojos de dos de las damas se volvieron hacia la tercera, que permanecía silenciosa y asustada en un rincón del carruaje. Deduje, pues, que la tal Beatriz era ella y le alargué la mano con vuestra carta, pero para entonces los guardias ya estaban tirando de mí hacia atrás, gritando como locos y golpeándome en la espalda y en las posaderas con todas sus fuerzas. Miré a la dama, le dediqué la mejor de mis sonrisas para parecer un joven galante, y dejé caer la nota sobre su vestido mientras le decía afectuosamente: «Leédla, señora, es para vos.» Salí despedido hacia el suelo pero, por fortuna, caí de pie en un charco de barro —suspiró y miró con lástima sus sucias calzas nuevas—. Los guardias me golpearon hasta que eché a correr como alma que lleva el diablo en dirección al Pont aux Meuniers, perdiéndome entre la multitud. Bien —concluyó satisfecho—, ¿qué os parece mi actuación?

Mi pecho estallaba de orgullo paterno.

—No está mal, no está mal... —murmuré con el ceño fruncido—. Hubieras podido terminar en los calabozos del rey.

—Pero estoy aquí y todo ha salido espléndidamente: la dama tiene vuestra nota y ya sólo debemos esperar la respuesta. ¡Me gusta París! ¿A vos no os pasa lo mismo...?

—Prefiero, si de elegir se trata, otro tipo de ciudad más tranquila.

—Sí, lo comprendo... —murmuró inocentemente—. La edad avanzada influye mucho en los gustos.

Pont-Sainte-Maxence era un bosque tan profundo y oscuro que, a pesar de encontrarnos en una luminosa mañana de primavera, mientras nos adentrábamos en él teníamos la torva sensación de estar penetrando en un lugar lleno de peligros y misterios desconocidos. En un par de ocasiones elevé la mirada hacia la cúpula del ramaje y apenas pude divisar un resquicio por donde se colase la luz del sol. Sólo los pájaros parecían contentos en lo alto de aquellos árboles. Era, sin duda, el lugar ideal para la caza del venado, cuyos balidos se oían por doquier, pero más parecía una floresta maldita, propiedad de los seguidores del Maligno, que un grato lugar de holganza.

No distaba mucho de París —en dos horas podían cabalgarse cómodamente las quince leguas de distancia poniendo a buen paso las caballerías—, pero la diferencia entre un lugar y otro era tal que la separación entre ambos semejaba tan grande como la que separa cualquier punto del orbe de los infiernos. No era de extrañar, por tanto, que después del triste suceso del rey Felipe el Bello la corte hubiera dejado de practicar la caza en aquellos territorios de la Corona.

Jonás y yo nos íbamos internando poco a poco siguiendo cautelosamente una senda abierta en la espesura, mirando a nuestro alrededor de reojo como si temiéramos el ataque repentino de un ejército de malos espíritus. Por eso, cuando oímos los ahogados golpes de un hacha golpeando contra la madera, el corazón nos dio un vuelco y detuvimos los caballos con un brusco tirón de bridas.

—¿Qué ha sido eso? —preguntó Jonás atemorizado.

—Tranquilízate, muchacho. No es más que un leñador. Vamos en su busca, pues quizá sea él la persona que necesitamos.

Espoleamos los caballos y los pusimos al galope para acercarnos con rapidez hasta el claro de la arboleda desde donde procedían los golpes. Un viejo, contrahecho y jorobado, de unos sesenta años, atacaba los restos de un tronco con poca fortuna; se le veía cansado y sudoroso, y me pareció, por el tinte cerúleo de su piel, que no le quedaba mucho tiempo de vida. Un enorme rodal húmedo se destacaba en la entrepierna de sus calzones, delatando una incontinencia de orina que mi olfato advirtió aun sin haber desmontado. Al vernos llegar, se irguió todo lo que su giba le permitía y nos miró desconfiadamente.

—¿Qué buscáis por estos pagos? —nos espetó a bocajarro con voz ruda y áspera.

—¡Extraño saludo, hermano! —exclamé—. Somos hombres de bien que hemos errado el camino sin querer y que, al oír vuestros hachazos, creímos haber hallado nuestra salvación.

—¡Pues os equivocasteis! —rezongó volviendo a su tarea.

—Hermano, por favor, os pagaremos bien. Decid, ¿por dónde se sale de este bosque? Queremos volver a París.

Levantó la cabeza y pude ver una nueva expresión en su rostro.

—¿Cuánto pagaréis...?

—¿Qué os parecen tres escudos de oro? —propuse, sabiendo lo exagerado de la oferta; quería parecer desesperado.

—¿Por qué no cinco? —regateó el muy ladrón.

—Está bien, hermano, os daremos diez, diez escudos de oro, pero por ese dinero queremos también un vaso de vino. Estamos sedientos y cansados después de dar tantas vueltas.

Los ojillos del chalán brillaban como cuentas de vidrio bajo la luz del sol; se hubiera muerto del disgusto si hubiera sabido que estaba dispuesto a llegar hasta los veinte escudos; pero su codicia le había traicionado.

—Dadme el oro —exigió tendiéndome la mano—. Dadme el oro.

Me acerqué hasta él con el caballo y me incliné para dejar en su mano negra los escudos, que sujetó con avidez.

—Si volvéis por donde vinisteis, tomando siempre la senda de la derecha, llegaréis a la carretera de Noyon.

—Gracias, hermano. ¿Y el vino?

—¡Oh, sí...! Veréis, aquí no tengo, pero si seguís una milla hacia allá —dijo señalando hacia el norte— encontraréis mi casa. Decidle a mi mujer que vais de mi parte. Ella os atenderá.

—Que Dios os lo pague, hermano.

—Ya lo habéis pagado vos, caballero.

—¿Por qué tratáis con tanta cortesía a un vulgar siervo? —me preguntó Jonás en cuanto nos alejamos lo suficiente para no ser oídos—. Ese hombre es un esclavo, aunque sea esclavo del rey, y, además, un ladrón.

—No soy partidario de establecer diferencias por la condición que impone el nacimiento, Jonás. Dios Nuestro Señor era hijo de carpintero y la mayoría de sus apóstoles no pasaban de humildes pescadores. La única desigualdad posible entre los hombres es la bondad y la inteligencia, aunque debo reconocer que, en este caso, no brillaban ni la una ni la otra.

—¿Entonces?

—Si le hubiera tratado con la insolencia que merecía, me habría sacado igualmente los diez escudos, pero no estaríamos ahora camino de su casa. La suerte nos acompaña, Jonás: no olvides que una mujer, por muy grosera que sea, y, especialmente si se pasa la vida encerrada en una covacha en mitad de un bosque, siempre es más amable y más dada a la conversación.

Encontramos a la dueña sentada en la puerta de la choza, despatarrada sobre una silla de paja y madera, bebiendo de una jarra. La cabaña era cochambrosa, miserable, mugrienta e inmunda... exactamente igual que la dueña, una mujer que en algún momento, aunque pareciera imposible, debía de haber tenido dientes y pelo. Vi un gesto de repugnancia en la cara de Jonás y pensé que, como él, por mi gusto me alejaría de allí a uña de caballo. Pero ella, o cualquiera como ella que viviera en la zona, tenía que proporcionarme la información que necesitaba.

—¡Que la paz de Dios esté con vos, señora! —grité cuando nos acercábamos.

—¿Qué queréis? —preguntó sin inmutarse un ápice.

—Nos envía vuestro marido, a quien hemos pagado diez escudos de oro, para que nos deis un poco de vino antes de seguir camino hasta París.

—Pues bajad de los caballos y servíos, aquí mismo tengo una jarra.

Jonás y yo desmontamos, atamos los caballos a un árbol y nos dirigimos hacia la mujer.

—¿Seguro que le habéis pagado diez escudos de oro?

—Así es, señora, pero como veo que desconfiáis, aquí os entrego un escudo más para vos. Nos hemos perdido en el bosque y, si no fuera por las indicaciones de vuestro marido, no podríamos salir nunca de estos contornos.

—Sentaos y bebed —dijo señalando unos bancos de madera—. El vino es bueno.

En realidad, el vino era asqueroso, con un agrio sabor a vinagre viejo, pero ¿qué otra cosa serviría de excusa para entablar conversación?

—¿Y qué hacéis por aquí? Hacía mucho tiempo que nadie de la ciudad se acercaba hasta Pont-Sainte-Maxence.

—Mi joven amigo y yo somos *coustilliers* del rey Felipe el Largo, a quien Dios cuide muchos años.

La mujer no me creyó.

—¿Cómo podéis ser *coustillier* del rey si no sois francés? Vuestro acento es... raro, de ninguna parte.

—¡A fe que tenéis razón, señora! Veo que sois una mujer inteligente. Mi madre era francesa, hija del conde Brongeniart, de quien seguramente habréis oído hablar porque fue consejero de Felipe III el Atrevido. Mi padre, en cambio, era navarro, súbdito de la reina Blanca de Artois, a quien acompañó en su huida cuando, escapando de las ambiciones aragonesas y castellanas sobre Navarra, huyó a París en compañía de su pequeña hija Juana. Esta vieja historia es conocida por todos. Cuando mi madre murió, mi padre regresó a su tierra llevándome consigo. Hace muy poco tiempo que volví, pero el rey tuvo a bien nombrarme *coustillier* de su *gabinet* por ser un Brongeniart.

La vieja estaba deslumbrada por tanto nombre de alta alcurnia, y yo terminé mi discurso bebiendo un trago de aquel vinagre con el aire candoroso y distraído de alguien que ha contado algo tan cierto y tan evidente que no hay nada más que hablar.

—Y decidme, *sire*, ¿qué os ha traído por este bosque?

—Veréis, señora, el papa Juan ha solicitado del rey un informe completo sobre la muerte de su padre, el rey Felipe IV el Bello, porque no sé si sabréis que, cuando fue encontrado por estos pagos después del caer del caballo, sólo decía dos palabras: «La cruz, la cruz...», y el Papa está interesado en canonizarle, lo mismo que Bonifacio VIII canonizó en 1297 a Luis IX, bisabuelo de nuestro rey actual. Ahora bien, señora, dejadme que os confiese un secreto... —y bajé la voz como si en lugar de encontrarnos en mitad de un umbrío bosque estuviéramos en una feria de ganado o en una plaza pública—: el rey no quiere que su padre sea elevado a los altares, ¡faltaría más que tuviera que cargar para siempre ante la historia con el peso de un bisabuelo y un padre santos...! Siempre saldría mal parado en cualquier comparación.

—¡Cierto, cierto...! —confirmó con entusiasmo la arpía.

—Así que, en lugar de enviar a la guardia real o a los obispos o a los consejeros, el rey nos ha enviado a nosotros, dos *coustilliers*, para que investiguemos los hechos que rodearon la muerte de su padre, pero advirtiéndonos encarecidamente que encontremos en ellos algo que sirva para tirar por tierra los deseos del papa Juan. Por eso necesitamos encontrar a alguien que sepa exactamente qué pasó aquel día, que tenga todos los detalles y que, por un poco de dinero, esté dispuesto a hablar. ¿Sabríais vos de alguien así?

—¡Yo misma, *sire*!

—¿Vos, señora, cómo es posible? —pregunté sorprendido.

—Mi marido y yo lo sabemos todo, ¿no veis que en este bosque no puede pasar nada sin que nos enteremos los diez o quince siervos que en él vivimos?

—¡Ah, esto sí que es interesante! Mira, Jonás, esta mujer es la persona que buscábamos. ¿Cómo os llamáis, señora?

—Marie, *sire*, Marie Michelet, y mi marido, Pascale Michelet.

—Pues ved que aquí os entrego cinco escudos de oro, que con el que os di antes y los diez que entregué a vuestro marido, son una pequeña fortuna.

—¡Y a mí qué! —aulló enfadada—. Lo que le disteis a mi marido fue por el vino y las indicaciones, y lo que me disteis a mí al llegar fue porque os dio la gana. Por cinco escudos de oro no sé si lo recordaré todo.

—Pero mirad, Marie, que no traigo más y que lo que os he dado soluciona vuestra vida para siempre —protesté—. Bien... Tenéis razón. Quizá vuestra información contenga algún detalle importante que merece ser pagado con generosidad. Tomad, pues... Éstos son mis últimos cuatro escudos. Veinte traía y ninguno me llevo.

—Podéis preguntar lo que queráis —afirmó la vieja Marie cogiendo avariciosamente las monedas; me dije a mí mismo que la miseria engendra miseria y que, quizá, si aquella misma mujer hubiera nacido en una familia distinguida, podría haber sido hoy una dama generosa y elegante, madre y abuela respetada, y, con toda probabilidad, desdeñosa del dinero.

Marie contó que aproximadamente un mes antes del día del accidente, dos campesinos libres que vagaban en busca de trabajo se habían instalado en las cercanías de Pont-Sainte-Maxence y, a falta de otra cosa, ayudaban a los hombres del bosque cortando leña y, de vez en cuando, si alguno cazaba algún venado, «aunque esto, *sire*, no lo digáis, porque ya sabéis que es un delito matar a los animales del rey», ellos se encargaban de curtir la piel y de fabricar calzas y camisas y fundas para dagas con el cuero. Aquellos dos campesinos libres se llamaban Auguste y Félix, y eran de Rouen, y ellos fue-

ron quienes avistaron al ciervo, «un ciervo enorme, *sire*,
un ciervo alto como un caballo, con un pelaje brillante
y unas cuernas enormes, de doce vástagos».

—¿Lo vio alguien más, Marie?

—¿A quién, rediós?

—Al venado, ¿lo vio alguien más aparte de Auguste
y Félix?

—No sabría deciros... —La vieja hacía memoria con
esfuerzo; parecía lista y despabilada (el hambre despa-
bila al más tonto), pero su vida había sido dura y la
mente no era, precisamente, la parte de su cuerpo que
más había ejercitado—. Sí, creo que sí, pero no estoy
segura. No recuerdo bien si el hijo de Honoré, un leñador que vive más al norte, dijo que también lo había visto, o que le había parecido verlo... no sé.

—Está bien, no preocupaos. Seguid.

Auguste y Félix estaban entusiasmados con el animal.
Le seguían por el bosque día y noche, pero no lo caza-
ron; ellos nunca cazaban y, además, dijeron que un animal así merecía morir a manos de un rey. Cuando Felipe
el Bello se presentó con su séquito aquel día, fue Pascale
quien le habló del ciervo y quien le contó las maravillas
que los de Rouen habían contado sobre el animal.

—Y el rey, entonces, se lanzó entusiasmado en pos
del venado de cuernas milagrosas.

—¡Ji, ji, ji! ¡Ya lo creo! ¡Y se mató!

—Y ¿dónde estaban aquel día Auguste y Félix?

—Dijeron que no querían perderse la cacería y que
subirían a aquel cerro. —Y lo señaló, a su derecha, con
un dedo grueso, sucio y sarmentoso—. A aquél, sí, ¿lo
veis?, para observarlo todo desde lo alto.

—¿Iban armados?

—¿Armados Auguste y Félix...? ¡Quiá! Ellos nunca

iban armados, ¿no os he dicho ya que no cazaban jamás?

—Pero sabían hacer vainas para puñales.

—¡Y muy bien, por cierto! En la casa debo de tener alguna, ¿queréis verla?

—No, no será necesario.

—Auguste y Félix no subieron armados al cerro. Aquel día sólo portaban sus cayados, que les servían para caminar mejor por el bosque y para abrirse paso entre los matorrales.

—¿Y los perros, Marie, porque no estaban con el rey cuando fue atacado por el ciervo?

—El rey corría más que los perros.

—¿Tan rápido iba?

—¡Volaba! La jauría siempre va delante indicando el camino que sigue la presa, pero el rey creyó ver al ciervo en otra dirección, y se separó del grupo.

—¿Y la trompa, por qué no hizo sonar la trompa cuando se perdió y le atacó el ciervo?

—No la llevaba.

—¿No la llevaba? —me sorprendí—. Ningún cazador sale al campo sin su trompa.

—Así es, y el rey tenía una muy bonita atada al cinto, yo la vi. Era de tamaño mediano, de oro puro y piedras preciosas. ¡Debía de valer una fortuna!

—¿Y cómo es posible que después no la llevara?

—¡Yo qué sé!... Sólo sé que Pascale estuvo una semana buscándola por la zona donde el ciervo embistió al rey porque decía que cuando le encontraron en el suelo gritando «La cruz, la cruz...», la trompa no estaba y que ya no debía de llevarla encima cuando fue atacado porque no había llamado a sus compañeros. Ellos lo juraron.

—Pascale la buscaba para devolverla, naturalmente —comenté con sorna.

—Naturalmente... —masculló Marie.

—Sólo quiero saber una cosa más, Marie. ¿Dónde están ahora Auguste y Félix?

—¡Huy qué pregunta! ¡Eso no lo saben ni ellos!

—¿Por qué? —quiso saber Jonás.

—Porque se marcharon a buscar trabajo en otra parte. Se quedaron por aquí hasta la Pascua y luego volvieron a Rouen. Poco después empezó el hambre. La gente se moría como los perros, peleándose por un bocado de pan. Nos visitaron un par de veces más, durante un año o así, y luego dijeron que se iban a buscar trabajo en Flandes, en las fábricas de telas. No hemos vuelto a saber de ellos. —Marie se arrellanó cómodamente en su asiento de madera y paja, dando por terminada la conversación—. ¿Habéis encontrado lo que buscabais para complacer al rey?

—Sí —respondí poniéndome de pie; Jonás me imitó—. Le diré que me habéis ayudado satisfactoriamente.

La vieja, desde su asiento, nos contempló a ambos con curiosa atención.

—Si no fuera por lo que habéis... diría...

Zanjé el asunto bruscamente. Yo, que me precio de ser tan sublime en mis mentiras, me comporto como un aprendiz cuando las cosas se salen del ámbito de lo acostumbrado.

—¡A caballo, Jonás! ¡Adiós, Marie, os deseo que disfrutéis de vuestro dinero, es un dinero que habéis ganado gracias al Papa!

Dos días después de que Jonás entregara mi carta a Beatriz d'Hirson —de aquella manera tan sumamente discreta y moderada—, llegó por fin su respuesta de la mano de un viejo criado que temblaba, al entregármela, como una hoja sacudida por un vendaval. Viéndole escapar escaleras abajo con la rapidez de un muchacho, deduje que su miedo, por otra parte injustificado, debía de ser un pálido reflejo del que había visto en su dueña al recibir de ella la nota que ahora estaba en mis manos.

Aquel día me sentía cansado y con un ligero sabor amargo en algún lugar del alma que no era capaz de identificar, así que eché a Jonás a la calle —que se marchó muy contento, libre como los pájaros y con ganas de aventura—, y me senté cómodamente, con los ojos entrecerrados y todo el cuerpo en actitud de meditación, para intentar aclarar los pensamientos y los sentimientos que se agitaban en mi interior desde hacía tiempo sin que les prestase atención. Había olvidado por completo mis estudios de la *Qabalah* —el *Sefer Yetzirah*, el Libro de la Creación, y el *Zohar*, el Libro del Esplendor—, había olvidado también el desarrollo de mi vida interior, de mi espíritu, la comunicación con la Deidad... Y me sentía agitado y atormentado por recuerdos del pasado, lo mismo que un castillo sitiado por un poderoso ejército de fantasmales mesnadas. Necesitaba un poco de paz. Me concentré, primero, en mi respiración, y luego en mis atormentadas emociones. Ahora estaba en casa. Serénate, Galcerán, tienes que recobrar el sosiego —me dije—, no es propio de ti dejarte atrapar por estas amarguras. Podrás encontrar la paz en cuanto regreses a Rodas, en cuanto subas de nuevo las laderas del monte Ataviro, en cuanto descanses en las playas de fina arena escuchando el ruido del mar del

Dodecaneso... Pero, para volver a Rodas, tienes que acabar cuanto antes con este trabajo que te ha encomendado Su Santidad y dejar a Jonás en Taradell, con sus abuelos. Entonces te recuperarás a ti mismo y volverás a estar tranquilo.

Permanecí mucho tiempo dentro de mí, dialogando conmigo mismo más o menos en estos mismos términos, y salí de allí dando gracias a la Deidad por haber encontrado un poco de calma. Desanduve la senda de la concentración, respiré profundamente con mi cuerpo físico y moví las manos y el cuello para desentumecerme.

—¡Menos mal! —suspiró Jonás con alivio—. Creí que estabais muerto. De veras.

—¿Qué diablos estás haciendo ahí? —me sorprendí—. ¿No te había mandado a la calle?

—Y he estado en la calle —protestó—. He visto una representación de marionetas en la Bûcherie y he estado observando a los *operarii* que trabajan en las obras de los arbotantes de Notre-Dame. Ahora son las tres de la tarde, *sire*. Hace una hora que os observo. ¿Qué clase de oración es la que estabais haciendo? Ni siquiera vuestros párpados se movían.

—Ha llegado una carta de Beatriz d'Hirson —anuncié por toda respuesta.

—Lo sé, la he visto. Está ahí, sobre vuestro *lectorile*. No la he leído, ¿qué dice?

—Quiere vernos esta noche, a la hora de vísperas, frente al puente levadizo de la fortaleza del Louvre.

—¿Fuera de las murallas? —se sorprendió Jonás.

—Nos recogerá con su coche. Presumo que no tiene un lugar donde recibirnos que considere completamente seguro, así que me temo que hablaremos dando vueltas en su carruaje por el *suburbium*.

—¡Estupendo! ¡Los carruajes de los cortesanos son tan cómodos como los aposentos de un príncipe, *sire*!

—¡Pero qué sabrás tú de aposentos principescos si no has visto nada, Jonás, si acabas de salir del monasterio! —exploté injustamente.

—Vuestra extraña oración no os ha tranquilizado.

—Mi extraña oración me ha servido para comprender que lo único importante para mí en estos momentos es terminar con esta dichosa misión, informar al Papa y al gran comendador, y regresar cuanto antes a mi casa, a Rodas.

—¿Y yo qué? —preguntó él.

—¿Tú...? ¿Acaso crees que voy a cargar contigo el resto de mi vida?

Era evidente que estaba de muy mal humor.

Hacía un frío endemoniado en las húmedas calles de París. Nuestras bocas emitían nubes de vaho mientras esperábamos en las sombras el carruaje de Beatriz d'Hirson. Por fortuna, los abrigos de piel que traíamos de Aviñón eran largos y nos cubrían las piernas. El muchacho se había tocado la cabeza, además, con un bonete de fieltro y yo con un sombrero de castor que me protegía el cuero cabelludo del viento gélido. Esa tarde, la dueña de nuestro hostal, a petición mía, había subido a nuestro cuarto para rasurarnos la cara y desmocharnos el pelo, pero Jonás se había negado en redondo a dejarse cortar la melena: en las calles de París había visto a los muchachos de su edad con los cabellos largos —símbolo de nobleza y de hombres libres— y había decidido imitarlos; también se había negado a dejarse pasar la navaja por las mejillas —aunque sólo tenía una ligera pelusa oscura en las quijadas—, orgulloso de su flamante virilidad. Creo que aquella nueva actitud hacia su aspecto era su manera de decirme que no deseaba regresar al cenobio.

—He estado pensando, *sire*, sobre la visita que hicimos el otro día a Pont-Sainte-Maxence —dijo mientras daba pequeños saltitos para conservar el calor del cuerpo bajo los ropajes.

—¿Y qué has pensado? —pregunté con pocas ganas.

—¿Queréis que os cuente mi teoría sobre la muerte del rey Felipe el Bello?

—Adelante. Te escucho.

Siguió saltando como una liebre y expulsando grandes bocanadas de aliento lechoso. A nuestra espalda, la imponente fortaleza cuadrada del Louvre apagaba las últimas luces de sus torretas. Aunque en pocos minutos París quedaría completamente a oscuras, todavía se veían brillar algunas discretas linternas en unas cuantas ventanas y terrazas del castillo y, gracias a ellas, pese a las tinieblas, podía divisarse contra el fondo negro de la noche —un negro tan oscuro como la tinta— la alta figura del Torreón que emergía desde el interior del castillo como una flecha que apuntara amenazadoramente al cielo.

—Creo que Auguste y Félix son nuestros viejos amigos templarios *Ádâb Al-Aqsa* y *Fath Al-Yedom* y que se instalaron en Pont-Sainte-Maxence con tiempo de sobra para preparar su siguiente trampa: sabían que, antes o después, el rey iría allí a cazar. Empezaron a correr el rumor entre los siervos sobre el maravilloso venado y, cuando el rey se presentó, se subieron al cerro y esperaron el momento propicio. La fortuna les favoreció, y el rey se separó del grupo creyendo que había visto al animal. Entonces... —se detuvo un segundo, reflexionando, y luego siguió—. Pero no puede ser, porque si ellos estaban en el cerro...

—No estaban en el cerro —le ayudé.

—¡Pero la vieja dijo...!

—Volvamos al principio. ¿Por qué sabes que eran nuestros templarios?

—Bien, no tengo pruebas, pero ¿no es curioso que los nombres árabes y los nombres franceses empiecen por las mismas letras, A y F? Tiene que tratarse de los mismos templarios que estuvieron en la posada de François en Roquemaure, ¿no?

—Buena deducción, pero hay algo que lo confirma mucho mejor. Los templarios tienen expresamente prohibida la caza por su Regla, ¿no oíste lo que dijo la mujer del leñador sobre que Auguste y Félix no cazaban jamás? Un caballero templario no puede cazar ni con aves, ni con arco, ni con ballesta, ni con perro. La única caza que tiene permitida es la del león, y tampoco la del león real, sino el león simbólico, el Maligno. Por ese motivo Auguste y Félix jamás mataban venados en el bosque.

—¡Voto a...!

—¡Muchacho —le dije irónicamente—, estás blasfemando!

—¡No es cierto!

—¡Sí lo es, te he oído! Tendrás que confesar tu pecado —repuse con malicia.

—Lo haré mañana a primera hora.

—Así me gusta. Pero sigamos, decías antes de mi interrupción que ellos no podían haber matado al rey porque estaban en lo alto del cerro.

—Y vos habéis dicho que no, que no se encontraban allí.

—Naturalmente. Si hubieran estado en el cerro no habrían podido matar al rey y, desde luego, lo hicieron.

—¿Dónde estaban, pues?

Me arropé con mi abrigo y deseé que la dama d'Hirson no se retrasara mucho.

—Primero, es fundamental aceptar la presencia del ciervo, pero no de un ciervo prodigioso, sino de un ciervo probablemente grande, de largas cuernas y domesticado, que hoy debe de vagar en libertad por los mismos bosques que nosotros visitamos hace dos días. Auguste y Félix debieron de atraparlo al poco de instalarse allí (debemos pensar que poco después de matar a Guillermo de Nogaret, que murió entre el papa Clemente y el rey Felipe), lo domesticaron, más o menos, y construyeron unas falsas cuernas de doce vástagos con los restos de las cornamentas de otros animales. No olvides que ellos se hacían cargo de la piel de los venados que cazaban los habitantes del bosque, y eso implica llevarse también las cabezas. Fabricaron, pues, las falsas cuernas de manera que engarzaran perfectamente en la cabeza del animal. Debieron también de preparar algún artificio para que, en pocos segundos, esos cayados que usaban para caminar por la floresta se convirtieran en una cruz perfecta que encajase también entre los vástagos falsos. ¿Te imaginas el efecto? El rey ve al ciervo y lo sigue, separándose del grupo; a veces el animal desaparece de su vista en la espesura, pero vuelve a encontrarlo enseguida y continúa en su loca carrera que le separa más y más de su séquito. Es probable, y aquí nos movemos en terreno inseguro, que en algún momento Auguste o Félix ocultaran al animal en algún lugar elegido de antemano y que el rey tuviera que detenerse a la espera de verlo saltar de nuevo por algún lugar. Entonces aparece Auguste, o Félix, y le dice que él puede ayudarle a encontrar al ciervo. Le lleva de un lado a otro, diciendo que lo ve por allí o por allá, y el rey se deja guiar confiadamente, porque arde en deseos de cazar un venado tan raro cuya cornamenta deslumbrará a la corte. El animal reaparece de pronto y el rey, agradecido, le dice a nuestro amigo: «Pídeme lo que quieras», y él le contesta: «Vuestra trompa de oro», y el rey se la da. Ahora, sin que se dé cuenta, ha quedado aislado y listo para caer en la trampa. Corre tras el venado y, justo en el lugar donde más tarde apareció en el suelo, lo vuelve a perder de vista. Se detiene allí, atento, inmóvil y solo..., completamente solo. Entonces oye un ruido, un crujir de hojas, y se vuelve raudo a mirar, y ¿qué es lo que ve? ¡Ah!... Aquí empieza la sugestión. Ve al dócil y domesticado animal tan inmóvil como él y tan cerca que casi puede oír su respiración, mostrándole su enorme cornamenta milagrosa en cuyo centro se distingue una gran cruz de madera, probablemente reluciendo bajo el sol gracias a una buena capa de resina. Y el rey se asusta, retrocede con su caballo, con seguridad le viene a la mente la maldición de Molay, que no ha conseguido olvidar (recuerda que él fue el último de los tres en morir, así que debía de estar atemorizado esperando que le llegara el momento). De repente se siente enfermo; quiere llamar a sus compañeros de cacería pero su mano no encuentra la trompa en el cinto: se la había entregado al campesino. Y ya no puede pensar más, un fuerte golpe en la cabeza le derriba del caballo (recuerda también que la única señal de violencia que encontraron los médicos estaba situada en la nuca, en la base del cráneo, lo cual nos confirma que el ataque se realizó por una persona que estaba de pie en tierra), cae y comienza a desvariar: «La cruz, la cruz...» Auguste y Félix recuperan rápidamente sus bastones, desmontan la falsa cornamenta y liberan al animal; quizá echaron a correr hacia el cerro para enterrar allí los vástagos y para que, cuando el rey fuera descubierto más tarde, a ellos se les viera regresar desde aquella zona.

—Pero les preguntarían si habían visto algo.

—Y seguramente contestaron con naturalidad que sólo habían visto cómo el rey era atacado por el ciervo y cómo caía derribado del caballo, pero que, aunque gritaron para avisar, la distancia impidió que sus voces fueran oídas.

—Debimos examinar el lugar donde encontraron al rey.

—¿Para qué? Después de tres años, Jonás, allí no queda nada. Además, la espesura habrá cubierto cualquier huella, aunque dudo que nuestros amigos dejaran alguna.

—Quizá —admitió no muy convencido—. ¡Mirad, por ahí viene un carruaje!

El faetón de Beatriz d'Hirson se acercaba al Louvre silencioso como una sombra siniestra en la noche, bamboleando una pequeña linterna en el pescante. El cochero retrancó las caballerías frente a nosotros y yo me acerqué discretamente hasta el ventanuco de la portezuela que no lucía ningún escudo o divisa que pudiera servir para identificar al propietario. Sin asomarme, pregunté en voz baja:

—¿Mi señora Beatriz d'Hirson?

—Subid.

En cuanto Jonás y yo nos hubimos acomodado en el interior, el carruaje arrancó de nuevo. Dos mujeres nos esperaban dentro: una, la de mejores ropajes y con el rostro oculto por el amplio capuchón de un manto, era sin duda la dama a quien deseábamos ver; la otra, una jovencita con traza de criada, permanecía muda y amedrentada junto a su ama en un rincón del asiento.

—Quisiera pediros disculpas por la preocupación evidente que os he causado —dije a modo de saludo—. No debéis temer nada de mí, señora; jamás os pondría en peligro.

—No sé si creeros, señor De Born; la forma que tuvo vuestro joven amigo de hacerme llegar aquella carta no fue la más apropiada. He tenido que mentir mucho a mi señora Mafalda d'Artois.

—Lo lamento. No encontramos otro recurso.

Sólo tres luces permanecían encendidas en París durante toda la noche: la del cementerio de los Inocentes, la de la Torre de Nesle y la del Grand Châtelet. Por debajo de alguna de ellas —o de cualquier otra que aquella noche estuviera encendida por casualidad— pasamos justo en ese momento y tuve ocasión de admirar el rostro de Beatriz d'Hirson. Era ésta una mujer de edad avanzada, de unos cuarenta años aproximadamente, aunque todavía muy hermosa. Sus ojos, de un azul profundo y marino, tenían, sin embargo, un brillo helado y, cuando, más tarde, se retiró la capucha y nos volvió a iluminar la claridad de una luz —dimos vueltas y vueltas desde la Torre Barbeau hasta la poterna de St.-Paul, pasando, naturalmente, por la Torre de Nesle varias veces—, vimos que tenía el cabello teñido de rojo y que lo llevaba recogido en un moño con una redecilla bordada de perlas.

—Comprenderéis que no dispongo de mucho tiempo. He salido de palacio con un engaño y no sería conveniente que nadie me viera dando vueltas por París a estas horas de la noche.

Beatriz d'Hirson no era, desde luego, una mujer de carácter agradable ni tampoco demasiado paciente.

—No os retrasaré.

El asunto era complicado; de aquella dama yo lo desconocía todo, y tampoco, por mucho que había reflexionado sobre ello a la luz de mis informes, disponía de un punto vulnerable por el cual situarla en la disposición más favorable para mí. Beatriz no era, como aquel miserable de François, o como la infeliz de Marie, una persona ignorante a quien se pudiera atrapar en una sencilla red de mentiras sabiamente aderezadas con algo de temor supersticioso o de relumbre nobiliario, y, aunque así fuera, yo no podía estar seguro. Por tanto, mi única posibilidad consistía en desarrollar una teoría moderadamente verosímil en la cual ella se sintiera sutilmente implicada, de forma que los gestos de su rostro, o mejor, los movimientos de su cuerpo, ya que viajábamos prácticamente a oscuras, y también los tonos de su voz me fueran guiando por el oscuro laberinto de la verdad. En este caso, mis únicas armas eran la intuición y un poco de mala voluntad.

—Veréis, señora, soy físico, y pertenezco a una escuela médica radicada en Toledo, en el reino de nuestro soberano Alfonso XI de Castilla. Recientemente llegaron a nuestras manos unos extraños documentos (perdonad que no pueda aclararos su procedencia, pues se verían involucrados muchos importantes caballeros francos), en los cuales se aseguraba que vuestro... amigo, el guardasellos del rey Felipe el Bello, Guillermo de Nogaret —hubo aquí una primera conmoción de telas en el vestido de mi señora Beatriz—, había fallecido de una muerte terrible: totalmente demenciado, entre gritos espantosos y vómitos de sangre, y retorcido por unos insoportables calambres que le enroscaban el cuerpo. Aquellos documentos venían acompañados por una carta, cuyos sellos impresionaron incluso a nuestros más notables profesores, en la que se nos pedía que informásemos de manera confidencial acerca de cuál podía ser la enfermedad que lo había matado y, en caso de no tratarse de una enfermedad, qué tipo de veneno era el que el asesino había utilizado —aquí hubo una segunda conmoción de telas, acompañada de un cambio de postura del cuerpo—. No me preguntéis, señora, a quién pertenecían los sellos de la carta porque, ni a vos os conviene saberlo, por vuestra cercanía a dicha persona, ni a mí revelároslo, por prudencia y para cumplir un juramento. Pero veréis, ni nosotros, ni los físicos de otras eminentes escuelas a quienes discretamente hemos consultado, han podido nombrar una dolencia que provoque esos síntomas y, en cuanto al veneno... Ni siquiera nuestros más expertos herbolarios (y os aseguro que Toledo no sólo tiene, como sabréis, los médicos más excelentes, sino también los mejores *pharmacopolæ*) han podido determinar la sustancia mortífera. Por todo ello, mi escuela ha decidido enviarme a París por si aquí pudiera recoger alguna información que nos sirviera para responder adecuadamente a la petición de esa persona principal que antes os mencionaba.

Después de mi discurso tenía dos certezas: la primera —que ya sospechaba de antemano—, que la amante de Nogaret estaba al tanto de que, en la muerte del guardasellos, había algo turbio, y dos, que ese algo turbio estaba relacionado con un veneno; *ergo*, Beatriz d'Hirson sabía algo sobre el veneno que había matado a Nogaret.

—Bien, caballero De Born... —comentó la dama con voz neutra—. ¿Y en qué puedo ayudaros yo? Todo lo que habéis dicho me sorprende y acongoja sobremanera. No tenía idea de que hubiera podido morir envenenado ni, mucho menos, de que... alguien poderoso e importante de la corte de Francia tuviera interés en desvelarlo.

¡Ahí estaba el punto flaco, el talón de Aquiles, la puerta franqueable!

—¡Oh, sí, mi señora! Y, como ya os he dicho, alguien muy, muy importante.

—¿Alguien como el rey? —preguntó con voz insegura.

—¡Por Dios, mi señora Beatriz, he hecho un juramento!

—¡Muy bien, no os forzaré a incumplir vuestra palabra, caballero! —exclamó sin mucha convicción—. Pero, imaginemos, sólo imaginemos, que fuera el rey... —Su voz tembló de nuevo—. ¿Para qué querría saber una cosa así después de tres años?

—No se me ocurre ninguna explicación. Acaso vos lo sepáis mejor que yo.

Calló unos instantes, sumida en la reflexión.

—Veamos... —dijo al fin—. ¿Quién os animó a entrevistaros conmigo? ¿Quién puso mi nombre a vuestra disposición?

—En uno de los documentos llegados a Toledo se afirmaba que vos fuisteis la primera persona en acudir a la cámara del guardasellos real cuando comenzaron sus gritos y que estabais a su lado cuando murió. Por eso pensé que quizá podríais facilitarme algún detalle, algo que, aunque a vos os pueda parecer insignificante, resulte vital para mi trabajo.

—Tengo oído —comenzó ella, que seguía mortificada por la identidad de esa «persona principal»— que el rey estaba preocupado por ciertos rumores que afirmaban que tanto su padre como Guillermo habían muerto a manos de los caballeros del Temple. ¿Conocéis la historia?

—Todo el mundo la conoce, mi señora. El gran maestre de los templarios, Jacques de Molay, maldijo al rey, al papa Clemente y a vuestro amigo mientras ardía en la hoguera. Quizá Felipe el Largo quiera conocer la verdad sobre la muerte de su padre —dije admitiendo así, de manera indirecta, la identidad del misterioso personaje que tanto preocupaba a la dama.

—Y debe de quererlo con muchas ganas o no habría enviado secretamente cartas y documentos hasta las escuelas médicas de Toledo.

—Así es —confirmé de nuevo, aumentando a propósito su angustia—. Y puesto que lo habéis adivinado, no voy a mentiros: no me extrañaría nada que, además de pedirnos a nosotros esos informes, hubiera solicitado alguna otra investigación.

Aquella noche, el corazón de la antigua amante de Nogaret no hacía otra cosa que saltar del fuego a la olla y de la olla al fuego. Hacía casi una hora que conversábamos en el carruaje; por muy grande que fuera París, los centinelas de la muralla acabarían por sospechar si seguían viéndonos pasar una y otra vez.

—Haremos un trato, *sire* Galcerán de Born. Si yo os facilito información para que elaboréis con éxito ese informe, ¿seríais vos capaz de jurar por el nombre de Nuestro Señor Jesucristo que me eximiríais de toda responsabilidad y que libraríais mi nombre de sospechas para siempre?

—¡Le matasteis vos, mi señora Beatriz! —exclamé con muchos aspavientos, sabiendo como sabía que no era cierto.

—¡No, yo no le maté! ¡Puedo jurarlo ante Dios! Pero tengo fundados recelos para sospechar que me utilizaron para matarle, y vuestra presencia aquí, y todo lo que me habéis contado, me llevan a creer que los verdaderos asesinos desean hacerme parecer culpable ante los ojos del rey.

—Juro por Dios, por la Santísima Virgen y por mi propia vida —dije poniéndome la mano en el pecho, por si ella pudiera advertirlo—, que, si es cierto que vos no le matasteis, mi informe os librará para siempre de toda sospecha.

—Que Jesucristo os condene si incumplís vuestro juramento —apuntó con voz grave.

—Lo acepto, mi señora. Y ahora contadme, pues no debéis de tener ya mucho tiempo y no quisiera dejaros sin conocer la verdad.

Beatriz d'Hirson se aclaró la garganta antes de comenzar y dio una ojeada a la calle, tan negra como nuestro cubículo, levantando ligeramente la cortinilla de la portezuela.

—Vos, señor físico, no tenéis ni idea de las cosas que pasan en la corte, de los crímenes, las ambiciones y las luchas por el poder que se desarrollan cada día dentro de los muros de palacio... Guillermo era un hombre muy inteligente; él y el consejero Enguerrando de Marigny tenían toda la confianza del rey Felipe IV y podría decirse que gobernaban el país. Guillermo y yo éramos amantes desde la época de los enfrentamientos con Bonifacio VIII, desde que él regresó de Anagni, después de la liberación del Papa por la sublevación popular. ¡Qué tiempos...! Yo era entonces viuda reciente y él era el hombre más poderoso de la corte —suspiró con melancolía—. Luego vino el problema de los templarios. Guillermo decía que había que terminar con ellos porque eran un «Estado podrido dentro del Estado sano». Él fue quien organizó toda la campaña contra la Orden, quien retuvo a Molay y quien realmente lo quemó en la hoguera. Aquel día... —se quedó en suspenso un momento, pensativa—. El día de la muerte de Molay estaba enfermo de rabia. «Me matarán, Beatriz», me dijo totalmente convencido, «esos bastardos me matarán. Su gran maestre lo ha ordenado desde la pira antes de morir, y puedes estar segura de que no viviré más allá de un año». Cuando el Papa pereció, el estado de salud de Guillermo, de salud mental me refiero, se deterioró mucho.

—¿Qué le ocurrió?

—No dormía nunca, pasaba las noches en vela, trabajando y, como no descansaba, siempre estaba inquieto y de mal humor. Daba gritos por cualquier cosa. Ordenó que su comida y su bebida fueran catadas por un siervo, delante de él, para evitar que le envenenaran, y no salía jamás a la calle si no era protegido por una guardia personal de doce espadas. Además, los problemas en el reino eran muy graves por aquel entonces, había muchos escándalos en la corte por asuntos de desfalcos al Tesoro. Los nobles, los burgueses y los clérigos se oponían a la política fiscal del rey y se produjeron peligrosas alianzas entre Borgoña, Normandía y el

Languedoc. Por si algo faltaba, los enfrentamientos por cuestiones de poder entre los miembros de la familia real eran cotidianos y, como remate final, el rey Felipe estaba incluso más preocupado que Guillermo por la maldición de Molay. Todo funcionaba mal. —Suspiró de nuevo—. Por fin, una noche de triste recuerdo para mí, me anunció que nuestra amistad debía terminar, que no podíamos seguir visitándonos, y yo, aunque protesté (algo que una dama no debe hacer jamás pero que yo hice), no tuve más remedio que callar cuando me aseguró que ya no me amaba y que había encontrado una nueva amiga más joven. —Un gemido ahogado se escapó de su garganta—. ¡Me negué a aceptarlo! Sabía que lo de su nueva amiga no era cierto, que Guillermo sólo deseaba mantenerme a salvo alejándome de él, así que no tuve más remedio que acudir a...

Y se quedó callada.

—¿A quién acudisteis, señora? No os detengáis.

—Acudí a una hechicera que anteriormente había prestado muchos y buenos servicios a mi señora Mafalda.

—¿Recurristeis a una hechicera...? —Mi asombro no tenía límite—. ¿Vos?

—Sí, a una judía, una habitante del gueto, una mujer versada en las artes mágicas que había trabajado anteriormente para otras damas de la corte.

—¿Y cuál era vuestra demanda?

—Quería algo que ayudara a Guillermo, que calmara sus atormentados nervios, que le ayudara a descansar y que le hiciera volver a mi lado.

—¿Y qué os dio la hechicera?

—Primero quiso que le llevara una vela del aposento de Guillermo, y luego me dijo que le pidiera a mi señora Mafalda un pellizco de unas cenizas mágicas que tenían el poder sobrenatural de atraer al demonio.

—¿Cómo es eso posible? ¿La suegra del rey en posesión de unas cenizas que atraen al demonio?

—Eran cenizas de la lengua de uno de los dos hermanos d'Aunay, aunque presumo que no sabéis de quienes os hablo.

—Pues no, no lo sé.

—Los hermanos d'Aunay —susurró— fueron los amantes de Juana y Blanca de Borgoña.

—¡Las esposas del rey Felipe el Largo y de su hermano Carlos, las hijas de Mafalda d'Artois!

—En efecto. Los hermanos d'Aunay murieron en la hoguera por haber sido amantes de la reina y de su hermana. Mi señora Mafalda recogió de la pira, por indicación de la hechicera, la lengua a medio quemar de uno de los hermanos, y luego la redujo a cenizas para conjurar con ellas al demonio. Parece que esas cenizas son muy poderosas y que consiguen que el Maligno conceda todo lo que se le pide. Mi señora Mafalda me regaló una pizca, y eso, junto con la vela de la cámara de Guillermo, fue lo que le llevé a la hechicera. Me dijo que pasara al día siguiente, que me entregaría la candela conteniendo ya el conjuro, y que sólo debía volver a colocarla en su sitio y esperar que surtiera efecto.

—Y eso fue exactamente lo que hicisteis.

—Cierto, por desgracia, pues esa misma noche Guillermo murió.

Beatriz d'Hirson comenzó a llorar acongojadamente. Su criada le tendió un pañuelo para que se secara los ojos, pero ella lo despreció. Aquélla era una mujer curtida en mil batallas cortesanas, no menos peligrosas que cualquier combate entre ejércitos enemigos, pero, tres años después de su muerte, el recuerdo del hombre al que había estimado todavía la hacía llorar como una doncella enamorada. Indudablemente, el veneno que había matado a Nogaret estaba oculto en la vela; quizá se tratara, en vista de que no había sido ingerido sino quemado, de algún compuesto sulfúrico, de algún derivado gaseoso del mercurio, pero no estaba seguro; necesitaba consultar algún electuario de venenos y contravenenos o, mejor todavía: necesitaba consultar a la propia hechicera.

—¿Creéis que la judía os dio la vela envenenada?

—Por supuesto. Estaría dispuesta a jurarlo.

—¿Y por qué no la denunciasteis, por qué no contasteis la verdad?

—¿De veras pensáis que alguien me hubiera creído? Con razón venís de un reino tan bárbaro como el de Castilla. Escuchad, señor físico, prestad mucha atención a lo que os voy a decir: la persona que mató a Guillermo fue la misma que me dio las cenizas. ¡Y que Dios me perdone por lo que acabo de decir!

—¿Mafalda d'Artois?

—¡Basta —gritó—, se acabó la conversación! No diré ni una palabra más. Vos ya tenéis lo que queríais. Espero que cumpláis el sagrado juramento que habéis hecho por vuestra vida ante Dios y ante la Santísima Virgen.

Beatriz d'Hirson se equivocaba; yo no tenía aún todo lo que quería. A pesar del largo camino recorrido para llegar hasta allí, todavía no disponía de pruebas que presentar a Su Santidad respecto a las muertes que me había mandado investigar. Las posibilidades de encontrar el rastro de los médicos árabes de Aviñón y de los campesinos libres de Rouen eran inexistentes, pero aquella judía existía, estaba en algún lugar del gueto, y, por descontado, había conocido a los asesinos de Nogaret.

—Lo cumpliré, señora, no sintáis temor. Pero necesito algo más, sólo un poco más para resolver este enigma y poder libraros para siempre de cualquier acusación. Decidme cómo se llama la hechicera y dónde vive.

—Con otra condición —repuso Beatriz—. Que no le digáis que yo os envío; si se lo dijerais, mi señora Mafalda estaría enterada mañana mismo a primera hora, y podríais desencadenar una serie de acontecimientos en los que vuestra propia vida podría correr peligro. ¡No olvidéis nunca el poder de Mafalda d'Artois! La vida para ella sólo tiene un objeto: ver a sus futuros nietos coronados como reyes de Francia, y por ello sería capaz... Por ello ha sido y es capaz de cualquier cosa.

—Estad tranquila a ese respecto, mi señora Beatriz. Sé que no me conocéis lo suficiente para confiar en mí y, sin embargo, lo habéis hecho, y sé que sólo contáis con mi juramento para vivir tranquila de ahora en adelante. Pues bien, sabed que también os juro completo silencio sobre vos cuando esté con la hechicera y que no deseo que perdáis ni una hora de sueño tranquilo por temor a mis palabras: jamás hablaré, y tampoco lo hará mi joven compañero.

—Gracias, *sire* Galcerán. Espero que cumpláis vuestra palabra, eso es todo.

La dueña golpeó con la mano el techo del carruaje y éste se detuvo en mitad de la noche.

—El nombre, mi señora Beatriz, el nombre de la hechicera —le urgí viendo que Jonás y yo debíamos bajarnos.

—¡Ah, sí!... Sara, se llama Sara. Vive en lo que queda del barrio judío después de la expulsión, en la calle de los plateros. Preguntad por ella. Todo el mundo la conoce.

Instantes después el carruaje se alejaba de nosotros, dejándonos abandonados en mitad del quai des Celestins. Debía de faltar un hora u hora y media para completas, y hacía un frío muy desagradable.

—Volvamos a la hostería, *sire* —me pidió Jonás rechinando los dientes—. Tengo frío, tengo hambre y tengo sueño.

—Pues lo siento por ti, muchacho, pero todavía tardarás un poco en calentarte al fuego, en cenar y en tumbarte en el jergón —le avisé utilizando el mismo orden en que él había presentado sus necesidades—. Antes que nada vamos al barrio judío, y me temo que la noche va a ser muy larga.

Me miró con los ojos desorbitados.

—¿Al barrio judío?

No hallé ninguna diferencia entre las callejuelas limpias, estrechas y aromáticas (canela, orégano, clavo...) del gueto de París y las de las aljamas castellanas que había conocido en mi juventud, o incluso las de los *calls* de Aragón y Mallorca que había visitado durante mi infancia. Caminábamos alumbrados por la azulada luz de la luna, completamente perdidos entre hileras de casuchas apiñadas unas con otras, deshabitadas la mayoría, confiando en que, antes o después, alguien terminara por asomarse a una puerta o a una ventana para poder preguntarle por la casa de Sara la hechicera. Los judíos habían sido expulsados en 1306 de todos los reinos de Francia, pero siempre persistían grupos de rezagados que terminaban por adaptarse a las nuevas condiciones.

Justo cuando dejábamos la ruinosa sinagoga a nuestra derecha y nos internábamos hacia lo que parecía el auténtico corazón del barrio judío, tropezamos con un anciano que salía de una ruinosa vivienda y que nos miró atemorizado.

—«Bendito sea el Señor por siempre, amén» —le dije en hebreo. Este versículo del salmo 89 es algo parecido a un saludo ritual entre judíos, una fórmula de reconocimiento que el viejo acogió de inmediato con agrado.

—«Bendito sea por siempre, amén» —me respondió esbozando una amable sonrisa—. ¿Qué buscáis por aquí, gentiles, a estas horas?

—Buscamos la casa de Sara, la hechicera. Quizá tú puedas ayudarnos.

—Pues no busquéis más. Su puerta es aquélla, la que está cubierta por un pequeño toldo. Sara ha debido de olvidarse esta noche quitarlo.

—Que la paz sea contigo —me despedí.

—¿Era hebreo esa lengua que hablabais con el judío? —me preguntó Jonás en cuanto nos hubimos alejado unos pasos del anciano.

—En efecto.

—¿Y por qué conocéis vos la lengua hebrea?

—¡Ay, Jonás, Jonás...! ¡Cuántas cosas quieres saber antes de tiempo! Mira, ésta es la calle de los plateros, en efecto, ¿ves los dibujos de las paredes? Llamemos a la puerta.

Tuve que golpear varias veces la madera antes de que alguien se dignara a abrir. Una mujer de edad indefinida —no se veía bien en la oscuridad—, cubierta por una túnica negra desceñida sobre la que llevaba un mandil de cuero, se asomó por un resquicio.

—¿Qué queréis? —preguntó con rudeza.

—Queremos hablar con Sara, la hechicera.

—¿Para qué?

—Necesitamos su ayuda.

—¿Quién os envía?

—Un comerciante muy satisfecho con un antiguo trabajo que hizo para él.

La mujer nos observó con curiosidad durante unos segundos que se hicieron eternos y terminó por abrir la puerta y franquearnos el paso.

—Entrad, pero no se os ocurra tocar nada.

Al principio, sus extraños y abundantes cabellos blancos, que le caían sueltos sobre los hombros, me confundieron por unos instantes al estimar su edad, pero pronto me di cuenta que no se trataba, ni mucho menos, de una anciana, ya que no debía de tener aún los treinta años. Me fijé en que iba con los pies descalzos sobre el frío suelo y, cuando se giró para dejarnos paso, observé a la luz de las velas que su piel era blanca como la leche y que estaba cubierta por una constelación de pecas y lunares de todos los tamaños, tonalidades y formas. Los tenía a cientos por todas partes, incluso en los pies. Era la mujer de belleza más extraña con la que había topado en mi vida.

Inesperadamente, la estancia en la que entramos me conmovió: buscando, sin duda, lograr la apariencia de un lugar en el que se practicaba la hechicería, aquella misteriosa Sara la había decorado exageradamente con los elementos más absurdos que se pueda imaginar. Por más que yo buscaba con la mirada, aparte del caldero en el que bullía un brebaje espumoso, no podía encontrar las genuinas señales de los verdaderos brujos. En una de las paredes se hallaba dispuesto un altar en el que ardía el fuego de varios cirios y, entre ellos, decenas de cuencos, vasos, jarras, vasijas, tazones y cálices de mil colores y envergaduras contenían sustancias líquidas, sólidas, granuladas, muertas e, incluso, vivas, de variada procedencia: mercurio, raíces, azufre, gusanos, semillas, flores, extraños jugos, piedras, arena, picos y patas de aves, hierbas... Otra de las paredes reproducía en grandes dimensiones un gran círculo mágico con un hexagrama azul en su centro, en cuyas puntas, a su vez, brillaban seis estrellas doradas. Así, claro, a la fuerza le tenía que sobrar uno de los siete días de la semana: en el exterior del círculo, siguiendo idealmente los radios del hexagrama, había dibujado los símbolos de la Luna (lunes), de Marte (martes), de Mercurio (miércoles), de Júpiter (jueves), de Venus (viernes) y de Saturno (sábado), pero no había tenido estrellas suficientes para añadir el Sol (domingo). Para ello hubiera necesitado un heptagrama, y ya no habría sido exactamente lo mismo.

En fin, abreviaré mencionando que había un candelabro judío de siete brazos junto a un atanor de alquimista, una piel de serpiente junto a un pez-lobo flotando en un frasco, y un caldero para transmutaciones mágicas bajo una Cruz ahorquillada en forma de U. Cortinajes brillantes y, sobre una rama de olivo, un grajo negro y vivo, y una blanca calavera, completaban el escenario.

Jonás no salía de su asombro mirando aquellos objetos incomprensibles para él, y un cierto temor infantil le hacía pegarse a mi costado más de lo normal. La hechicera se sentó en una silla, detrás de un pequeño altar cubierto por un mantel sembrado de puntos dorados, y nos indicó con un gesto de su mano que tomáramos también asiento en dos taburetes que se encontraban a nuestras espaldas.

—Os escucho. ¿Qué es lo que deseáis de mí? —preguntó.

—No me andaré por las ramas —comencé, llevando mi mano lenta y ostentosamente hasta la empuñadura de mi larga espada de doble filo—. Necesito sin tardanza una información que sólo vos poseéis y estoy dispuesto a cualquier cosa con tal de conseguirla.

—¡Valiente majadero! —exclamó ella echándose para atrás divertida; sus ojos y sus labios sonrieron con ironía—. No me importa que seáis burgués, caballero, noble o el mismísimo rey de Francia; sois un majadero, *sire*. Intentáis amedrentarme con el gesto de fuerza propio de un niño. Pero, mirad, estoy dispuesta a consentiros estas brabuconadas en mi casa si pagáis el precio que os pida por lo que sea que hayáis venido buscando.

Debo reconocer que me desconcertó. Por supuesto que no había pensado en ningún momento utilizar de veras mi arma, pero había creído que ese gesto la atemorizaría lo suficiente para colocarla en una posición vulnerable durante nuestra conversación. Me había equivocado; la había creído menos astuta de lo que era. Ella aprovechó mi desconcierto.

—Hablad de una vez. ¿Acaso queréis pasar aquí toda la noche?

—No lidiemos más, hechicera, acepto mi derrota —dije, y sonreí amistosamente con toda la gentileza que pude, llevando a cabo un rápido cambio de táctica. Sus rasgos semitas (ojos negros y pequeños, nariz aquilina, frente amplia) se conjugaban armoniosamente con esos otros rasgos sorprendentes (pelo blanco, piel lechosa e incontables lunares, pecas y lupias). Lo cierto es que la hebrea señoreaba una turbadora belleza. Me pillé a mí mismo disfrutando con estos pensamientos pecaminosos que iban contra mi voto de castidad, que me prohibía el trato con mujeres, y tuve que hacer un enorme esfuerzo para alejarlos de mi mente. Entonces ella me miró largamente con desprecio y me volvió a desconcertar. Reaccioné a marchas forzadas—. Bien, veréis, he sabido que fuisteis vos quien preparó la vela envenenada que terminó con la vida de Guillermo de Nogaret.

No despegó los labios. Continuó mirándome despectivamente sin inmutarse.

—¿Me habéis oído o es que sois sorda?

—Os he oído, ¿y qué? ¿Acaso pretendíais que me echara a llorar o que gritara de espanto?

En ese momento el grajo chilló: «¡Que gritara de espanto, que gritara de espanto!», y Jonás pegó tal brinco en su taburete que casi se cayó redondo al suelo.

—¡Esto es cosa del diablo, *sire*! —exclamó arreglándose la ropa.

—Vuestro joven hijo no es muy valiente que digamos... ¡Mira que asustarse de un pájaro!

Ahora fui yo quien dio un respingo delator. ¿Aquella maldita mujer no sería bruja de verdad? Estaba empezando a preocuparme.

—Jonás no es mi hijo, señora, es mi escudero, y, si no os importa, me gustaría volver a nuestro asunto, que me parece mucho más importante que vuestros comentarios y los comentarios de vuestro grajo.

—Ya os dije que os estaba escuchando.

—Muy bien, lo haremos a vuestra manera. ¿Preparasteis vos el veneno que mató a Guillermo de Nogaret?

—¿Y por qué debería responder a esa pregunta?

—¿Cuantas monedas queréis por la respuesta verdadera?

—¿Escudos de oro o florines papales? —preguntó ladinamente.

—Escudos de oro.

—Dos.

—Muy bien. ¿Preparasteis vos el veneno que mató a Guillermo de Nogaret?

—No, yo no lo preparé. Y ahora dejad sobre la mesa los dos escudos.

Solté la bolsa de las monedas de mi cinto para que pudiera verla bien y puse cuatro escudos sobre el mantel de puntos dorados.

—Si no fuisteis vos, ¿quién fue?

Se quedó pensativa un momento, mirando el dinero con avidez, pero frenada por algo invisible.

—Coged dos de esos cuatro escudos, *sire*. Esa pregunta no la responderé.

—Está bien, la formularé de otra manera dentro de un rato.

Ella sonrió, arqueando las cejas con escepticismo, pero no dijo nada.

—¿Trabajáis para Mafalda d'Artois?

—Trabajo para mucha gente, pero si lo que queréis saber es si tengo con ella algún compromiso especial, la respuesta es no. Todos los que vienen aquí terminan pensando, no sé por qué, que estoy a su servicio —y se rió—, pero no es cierto. Yo no tengo amos ni dueños, así que repito la respuesta: no, no trabajo para Mafalda d'Artois; he hecho algunos favores a esa dama y ella me los ha pagado generosamente, pero nada más.

Yo iba dejando sobre la mesa dos escudos por cada respuesta.

—Entre esos favores de que habláis, ¿estaba el de envenenar a Guillermo de Nogaret?

—No. Mafalda d'Artois sabe mucho más sobre venenos que yo misma y no me habría necesitado para eso; ella sola habría podido hacerlo perfectamente. De hecho... Pero ¿es que no conocéis los acontecimientos más recientes de Francia, *sire*? —inquirió muy sorprendida—. No, ya veo que no. Claro, vos no sois francés. ¿De dónde sois? —Yo moví negativamente la cabeza—. ¡Ah, no me lo queréis decir! Bien, no es necesario, por vuestro acento diría que nacisteis al otro lado de los Pirineos, en alguno de los reinos de España, pero seguramente hace mucho tiempo que no vivís allí. Vuestra lengua habitual debe de ser, dejadme adivinar, el... latín, sí, el latín. ¿Es que sois un monje camuflado? Decídmelo, por favor, quiero saber si he acertado.

Y arrastró hacia mí dos de los seis escudos que tenía delante de ella. Me hizo gracia el juego y los cogí.

—Habéis acertado en todo —dije.

—Así que monje —sonrió—. Pero no un monje de convento ni un clérigo de iglesia. ¿Qué tipo de monje podéis ser? Alguien presto a sacar la espada —comenzó a enumerar—, alguien que pregunta sobre secretas intrigas palaciegas, alguien que viaja con un escudero... Sin duda, debéis de pertenecer a alguna Orden militar. ¿Sois templario? ¿Quizá hospitalario?

Arrastró otros dos escudos de oro hacia mí.

—Pertenezco a la Orden de Montesa, señora.

—¿Montesa? No sé, no recuerdo haberla oído nombrar.

—Es una Orden creada recientemente por el rey Jaime II de Aragón en el reino de Valencia.

—¡Ajá!... Bien, entonces estos dos escudos no los

habéis ganado —y los recuperó atrayéndolos hacia ella—. No sabéis mentir, *sire*.

—Ahora me toca a mí —observé escamado—. ¿Vino a vuestra casa la dama de compañía de Mafalda d'Artois, Beatriz d'Hirson, para pediros algo que hiciera regresar a su lado a su amante Guillermo de Nogaret?

—Sí. Vino —afirmó, ratificando sus palabras con un gesto de la cabeza—. Quería un hechizo que devolviera la paz al guardasellos real y que, al mismo tiempo, actuara como un filtro de amor.

—¿Y le proporcionasteis ambas cosas?

—Sí.

—¿En la vela?

—Sí, en la cera de la vela.

—También le pedisteis cenizas de la lengua de uno de los hermanos d'Aunay para atraer el poder del demonio.

—Es cierto. Mafalda d'Artois tiene esas cenizas y le pedí a Beatriz d'Hirson que me trajera una cantidad muy pequeña, apenas nada, lo suficiente para mezclarlas con la cera y proferir los sortilegios necesarios.

Los escudos de oro comenzaban a formar una montaña entre las manos de Sara.

—Pero en la vela había algo más...

—Sí, es verdad.

—¿Qué más había?

—Cristal blanco y Serpiente del Faraón.

—¡Mercurio combustible y aceite de vitriolo!

—¡Vaya, pero si también sois un experto alquimista!

—¿Por qué, señora, por qué añadisteis el mercurio y el ácido a la mezcla?

—Vais a perder mucho dinero si andáis repitiendo

las preguntas dos veces. Ya os dije antes que no fui yo quien preparó el veneno.

La miré directamente a los ojos y me di cuenta que para bregar con aquella mujer no tenía más que dos opciones: una, ofrecerle a cambio del nombre del envenenador una suma de dinero tal que no pudiera rechazarla, y dos, dar por ciertas mis sospechas sobre los templarios y esperar que cayera en la trampa. Decidí jugar fuerte con las dos.

—Está bien, señora, veo que el asesino es alguien que merece vuestra confianza o que os pagó un precio tan alto por vuestro silencio que mis escudos de oro no son más que calderilla para vos. Pero si así fuera, si poseyerais tanto dinero, seguramente ya no viviríais aquí, ni os dedicaríais a la hechicería, por lo tanto la segunda posibilidad queda eliminada y sólo nos queda la primera: el asesino es alguien a quien apreciáis.

—Repito, mi señor, que sois un majadero —afirmó apoyando las palmas de las manos sobre el borde de la mesa y echando el cuerpo hacia delante como para ganar mi espacio físico. Lo cierto es que estaba muy hermosa; sin querer, me fijé que las guedejas de pelo blanco le empezaban a caer suavemente por los lados de la cara y, mientras tanto, el grajo repetía: «¡Majadero, majadero!»

—¿He dicho algo incorrecto?

—De momento lo que no me habéis dicho todavía es vuestro nombre.

—Tenéis razón. Lo lamento. Mi nombre es Galcerán, Galcerán de Born, y soy médico. Y el nombre de mi escudero es García, pero prefiero llamarle Jonás.

—Hermosa simbología... —observó; ¿por qué estaba empezando a sospechar que aquella hechicera judía había adivinado el vínculo que me unía con Jonás?—. Pero escuchad, pues esta charla se está prolongando mucho y deseo que os marchéis cuanto antes: el asesino, como vos le habéis calificado, no era un solo hombre sino dos, dos caballeros dignos y honorables que gozan de mi absoluta confianza y de toda mi estima. En una ocasión, hace mucho tiempo, ambos salvaron a mi familia de morir en la hoguera. —Su voz se tornó de pronto opaca y cruel—. Mi padre era el prestamista más importante del barrio judío y tenía incontables enemigos entre los gentiles, que estaban deseando verle arder en el fuego de la Inquisición. Alguien le acusó falsamente de haber apuñalado y quemado una hostia consagrada. ¡Menuda necedad! Tuvimos que abandonar a toda prisa nuestra casa y escapar con las manos vacías para salvar nuestras vidas. Los dos caballeros que os he mencionado nos ayudaron a huir, nos dieron refugio y nos ocultaron hasta que el peligro pasó. Como comprenderéis, tenía una deuda tan inmensa con ellos que me ofrecí a colaborar en cuanto solicitaron mi ayuda. Es cierto que, contra mi deseo, me pagaron una considerable suma de dinero, mucho mayor, probablemente, de lo que podáis suponer, ¿pero por eso debería abandonar mis artes? Cada cual ejerce un oficio en esta vida, y yo soy hechicera, y me gusta serlo, y no dejaría de serlo aunque tuviera tres veces la cantidad que mis amigos me pagaron.

—Deduzco, pues, que vuestros amigos eran templarios y que vos y vuestra familia os refugiasteis en la fortaleza del Marais huyendo de la justicia real y de la Inquisición.

—Habéis acertado —exclamó sorprendida—. ¡Estos dos escudos son vuestros!

—¡Dejaos de juegos, señora! —grité dando un doloroso puñetazo sobre mi propia rodilla—. ¿Veis esta bolsa? Contiene cien escudos y cien florines de oro. ¡Tomadla, es toda vuestra! Pero no sigáis tejiendo encajes en torno a mi cabeza porque no estoy dispuesto a aceptarlo. ¡Quiero los nombres de vuestros amigos y los quiero ahora! ¡Sabed que no corren ningún peligro, que mi boca no les denunciará! Sólo estoy buscando la verdad. Sólo quiero averiguar si Guillermo de Nogaret murió a manos de los templarios o no.

Sara se echó a reír a carcajadas.

—¡Pero si ya os lo he dicho! Estáis tan furioso que no os habéis dado cuenta de que ya os he confirmado que mis amigos habían preparado el veneno y que, en efecto, eran templarios.

Estaba harto de aquella maldita mujer. Antes de que Jonás se me acercara y me susurrara al oído un estúpido «Es verdad, *sire*, ya os lo ha dicho», tuve que reconocer que era endiabladamente ingeniosa y que me ganaba en enredos.

—Además, *micer* Galcerán, desgraciadamente, y aunque desconozco para qué queréis esta información, en estos momentos puedo deciros sus nombres sin peligro para ellos, puesto que uno ya no está en Francia, y no volverá jamás... —me pareció notar en su voz un resto de amargura—, y el otro está preso en los calabozos del rey. Qué ironía, ¿no os parece? Mi amigo está encarcelado precisamente en los calabozos de la fortaleza del Marais, la fortaleza que antes fuera su casa y que ahora es su prisión.

—¿Detenido? ¿Bajo qué acusación?

—¡Es tan grotesco! —silabeó—. Está detenido por asesinar al rey Felipe el Bello y, siendo cierto, ni siquiera su acusador, el rey Felipe el Largo, cree que sea culpable de verdad de ese delito.

—No entiendo ni una palabra.

Me miró con conmiseración.

—Cuando murió Felipe IV se rumoreó que lo habían matado los templarios, pero mis amigos hicieron un buen trabajo y no pudieron encontrar pruebas para demostrarlo, supongo que conocéis los hechos, ¿o no? —Asentí con la cabeza—. Entonces subió al trono su hijo mayor, el rey de Navarra, Luis X, que murió súbitamente a los dos años de ser coronado, dejando viuda y preñada a su esposa Margarita, que poco tiempo después dio a luz un varón. Todo el mundo estaba satisfecho, menos Mafalda d'Artois, naturalmente. Le llamaron Juan, el rey Juan I, y mira por donde, muere también misteriosamente al poco de nacer. Le ha llegado el turno, por fin, a Felipe de Poitiers, el actual rey Felipe V el Largo, casado con Juana de Borgoña, hija de Mafalda d'Artois. ¿Lo entendéis ya?

—Lamento tener que reconocer que no sé adónde queréis llegar.

—Felipe el Largo, con cierta parte de razón, está convencido que su suegra Mafalda ha sido la artífice de todas las muertes que os he mencionado: la de su padre, la de su hermano mayor y la de su sobrino recién nacido. Y lo mismo que el rey, lo piensa también toda la corte y todo el reino. El gran sueño de Mafalda d'Artois había sido siempre que alguna de sus dos hijas llegara a reina de Francia (por eso las casó con dos de los tres hijos del rey, Felipe y Carlos, puesto que el mayor, Luis, ya estaba comprometido con Margarita). Mafalda quiere ver a sus descendientes sentados en el trono de este país al precio que sea, y parte de ese precio lo pagó envenenando a Luis X y a su hijo Juan I.

—Pero el rey Felipe el Largo —dije yo continuando

con su argumento— no está tranquilo. En cualquier momento alguien puede echarle en cara que es rey porque su suegra le ha «despejado» el camino.

—Exacto. El pobre infeliz sólo está equivocado al creer que Mafalda también mató a su padre. Ése es el único crimen que ella no cometió, pero como no lo sabe con certeza se siente inseguro. ¿Qué hacer?, se pregunta. Organiza entonces una ridícula batida para atrapar a los pocos templarios que quedan sueltos por París, aquellos que, por los motivos que fuera, se reconocieron culpables de las necias acusaciones de su padre y de Nogaret y que, por eso mismo, fueron condenados a castigos menores y casi inmediatamente puestos en libertad. La excusa para estas nuevas detenciones fue imputarles la muerte de Felipe el Bello, librando así de sospechas a Mafalda d'Artois y, con ello, legitimando y limpiando su propia coronación.

—¡Qué barbaridad! —dejó escapar Jonás completamente absorto en el relato; a los jóvenes les gustan en exceso esta clase de historias.

—Mi amigo Evrard estaba ya gravemente enfermo y no pudo escapar a tiempo de París, y ahora —dijo rabiosa, echando fuego por los ojos— se está muriendo en la prisión, injustamente acusado por un crimen que sí cometió.

—¿Habéis dicho Evrard...? —pregunté con la poca voz que conseguí sacar, a duras penas, de mi cuerpo.

—¿Es que le conocéis? —se sorprendió.

¿Conocerle...?, pensé. No. En realidad, sólo le había visto una vez, hacía muchísimos años, y eso no era conocer a una persona. Evrard... Evrard y Manrique de Mendoza.

Yo tenía pocos años más que Jonás cuando Manri-

que, el hermano de Isabel, volvió al castillo de su padre
después de pasar largos años en Chipre, donde se había
establecido la cúpula de su Orden desde la pérdida de la
ciudad siria de San Juan de Acre en 1291. Manrique era
caballero templario y llegó acompañado por su amigo
Evrard. Durante las pocas semanas que pasaron en el
castillo, nos contaron interminables historias de cruzados, de batallas, de monarcas y guerreros... Nos hablaron del gran caudillo moro Salah Al-Din,[2] del rey leproso, de la piedra negra de La Meca, del «Viejo de la
Montaña» y sus fanáticos seguidores, los Asesinos, del
agua dulce del lago de Tiberíades, de la pérdida de la
Verdadera Cruz en la batalla de Hattina... Isabel, la madre de Jonás, adoraba a su hermano mayor, y yo, simplemente, la adoraba a ella. Aquellas noches inolvida-
bles, mientras Manrique y Evrard contaban sus historias
junto al fuego en el noble salón de armas del castillo de
los Mendoza, yo, desde la oscuridad, contemplaba en silencio el hermoso rostro de Isabel iluminado por las llamas, ese rostro que su hijo me devolvía ahora, día tras
día y semana tras semana, como si fuera el retrato perfecto de su madre. Ella sabía que yo la miraba y todos
sus gestos, y sus sonrisas, y sus palabras, estaban dirigi-
dos a mí. Los nombres de Manrique y Evrard habían
quedado ligados para siempre en mi memoria a los preciosos recuerdos de los años que, primero como paje y
luego como escudero, pasé en la fortaleza de los Mendoza, levantada junto al río Zadorra, en tierras de Álava.

—¿Es que le conocéis? —repitió Sara.

—¿Qué...? ¡Ah, sí, sí...! Lo conocí hace muchos
años, tantos que casi lo había olvidado. Decidme...

2. *Saladino.*

vuestro otro amigo, el compañero de Evrard, ¿se llama Manrique, Manrique de Mendoza?

La cara de la hechicera se tornó de pronto en una máscara rígida, en un agujero por el cual cruzó sin detenerse un relámpago de ira y tristeza.

—¡También conocéis a Manrique! —musitó.

Al parecer Sara y yo compartíamos sentimientos similares de pérdida y añoranza por dos miembros distintos de la misma familia. ¿No era como para echarse a reír? Me había pasado la vida huyendo de mis fantasmas para venir a encontrarme con ellos en la humilde casa de una bruja del barrio judío de París. Necesitaba tiempo para ordenar mis ideas, pero no lo tenía.

—Decidme, Sara, ¿qué le pasa a Evrard?

—Se está muriendo. Tiene unas fiebres terribles, está en los huesos y, últimamente, apenas si recobra la conciencia.

—¿Es que acaso os permiten visitarle? —pregunté desconcertado.

Sara soltó una carcajada.

—No, no me dejan, pero no necesito el permiso de nadie para atender a Evrard. Recordad que está encerrado en las mazmorras de la fortaleza en la que yo me crié.

—¿Queréis decir que conocéis algún acceso secreto?

—Eso mismo. Veréis, el subsuelo de París está agujereado por cientos de túneles y galerías que conectan con las antiguas alcantarillas romanas. En el lado izquierdo del río hay tres montes: el Montparnasse, el Montrouge y el Montsouris. Sus entrañas fueron agujereadas y explotadas como canteras desde tiempos anteriores a los romanos. Son largos corredores que cruzan el río y la ciudad por debajo y que llegan hasta otro monte, el Montmartre. Con el paso de los siglos fueron quedando en el olvido y hoy día ya nadie recuerda su existencia. Los templarios, sin embargo, utilizaban estos túneles para guardar objetos valiosos, para ocultar parte del tesoro de la Corona cuando eran sus guardianes y para celebrar algunas de sus ceremonias privadas.

—¿Y por qué los conocéis vos?

—Porque por ellos escapamos de los guardias del rey —recordó con rabia—. Luego, ya más mayor, con otros niños que también vivían en la fortaleza, volví a visitarlos, aunque a escondidas, naturalmente. Estos túneles, en su mayoría, están cegados. Las paredes se desmoronaron, especialmente en las galerías que pasan bajo el río. Pero nuestra zona, la que comunica el barrio judío con la fortaleza, se encuentra en buen estado porque los caballeros apuntalaron y reforzaron las bóvedas. De todos modos hay que conocer bien los subterráneos; si no se conocen quizá se pueda entrar, aunque es difícil, pero desde luego no se puede salir.

—Y vos utilizáis esas galerías para llegar hasta Evrard.

Sara sonrió sin decir nada.

—Llevadme hasta él —le supliqué—. Llevadme hasta vuestro amigo.

—¿Por qué?

—Por varias razones. La primera porque soy médico y puedo, si no sanarle, al menos ayudarle; la segunda porque Evrard me conoce, y la tercera porque él es mi última esperanza para obtener las pruebas que necesito y poder volver a mi casa. No puedo pagaros nada; os di todo mi dinero. Pero si de veras apreciáis a vuestro amigo, me llevaréis hasta él.

La hechicera me observó fijamente durante un buen

rato, sin parpadear ni apartar la mirada. Era una mujer de espíritu fuerte y carácter ingobernable, y presumo que sopesaba el bien y el mal que mi visita podía reportar a su apreciado y enfermo Evrard. Al final adoptó la resolución más prudente.

—No puedo prometeros nada —declaró—. Pero venid mañana a esta misma hora y os comunicaré lo que Evrard haya decidido. Esta noche se lo consultaré.

—Decidle mi nombre, decidle que hace quince años nos conocimos en el castillo de los Mendoza. Decídselo, por favor. Me recordará.

—Mañana, *sire* Galcerán, mañana a esta misma hora.

Evrard aceptó la entrevista, pero tal honor no carecía de peligros e inconvenientes. El viejo templario estaba muy enfermo, me avisó Sara, y su estado era de total abandono. No debía dejarme impresionar por la suciedad y el olor, que era insoportable, ya que procedía de la sangre de los excrementos y de las llagas de Evrard. Para reducir la inflamación de los dolorosos bubones, Sara había recurrido a ciertos emplastos fabricados a partir de ceras, aceites, mantecas, gomas y sales, muy eficaces para ablandar cierto tipo de abscesos, pero completamente inútiles para su enfermedad. También le daba a beber ciertos cocimientos de adormideras para mitigarle el dolor, que era insoportable, aunque con idéntico resultado negativo. Evrard se extinguía en su cárcel como un perro sarnoso y no había nada que pudiera ayudarle a bien morir.

Todo esto me lo contaba mientras iba preparando una talega con las cosas necesarias para descender a los túneles: antorchas, fósforo, lana, un poco de cal y un mortífero puñal de plata de hoja bellamente labrada con caracteres hebreos que no me dio tiempo a leer; seguramente sería el estilete que empleaba en sus ceremonias de magia. Nunca se había encontrado con nadie en aquellas caminatas nocturnas, me confesó, pero había que estar prevenido, por si acaso, contra los guardias de la fortaleza.

En cuanto Sara se cargó la bolsa al hombro, tuve que darle a Jonás la mala noticia de que no iba a acompañarnos. En un primer momento se quedó completamente mudo, como si no hubiera comprendido bien lo que le había dicho; luego reaccionó con verdadera furia:

—¡Vais a una fortaleza templaria y no me lleváis con vos! No puedo creerlo. ¡Os he acompañado a todas vuestras entrevistas y ahora me dejáis en la casa de una hechicera con la única compañía de un grajo loco! —empezó a dar sonoras patadas en el suelo—. ¡No, no y no! ¡Yo también voy, digáis lo que digáis!

—Esta vez no voy a cambiar de opinión, Jonás. Así que siéntate cómodamente y espera nuestro regreso. Aprovecha para repasar tus conocimientos de hebreo y de la *Qabalah*, aquí tienes muchas cosas que te pueden ayudar.

—¡Está bien, *sire* —vociferó encolerizado—, vos lo habéis querido! Pero mejor así, porque ya estoy harto. Me vuelvo al monasterio.

—¿De veras...? —pregunté saliendo del cuarto en pos de Sara, que me esperaba en la puerta de la calle—. ¿Y cómo piensas llegar hasta allí?

—¡No lo sé, pero seguro que los monjes parisinos del convento de San Mauricio estarán encantados de acogerme y de ayudarme a regresar a Ponç de Riba!

Mañana mismo me voy con ellos. Ya me he cansado de viajar con vos.

Sus palabras detuvieron mis pasos durante un instante, pero, con el corazón oprimido, continué avanzando sin volverme más. Si quería marcharse, yo no le retendría. Desde luego, no iba a ponerle en peligro dejándole venir con nosotros a los calabozos del rey en la antigua encomienda templaria. Su presencia no sólo no era necesaria, sino que podía resultar una carga si los guardias nos pillaban dentro de la prisión. Catorce años son muy pocos años para afrontar una condena de por vida o incluso la hoguera, a la que los francos son tan aficionados. Debo confesar, sin embargo, que también pesaba en mi ánimo el hecho de que Evrard pudiera reconocer a Jonás como hijo de Isabel, dado el gran parecido entre el muchacho y su madre, y estaba pensando en esto cuando Sara me susurró desde la oscuridad:

—Quería comentaros, *sire* Galcerán, que vuestro hijo guarda un parecido asombroso con Manrique de Mendoza. La única diferencia que puedo observar entre ellos es la gran estatura de Jonás, idéntica a la vuestra.

Mi cansado espíritu no encontró las fuerzas necesarias para seguir negando lo que era evidente para aquella bruja:

—Escuchad, Sara, él todavía no sabe la verdad. Os ruego que no le digáis nada.

—No os preocupéis —me tranquilizó—. Pero decidme si es cierto lo que sospecho.

Sentí en el alma un infinito cansancio.

—Su madre es, en efecto, Isabel de Mendoza, la única hermana de vuestro amigo.

—Pero, si no recuerdo mal, la única hermana de

Manrique profesó en un monasterio tras la muerte de su padre.

—No quiero hablar más sobre ello. Por favor.

—¿Sabéis cuál es vuestro problema? —dijo ella zanjando bruscamente el asunto—. Que no sabéis expresar vuestros afectos.

Caminamos en silencio por las estrechas callejuelas del barrio judío hasta llegar frente a una pequeña casa abandonada cuyas paredes parecían a punto de desmoronarse y cuya techumbre hacía tiempo que, por su apariencia, debía de haberse venido abajo. La puerta, desvencijada y sin goznes, estaba medio apoyada sobre su primitivo hueco, y el interior aparecía oscuro y lúgubre. Sin embargo, a pesar de tal aspecto, Sara penetró en ella con la confianza de quien recorre un camino seguro y familiar, así que la seguí sin temor. Al fondo, en el centro de un patio lleno de maleza, un pozo seco resultó ser la entrada a las viejas canteras. Descendimos a tientas los peldaños de una disimulada escalera y sólo cuando hubimos pisado tierra firme y avanzado unos cincuenta pasos por una estrecha y húmeda galería llena de moho y escorias, la hechicera de pelo blanco se decidió por fin a encender las antorchas.

—Ahora estamos seguros —comentó en voz alta rompiendo el pesado silencio; el eco devolvió sus palabras desde mil profundidades.

A la luz de las llamas pude ver las paredes de piedra viva que conformaban aquellos antiguos túneles horadados en tiempos olvidados. Sara me llevó a través de ramales que se bifurcaban una y otra vez hasta la desesperación y me dije, preocupado, que, si aquella mujer me abandonaba allí, sería incapaz de encontrar la salida. Ella conocía el camino de memoria y avanzaba con presteza, pero, quizá por seguridad, realizaba ciertas variaciones de vez en cuando, porque en alguna ocasión la vi inclinarse hacia el suelo y luego cambiar de rumbo. Caminamos sin detenernos durante una media hora larga; nos movíamos por galerías secundarias que terminaban en amplias explanadas que, a su vez, daban paso a otras galerías y a otras explanadas. Conforme más nos íbamos acercando a la fortaleza, más señales encontrábamos de la pasada utilización de aquellos subterráneos por los monjes templarios: una efigie mutilada del arcángel san Miguel abandonada en un rincón, un cofre de tres sellos abierto y vacío en medio del camino, hornacinas en las paredes con extraños dibujos en sus intersecciones (signos solares, barcas lunares de tres mástiles, águilas de doble cabeza...). Aquí y allá tropezábamos, además, con cúmulos de rocas producidos por antiguos derrumbes de las bóvedas. Sara me contó que, años atrás, cuando ella visitaba a escondidas aquel laberinto, los cofres llenos de oro, de joyas y de piedras preciosas se acumulaban a cientos contra las paredes, incluso apilados unos sobre otros, formando columnas hasta el techo. En los que estaban abiertos, mostrando su contenido, ella había visto monedas relucientes, anillos, collares preciosos, diademas, coronas tachonadas de rubíes, perlas y esmeraldas, relicarios de ébano y marfil, vasos, cálices, guardajoyas de madreperla, cruces con bellos esmaltes e incrustaciones de gemas, telas bordadas con preciosos hilos de oro y plata, candelabros tan altos como una persona y tan brillantes como el sol, y muchas más cosas igualmente maravillosas. Un tesoro difícil de imaginar si no se ha visto, me dijo. ¿Cómo era posible que toda esa riqueza hubiera desaparecido en el aire, me pregunté sorprendido, esfumándose ante los ojos de los guardias, del rey y de los propios parisinos como si fuera humo? ¿Cuándo y, sobre todo, cómo habían sacado de aquellas galerías, sin despertar sospechas ni curiosidad, los cofres que Sara decía haber visto por centenares? Me resultaba inexplicable.

Por fin, nos detuvimos en una intersección de caminos.

—Hemos llegado. Ahora silencio absoluto, o los guardias nos oirán.

La judía se encaminó hacia una de las paredes que, a simple vista, no se diferenciaba en nada de cualquier otra, y comenzó a ascender como un gato utilizando unas estratégicas hendiduras talladas en la roca. Entramos en lo que parecía la boca de otro túnel y que resultó ser la entrada a las alcantarillas de la fortaleza templaria; nos embistió de repente una penetrante vaharada a excrementos en descomposición. Sobre nuestras cabezas se oía el eco apagado de voces lejanas y un interminable redoble de pasos avanzando en todas direcciones. Seguimos nuestro camino por aquellos apestosos canales hasta enfrentarnos a una enorme reja de hierro que, a pesar de su temible apariencia, se plegó dócilmente bajo la presión de la mano de la hechicera. Minutos después, el techo comenzó a declinar y, cuando mis cabellos comenzaron a rozar las piedras, Sara se detuvo, me entregó su antorcha y, con ambas manos, hizo fuerza para impulsar hacia arriba uno de aquellos enormes sillares. La piedra, misteriosamente, cedió y, aparentando no pesar mucho más que un poco de aire, se apartó para dejarnos el paso libre.

—Ahora, apagad las antorchas. Pero cuidado, no las mojéis. Luego no nos servirían para regresar.

Después de que hube cumplido la orden, ascendí tras ella y entré así en la oscura mazmorra de Evrard.

—¿Habéis tenido algún problema? —preguntó una voz de anciano desde un rincón. Las tinieblas eran tan profundas que no hubiera podido distinguir ni mi propia mano delante de la nariz.

—No, ninguno. ¿Cómo te encuentras esta noche?

—Mejor, mejor... Pero, ¿dónde está Galcerán? ¿Galcerán?

—Aquí estoy, mi señor Evrard, feliz de reencontraros después de tantos años.

—Ven aquí, muchacho —me pidió con un hilo de voz—. Acércate para que pueda observarte. No, no te sorprendas —dijo soltando una risita—; mis ojos están tan acostumbrados a la oscuridad que lo que para ti son sombras para mí es luz. Ven... ¡Oh, Jesús! Pero si te has convertido en un hombre.

—Así es, mi señor Evrard —sonreí.

—Manrique supo por alguien que te conocía que estabas viviendo en Rodas. Creo que dijo que habías hecho los votos hospitalarios.

—Así es, *freire*. Soy hospitalario de San Juan. Trabajo habitualmente como médico en la enfermería de la Orden en Rodas.

—Conque hospitalario, ¿eh? —repitió con sarcasmo—. Siempre han dicho que nuestras órdenes eran enemigas encarnizadas, aunque ni Manrique ni yo tuvimos nunca problemas con los hospitalarios que conocimos a lo largo de nuestras vidas. ¿No crees tú que a veces los *freires* nos vemos envueltos en falsos mitos y leyendas sin fundamento?

—Opino como vos, mi señor Evrard. Pero no quiero que habléis ahora. He venido a reconoceros y no quiero que gastéis vuestras fuerzas hasta más tarde, respondiendo a mis preguntas.

Oí una risa apagada que salía de su cuerpo. Poco a poco me iba acostumbrando a la oscuridad y aunque, desde luego, seguía sin ver demasiado, pude vislumbrar su cara y su figura. El caballero Evrard —nunca llegué a conocer su apellido—, aquel que en mis sueños tenía, como Manrique, las dimensiones de un gigante y la fuerza de mil titanes, se había convertido, para mi sorpresa, en poco más que un montón de piel y huesos sosteniendo una cabeza que ya no era más que una calavera. Sus ojos hundidos, sus pómulos salientes en una cara devastada, aquella raleante y sucia barba grisácea, no eran, por mucho que hubiera tenido conocimiento previo de su mal estado, los del invencible guerrero cruzado de mi mocedad que, estúpidamente, había esperado volver a encontrar. El olor de la celda, por desgracia, sí resultaba inconfundible: cada enfermedad despide una emanación característica, del mismo modo que la vejez huele diferente de la juventud. Son muchos los motivos que influyen en los olores corporales: las comidas y sus ingredientes, las telas con las que se fabrican los vestidos, la propia textura de la piel, los materiales con los que se trabaja o los lugares donde uno vive e, incluso, las gentes con las que se convive. La enfermedad de Evrard olía a tumor, a esos tumores que devoran el cuerpo y licúan las vísceras haciéndolas salir del organismo con los vómitos y los excrementos. Por su aspecto, no le quedaba más de uno o dos días de vida.

Evrard, sin ningún género de dudas, padecía la peste.

Me acerqué a él y, retirándole la harapienta camisa

hacia arriba, le palpé cautelosamente el vientre hinchado y rígido, llevando buen cuidado de no rozar los dolorosos bubones, inflamados hasta casi lo inverosímil,
que le ascendían desde las ingles hasta el abdomen y
desde el tórax hasta el cuello, pasando por las axilas.
Los dedos de sus manos y sus pies estaban negros, los
brazos y piernas cubiertos de cardenales y tenía la lengua hinchada y blanca. A pesar de la delicadeza con
que realicé la exploración, sus gemidos de dolor me indicaron el terrible extremo al que había llegado la des-
trucción de su organismo. Sufría una fiebre altísima
que llegaba hasta mis manos a través del contacto, su
pulso era veloz (¡mucho más que veloz!) e irregular y
unos rápidos escalofríos le sacudían de vez en cuando
como si le hubieran golpeado con un mazo.

—Debió de picarme una pulga —murmuró agotado.

Bajé de nuevo sus ropas y me quedé pensativo. Lo
único que podía hacer por él era lo mismo que había hecho por el agonizante abad de Ponç de Riba: darle opio
en grandes cantidades para que su muerte fuera menos
dolorosa. Pero si le aplicaba el opio —y lo traía en mi
bolsa—, no podría aprovechar sus últimas horas de vida
para hablar con él, no podría preguntarle nada de lo que
quería saber, no conseguiría culminar satisfactoriamente mi investigación. Creo que aquélla fue una de las peores decisiones que he tenido que tomar entre las muchas
que se me han planteado a lo largo de mi vida.

En el silencio de la mazmorra (¿dónde estaba Sara?),
los tristes gemidos del moribundo resonaban como los
gritos desgarrados de un torturado. Estaba sufriendo, y
no hay nada más absurdo que el sufrimiento físico que
ya no sirve ni de aviso ni de medida para conocer la in-
minencia de la enfermedad. Aquel dolor no era más que

dolor —absurdo, cruel—, y yo tenía el remedio en el interior de mi bolsa.

—Sara —llamé.

—¿Sí...? —Se hallaba justo detrás de mí.

—¡Adelante, caballeros, defendamos Jerusalén! —aulló en aquel momento, a pleno pulmón, el anciano templario; estaba delirando—. ¡Jesús nos protege, la Virgen María nos observa desde los cielos, la Ciudad Santa nos espera, nuestro Templo nos espera! ¡Ay, me muero...! ¡Un alfanje sarraceno ha seccionado mis brazos y desgarra mis entrañas!

—Sara, preparad un poco de agua para el opio.

—¡Sacad los libros de los sótanos! ¡No dejéis nada en el Templo! ¡Poned los cofres en la explanada y reuníos todos en la puerta de Al-Aqsa en cuanto caiga el sol!

—Es el delirio de la muerte —dijo la judía entregándome un cuenco con el agua. Sus manos temblaban.

—Es el delirio de la peste. ¿Cómo es que vos no os habéis contagiado?

Su voz sonó cortante al responder:

—No es la peste negra, *sire*, es sólo la peste bubónica. ¿Tan ignorante me creéis que me tendéis semejante trampa? Hasta una judía como yo sabe que los bubones no deben ser tocados y que hay que lavarse a fondo para no caer enfermo.

—¡El Bafometo!... ¡Ocultad el Bafometo! —gritaba Evrard, tenso como la cuerda de un arco—. ¡No deben encontrar nada, nada! ¡El Arca de la Alianza! ¡Los libros! ¡El oro!

—¡El Arca de la Alianza! —exclamé impresionado—. Así que era cierto, tenían el Arca de la Alianza.

—Oh, vamos, *frey* hospitalario de San Juan, ¿también vos vais a creer en esas patrañas? —me reprochó Sara, pronunciando con sarcasmo mi recién descubierta identidad sanjuanista. Era evidente que había escuchado con atención mi conversación con Evrard.

Un rato después, los gritos de Evrard habían cesado y su respiración sonaba compasada. De vez en cuando emitía algún gimoteo, como si fuera un niño, o un lamento, pero su propia locura colaboraba con la pócima para apartarle poco a poco del sufrimiento y, por desgracia, también de la vida.

—No pasará de esta noche; como mucho de mañana, pero no más.

—Lo sé —repuso ella, adelantándose y tomando asiento en una de las esquinas de la piedra cubierta de paja sucia que servía de lecho a Evrard.

Permanecimos hasta la alborada velando al enfermo en silencio. Mi misión había terminado. En cuanto el viejo templario hubiese muerto, regresaría a Aviñón, a informar a Su Santidad de que no había podido encontrar las pruebas necesarias para confirmar sus sospechas, y, poco después, volvería a Rodas, a continuar con mi trabajo en el hospital. En cuanto a Jonás, le facilitaría el regreso a Ponç de Riba, tal como él deseaba, y dejaría que el destino se ocupara del secreto de su vida. Si su madre había renunciado a él para siempre, ¿por qué yo, su padre, no podía hacer lo mismo? A fin de cuentas, ¿qué importancia puede tener un bastardo más en esta vida? En cualquier caso, me dolía separarme de mi hijo. Supongo que la ausencia total de sentimientos en mi interior durante tanto tiempo me dejaba indefenso ante la idea de perderle.

La hechicera y yo nos marchamos cuando las primeras luces del nuevo día se colaron por un pequeño ventanuco situado a la altura del techo, dejando al moribundo profundamente dormido. Le esperaba, si sobrevivía, una larga jornada de agonía en soledad.

Cuando regresé a la hospedería, Jonás me esperaba despierto.

—Quiero saber por qué no me habéis dejado acompañaros.

—Tenía varias razones —le expliqué dando un bostezo y dejándome caer sobre la cama, agotado—. Pero la principal, si quieres saberlo, era tu seguridad. Si nos hubieran cogido, no habrías tenido más futuro que el de ese pobre viejo que se pudre en la mazmorra. ¿Era ése tu deseo?

—No. Pero también vos corríais peligro.

—Cierto —murmuré adormilado—. Pero yo ya he vivido mi vida, muchacho, mientras que tú tienes todavía muchos años por delante.

—He decidido seguir con vos —dijo humildemente.

—Me alegro, me alegro mucho. —Y me dormí.

Cuando Sara y yo volvimos la noche siguiente a la Fortaleza, Evrard, sorprendentemente, todavía vivía. El opio le había ayudado a resistir, aunque no le había devuelto la cordura. Sin embargo, con la nueva aurora, el viejo templario exhaló el último suspiro tras algunas convulsiones y su cabeza gris se torció hacia un lado hasta quedar inmóvil y con la boca abierta. En honor del pasado, yo me alegré por haberle ayudado a marcharse en paz, aunque eso me hubiera impedido aclarar ciertos detalles que quedarían ocultos para siempre. Debo reconocer que, de algún modo, este pensamiento me dolió. Sara le pasó dulcemente la palma de la mano sobre el rostro para cumplir con el triste rito de cerrarle los ojos. Después se inclinó sobre él y le dio un beso en la frente, le arregló las ropas, le quitó de debajo la paja sucia y, juntando las manos, invocó a su Dios, Adonai, salmodiando hermosas plegarias por el alma de Evrard. También yo recé; lamentaba que aquel pobre hombre hubiera muerto sin el auxilio de los Sacramentos de la confesión y la extremaunción, aunque en el fondo no estaba seguro de que los hubiera deseado, entre otras cosas, porque los templarios sólo pueden ser atendidos por sus propios *fratres capellani*, para garantizar así la inviolabilidad de sus secretos.

Terminamos nuestras oraciones y, mientras Sara recogía los bártulos, yo me dispuse a retirar cualquier señal de nuestra presencia; antes o después acabarían por darse cuenta de que aquel preso estaba muerto y tendrían que entrar para llevarse el cuerpo y quemarlo. De pronto, al hilo de estos pensamientos, algo muy sencillo llamó poderosamente mi atención: ¿por qué no se veían por ninguna parte objetos pertenecientes a Evrard? Por más que miraba, no encontraba nada que delatara la presencia de una persona en aquella celda durante largo tiempo, aparte, naturalmente, del cuerpo muerto del templario. Tenía que haber algo, me dije, alguna cosa, como hay siempre en cualquier mazmorra habitada por un condenado: algún manuscrito, utensilios, papeles, pertenencias... Es propio de los presos atesorar bienes pequeños e insignificantes que, para ellos, tienen un inmenso valor; pero, curiosamente, Evrard parecía no haber estado allí jamás, y eso no tenía sentido.

—¿Cuánto tiempo ha estado Evrard encerrado en esta celda? —pregunté intrigado a la hechicera.

—Dos años.

—¿Dos años y no tenía nada propio, por poco que fuera?

—Sí, sí tenía —me respondió Sara señalando hacia un rincón con la cabeza—. Su cuchara y su escudilla están allí.

—¿Y nada más?

La hechicera, con su bolsa colgada ya al hombro, me miró fijamente. Por sus pupilas cruzó primero una duda y luego una certeza. Supe, de repente, que no todo estaba perdido.

—Hace una semana, sabiendo que iba a morir —musitó—, me entregó unos papeles que guardaba en su camisa. Me pidió que los destruyera, pero no lo hice. Creo que vuestros piadosos servicios bien merecen que os los deje ver.

Mi impaciencia no tenía límites. Le supliqué que regresáramos cuanto antes para poder examinar aquellos documentos y la hice correr por las galerías de piedra hasta que ambos quedamos exhaustos. Los gallos cantaban en los tejados cuando salimos a cielo abierto por la boca del pozo.

—No sé si hago bien —comentó mientras salíamos de la casa abandonada—. Si Evrard me pidió que quemara esos papeles debería cumplir sus deseos. Quizá haya en ellos cosas que vos no debéis conocer.

—Os juro, mi señora Sara —le respondí—, que, encuentre lo que encuentre, sólo haré uso de aquellas cosas que realmente sirvan al cumplimiento de mi deber; el resto lo olvidaré para siempre.

No parecía estar muy convencida, pero cuando llegamos a su casa extrajo de debajo del jergón unos pliegos amarillos y sucios que me entregó con gesto de culpabilidad. Los cogí atropelladamente y me abalancé hacia la mesa de la sala, desplegándolos con cuidado para no romperlos. En ese momento me sentí un poco mareado, con algo de angustia en la boca del estómago, y tuve que sentarme en uno de los taburetes para poder seguir con mi tarea; ningún malestar físico producido por un par de noches en vela iba a detenerme ahora.

El primero de los papeles contenía el burdo dibujo de un *imago mundi*,[3] hecho con prisas y poca precisión. Dentro de un cuadrado representando el océano universal, había un círculo rodeado por doce semicírculos con los nombres de los vientos: Africus, Boreas, Eurus, Rochus, Zephirus... En el interior, la Tierra dividida en forma de T con los tres continentes que totalizan el mundo: Asia, Europa y África, en cuya intersección destacaban, una junto a otra, Roma, Jerusalén y Santiago —los tres ejes del mundo, los *Axis Mundi*— y, al norte, el Jardín del Edén. Aquel imperfecto *imago mundi* reflejaba también las constelaciones celestes superpuestas a la Tierra, probablemente buscando un orden cósmico concreto en alguna fecha determinada, y situando el Sol y la Luna en el extremo izquierdo.

Con infinita delicadeza desplegué, encima de la primera, la segunda hoja, una lámina de tamaño algo menor llena de guarismos ordenados en columnas acompañados por fechas en hebreo y siglas latinas. La mano que había hecho aquellas anotaciones —el color de la tinta reflejaba el paso del tiempo entre las primeras y

3. A diferencia del mapamundi, es una imagen del mundo que obedece a las ideas de un orden preestablecido por Dios (según san Agustín), el cual abarca toda la creación. La noción de la *imago mundi* comprende, por tanto, la Tierra y el Cosmos. *Enciclopedia de los símbolos*, de Udo Becker.

las últimas— era la misma que había dibujado las letras del *imago mundi*, así que deduje que ambos documentos estaban hechos por Evrard. Después de dar muchas vueltas, concluí que debía de tratarse de un registro de actividades llevado a cabo durante unos diez años, desde mediados del mes judío de Shevat del año 5063, es decir, desde principios de febrero de 1303, hasta finales de Adar del 5073. Intenté descubrir, haciendo suposiciones, qué clase de actividades eran aquellas que tan cuidadosamente había ido anotando el viejo templario, pero ningún dato lo dejaba entrever. En cualquier caso, pensé, si se trataba de partidas de oro sacadas clandestinamente de París, la cantidad era mucho más que inconmensurable.

El tercer pliego contenía, por fin, lo que tanto había buscado: la copia manuscrita de una carta firmada por Evrard y Manrique comunicando a un remitente desconocido el éxito de su misión, la perfecta ejecución de lo que llamaban «El desagravio de Al-Yedom», o lo que era lo mismo, la maldición de Jacques de Molay.

Me incorporé complacido, soltando una profunda exclamación de satisfacción. Ahora, me dije, el papa Juan XXII tendría tanto miedo de ser asesinado que no dudaría en dar al rey de Portugal la autorización para crear la nueva Orden Militar de los Caballeros de Cristo. Mi trabajo, al menos la parte relativa a lo que ya podía calificarse como los asesinatos del papa Clemente V, del rey de Francia Felipe IV el Bello y del guardasellos Guillermo de Nogaret a manos de los templarios, estaba acabada. Sólo debía entregar aquel documento en Aviñón y volver a casa.

Pero todavía quedaba un cuarto pergamino, un pedazo en realidad, no mucho mayor que la palma de mi

mano. Me incliné nuevamente sobre la mesa y lo examiné. Se trataba de un curioso texto en hebreo carente
de significado:

מ֗תנ֗פר֗ש מאל֗דוקיב ר֗פ ֗ג֗פ

שנ֗ת֗פ מ֗נוישימ֗ר מאנגאמ

֗כש ֗ש ֗ר ֗את ֗ת ר ֗תיב֗ת

אנג֗ר א֗תנאלתא דא

Era incomprensible. El alfabeto utilizado no pertenecía
a la lengua judía, al menos no a la lengua judía que yo
creía conocer muy bien.

—Sara —la llamé para solicitar su ayuda—, fijaos en
esto. ¿Tenéis idea de lo qué quiere decir?

La hechicera se asomó por encima de mi hombro.

—Lo siento —exclamó soltando un bufido y alejándose—. No sé leer.

¿Qué demonios significaba aquel disparate? De todos modos no era el momento más adecuado para ponerme a investigar; me sentía cada vez más mareado y
con más necesidad de dormir unas cuantas horas. Con
qué añoranza recordaba mi juventud, cuando podía pasar dos, y hasta tres días, sin dormir y sin que mi cuerpo se resintiera. La edad no perdona, me dije.

—No tenéis buen aspecto —comentó Sara obser-
vándome detenidamente—. Creo que deberíais tumba-
ros en mi jergón y descansar un poco. Estáis verdoso.

—Lo que ocurre es que ya soy viejo —sonreí—. Lo
siento, aunque me gustaría dormir un par de horas,
debo marcharme. Jonás está solo en la hospedería.

—¿Y qué? —farfulló tirando de mí por el jubón y levantándome del asiento—. ¿Es que se va a morir de miedo si vos no aparecéis? Si es un muchacho sensato, y lo parece, vendrá a buscaros a esta casa.

Agradecí profundamente que alguien tomara decisiones por mí en aquel momento. La verdad es que estaba terriblemente cansado, como si la idea de haber terminado con aquella misión hubiera relajado mi cuerpo y hubiera dejado caer sobre él todo el cansancio acumulado durante muchos, muchos años... Una sensación absurda, pero así fue como lo sentí.

Las mantas de la hechicera desprendían aroma a espliego.

Nos despedimos de Sara y de París a finales de julio, y emprendimos tranquilamente el camino de regreso hacia Aviñón. La relación entre Jonás y yo había perdido toda la tensión acumulada durante las pasadas semanas y volvía a ser grata y estimulante: establecimos una pugna para ver cuál de los dos resolvía antes el enigma del cuarto pergamino —Sara, con muchas reticencias, nos había hecho entrega de éste y de la copia manuscrita de la carta inculpatoria de Evrard, que yo entregaría próximamente al Papa en Aviñón—, así que, cada uno por su lado luchaba por desentrañar el misterioso mensaje. Aunque yo tenía una idea bastante aproximada de cómo resolver el enigma, lo cierto es que no ponía mucho interés en hacerlo, pues no quería ganar sin dar tiempo al muchacho para aprender todo el hebreo que pudiera durante el viaje; y, era tal su belicosidad, que aprendía a velocidades vertiginosas con tal de derrotarme en la liza. Tenía orgullo, desde luego, y yo disfrutaba con ello. A fin de cuentas —me repetía constantemente—, no deja de ser mi hijo, y, además, siempre será mi único hijo, pues mis votos me impiden tener más descendencia. A lo largo de los últimos días, y después de muchas reflexiones, había llegado a la conclusión de que debía darle a conocer cuanto antes la verdad sobre su origen. Tenía que ponerle al corriente del asunto antes del regreso a Barcelona y dejar que él, luego, obrara en consecuencia. En caso de que quisiera regresar al cenobio, yo, naturalmente, no le pondría trabas, pero si no era ése su deseo, lo dejaría al cuidado de mis familiares, en Taradell, para que lo educaran como a un De Born en el solar de la familia. Deseaba sentirme orgulloso de mi hijo algún día. En cuanto a los Mendoza..., mejor era no pensar en ellos.

En Lyons cambiamos de ruta para no pasar por Roquemaure. Aquel infeliz de François podía ser un peligro para nosotros si volvíamos a encontrarlo, así que doblamos hacía Vienne y bajamos por el territorio de Dauphiné hasta Provence, entrando en el Comtat Venaissin y en Aviñón por oriente. Fue una jornada después de salir de Vienne, al anochecer, cuando Jonás resolvió el problema del mensaje:

—¡Lo tengo, lo tengo!

Yo estaba distraído en aquel momento contemplando el cielo —una hermosa puesta de sol por Orión—, y no presté atención a lo que decía.

—¡Lo he resuelto, lo he resuelto! —clamó, indignado por mi indiferencia—. ¡He descifrado el mensaje!

Tal y como yo había supuesto, se trataba en realidad de una simple permutación de alfabetos. Empecé a sacar tranquilamente de las alforjas pan y queso para la cena.

—Fijaos, *sire* —comenzó a explicarme—. El que escribió el mensaje no hizo sino cambiar unas letras por otras, conservando las equivalencias. Lo que nos ha despistado tanto tiempo ha sido, probablemente, la pronunciación. Si rechazamos la lectura hebrea del mensaje y lo articulamos en su equivalente latino, ¿qué tenemos?

—*Pi'he feér bai-codí...* —pronuncié dificultosamente, leyendo el pergamino.

—No, no. En latín, *sire*, en latín.

—¡Esto no puede leerse en latín! —protesté mientras tragaba una miga de pan mojada en vino.

Jonás sonrió satisfecho, con el pecho henchido de inmodestia.

—No, si como vos, sabéis hablar el hebreo. Vuestro propio conocimiento os vuelve ciego y sordo, *sire*. Pero si olvidáis todo lo que sabéis, si os ponéis al nivel de un estudiante como yo, entonces lo veréis muy claro. Observad que la primera letra es la *feh*.

—Cuya lectura correcta —apunté para molestarle—, delante de la vocal *qibbuts*, es, si no me equivoco, *pi* o *pu*.

—¡Ya os he dicho que olvidéis todo lo que sabéis! Es posible que suene *pi* o *pu* en hebreo, pero en latín suena *fu*.

—¿Cómo es eso? —inquirí interesado.

—Por que, según me habéis enseñado, la *feh* puede actuar también como *ph*. Así que, leyendo del modo en que lo haría un ignorante, el mensaje diría... ¿queréis escucharlo?

—Estoy impaciente.

—Pues poned atención. *Fuge per bicodulam serpentem magnam remissionem petens. Tuebitur te taurus us-*

que ad Atlantea regna, es decir, «Escapa por la serpiente de doble cola buscando el gran perdón. El toro te protegerá hasta los reinos de Atlas». —Me miró intrigado—. ¿Tenéis alguna idea de lo que esto quiere decir?

Hice que me repitiera el mensaje un par de veces, sorprendido por la sencillez y, al mismo tiempo, por la astucia encerrada en aquel apremiante comunicado. Súbitamente todo encajaba en mi cabeza; si alguna pieza había quedado suelta después de las largas investigaciones realizadas en París, aquello lo resolvía. De pronto, la repentina comprensión de aquel comunicado me arrastró como un vendaval hacia el pasado, atravesando el túnel de los años y del olvido como si jamás hubiera logrado salir de allí. Estaba paralizado por la impresión, aterrorizado por el poder de la fatalidad: mi propia vida se mezclaba una y otra vez, incomprensiblemente, con aquella historia de crímenes, ambiciones y correos cifrados. Creo que fue entonces cuando, por primera vez, pasó por mi mente la idea de ese destino supremo del que habla la *Qabalah*, un destino que se oculta tras los aparentes azares de la vida y que teje los misteriosos hilos de los acontecimientos que forman nuestra existencia. Tuve que hacer un verdadero esfuerzo para regresar al presente, para romper con aquella sensación de ser aspirado hacia atrás por una fuerza poderosa. Sentí dolor por todo el cuerpo, sentí dolor en el alma.

—¿Me oís, mi señor Galcerán? ¡Eh, eh! —Jonás, sorprendido, agitaba la mano frente a mis ojos.

—Te oigo, te oigo —le aseguré sin mucha convicción.

Después de hacerle repetir el mensaje por tercera vez, compartí con él lo que me parecía que aquel comunicado dejaba entrever con bastante claridad: que Manrique de Mendoza —pues, como se verá, del contenido se desprendía que él debía de ser el autor de dicha nota—, tras cometer los asesinatos, había conseguido escapar de Francia, pero que Evrard, quizá porque ya estaba enfermo en aquel momento, no había podido seguirle en la huida. El de Mendoza, desde dondequiera que estuviera, preocupado por la seguridad de su compañero, había elaborado para él un cuidadoso plan de fuga: le rogaba que huyera hacia «los reinos de Atlas» haciendo uso de la vía de «la serpiente de doble cola», y tranquilizándole en cuanto los posibles problemas del viaje al garantizarle la «protección del toro».

—Pero ¿qué quiere decir todo eso? —me preguntó Jonás—. Parece cosa de locos.

—Sólo existe una serpiente de doble cola, muchacho, una serpiente que, además, conduce en efecto hasta los reinos atlánteos y que guía los pasos de quienes buscan el gran perdón. ¿No sabes de qué te hablo?

—Lo siento, *sire*, no, no lo sé.

—¿Es que, acaso, durante nuestras largas cabalgatas al anochecer, jamás te has fijado en las estrellas, en las constelaciones, en esa larga *bicodulam serpentem* que cruza el cielo nocturno con todo el poder de su gran tamaño?

Jonás frunció el ceño, pensativo.

—¿Os estáis refiriendo a la Vía Láctea?

—¿A qué otra cosa podía referirme?, ¿a qué otra cosa podía estar refiriéndose Manrique cuando le indicaba a su compañero la manera de llegar hasta los reinos de Atlas?

—¿Y qué reinos son esos?

—«... y al caer el día —recité alzando el dedo índice

hacia el cielo—, temiendo Perseo confiarse a la noche, se detuvo en el Oeste del mundo, en el reino de Atlas...». ¿No has leído tampoco a Ovidio, muchacho? «Allí, mayor que todos los hombres con su cuerpo descomunal, estaba Atlas, el hijo de Yápeto: los confines de la Tierra estaban bajo su cetro.»

—Qué versos tan hermosos —musitó—. ¿Así que Atlas era un gigante que tenía su reino al oeste, en los confines de la Tierra?, es decir... —y entonces comprendió— ¡En el *mare Atlanticus*! ¡De Atlas, *Atlanticus*!

—Atlas, o Atlante, como también se le conoce, era un miembro de la extinta raza de los gigantes, unos seres que existieron al principio de los tiempos y que sucumbieron en duras batallas contra los dioses del Olimpo. Atlas era hermano de Prometeo, aquel magnífico titán que, entre otras muchas cosas provechosas, dio a la inferior raza de los hombres el maravilloso don del fuego, permitiéndoles así progresar y asemejarse a los inmortales. En fin, el caso es que el gigantesco Atlas fue condenado por Zeus, el padre de los dioses, a sostener la bóveda del cielo sobre sus hombros.

—Pero, todo eso de lo que estáis hablando, ¿no es herejía? —me interrumpió Jonás—, ¿cómo podéis decir que esos extraños seres, esos gigantes, eran dioses? Sólo existe un único Dios Verdadero, Nuestro Señor Jesucristo, que murió en la cruz para salvarnos.

—Cierto, tú lo has dicho, pero antes de que Nuestro Redentor se encarnara en el vientre de la Santísima Virgen, los hombres creían sinceramente, con la misma fe con que nosotros creemos hoy en nuestro Salvador, en otros dioses igualmente poderosos, y mucho antes que los dioses griegos y romanos, existieron otros, hoy olvidados, de los que apenas se ha conservado el recuerdo, y antes de ellos, mi querido Jonás, sólo existía un único Dios.

—Nuestro Señor Jesucristo.

—Pues no. Un Dios que, en realidad, era una Diosa: *Megálas Matrós*, *Magna Mater*, Gran Madre: la Tierra, a quien todavía hoy se venera secretamente en muchos lugares del orbe bajo nombres como Isis, Tanit, Astarté, Deméter...

—Pero ¿qué decís? —se espantó Jonás, echándose hacia atrás y mirándome con aprensión—. ¡No podéis estar hablando en serio! ¡Una mujer...!

Sonreí sin decir nada más. Había sido suficiente para una primera lección.

—Volvamos a nuestro mensaje. Habíamos dejado a Manrique indicando a Evrard que siguiera el camino de la Vía Láctea hasta llegar a los reinos de Atlas. Pero eso es muy impreciso, en primer lugar, porque, como el mismo mensaje afirma, la Vía Láctea se divide en dos ramales antes de desaparecer en el océano Atlántico. ¿Cómo le hace saber cuál de ellos es el que debe seguir?

—¿Tiene algo que ver lo del gran perdón?

—Efectivamente. Como veo que no lo sabes, te lo diré yo: el Gran Perdón, o lo que también se conoce como el Camino de la Gran Perdonanza, es ese sendero que miles de peregrinos recorren siguiendo una de las colas de la Vía Láctea, es el Camino del apóstol Santiago, *Apostolus Christi Iacobus*, en España.

—¿Evrard debía salir de Francia por los Pirineos y recorrer el Camino de Santiago?

—Piensa un poco. Los templarios escaparon en masa de Europa para refugiarse en Portugal. Seguramente, es allí donde se encuentra Manrique ahora, y sólo hay dos maneras de llegar a Portugal, una, por mar, y otra por tierra, cruzando los Pirineos y los reinos cristianos de España. Lo que parece evidente es que Evrard no estaba en condiciones de afrontar un largo y azaroso viaje en barco, sufriendo los bruscos coletazos del oleaje o de una inesperada y violenta tormenta; eso le hubiera matado, sin duda alguna. Sin embargo, por tierra, a pesar de la mayor lentitud y de las incomodidades, hubiera podido parar para descansar cuantas veces hubiese necesitado, habría sido atendido por buenos físicos, e incluso, hubiera podido morir, llegado el caso, rodeado por sus propios compañeros de Orden, pues recuerda que son muchos los templarios que, aparentemente, han renunciado a sus votos para poder quedarse cerca de sus antiguas encomiendas.

—Muy bien, ese tal Manrique está en Portugal, y Evrard, que no ha podido huir, debe reunirse con él, pero ¿por qué utilizar el Camino de Santiago?

—Por el toro, no lo olvides.

—¿El toro?, ¿qué tiene que ver el toro?

—El toro, querido muchacho, es la respuesta a la segunda de las misiones que yo tenía encomendada, ¿la recuerdas?, averiguar el destino del oro de la Orden del Temple, un oro desaparecido en grandes cantidades y de forma misteriosa. El de Mendoza le hace saber a su compañero que no debe preocuparse por nada durante su viaje, le ruega que escape, que salga de Francia a toda velocidad utilizando la vía que él considera más segura: el Camino de Santiago, que probablemente Evrard debía recorrer camuflado de peregrino enfermo en busca de un milagro, a lo largo del cual el toro, el *taurus*, es decir, el *tau-aureus*, le protegería.

—¿Tau-aureus?

—La Tau, la T griega —expliqué—, o mejor, la Cruz de Tau, el signo de la Cruz, o mejor todavía, el signo o la señal del *aureus*, el oro.

Ahora, el *imago mundi* de Evrard adquiría, súbitamente, su lógico sentido. Aquel pergamino que, por desgracia, había quedado en manos de Sara, no contenía, como yo había pensado en un primer momento, señales de vital importancia para completar la totalidad del mensaje. Estaba claro que no había en él claves fundamentales. Lo que sí había, grande y muy bien destacada, era *la* clave fundamental: esa Tierra dividida en forma de T, de Tau. Ésa era *la* señal. A la luz de este nuevo detalle, resultaba evidente que la mano que había dibujado el *imago mundi* y escrito la lista de fechas hebreas y siglas latinas, no era la de Evrard, sino la de Manrique de Mendoza, que había hecho llegar a Evrard la pista de la Tau por todos los medios posibles. Este detalle arrojaba luz sobre otro en aquel momento: que Sara, aunque fuera cierto que no sabía leer como me había dicho, sí que distinguía perfectamente la letra de su amado Manrique. De ahí que hubiera querido conservar, precisamente, esos dos documentos.

—¡La señal del oro! —estaba diciendo Jonás—. ¡Del oro templario!

—En efecto —afirmé, retomando el hilo de la conversación—. Los templarios han debido de ocultar su *aureus* o, al menos, parte de él, a lo largo del Camino del Apóstol, y Evrard, que posiblemente conocía los escondites, o la forma de encontrar esos escondites, estaba autorizado a utilizar esas riquezas para llegar en perfectas condiciones hasta Portugal, con el auxilio, además, de sus hermanos que, sin duda, están vigilando los tesoros mientras aparentan mantenerse al margen de los viejos conflictos que dieron al traste con su Orden, viviendo sin oficio ni beneficio, como simples caballeros, en las cercanías de sus antiguos castillos, fortalezas o encomiendas.

—¡Cuando el papa Juan y vuestro gran comendador sepan todo esto...! —exclamó Jonás con los ojos brillantes.

El que no sabía lo que le esperaba cuando lo supieran era yo.

El papa Juan XXII y el gran comendador hospitalario de Francia, *frey* Robert d'Arthus-Bertrand, duque de Soyecourt, me escucharon con gran atención durante la hora larga que duró mi alocución. De vez en cuando mis dos oyentes hacían alguna observación, algún comentario entre ellos que yo no entendía muy bien, como que la carta inculpatoria, la prueba fundamental que el Papa me había solicitado, debía ser destruida inmediatamente. Por supuesto, a la vista de los hechos que yo narraba, Juan XXII decidió que era absolutamente imprescindible dar la aprobación a la nueva Orden militar solicitada por don Dinis, el rey de Portugal.

Al parecer, durante el mes que había durado mi investigación, el Hospital y el papado habían estrechado profundamente sus vínculos y ahora ambos estaban interesados, sobre todo, en el oro del Temple. Presumo que mi desconcierto y, es más, mi evidente —aunque contenida— indignación ante algunas de sus preguntas, llevaron a *frey* Robert a darme una pequeña explicación que, de no estar yo al tanto de información tan delicada como la que les había aportado, no me habría facilitado nunca.

Una de las bulas dictadas por el anterior papa, Clemente V, durante el proceso a los templarios —la bula *Ad Providam*—, ordenaba que el Hospital de San Juan de Jerusalén, como principal beneficiario de los bienes templarios tras la suspensión de la Orden, pagaría, con cargo a las rentas procedentes de esos mismos bienes, unas altas pensiones a los *freires*, sargentos y principales responsables templarios que, habiendo abandonado su templarismo, hubieran decidido permanecer en los reinos cristianos en los que la persecución y aniquilación llevada a cabo en Francia no se hubiera producido de manera tan brutal. Por esa razón, me aclaró *frey* Robert, se estaba produciendo la paradoja de tener que pagar grandes sumas de dinero, durante el resto de sus vidas, a cientos de antiguos templarios, mientras que ni el Hospital ni la Iglesia ni los reinos habían recibido la parte completa de los bienes que les correspondían, puesto que la mayoría de las riquezas, todas aquellas que podían ser transportadas, habían desaparecido.

Ante esta situación, el papa Juan XXII, allí presente, estaba pensando seriamente en dictar una nueva bula que anulara la de Clemente V, siempre y cuando, como es natural, la Iglesia —el Tesoro Pontificio—, percibiera a cambio una cantidad de fondos lo bastante importante como para compensar dicho favor. Resultaba, pues, de vital importancia, encontrar el oro del Temple, ese mismo oro que, según mi informe, se encontraba parcialmente escondido a lo largo del Camino de Santiago.

Jamás me hubiera imaginado, ni en mis peores sueños, encontrar hombres tan codiciosos en puestos tan sagrados e importantes. En sus pupilas brillaba la avaricia, el deseo de engrandecer con riquezas tanto el trono pontificio como, desgraciadamente, la Orden del Hospital de San Juan (ya de por sí la más poderosa de Europa, tras la desaparición de los Caballeros del Templo de Salomón). No era de este modo como yo concebía el ideal de servicio al necesitado, el espíritu de generosidad universal, la consolación a los enfermos. Es cierto que, después de mi viaje, estaba mucho más al tanto de la fama de usurero y ruin que se había ganado Juan XXII, un hombre que había llenado la ciudad de Aviñón de banqueros, comerciantes, traficantes y cambistas; que se había rodeado de una corte mucho más suntuosa, rica y palaciega que la de cualquier monarca del orbe; un pontífice que vendía bulas a cambio de dinero y que, según había oído, permitía la exhibición de crucifijos en los que la figura del Hijo de Dios aparecía clavada por una sola mano, ya que la otra se introducía en una bolsa de monedas que le colgaba del cinto. En realidad, no había querido hacer caso de tales murmuraciones, pero el brillo dorado que ahora veía reflejado en sus afilados y diminutos ojuelos me hacía sospechar que los rumores debían ser completamente ciertos. Por desgracia, lo mismo se podía decir del gran comendador de Francia de la Orden del Hospital y, durante un segundo, mi indignación me llevó a plantearme escribir muy seriamente al senescal de Rodas para contarle todo aquello que estaba viendo y oyendo, pero recordé a tiempo que había sido el propio senescal quien me había puesto bajo las órdenes directas de aquel hombre indigno, y que, por lo tanto, mi capacidad de maniobra había quedado muy restringida; no tenía más remedio de callar, callar y obedecer, y consolarme pensando que pronto regresaría a Rodas y dejaría de mancillarme en aquel degradado clima.

Se me ordenó retirarme un momento a una sala contigua mientras *frey* Robert y Su Santidad debatían acerca de las cosas que yo les había contado. Tenían que tomar algunas decisiones, me dijeron, y volverían a llamarme al cabo de unos pocos minutos. Mientras esperaba, caí de repente en la cuenta de lo importante que era atender personalmente a la educación de mi hijo: por nada del mundo quería que Jonás corriera el riesgo de convertirse en un hombre depravado y ambicioso como aquellos que últimamente veía en los círculos del poder. Quería que su única ambición fuera la cultura y que su catadura humana fuera la mejor, así que, me dije, debía llevarlo conmigo a Rodas, ponerlo en las manos de los mejores maestros de mi Orden, vigilar de cerca su evolución y sacarlo de aquel mundo de locos en el que se había convertido la cristiandad; el material del que estaba hecho era inmejorable, pero ¿y las influencias que podía recibir si encaminaba sus pasos en mala dirección? Debía llevarlo conmigo a Rodas, sin falta y sin excusa.

En estos intranquilos pensamientos estaba cuando fui requerido nuevamente a la presencia del Sumo Pontífice.

—Nos y vuestro comendador, *frere* Galcerán —dijo suavemente el Santo Padre, mostrando la mejor de sus sonrisas—, hemos decidido que emprendáis la peregrinación a Santiago.

Me quedé mudo de asombro.

—Ya sabemos, hermano —añadió *frey* Robert en tono de disculpa—, que deseais volver inmediatamente a Rodas, pero la misión que ahora Su Santidad ha decidido encomendaros es de vital importancia para nuestra Orden.

Yo continuaba mudo de asombro.

—Veréis, *frere*, si Nos mandáramos un ejército cristiano allende los Pirineos para recuperar el oro de los templarios, ¿creéis que encontraríamos algo? Naturalmente que no, ¿verdad? Conociendo a esos canallas como Nos los conocemos, ese oro debe de estar perfectamente oculto en lugares insospechados, inaccesibles y, probablemente, llenos de trampas. Pero si vos —continuó impasible Su Santidad, mirándome a los ojos—, con vuestra aguda inteligencia, sois capaz de encontrar esos escondites, resultará fácil para una mesnada de caballeros extraer de ellos el producto de vuestro hallazgo.

—Lo que Su Santidad y yo, como portavoz de vuestra Orden, queremos decir —continuó *frey* Robert—, es que resultaría imposible encontrar esas riquezas utilizando los medios habituales. Ya habéis visto que, ni bajo tortura, los templarios han consentido revelar sus verdaderos secretos. Sin embargo, si vos hacéis el Camino como... ¿cómo los llaman?, como un *concheiro*, como un penitente que acude a la tumba del Apóstol para obtener la indulgencia compostelana, vuestros ojos serán capaces de ver mucho más que una veintena de hombres armados, ¿no os parece?

Lo cierto es que yo seguía estando mudo de asombro.

—Partiréis inmediatamente —ordenó el Santo Padre—. Tomaos unos días de descanso para preparar vuestro largo viaje hasta Compostela. Aunque, eso sí, procurad que nadie os vea fuera de vuestra capitanía; recordad que estamos rodeados de espías que podrían poner un desgraciado fin a vuestra misión. Después, cuando estéis listo, partid.

—Pero... —balbucí—. ¿Cómo...? ¡Es imposible, Santidad!

—¿Imposible? —preguntó éste volviéndose hacia el comendador—. ¿He oído imposible?

—No tenéis opción, Galcerán —exclamó mi superior con un tono que no admitía réplica; podía ser duramente sancionado por desobedecer órdenes, llegando incluso a perder la casa—.[4] Debéis cumplir lo que se os ha encomendado. Permaneceréis en la capitanía de Aviñón hasta que os sintáis preparado para partir, tal y como ha dicho el Santo Padre, y después emprenderéis el camino hacia Compostela. Algunos hombres del Papa os seguirán a distancia durante la peregrinación, de manera que podáis comunicarles vuestros descubrimientos mediante canales que ya estableceremos. Adoptaréis la personalidad de un pobre peregrino y haréis uso de vuestros conocimientos y habilidades para encontrar esas «Tau-aureus» que tan espléndidamente habéis desvelado.

—Dejadme, al menos, unos segundos para pensar... —supliqué atribulado—. Dejadme, al menos, que lleve conmigo a mi escudero, el *novicius* que saqué del monasterio de Ponç de Riba para enseñarle los rudimentos de la medicina. Ha resultado ser un buen muchacho y un excelente compañero para mis investigaciones.

—¿Qué sabe ese *novicius* de todo este asunto? —preguntó enfurecido el papa Juan.

—Él fue, Santidad, quien resolvió el enigma del mensaje.

—Debemos suponer, por tanto, que está informado de todo.

—Así es, Santo Padre —repuse, firmemente decidido a que Jonás me acompañara a costa de lo que fuera,

4. Ser expulsado de la Orden.

incluso de una dura sanción. Aquel viaje, bien mirado, podía suponer, tanto para él como para mí, el reencuentro con la tercera persona implicada en nuestra común historia: su madre, Isabel de Mendoza—. Y, por cierto, Santo Padre —añadí, dando por zanjada la cuestión de Jonás—, voy a necesitar una autorización muy especial que sólo vos podéis proporcionarme...

Capítulo IV

Durante los primeros días de aquel mes de agosto de 1317, ayudados por la lectura de una bellísima copia hecha por los monjes de Ripoll del *Liber peregrinationis* del *Codex calixtinus*,[1] preparamos meticulosamente cada detalle de nuestro próximo viaje a la tumba del Apóstol Santiago en tierras de Galicia. Recibimos, asimismo, abundante y muy provechosa información de varios clérigos que habían realizado la peregrinación en años recientes, y que nos contaron que el infinito número de caminos jacobeos que recorre Europa se reduce drásticamente en Francia a cuatro vías principales: la «tolosana» por Toulouse, la «podense» por Le Puy, la «lemovicense» por Limoges, y la «turonense» por Tours. Era evidente que si Evrard debía alcanzar los Pirineos desde París, la ruta más directa para él hubiera sido la «turonense», que pasaba por Orleans, Tours, Poitiers, Burdeos y Ostabat para penetrar en España por Valcarlos y Roncesvalles. Sin embargo, nosotros, por la situación más meridional de

1. *Libro de las Peregrinaciones* del *Códice calixtino*. El códice es una compilación de documentos jacobeos realizada por el monje Aymeric Picaud en el siglo XII, que, por prestigio del apóstol, atribuye al papa Calixto II, en el que se describe la ruta hasta Santiago.

Aviñón, bajaríamos hasta Arlés para tomar la ruta conocida como «tolosana», que partiendo de Saint Gilles, pasaba por Montpellier y Tolosa, para cruzar los Pirineos por el Summus Portus.[2]

Por más vueltas que le daba, no tenía ni idea de cómo iniciar la búsqueda de un oro que, sin duda, estaría escondido de manera insuperable. Me decía, para tranquilizarme, que, si verdaderamente esas riquezas se hallaban ocultas a lo largo del Camino, quienes prepararon los escondrijos tuvieron que dejar rastros que permitieran su recuperación. Por desgracia, era seguro que esas señales obedecerían a códigos secretos que dificultarían mucho, por no decir que imposibilitarían su localización a cualquiera que no estuviera en posesión de las claves, pero confiaba en que los templarios, como iniciados que eran, hubieran recurrido a signos crípticos universales conocidos también por mí. Me decía, además, que aquel oro no había sido puesto en el Camino con la única finalidad de que Evrard lo encontrase durante su huida, así que, probablemente, empezar el Camino en Aragón, en vez de hacerlo desde Navarra, iba a ser un beneficio más que una pérdida, ya que lo recorreríamos en su versión más larga.

Debería fijarme especialmente en las antiguas propiedades de la Orden del Temple, lugares más que probables para encontrar respuestas a mis preguntas, pero me preocupaba el gran número de granjas, encomiendas, castillos, molinos, palacios, herrerías e iglesias que habían formado parte de estas propiedades. La Orden se había establecido durante el primer tercio

2. Somport.

del siglo XII por todo Aragón, Cataluña y Navarra, extendiéndose después por Castilla y León. Habían luchado bravamente defendiendo las fronteras con los musulmanes y habían participado en todas las batallas importantes —como las ocupaciones de Valencia y Mallorca junto a Jaime I de Aragón, la conquista de Cuenca, la batalla de Las Navas de Tolosa y la toma de Sevilla. Su antiguo patrimonio, pues, era inconmensurable y estaba repartido por todas las tierras cristianas de España. Una ruta como el largo Camino de Santiago planteaba un serio problema a quien, como yo, tuviera que visitar todas y cada una de las edificaciones levantadas o adquiridas por los *freires* del Temple durante dos siglos y eso sin contar que, como no sabía qué método habían utilizado para señalizar sus ocultas riquezas, debía examinar cualquier elemento que llamara mi atención.

Para comenzar nuestra falsa peregrinación, tanto Jonás como yo necesitábamos asumir nuevas personalidades que nos protegieran de los peligros con los que, evidentemente, íbamos a encontrarnos. Tras mucho pensar, y para no retorcer en exceso la cuerda de la mentira —ya llegaría la hora de hacerlo a conciencia—, yo me convertí en aquello que hubiera llegado a ser de forma natural de no haber seguido los dictados del espíritu y el conocimiento, es decir, me convertí en el caballero Galcerán de Born, segundo hijo del noble señor de Taradell, viudo reciente de una prima lejana, que peregrinaba hasta el solar del Apóstol en compañía de su primogénito, García Galcerañez, para pedir perdón por antiguas faltas cometidas contra su joven y fallecida esposa. La trama se completaba con la penitencia impuesta por mi confesor de recorrer el Camino en la pobreza más absoluta, haciendo uso, por toda riqueza, de la generosidad de las gentes. Por fortuna, según el propio *Codex calixtinus*:

> *Peregrini sive pauperes sive divites a liminibus Sancti Jacobi redientes, vel advenientes, omnibus gentibus caritative sunt recipiendi et venerandi. Nam quicumque illos receperit et diligenter hospicio procuraverit, non solum beatum Jacobum, verum etiam ipsum Dominum hospitem habebit. Ipso Domino in evangelio dicente: Qui vos recipit me recipit.*[3]

Jonás, que desde nuestra salida de Ponç de Riba iba perdiendo desvergonzadamente el pelaje de respetuoso y humilde *novicius*, protestó enérgicamente:

—¿Por qué no podemos hacer esa dura peregrinación con algo de comodidad? ¡Es terrible pensar en lo que nos espera! Creo que no me apetece acompañaros.

—Tú, García Galceráñez, vas a venir conmigo hasta el final, quieras o no quieras.

—No estoy de acuerdo. Deseo volver a mi monasterio.

¡Paciencia, paciencia!

—¿Otra vez con lo mismo? —exclamé, soltándole un papirotazo.

---

3. «Los peregrinos, pobres o ricos, que vuelven de Santiago o se dirigen allí, deben ser recibidos con caridad y respeto por todos, pues quien les reciba y hospede con esmero tendrá por huésped no solamente a Santiago sino también a Nuestro Señor, el cual dijo en el *Evangelio*: el que a vosotros os reciba a mí me recibe.» *Codex calixtinus*, cap. XI.

Por fin, el jueves 9 de agosto cruzamos a pie las murallas de Aviñón y dejamos atrás el soberbio Pont St. Bénézet, sobre el negro Ródano, cuando todavía la luz del sol asomaba escasamente en el cielo. No tardamos mucho en encontrarnos con el primer grupo de peregrinos que, como nosotros, se encaminaba hacia Arlés. Se trataba de una nutrida familia teutona la cual, junto con sus parientes cercanos y todos sus criados, se dirigía a Santiago para consumar una vieja promesa. Aquel primer mediodía comimos de su comida y bebimos de su vino, pero, al atardecer, los teutones se dieron cuenta de que perdían mucho tiempo sofrenando el paso de sus carros y sus caballos para ajustarse a nosotros, que íbamos a pie, y se despidieron alegremente, con grandes muestras de simpatía. Les dijimos adiós con alivio —no hay gente más amable y pesada que la germana—, y volvimos a quedarnos solos en el camino. Al caer el sol, encendimos una hoguera junto al río y dormimos al raso, oyendo el incansable croar de las ranas.

Tardamos todavía media jornada más en llegar hasta Arlés, y lo hicimos en un estado realmente lamentable: en primer lugar, ni el muchacho ni yo estábamos acostumbrados a caminar tanto, así que las sandalias de cuero nos habían lacerado las carnes hasta casi dejar los huesos al aire; y, en segundo lugar, la cojera nos había obligado a recorrer las últimas millas con unos balanceos mortificantes, así que, además de las llagas y las úlceras ensangrentadas, sufríamos de multitud de dolores en todas las partes del cuerpo comprendidas entre el pelo de la cabeza y las uñas de los pies. Si al menos hubiéramos podido alojarnos en una hostería como la de París, habríamos descansado de nuestras penas sobre buenos jergones de paja, pero la penitencia de pobreza impuesta por el inexistente confesor del inexistente caballero De Born, nos negaba, incluso, ese mísero consuelo. Dicha penitencia no era un capricho necio por mi parte, aun cuando Jonás no pudiera verlo de otra forma. El hecho de tener que depender de la limosna y la misericordia ajenas nos permitiría acceder a casi cualquier casa, castillo, burgo, aldea, parroquia, monasterio o catedral que saliera a nuestro encuentro, lo que nos facilitaría en extremo las charlas y contactos con las gentes del lugar. Ninguna información es trivial cuando se carece de todos los datos necesarios.

De manera que, maltrechos y descalabrados, tuvimos que cobijarnos, como otros muchos peregrinos, en las naves de la venerable basílica de San Honorato, de donde un sacristán nos echó a patadas antes del amanecer para que pudiera celebrarse la primera misa del día. ¡Y vivediós que me alegré de que nos expulsaran! Estaba harto de la pestilencia, la suciedad, las ratas, los insectos y las pulgas de nuestro alojamiento y de la fetidez nuestros compañeros de acomodo.

Esa mañana, con mis últimas monedas, compré lienzos y ungüento para nuestras desolladuras, así como algo de pan de cebada y miel. Con una fina aguja de hueso pinché las ampollas de mis pies y las de los pies del muchacho, cuidando de no rasgar la piel muerta al extraer la serosidad, y luego apliqué meticulosamente la untura. Aunque teníamos muchas ganas de visitar el famoso cementerio de Ailiscampis —en el cual, según la leyenda, descansaban los diez mil guerreros del ejército de Carlomagno—, nuestros cuerpos nos lo impidieron, obligándonos a descansar junto a la fuente de una plazuela hasta que se hizo de noche. Regresamos entonces a la iglesia de San Honorato para maldormir y esperar el día siguiente —domingo—, en que tendría lugar el solemne acto religioso de bendición y despedida de los numerosos *concheiros* que nos habíamos reunido a tal efecto en Arlés durante las últimas semanas. Es costumbre que los peregrinos viajen en grupos para protegerse de los bandidos y los salteadores que infestan los caminos; sin embargo no era mi intención hacer el viaje con nadie (al menos, una vez que hubiéramos entrado en tierras de Aragón), pero resultaba más prudente empezar el largo recorrido con las viandas y los regalos que la ciudad entregaba a los viajeros con motivo de su marcha.

La muchedumbre se congregó a las puertas de la basílica desde primeras horas de la mañana. El ambiente era festivo y el tiempo acompañaba, pues hacía calor y el sol despuntaba con firmeza. Los canónigos de todas iglesias de la ciudad concelebraron con gran fasto la Santa Misa, al término de la cual, unos a unos y otros a otros —pues varias hileras había—, nos fueron entregando los útiles de peregrino después de pronunciar la bendición para cada atributo o prenda: la escarcela para la comida:

—*En nombre de nuestro Señor Jesucristo, recibe esta escarcela, hábito de tu peregrinación, para que castigado y enmendado te apresures en llegar a los pies de Santiago, a donde ansías llegar, y para que después de haber hecho el viaje vuelvas al lado nuestro con gozo, con la ayuda de Dios, que vive y reina por los siglos de los siglos. Amén.*[4]

4. Moralejo, S., C. Torres, y J. Feo. *Liber Sancti Jacobi; Codex Calixtinus*. Santiago de Compostela, 1951, pp. 204-205.

El bordón para las caminatas y la defensa:

—*Recibe este báculo que sea como sustento de la marcha y del trabajo, para el camino de tu peregrinación, para que puedas vencer las catervas del enemigo y llegar seguro a los pies de Santiago, y después de hecho el viaje, volver junto a nos con alegría, con la anuencia del mismo Dios, que vive y reina por los siglos de los siglos. Amén.*[5]

La calabaza para el agua, el sombrero para el sol y la esclavina para el frío y el mal tiempo. La mayoría llevábamos, además, una caja de estaño colgada del hombro en la que guardábamos los documentos y salvoconductos necesarios para el viaje (los de Jonás y míos eran, obviamente, falsos). Luego, en la plaza, hubo comida y bebida para todos mientras los juglares cantaban versos atrevidos y actuaban los mimos y los magos. Jonás se atracó de almendras azucaradas y tuve que arrancarle de las manos, cuando ya la tenía en los labios, una copa rebosante de vino aromatizado.

Salimos en grupo de Arlés para dirigirnos, más diseminados, hacia Saint Gilles, a unas diez millas de distancia, entre Nimes y el Ródano, lugar donde se hallaba enterrado el cuerpo del santo del mismo nombre, que gozaba en toda Francia de una fama excelente por su rapidez en responder a las súplicas. Este santuario era parada inevitable del Camino por la ruta tolosana, ya que visitar el sepulcro del santo y besar su altar se consideraba muy provechoso y milagrero.

5. Moralejo, S., C. Torres, y J. Feo. *Liber Sancti Jacobi; Codex Calixtinus*. Santiago de Compostela, 1951, pp. 204-205.

Llegamos al anochecer y, una vez hubimos dejado nuestras escasas pertenencias en la alberguería, nos dispusimos a cumplimentar la salutación. Acostumbrados a la oscuridad del exterior, cuando entramos en la iglesia los brazos se nos fueron a la cara en un gesto de protección que de poco nos valió, pues el templo resplandecía como el oro, iluminado por miles de cirios, candelas y lamparillas y, era una luz tan fuerte, que Jonás, cuya admiración no tenía límites, se pasó un buen rato parpadeando y lagrimeando hasta se habituó. En verdad la tumba que aquel varón era algo notable y digno de ser visitado. Protegía su cuerpo un arca de oro, cuya cubierta a dos aguas presentaba una decoración en forma de escamas de pez, con trece piedras de cristal de roca engarzadas en el remate. En el centro de la cara anterior del arca, dentro de un círculo dorado rodeado por dos filas de piedras preciosas de todas clases, la figura sedente de Jesucristo impartía la bendición con una mano mientras que con la otra sostenía un libro abierto en el que podía leerse: «Amad la paz y la verdad.» Sin embargo, lo que más llamó mi atención fue la franja central del lado izquierdo del arcón, en la que aparecían burdamente representados los doce signos solares: Aries, Tauro, Géminis, Cáncer, Leo, Virgo, Libra, Escorpio, Sagitario, Capricornio, Acuario y Piscis. Me estaba preguntado, intrigado, qué demonios hacían aquellos signos allí, cuando de pronto me sobresalté y me llevé la mano al cinto, sin recordar que no iba armado:

—*Beatus vir qui timet dominum*[6] —dijo una voz ronca y grave a cierta distancia de mi espalda.

6. «Bienaventurado el varón que teme al Señor», sal. 111, 1.

—*Caeli enarrant gloriam Dei*[7] —respondí rápidamente dándome la vuelta para ver al desconocido emisario a quien estaba esperando desde nuestra salida de Aviñón.

Semioculto en la penumbra y embozado en un largo manto oscuro, un individuo de aspecto inquietante, de gran estatura y corpulencia, nos contemplaba inmóvil. Permanecimos durante unos segundos observándonos mutuamente en actitud hosca, hasta que el hombre dio un paso hacia la luz y se dejó ver con mayor claridad. Hice una seña a Jonás para que permaneciera donde estaba y me dirigí pausadamente hacia él, sin dejar de mirarle a los ojos, de un azul muy claro. Llevaba los cabellos cortos y la barba larga, ambos de un intenso color rubio muy en contraste con su vestimenta. Su complexión era formidable, sus mandíbulas prominentes y lucía una enorme y abultada frente ósea. Sin duda debía de tratarse de alguien importante dentro de los cuerpos de guardia del Santo Padre.

—*Sire* Galcerán de Born —dijo cuando estuve cerca—, soy el conde Joffroi de Le Mans, vuestra sombra.

Aquello no podía dejar las cosas más en su sitio.

—Conde Joffroi de Le Mans, soy *freire* Galcerán, caballero del Hospital de San Juan de Jerusalén, médico y vuestra carga.

Pareció sorprenderse con mi respuesta, seguramente por estar más acostumbrado a causar miedo y consternación que indiferencia.

—Éstas son mis órdenes —continuó, como si no me hubiera oído o como si todo lo que no fuera ponerme

7. «Los cielos cuentan la gloria de Dios», sal. 18, 2.

al tanto de ellas careciera de importancia—. Seguiros día y noche hasta que encontréis el tesoro de los templarios, ayudaros con mis armas y las armas de los cinco hombres que me acompañan en caso de que necesitéis ayuda, mataros a vos y a vuestro novicio si intentáis engañar a la Santa Madre Iglesia.

Sentí cómo crecía dentro de mí la indignación conforme el maldito conde iba hablando. Allí estábamos mi hijo y yo buscando un tesoro que nos importaba un ardite, cumpliendo una ambiciosa misión que, de tener éxito, sólo serviría para enriquecer más a quienes ya eran ricos, pasando penalidades en una peregrinación que no deseábamos hacer y, encima, venía aquel azotacalles y nos amenazaba de muerte.

—Vuestras órdenes no me interesan, conde —respondí irritado—. Para mí es como si vos no existierais, puesto que sólo sois mi sombra. Yo tengo un encargo que cumplir, y lo cumpliré.

—Por razones de estado, Su Santidad Juan XXII desea que llevéis a cabo el trabajo lo más pronto posible.

—Ya lo suponía, no me pilla de sorpresa —repuse—. Pero habéis de saber, conde Joffroi, que todavía no sé hacer milagros y que Su Santidad tendrá que conformarse con lo que la velocidad de mis pies y la agudeza de mis ojos puedan rendir. De vos sólo deseo una cosa antes de rogaros que desaparezcáis de mi vista: ¿cómo podré pediros ayuda si llega el caso? Ya veis que no llevo armas.

—Nosotros lo sabremos —replicó dándose la vuelta y alejándose—. Siempre os estaremos vigilando.

—Gracias, conde —exclamé a modo de despedida.

Y el eco de mi voz se apagó en las naves del templo,

no sin que yo percibiera una nota aguda de temor escondida en mi última sílaba. ¿Estaría mi Orden al tanto de aquella amenaza o sería exclusivamente una maniobra del Papa? En cualquiera de los dos casos, no podía pedir ayuda a nadie.

Tardamos tres días en llegar a Montpellier y otros diez en alcanzar Toulouse, visitando en los alrededores de la ciudad los sepulcros de san Guillermo de Aquitania, en Gellone —que murió luchando contra los sarracenos—, de los santos mártires Tiberio, Modesto y Florencia, enterrados en la abadía benedictina de Saint Thibéry, a orillas del río Hérault, y de san Saturnino, confesor y obispo, que sufrió martirio atado a unos fieros toros sin domar que le arrastraron por unas escalinatas de piedra destrozándole la cabeza y vaciándole los sesos.

Me preocupaba la influencia que todas estas truculentas historias pudieran tener en la joven mente de Jonás. Aunque ya me estaba encargando yo de contarle otro tipo de cosas y de sembrar buenas semillas en su entendimiento, todavía no había llegado la hora de su completa iniciación, pues le faltaban unos cuantos años para poder ser armado caballero (sus orígenes eran oficialmente inciertos y, aunque esto se resolviera antes o después, aún tardaría un tiempo en ser capaz de llevar la armadura y sus accesorios, de manejar la lanza y, sobre todo, de blandir, a brazo partido, una pesada espada de buen acero franco). Lamentablemente, su formación en el cenobio de Ponç de Riba le hacía muy vulnerable a las llamativas y seductoras hazañas de los santos y los mártires, la mayoría de los cuales, en el caso de no haber sido simples guerreros cuyas batallas resultaron en provecho de la Iglesia, ni siquiera habían sido cristianos, verificándose que el largo brazo eclesiástico había maquillado sus vidas —casi siempre paganas o iniciadas—, para ajustarlas a los cánones romanos de la santidad.

El fervor religioso de Jonás crecía según avanzaba nuestra peregrinación y según el número de sepulcros que visitábamos, pero mi preocupación llegó al máximo cuando, llegados a Borce a finales de agosto, al pie mismo del Summus Portus, le descubrí escondiendo en el morral el pedazo de tocino ahumado que nos había dado una buena mujer cuando le pedimos comida por amor de Dios y de Santiago.

—¿Qué diablos haces? —le interrogué mientras le retiraba las manos y abría su escarcela para mirar dentro. Un hedor nauseabundo me atacó el olfato cuando aparté las dos o tres cosas que cubrían la superficie: comida de varios días, en estado de putrefacción, se descomponía en el fondo del morral. Algo me barruntaba yo y por eso había estado esperando el momento de pillarle *in flagrante delicto*—. ¿Se puede saber qué es todo esto?

Ni un mínimo asomo de vergüenza o temor se reflejó en su rostro infantil cubierto de bozo en el bigote y las quijadas. Antes bien, percibí un gesto de obstinación, de terquedad ofendida cuando le miré fijamente.

—No tengo por qué explicaros nada.

—¿Cómo que no? Estás echando a perder los alimentos que tanto nos cuesta conseguir y, en lugar de comértelos, los arrojas como desperdicios al fondo de la escarcela.

—Es un asunto sólo mío y de Dios.

—Pero ¿qué tonterías son ésas? —bramé hecho una furia—. Caminamos sin descanso desde que sale el sol hasta que se pone, y tú, en vez de alimentarte para reponer fuerzas, te dedicas a desperdiciar la comida. ¡Quiero una explicación ahora mismo o probarás la suavidad de esta vara en tus flacas posaderas! —Y arranqué una rama flexible y larga de un haya que tenía a mi diestra.

—Quiero ser mártir —murmuró.

—¿Que quieres ser qué...?

—¡Que quiero ser mártir!

—¡Mártir...! —grité mientras un resto de sensatez me avisaba de que, o me calmaba, o perdería más que ganaría con aquel condenado muchacho.

—El sufrimiento y el martirio son caminos de perfección y de acercamiento a Dios.

—Pero ¿a ti quién te ha dicho eso?

—Me lo enseñaron en el cenobio, pero lo había olvidado —dijo a modo de excusa—. Ahora sé que mi vida sólo tiene un sentido: ser mártir de Cristo, morir purificado por el sufrimiento. Quiero llevar la corona de espinas de los elegidos.

La estupefacción me impidió soltar una blasfemia. Me dije que aquel hijo mío estaba necesitando desesperadamente una buena formación militar y cortesana. Lo malo era que en aquel momento estábamos rodeados de montañas, entre Borce y el poblado de Urdós —que ya se divisaba en la distancia—, a punto de abandonar el valle de Aspe para ganar la cumbre del Summus Portus, y que, en ese entorno, no podía proporcionársela. Tenía que resolver la situación utilizando algún ardid. Nunca es bueno hacer las cosas sin haber previsto todos los movimientos probables de la partida.

—Está bien, muchacho —admití finalmente—. Puedes ser mártir. En realidad es una idea excelente.

—¿Sí...? —preguntó con desconfianza, mirándome de reojo.

—Sí. Yo te ayudaré.

—No sé, no sé... Me parece muy extraño vuestro súbito cambio de actitud, *sire*.

—No deberías recelar de quien sólo pretende auxiliarte para que alcances con éxito las puertas del cielo. Verás, desde hoy, y aprovechando tu debilidad, puesto que debes llevar varios días sin comer...

—Aguanto bien con pan y agua. Esto es todo lo que tomo —aclaró rápidamente.

—... desde hoy, digo, llevarás tú todas nuestras posesiones, las mías y las tuyas —le dije colgando de su hombro mi escarcela y mi lata—. Además, para completar tu suplicio, dejarás de ingerir cualquier tipo de líquidos y alimentos: el pan y el agua se han terminado.

—Creo que es mejor que lo haga a mi manera —musitó.

—¿Y eso por qué? En realidad lo que tú buscas a través del sacrificio es la muerte. ¿No has dicho que querías el martirio y la corona de espinas de los elegidos? Pues que yo sepa, el martirio es la muerte no natural por Jesucristo. ¿Qué diferencia hay entre morir hoy o morir mañana? No importa el tiempo, lo que cuenta es la cantidad de sufrimiento que puedas presentar ante el tribunal de Dios.

—Ya, pero creo que si lo hago a mi manera tendrá más valor. La agonía será más lenta.

Me dieron ganas de propinarle un sonoro guantazo en esa cara de tonto que tenía, pero aparenté tomar en consideración sus palabras y sopesar los pros y los contras de cada opción.

—Está bien, hazlo a tu manera. Pero si tomas pan y agua, deberías al menos dejarte sangrar. Ya sabes que es un remedio infalible para evitar los pecados y para mantener la pureza del alma. En Ponç de Riba habrás visto, probablemente, cómo sangraban a los monjes díscolos.

—No, no quiero sangrías —puntualizó apresuradamente—. Creo que con cargar con todo este peso y con mantenerme hasta la muerte a base de pan y agua es suficiente.

—Conforme, cómo tú quieras. Sigamos andando pues.

Dejamos el valle atrás y ascendimos el camino hasta Fondería. A mediodía cruzamos la selva de Espelunguera y atravesamos el río, encaminándonos a las rampas de Peiranera. No podíamos haber elegido otra temporada mejor para atravesar las montañas y disfrutar del esplendor de la naturaleza; caminábamos rodeados de grandes pinos y abetos, hayas, álamos y rosales silvestres y llevábamos por compañía a bucardos, ardillas, corzos y jabalíes. Recorrer el mismo camino en invierno, entre ventiscas y tormentas de nieve, hubiera sido un suicidio. Aún así, muchos peregrinos lo preferían, pues el peligro de toparse con osos o con ladrones era mucho menor.

Toda la jornada caminamos teniendo como referencia, recortado contra el infinito, el espléndido pico de Aspe, esa peña de roca pura y forma puntiaguda que guía los pasos de los peregrinos hasta el punto más alto de la cumbre, el Portus Asperi o Summus Portus, a partir del cual da comienzo el verdadero Camino del

Apóstol. En él, apenas hubimos puesto el pie en la cima, Jonás, agotado por el esfuerzo de la ascensión, el peso de nuestras parcas pertenencias y los días de ayuno, se desmayó.

Afortunadamente, a escasa distancia de la cumbre, monte abajo, se encontraba el hospital de Santa Cristina, uno de los tres hospitales de peregrinos más importantes del mundo —los otros dos eran el de Mons Iocci, en la ruta de Roma, y el de Jerusalén, a cargo de mi Orden—, y mientras Jonás se recuperaba en él de su martirio y de sus deseos de llevar «la corona de espinas de los elegidos», yo tuve que buscar acomodo en la hospedería de la cercana localidad de Camfrancus.[8]

El físico de Santa Cristina que le examinó afirmó que al menos le harían falta dos días para recuperar las fuerzas y reemprender el Camino. En mi modesta opinión, un buen guisado de carne con verduras y media jornada de sueño le habrían bastado para reponerse por completo; pero como se suponía que yo sólo era un noble caballero que peregrinaba en pobreza a Compostela para hacerse perdonar viejas deudas galantes, quedaba fuera de mis facultades emitir juicios médicos.

Como no tenía otra cosa que hacer, al día siguiente, por la mañana temprano, continué por un desfiladero abajo hasta Jaca, con el sombrero de alas calado hasta los ojos: recuerdo que aquel día lucía un sol aún más brillante que el que nos había acompañado durante todo el viaje. Tenía la intención de examinar bien el terreno y de no dejar escapar ningún detalle que pudiera

8. Canfranc.

resultarme útil. Me decía que, lógicamente, sería por allí, al principio mismo del Camino, por donde debían empezar a aparecer las señales, o las claves necesarias para interpretar dichas señales. Hubiera sido absurdo por parte de los *milites Templi Salomonis* distribuir grandes riquezas a lo largo de una prolongada y concurrida ruta de peregrinación sin establecer en el origen mismo del trayecto el lenguaje necesario para poder recuperarlas.

Abandoné el cauce del río Aragón para adentrarme en la población de Villanúa. No sé muy bien qué me inspiró a detenerme allí, pero fue una suerte, porque en el interior de la pequeña iglesia encontré una imagen negra de Nuestra Señora. Una intensa alegría se apoderó de mí y me llenó el corazón de gozo. La Tierra, la *Magna Mater*, irradia sus propias fuerzas internas hacia el exterior a través de vetas que fluyen por debajo del suelo. Estas corrientes fueron llamadas «Serpientes de la Tierra» por las antiguas culturas ya desaparecidas, que utilizaron el color negro para representarlas. Las Vírgenes Negras son símbolos, signos que indican en estos tiempos cristianos —y sólo a quien los sepa interpretar—, los lugares donde esas potencias internas brotan con mayor pujanza. Lugares sagrados, arcanos, preciosos lugares de espiritualidad. Si algún día el hombre dejara de vivir en contacto directo con la tierra, y no pudiera, por tanto, absorber su energía, se perdería a sí mismo para siempre y dejaría de formar parte de la esencia pura de la *Magna Mater*.

No sé cuánto tiempo permanecí allí, inmóvil, absorto en mis pensamientos, meditando. Por unas horas me recuperé a mí mismo, recuperé al Galcerán que había abandonado Rodas para encontrar a su hijo y aprender unas nuevas técnicas médicas, recuperé la paz interior y el silencio, mi propio e inspirador silencio, del cual brotó, como una oración, el hermoso verso del poeta Ibn Arabi:[9] «Mi corazón lo contiene todo...» Sí, me dije, mi corazón lo contiene todo.

No llegué a Jaca ese día, por supuesto, pero sí al día siguiente, en que crucé el río por un puente de piedra, dejando Villanúa a mi izquierda. Entré en la ciudad por la puerta de San Pedro siguiendo la vía peregrina, y me recibió una urbe limpia y acogedora, aunque excesivamente ruidosa. Aquel día se celebraba mercado, y las gentes se arremolinaban en la plaza y bajo las arcadas en medio de un ruido ensordecedor y de una gran algarabía, entre empujones, insultos y riñas. Sin embargo, toda percepción exterior quedó en suspenso cuando vi, de pronto, el tímpano de la puerta oeste de la catedral, la de acceso para los peregrinos que entraban allí para rezar ante la imagen del Apóstol y ante las reliquias de la mártir santa Orosia, patrona de la ciudad.

No fue el soberbio crismón[10] de ocho brazos lo que provocó mi estupor, sino los dos magníficos leones que lo flanqueaban, ya que, además de que su perfección era incomparable —pocas veces los había visto tan bellamente reproducidos—, ambos estaban gritando, para quien supiera oírles, que aquella edificación contenía «algo», «alguna cosa» tan principal y sagrada que era necesario entrar en el recinto con los cinco sentidos bien despiertos. El león es un animal de significación solar, estrechamente unido al concepto de luz. Leo es,

9. Famoso poeta sufí (1164-1240).
10. Monograma de Cristo compuesto de las dos primeras letras de este nombre en griego encerradas en un círculo.

además, el quinto signo del Zodíaco, lo que significa que el Sol pasa por este signo entre el 23 de julio y el 22 de agosto, es decir, la época más caliente y luminosa del año. Para la tradición simbólica universal, el león es el centinela sagrado del Conocimiento mistérico, cuya representación críptica es la serpiente negra. Y precisamente era una serpiente lo que había bajo el león de la izquierda, o para mayor precisión, el león de la izquierda aparecía en actitud de proteger a una figura humana que sujetaba una serpiente. El león de la derecha, por su parte, aplastaba con su pata el lomo de un oso, símbolo, por su letargo, de la vejez y la muerte. Pero lo más interesante del conjunto era la cartela situada al pie del tímpano, que decía lo siguiente: *Vivere si queris qui mortis lege teneris. Huc splicando veni renuens fomenta veneni. Cor viciis munda, pereas ne morte secunda.*[11] ¿A qué otra cosa podía estar refiriéndose aquella llamada —«Si deseas vivir, tú que estás sujeto a la ley de la muerte, ven suplicante...»— si no era al comienzo mismo del proceso iniciático? ¿Acaso no era Jaca la primera ciudad del Camino sagrado, marcado desde el cielo por la Vía Láctea y seguido por millones de personas desde que el mundo era mundo? Santiago no fue más que la explicación de la Iglesia a un fenómeno pagano de remotísimos orígenes. Mucho antes de que Jesús naciera en Palestina, la humanidad ya viajaba incansablemente hacia el Final del Mundo, hacia el punto conocido como *Finisterrae*, el «fin de la Tierra».

11. «Si deseas vivir, tú que estás sujeto a la ley de la muerte, ven suplicante, desechando venenosos placeres. Limpia el corazón de pecados, para no morir de una segunda muerte.» Traducción procedente del libro *La ruta sagrada,* de Juan G. Atienza.

¿Qué era aquello tan importante que la catedral de Jaca guardaba en su interior? No tenía más remedio que entrar y buscarlo, porque estaba claro que los leones podían avisar, pero jamás desvelarían un secreto. Recorrí el templo de punta a punta, husmeé cada rincón, cada pilar, cada columna y cada sillar, y por fin lo encontré junto al claustro, en la capilla de santa Orosia. Emplazada en un recoveco oculto por las sombras, la diminuta imagen de una Nuestra Señora sedente portaba una cruz ¡en forma de Tau! Digo que era una imagen de Nuestra Señora porque como tal se exponía, aunque jamás vi figura menos sagrada y menos ornada de los símbolos de su grandeza. Se trataba de una mujer joven, ataviada con ropajes de corte, con la cabeza ceñida por una vulgarísima corona ducal y con una socarrona sonrisa en los labios. Toda su actitud corporal, con el torso incorporado, las piernas haciendo fuerza contra el suelo para sostener el peso de la cruz y esa forma de sentarse en el borde mismo del banco, toda su actitud, digo, estaba encaminada a exhibir la Tau, echándola hacia delante como diciendo: «Mirad bien los que veáis, mirad esta cruz que no es tal cruz sino una señal, contempladla, os la pongo delante mismo de la cara.» Tomé buena nota de todo lo visto y emprendí alegremente el camino de regreso hacia mi hospedería.

Cuando, recién amanecido el día siguiente, entré en el hospital de Santa Cristina para recoger a Jonás, éste todavía dormía en su jergón, boca abajo, como si una saeta le hubiera alcanzado en mitad de la espalda y hubiera caído de bruces con el cuerpo descoyuntado. Me aproximé despacio para no despertar a los otros enfermos de la sala y respiré con placer el olor a recinto limpio y saludable. No pude dejar de evocar mi hospital de

Rodas, tan ventilado y pulcro como ése. ¡Cómo añoraba mi casa! Sin embargo, los recuerdos comenzaban a ser ya vagos e imprecisos y, por primera vez, tuve la ligera e inexplicable intuición de que nunca regresaría.

Desde el camastro vecino al de Jonás, un anciano de aspecto extraño me miraba fijamente con dos ojuelos negros y brillantes como dos azabaches. Se estaba secando los labios después de haber dado un gran trago de una calabaza que dejó en el suelo, junto al camastro. Era de constitución enteca y sarmentosa, de enormes orejas colgantes con lóbulos anormalmente abultados y casi calvo, con unos restos de cabello fino y gris a modo de corona de laurel. Su mirada era dura y ardiente, con reflejos minerales, y sus movimientos tenían un no sé qué de felino, una rápida suavidad muy a tono con aquella sonrisilla taimada con la que me obsequiaba.

—Vos sois don Galcerán de Born, el padre de García —dijo con una seguridad tal que me sorprendió. No recordaba haberle visto el día que dejé allí a Jonás.

—Cierto. ¿Y vos quién sois? —susurré mientras tomaba asiento con cuidado en el borde de la yacija del muchacho.

—¡Oh, yo no soy nadie, caballero, no soy nadie!

Sonreí. No era más que un pobre viejo medio chiflado.

—Me recordáis a Ulises, el de Troya —comenté de buen humor—, cuando dijo llamarse Nadie para engañar al cíclope Polifemo.[12]

—Pues llamadme Nadie, si os place. ¿Qué importa tener hoy un nombre y mañana otro? Todo es igual y diferente a la vez. Yo soy el mismo con cualquier nombre.

---

12. *Odisea*, Homero. Canto IX, pp. 360-415.

—Veo que sois un hombre sabio —dije por halagarle, aunque en realidad me daba un poco de lástima oírle proferir tal sarta de tonterías.

—Mis palabras no son tonterías, don Galcerán, y si las pensáis un poco os daréis cuenta.

Hice un gesto de extrañeza y le miré inquisitivamente.

—¿De qué os sorprendéis? —me preguntó.

—Habéis respondido a lo que estaba pensando y no a lo que he dicho.

—¿Qué diferencia hay entre lo que se dice y lo que se piensa? Observando a la gente con atención comprobaréis que, estén diciendo lo que estén diciendo, su cara y su cuerpo expresan lo que en verdad cavilan.

Sonreí de nuevo, divertido. Aquel desvencijado saco de huesos sólo era un hombre perspicaz y marrullero. Nada más.

—Me ha dicho vuestro hijo que os encamináis a Compostela —añadió, arrebujándose con la frazada, dejando sólo la cabeza al descubierto—, a rendir homenaje al Santo Cuerpo del Apóstol Santiago, hermano del Señor.

—En efecto, hacia allí vamos, si Dios lo quiere.

—Hacéis bien llevando al muchacho con vos —declaró firmemente—. Aprenderá muchas cosas buenas durante el viaje y nunca las olvidará. Tenéis un hijo excelente, *sire* Galcerán. García es un muchacho extraordinariamente despierto. Debéis estar muy orgulloso de él.

—Lo estoy.

—Y se os parece mucho. Nadie puede negar que es hijo vuestro, aunque su cara difiera un poco en los rasgos principales.

—Eso es lo que dice todo el mundo.

Ya me estaba cansando de aquella conversación, pero como el tono adusto de mis respuestas parecía no incomodar al viejo, fruncí el ceño y me giré hacia Jonás.

—Veo que queréis despertar al chico.

No contesté. No deseaba ofenderle, pero tenía otras cosas que hacer.

—¡Veo que queréis despertar al chico! —repitió apremiante.

Seguí sin contestar.

—Y veo también que no queréis continuar hablando.

Revolví con la mano la melena enmarañada de Jonás, para despertarle. Ya no quedaba en aquella cabeza la menor seña de la pasada tonsura monacal.

—Por mí, de acuerdo —murmuró el viejo con indiferencia, dándose la vuelta—. Pero recordadlo, don Galcerán: me llamo Nadie. Vos me habéis puesto ese nombre.

Y se durmió como un bendito mientras el sol comenzaba a entrar a raudales por los vanos del muro.

—¿De qué hablabais con el abuelo? —preguntó la voz somnolienta de Jonás, que volvía a la vida poco a poco mientras se giraba hasta quedar panza arriba.

—De nada importante —respondí—. ¿Estás listo para continuar caminando?

—Naturalmente.

—¿Continúas con tu aspiración de ser mártir?

—¡Ah, no, ya no! —afirmó muy convencido, abriendo los ojos e incorporándose hasta quedar sentado frente a mí—. Ahora quiero ser caballero del Santo Grial.

—¿Caballero de qué? —inquirí sobresaltado.

Realmente la mocedad es una época terrible de la vida, pero no para quien la atraviesa, como dicen, sino para quien tiene que soportarla cerca.

—Caballero del Santo Grial —repitió mientras se levantaba y buscaba sus ropas.

—Está bien —admití con resignación, y le alcancé con la mano los calzones y el jubón. Aunque parezca increíble, Jonás había crecido todavía más durante aquellos dos días de convalecencia. Su cuerpo larguirucho había dado otro estirón y los calzones le quedaban ridículamente cortos. Si seguía así, dentro de poco sería más alto que yo. Él se miró las piernas descubiertas y sonrió satisfecho. Era casi imposible negar la evidencia de su origen, sobre todo porque yendo siempre el uno al lado del otro, las semejanzas saltaban a la vista mucho más que las diferencias aportadas por su madre.

Para mi desgracia, durante las siguientes jornadas tuve que oír interminables relatos sobre la fascinante leyenda del Grial. Según Jonás, instruido en estos temas por el anciano Nadie —a quien él llamaba «el abuelo»—, el Santo Vaso permanecía oculto en un templo misterioso situado en una montaña llamada Montsalvat, celosamente custodiado por un singular personaje, el rey Anfortas, que llevaba a cabo su misión con la ayuda de los perfectos y puros caballeros del Santo Grial, similares en todo a los ángeles. Al parecer, los mejores entre estos caballeros eran Parsifal, Galaaz y Lancelot, flamantes héroes del muchacho, que unían a su ardor religioso inimaginables hazañas caballerescas, cada una de las cuales me fue narrada con todo detalle a lo largo de los cinco días que tardamos en llegar hasta Eunate, en las inmediaciones de Pons Regi-

191

ne,[13] localidad en la que se unían las dos rutas de entrada en España del Camino de Santiago, la de Summus Portus y la de Roncesvalles.

Confieso que mientras Jonás hablaba sin parar, mi pensamiento permanecía muy lejos de sus palabras. Le escuchaba con infinita paciencia durante un rato y, cuando ya no podía más, me evadía de su perorata enfrascándome en mis cosas hasta que alguna exclamación, queja o petición me devolvía a la dura realidad. No es que le diera lo mismo que le prestara atención o no (sospecho que detectaba perfectamente mis distracciones), pero era su modo, torpe e impreciso, de tender puentes entre nosotros, incluso por encima de mí mismo. Si su formación progresaba por buen camino, terminaría descubriendo que los puentes entre las personas se tienden escuchando con generosidad y no fatigando los oídos ajenos.

Durante las jornadas de camino entre Jaca y Pons Regine, pasamos por muchos lugares sugestivos a los que presté una puntual atención. Sin embargo, el desánimo empezaba a enroscarse en mi espíritu, a oprimirlo y estrangularlo como un torniquete. Lo cierto es que llevaba demasiado tiempo alejado de los míos, alejado de mis amigos, de mis compañeros y hermanos de Orden. Llevaba mucho tiempo sin nadie a quien poder consultar mis dudas, sin tiempo para mis estudios y mi profesión. Empezaba a sentirme como un desterrado, como un leproso condenado a vivir lejos de los suyos. Era como si, de repente, despertara de un sueño y descubriera que nada de lo que había vivido hasta entonces había sucedido en realidad. Me

13. Puente la Reina, en Navarra.

habían cambiado de vida y de identidad sin que yo me hubiese dado cuenta, sin que yo hubiese hecho otra cosa que obedecer órdenes. Me mortificaba pensar que ni a mi propia Orden parecían importarle las consecuencias que todo aquello pudiera tener sobre mí. ¿Acaso no le inquietaba a nadie que el *Perquisitore* se sintiera, cada día más, un *freire* sin comunidad? ¿Estaría enterado el Hospital de San Juan de que uno de sus monjes había sido amenazado de muerte por esbirros del papa Juan? El conde Joffroi de Le Mans, aunque invisible, era mi pesadilla constante. No se me escapaba que era un perro fiel de Su Santidad en el sentido más estricto del término y que ni siquiera pestañearía si tuviera que incrustar el filo de su espada en el pecho de mi hijo para cumplir la orden del Santo Padre.

Aquella mañana de mediados de septiembre amanecimos por primera vez cubiertos de escarcha y con las extremidades agarrotadas por el frío. Estaba claro que el verano tocaba lentamente a su fin y que el otoño se encontraba en puertas. Los días empezaban a ser de esos en que reina un calor insoportable mientras el sol está en lo alto pero de un frío mortificante en cuanto éste cae. Ya venía yo notando el cambio del tiempo en mis viejas cicatrices, pero sobre todo en mis encallecidos pies, que se hinchaban en demasía y me entorpecían el paso. Por fortuna, en una casa en la que paramos a descansar había podido prepararme una mixtura con tuétano de vaca y manteca fresca que me aliviaba mucho la inflamación y el dolor.

El Camino del Apóstol tuerce a la izquierda a la salida de Eneriz para llegarse hasta la capilla de Eunate. Perdida en la soledad de los campos, su espadaña guiaba al peregrino a través de una vasta llanura desolada.

Conforme nos íbamos acercando, me di cuenta de que Eunate podía representar para nosotros, incluso, mucho más de lo que parecía a simple vista: podía ser lo que habíamos estado esperando desde hacía semanas, podía ser un punto de partida, una esperanza de comienzo. Los latidos de mi corazón se aceleraron y tuve que hacer un gran esfuerzo para contenerme y no echar a correr hacia ella dejando a Jonás abandonado en el camino. Otra de las cosas importantes que no debía perder de vista era el control de mis emociones, pues nunca se sabe qué ojos pueden estar mirando.

—¿Qué te dice aquella iglesia, Jonás?

—¿Tendría que decirme algo? —preguntó despectivamente. Desde la noche anterior se había apoderado de su cuerpo el espíritu de algún emperador todopoderoso. Le pasaba de vez en cuando.

—Quiero que te fijes bien en su estructura.

—Pues veo una iglesia de proporciones simples y parco ornamento.

—Pero ¿qué forma tiene? —insistí.

Clavó su mirada en ella desde la altura de su indiferencia.

—Octogonal, parece. No lo veo bien. Y está rodeada por un claustro abierto. Lo cierto es que es raro que una iglesia tenga el claustro en el exterior y no en el interior, como es lo habitual.

—¿Ves? Ya empiezas a observar y no sólo a mirar.

El halago surtió su efecto. Carlomagno desapareció y dejó paso al *novicius*.

—¿Tiene algún sentido algo de lo que he dicho?

—Lo que has dicho significa que te encuentras frente a una iglesia de factura netamente templaria y que, acaso, en este momento, sea propiedad de mi Orden por la bula disolutoria.

—¿Cómo lo sabéis —preguntó intrigado—, cómo sabéis que es templaria?

Para entonces, estábamos ya dando un rodeo a la edificación.

—Por su forma octogonal. Toda construcción que veas que responde a esta hechura es de alzamiento templario. ¿Recuerdas que cuando descubrimos el significado oculto de los nombres de los médicos árabes que habían asistido al papa Clemente V en Roquemaure te dije que Al-Aqsa era una mezquita situada dentro del recinto del Templo de Salomón que los templarios habían utilizado como casa presbiterial en Jerusalén?

—Sí.

—Pues deja que te cuente una historia.

Nos quitamos los sombreros y nos sentamos en el suelo, agotados por el calor, con la espalda apoyada contra el muro de una casa situada al oeste de la capilla. Nuestros cuerpos agradecieron inmensamente una sombra fresca después de tantas horas de sol.

—Salomón fue un rey culto e inteligente que gobernó Israel unos mil años antes del nacimiento de Cristo —empecé—. Para que te hagas idea de la clase de persona que era, te diré que suyo es el hermoso *Cantar de los Cantares* de la Biblia y también los libros de la *Sabiduría*, los *Proverbios* y el *Eclesiastés*. ¿Te parece suficiente como presentación? Pues bien, este rey sabio y justo quiso edificar un templo en honor de Yahvé. Si has leído el primer *Libro de los Reyes* recordarás que allí se detalla minuciosamente su construcción, para la cual se utilizaron los mejores materiales de los reinos de Oriente: madera de cedro, piedra, mármol, cobre, hierro y oro, grandes cantidades de oro. Fíjate bien: absolutamente todas las paredes fueron recubiertas con láminas de este metal precioso y los objetos de culto y el gran candelabro de siete brazos fueron fundidos en oro macizo. Nada era bastante hermoso para cobijar y proteger el Arca de la Alianza y las Tablas de la Ley que Moisés cinceló con sus propias manos en el monte Sinaí. Porque eso es lo que contenía el templo, Jonás: el Arca de la Alianza y las Tablas de la Ley. Para guardarlas lo mandó construir Salomón. —Me callé un momento y tomé aire—. Todo el edificio era de proporciones inmensas y también de una inmensa belleza: los querubines situados encima del Arca (de oro puro, naturalmente), eran como leones con alas y cabeza humana y las dos columnas enormes de la fachada del Templo tenían unos receptáculos de aceite encendido que la iluminaban día y noche.

El muchacho tenía el cuello torcido en su afán por no dejar de mirarme mientras le contaba aquella historia. Estaba completamente embobado.

—Pero no eran los materiales la parte más valiosa del templo —continué—. ¡Ni muchísimo menos...! Gente muy especial intervino en su diseño. Makeda, la reina de Saba,[14] atraída por la renombrada sabiduría de Salomón y por su profunda espiritualidad, emprendió un largo viaje hacia el norte para conocerle y «probarle con enigmas», como dice la Biblia. Permaneció junto a

14. *Ethiopie, fidèle à la Croix*, de Maxime Cléret. Ed. de Paris. Cita recogida de *El oro de los Templarios*, de Maurice Guinguand y Bèatrice Lanne. Ed. Apostrofe.

él durante mucho tiempo, transmitiéndole el Conocimiento sagrado de los tiempos primigenios para que lo utilizase en la edificación del templo.

—¿Qué Conocimiento era ése? —preguntó Jonás, intrigado.

—Un Conocimiento al que tú, muchacho, algún día podrías tener acceso si eres digno de ello —dije, engañándole, pues, como era evidente, su iniciación ya había comenzado—. Pero calla y escucha. El templo de Salomón respondía, pues, a ciertos modelos y dimensiones procedentes de tradiciones ocultas e iniciáticas.

—¿Qué tradiciones ocultas e iniciáticas?

Hice como que no le había oído y continué.

—Tenía tres recintos concéntricos en el interior de los cuales se encontraba el *sancta sanctorum*, el lugar santísimo donde se custodiaba el Arca y donde nadie podía entrar so pena de muerte, excepto el gran sacerdote, que podía hacerlo una vez al año. Cuatro siglos después, Jerusalén fue destruida por las tropas del rey Nabucodonosor II, y con ella el hermoso templo de Salomón.

Dejé vagar mis ojos por los resecos muros de la capilla de Eunate. Tenía sed, así que bebí un largo trago de mi calabaza y Jonás me imitó.

—En lo que fue aquel triple recinto, se alza hoy día la mezquita llamada Qubbat al-Sakkra, o Cúpula de la Roca, que, curiosamente (por no tratarse de una característica de la arquitectura islámica), cuenta también con los tres recintos concéntricos. Además, su estructura, y esto es todavía más inexplicable, es octogonal. Justo al lado, también dentro de lo que fue el perímetro del templo, está la pequeña mezquita de Al-Aqsa, que los templarios utilizaban como residencia monástica, ya lo sabes. Convirtieron, pues, Al-Aqsa en vivienda y Qubbat al-Sakkra en iglesia..., en su iglesia. Numerosas ciudadelas y fortalezas templarias en Tierra Santa y en Europa presentan la estructura salomónica del triple recinto, e incontables construcciones, iglesias y capillas, como ésta de Eunate, reproducen la extraña planta octogonal de Qubbat al-Sakkra, la Cúpula de la Roca.

—¿Así que esta pequeña capilla cristiana perdida en mitad de las tierras de Navarra debe su forma a una mezquita musulmana situada a miles de millas de aquí?

—En efecto.

Parecía impresionado.

—¿Y qué ocurrió con el oro del Templo de Salomón?

—Desde que el pueblo de Israel supo que Nabucodonosor se preparaba para atacar, el Arca de la Alianza fue puesta a buen recaudo y el oro se escondió en un lugar seguro, así que el rey babilonio no pudo llevarse a su tierra los tesoros que esperaba. Lo cierto es que, en compensación, se llevó a los judíos como esclavos, pero ésa es otra historia. Siglos después, cuando los israelitas regresaron a Jerusalén, el templo fue reconstruido, aunque de manera más sencilla, pero del Arca, de las Tablas de la Ley y de las riquezas no volvió a saberse nada. Y así hasta el día de hoy. ¿Qué te parece?

—Me parece extraño —musitó caviloso—. Como también me parece extraño que los caballeros del Temple adoptaran el nombre del Templo de Salomón, su primera residencia. ¿No es un poco absurdo?

—Los caballeros del Temple no se llamaban así, su verdadero nombre era el de pobres caballeros de Cristo, pero todo el mundo les conocía por caballeros del Temple o templarios. Sin embargo, tienes mucha razón en dirigir tu interés hacia este punto, pues está ciertamente relacionado con lo que hablábamos. En 1118 un noble francés, Hugues de Payns, se presentó ante el rey Balduino II, rey de Jerusalén, y le pidió permiso para defender, con la ayuda de otros ocho caballeros franceses y flamencos, a los peregrinos de Occidente que viajaban hasta allí para visitar los Santos Lugares. Era un ofrecimiento generoso que venía a cubrir una necesidad urgente ya planteada por el rey, así que éste aceptó complacido. Los nueve caballeros sólo hicieron, a cambio, un simple ruego: poder instalar su residencia en los terrenos que anteriormente ocupaba el Templo de Salomón.

—¿Eso fue lo primero y lo único que pidieron nada más llegar a Jerusalén?

—A fe que sí. ¿No te parece curioso?

—¡Desde luego! Pero no se me alcanza por qué tanto interés. ¿Para poder llamarse caballeros del Temple o templarios?

—Pero ¿es que no lo ves, Jonás? A pesar de su ofrecimiento al rey de Jerusalén para vigilar los caminos y defender a los peregrinos, una vez obtenido el antiguo templo, los nueve caballeros se encerraron en él ¡durante nueve años!, sin salir al campo de batalla, sin enfrentarse ni una sola vez con los infieles y sin defender a ningún viajero, dedicándose exclusivamente, según decían, a la oración y a la meditación. Piensa Jonás: nueve caballeros encerrados en el Templo de Salomón durante nueve años, sin reclutar sirvientes y sin dejar entrar o salir a nadie de él sin su consentimiento. ¿No es extraño? Acabado este periodo, seis de los nueve templarios regresan a Francia para conseguir la aprobación de sus estatutos en el concilio de Troyes.

—¿Queréis decir que cuando los templarios llegaron a Jerusalén tenían algún objetivo secreto en mente?

—Los templarios buscaban algo especial cuando llegaron a Tierra Santa, no cabe duda. Quizá te haga falta saber algo más. San Bernardo de Claraval, fundador y primer abad de Claraval, *doctor Ecclesiae* e impulsor del Cister, de quien sin duda has oído hablar por ser una figura prestigiosa de la Iglesia —Jonás denegó con la cabeza y yo suspiré, resignado—, fue el encargado de traducir y estudiar los textos sagrados hebraicos hallados en Jerusalén después de la toma de la ciudad en la primera Cruzada. Años después, publicó un polémico texto, *De laude novae militiae*, en el que planteaba la necesidad de unos monjes soldados que defendieran la fe por medio de la espada, lo cual era un concepto completamente nuevo por aquel entonces. San Bernardo era tío carnal de uno de los ocho caballeros que acompañaban a Hugues de Payns, de quien también era amigo personal. Así que la idea de fundar la Orden de los Pobres Caballeros de Cristo fue, sin duda, de san Bernardo. Ahora ya tienes todos los datos que precisas para arribar tú solo a la conclusión lógica.

—Bueno... —titubeó—. Quizá...

—¡Venga, rápido! ¡Piensa!

—San Bernardo encontró algo en aquellos documentos hebraicos, algo que quería conseguir, para lo cual envió a los nueve caballeros a Jerusalén. ¡Ya lo entiendo! —exclamó, de repente, alborozado—. ¡Lo que estáis intentando decirme es que el Arca de la Alianza y las Tablas de la Ley debieron de permanecer ocultas en algún lugar secreto del Templo de Salomón, y que esos documentos que Bernardo tradujo decían exactamente dónde se encontraban. Por eso envió a los caballeros.

—Si los documentos hubieran señalado claramente el lugar en que se encontraba el Arca con las Tablas, los caballeros no habrían necesitado nueve años completos para encontrarlas, ¿no te parece?

—Es verdad. Bueno, pues los documentos sólo decían dónde podían hallarse aproximadamente, en algún lugar del Templo, sin especificar.

—Eso es más sensato. Aunque también es posible que las encontraran y que, dada la importancia y la sacralidad de lo hallado, durante aquellos nueve años los primeros templarios se dedicaran a lo que decían, a orar y a meditar.

—Y si todo esto lo sabía la gente, como vos lo sabéis, ¿por qué nadie les quitó el Arca?, ¿por qué la Iglesia no se la reclamó?

—Porque los templarios lo negaron siempre y, si alguien niega algo con la fuerza y la perseverancia suficientes, resulta imposible desmentirlo si no se tienen pruebas, y pruebas nunca las hubo. Sospechas, sí; todas. Pero pruebas, ninguna.

A mi mente acudió veloz el recuerdo de aquella noche (que ahora parecía tan lejana) en que Evrard, durante su delirio de muerte en la mazmorra de la antigua fortaleza templaria del Marais, gritaba dando órdenes de evacuar Al-Aqsa y de salvar el Arca de la Alianza.

—¿Y vos creéis, *sire*, que en esa capilla templaria —preguntó Jonás señalando Eunate con el mentón— encontraremos algo relativo a todo esto?

—Relativo a todo esto, no lo creo, Jonás —dije incorporándome con la ayuda del bordón—. De entre todos los secretos de los templarios, que son muchos, el del Arca es el más inviolable de todos. Pero estoy bastante seguro de que sí encontraremos las primeras pistas de los escondites del resto de las riquezas templarias, las que ocultaron en el Camino antes de su disolución como Orden.

—Pero ¿y el Arca? —insistió con tozudez.

—Los siglos se encargarán de desvelar la evidencia.

—¡Pero nosotros ya no lo veremos! —protestó mientras avanzábamos hacia la iglesia.

—Ése es el problema de no poseer la inmortalidad: nos perdemos el futuro.

Entramos en la ermita por una de las dos aberturas del claustro exterior y, circulando por su deambulatorio—también ochavado como la iglesia—, empecé a descubrir las señales inconfundibles de la tradición iniciática: en uno de los capiteles se veía la figura de un Crucificado sin cruz rodeado por catorce apóstoles; en otro, leones solares enfrentados; en otros más, rostros satánicos de cuyas bocas salían enredaderas formando laberintos o espirales, al final de las cuales, o en el centro, se encontraba siempre la figura de la piña, representación simbólica de la fecundidad y la inmortalidad. Nada de todo aquello me aportaba nueva información. Si yo hubiera sido un peregrino, y nada más que un peregrino, probablemente habría disfrutado contemplando aquellas imágenes, meditando sobre ellas, intentando descifrarlas y aplicando sus conclusiones a mi propia vida; pero mi vida y la de mi hijo estaban en peligro y no tenía tiempo que perder.

—Mirad, *sire.* —Jonás se había detenido delante de una de las columnas dobles y miraba atentamente el remate—. Ésta es la única representación normal que veo en todo este extraño claustro.

Me acerqué y observé el capitel. Por uno de sus lados podía verse la escena en la que el ciego Bartimeo, sentado a la vera del camino, llamaba a gritos a Jesús, Hijo de David, suplicándole el milagro de recobrar la vista. Y por el otro, la resurrección de Lázaro, el momento en que la losa del sepulcro era descorrida y Jesús ordenaba a su amigo que saliera al exterior para asombro de los presentes. Tanto Bartimeo como Jesús exhibían minúsculas cartelas de piedra bajo sus pies con lacónicos mensajes: *Fili David miserere mei*, la del ciego, y *Ego sum lux*, la de Jesús. Bueno —me dije—, al menos ya es algo.

Terminado el deambulatorio del claustro, penetramos en el interior de la capilla por la puerta norte. En un largo friso que daba a la arquería, todo el programa de la iniciación secreta se exponía a los ojos de cualquiera que pasara por allí. No me sorprendió en absoluto: podía ser muy difícil interpretar los misterios inmutables sin la ayuda de un maestro, pero algunos lo habían conseguido, llegando después muy lejos en el estudio del Conocimiento mistérico. Afortunadamente, la narración del friso utilizaba la simbología críptica —las palabras sabias siempre necesitarán intérpretes—, de manera que unos, los iniciados, pudiéramos leer lo que se decía y otros pudieran llegar a leerlo si su espíritu les animaba a ello. Deduje que, de alguna manera, el Camino de Santiago, el Camino de la Vía Láctea, estaba organizado para asistir a esos seres especiales capaces de alcanzar la iniciación por sí mismos. Tarea terrible, sí, pero no irrealizable.

—¿Qué significan todas esas imágenes?

—¿Qué imágenes?

—Esas cabezas apoyadas unas en las otras, por ejemplo.

—Es la transmisión racional del Conocimiento del que antes te hablé. Es la primera fase de la iniciación.

—¿Y esas quimeras y sirenas con colas de dragón?

—El dolor y el miedo del hombre ante el peligro y lo desconocido.

—¿Y por qué los monstruos llevan una flor en el vientre?

—Porque perder el miedo libera al hombre y le hace capaz de alcanzar la verdad.

—¿Por qué esa figura encapuchada lleva a un niño en los brazos?

—Porque el niño acaba de nacer después de morir.

—¿Y esa mujer desnuda enroscada en una serpiente?

—Ésa, Jonás, es la Diosa Madre del mundo, la *Magna Mater*, la Tierra. Recuerda que ya te hablé de ella en una ocasión.

—¿Y qué hace una diosa pagana en un templo cristiano?

—Todos los templos de la Tierra están consagrados a una única divinidad, la llamen como la llamen.

—¿Y qué hace una diosa con una serpiente?

—La Serpiente es el símbolo del Conocimiento. También te he hablado sobre ello.

—Sólo hay una cosa que no entiendo. ¿Cómo puede haber nacido el niño después de morir?

—Eso, Jonás, te lo explicaré en otra ocasión —dije secándome el sudor del rostro con la manga de la saya. ¡Qué manera de preguntar!—. Ahora quiero averiguar adónde lleva aquella escalera de allí.

En el lado sur de la capilla, una puertecilla entreabierta dejaba ver una escalera de caracol. Todavía nadie se nos había presentado desde que habíamos alcanzado las inmediaciones de Eunate, así que no vi inconveniente en subir por ella y comprobar adónde llevaba. No me sentí defraudado cuando alcanzamos una pequeña linterna que nos permitió contemplar un hermoso paisaje: los vastos y silenciosos campos que rodeaban Eunate estaban a nuestros pies. Un poco más allá se vislumbraban los edificios de Puente la Reina.

—Aquí debe de aposentarse el vigía, como en Ponç de Riba —dedujo el muchacho.

—¿Qué vigía, si por estos parajes no hay nadie?

—¡Alguien tendrá que vigilar por si llegan los moros!

—¿Y para qué crees que sirve aquel campanario que se ve en Puente la Reina, mucho mas alto y más al sur?

—Pues vigilarán desde los dos puestos.

—Es posible, no digo que no —convine con él—. Pero esta linterna sirve para algo más que la vigilancia. ¿Es que no te has dado cuenta de la espléndida visión celeste que se disfruta desde aquí? En una bella noche de verano, el cielo debe de poder tocarse con las manos. Sin duda, este pequeño recinto sirve de observatorio para el estudio de los astros.

—¿Y quién va a estudiar los astros si aquí no hay nadie?

—Ten por seguro que alguien vendrá alguna vez a mirar el cielo, durante las noches o durante los solsticios y los equinoccios, y no sólo en esos momentos; hay épocas del año en que leer las constelaciones es de vital importancia. Un lugar tan bueno como este debe de ser muy frecuentado por astrólogos.

—¿Y aquella ciudad de allá, Puente la Reina, es

nuestro próximo destino? —preguntó Jonás señalando con el dedo.

—En efecto. Allí comeremos hoy, en alguna alberguería o en la casa de algún buen samaritano misericordioso.

*Quatuor vie sunt que ad Sanctum Jaco-
bum tendentes, in unum ad Pontem Regine,
in horis Yspanie, coadunantur...*[1]

Son cuatro los caminos a Santiago que en Puente la Reina, ya en tierras de España, se reúnen en uno solo, dice
Aymeric Picaud en el *Codex Calixtinus*. Y bien cierto
es, pues si hasta entonces nuestro viaje había sido más
bien solitario —apenas nos habíamos encontrado con
dos o tres grupos de peregrinos y algún penitente es-
quivo—, en Puente la Reina nos dimos cuenta de la
gran cantidad de gente que purgaba sus pecados recorriendo con esfuerzo el itinerario sagrado. Yo mismo
estaba maravillado de la generosidad con que habíamos
sido tratados y alimentados hasta entonces por los villa-
nos, labriegos y monjes de los lugares por los que habíamos pasado, pero nada era comparable con la alegría
y la prodigalidad con las que, ya desde Obanos, nos recibieron los navarros de aquellos pagos. ¡Qué falsas me
parecían las palabras de Picaud!: «Los navarros son un
pueblo bárbaro, diferente de todos los demás en sus
costumbres y naturaleza, colmado de maldades, de color negro, de aspecto innoble, malvados, perversos,

1. Capitulum I, *Liber peregrinationis, Codex calixtinus*.

pérfidos, desleales, lujuriosos, borrachos, agresivos, feroces y salvajes, desalmados y réprobos, impíos y rudos, crueles y pendencieros, desprovistos de cualquier virtud y enseñados a todos los vicios e iniquidades, parejos en maldad a los Getas[2] y a los sarracenos, y enemigos frontales de nuestra nación gala. Por una moneda, un navarro o un vasco liquida, como pueda, a un francés.» Sin embargo, pocas veces en mi vida había visto tanta gente satisfecha reunida en una misma ciudad, ni una ciudad tan volcada y entregada a una sola meta: la atención al peregrino.

Apenas vislumbradas las primeras casas de Puente la Reina, llamé la atención a Jonás acerca de la torre de la iglesia que teníamos delante: aunque comenzaba con una contundente forma cuadrada, su final era una hermosa y delicada cúpula octogonal. El muchacho me sonrió con complicidad. Luego supimos que se trataba de la parroquia del barrio de Murugarren, la iglesia de Nuestra Señora dels Orzs,[3] propiedad de los templarios hasta la disolución de la Orden. Al parecer, el rey García VI había hecho entrega de la villa a los Caballeros del Temple en 1142, con la condición de que acogieran a los peregrinos *propter Amoren Dei*. Esa tradición de hospitalidad seguía profundamente arraigada y viva en el lugar.

Aunque todos los peregrinos que, como nosotros, entraban en la ciudad, se detenían en la parroquia de

---

2. Pueblo situado en la desembocadura del Danubio, territorio de la actual Rumanía, llegó a convertirse entre los romanos en el símbolo de la crueldad y la ferocidad. (Nota 92 de la *Guía del Peregrino Medieval*, *Codex Calixtinus*, de Millán Bravo Lozano. Centro de Estudios del Camino de Santiago.)

3. Nuestra Señora de los Huertos, actual iglesia del Crucifijo.

Nuestra Señora dels Orzs para rezar, Jonás y yo continuamos internándonos por las *rúas* peregrinas. Teníamos hambre y deseábamos descansar, así que dejamos para más tarde los rezos y las visitas obligadas y nos encaminamos hacia el otro lado del pueblo, hacia la hospedería de peregrinos, ubicada junto a uno de los dos hospitales con los que contaba la ciudad. Pasamos por delante de la iglesia de Santiago, que lucía una hermosa portada de ejecución mozárabe, y atravesamos la *rúa* Mayor, flanqueada por multitud de palacios y de casas con linaje —los escudos nobles podían verse sobre los portalones—. Al final de esta calle se encontraba el famoso puente que daba nombre y fama a la ciudad.

Jamás, ni en mis muchos años de vida y ni en mis muchos viajes, había visto un puente de tanto mérito, tan donairoso y ligero como el de Puente la Reina. Parecía surgir de su base como por encantamiento y su imagen estaba tan perfectamente reflejada en el agua que no se podía distinguir en qué lugar empezaba el puente real y en qué lugar el especular. Seis arcos de medio punto y cinco pilares atenuados por pequeños arcos servían para mantener la piedra flotando en el aire y facilitar el paso sobre el río Arga a los peregrinos jacobeos. Fue la reina doña Mayor, esposa de Sancho Garcés III, rey de Navarra, quien mandó levantar el hermoso puente. Pero ¿quién fue el pontífice?[4] Aunque yo jamás llegara a conocer su identidad, seguro que se trataba de un maestro iniciado. Y la sagaz perspicacia de Jonás no me defraudó.

—Lo que no comprendo —dijo con el ceño fruncido y tono aciago—, es por qué han construido esta

4. Constructor de puentes.

pontana con forma de empinada colina, de manera que tenemos que ir ascendiendo hasta la cúspide sin ver nada de lo que nos espera al otro lado. ¡Con lo cansados que estamos!

—Este hermoso puente a dos vertientes es un símbolo más de los muchos que estamos encontrando en el Camino. Deberías analizar con detalle su estructura y darle una oportunidad al mensaje.

—¿Queréis decir que, pudiendo construir un cómodo puente de trazado horizontal, levantaron a propósito esta horrible rampa, castigo de caminantes?

—Bueno, sí..., ésa sería más o menos la idea.

—¡No puedo comprenderlo de ninguna manera!

Suspiré. Este hijo mío no tenía término medio: o bien demostraba una inteligencia deslumbrante y la curiosidad de un sabio, o bien, ante las más insignificantes incomodidades físicas, se volvía zoquete y lerdo como una bestia de carga.

En la hospedería comimos hasta hartarnos asadura de cabrito con garbanzos y calabaza dulce y dormimos una buena siesta sobre cómodos jergones. A media tarde estábamos listos para visitar la ciudad.

—Creo que va a llover —comentó el muchacho, al salir a la calle, mirando el cielo cubierto de nubes.

—Quizá, pero precisamente por eso debemos acelerar el paso.

—Quisiera comentaros una cosa, *sire*.

—¿Qué es ello? —pregunté distraído mientras subíamos de nuevo el extraordinario puente.

—¿Recordáis al conde aquel que os amenazó en Saint Gilles?

Me detuve en seco en la cúspide. A nuestros pies, la ciudad parecía ahogarse bajo la nublada luz.

—Sí. ¿Qué pasa con él?

—Nos está siguiendo desde que cruzamos Obanos.

—Nos está siguiendo desde que salimos de Aviñón —gruñí, reanudando el paso.

—Cierto, *sire*, pero ahora lo hace de forma más descarada. Os lo digo porque me parece que quiere volver a hablaros.

—¡Si quiere hablar conmigo ya sabe lo que tiene que hacer!

De repente mi humor estaba igual de negro que la tarde. Ya no me interesaba visitar la ciudad. La triste verdad era que no tenía una maldita pista que me condujera al oro —excepto, quizá, el insignificante capitel de Eunate, que podía no revelar nada aparte de un error del maestro cantero— y Joffroi de Le Mans lo sabía, sabía que mis manos seguían vacías. Por eso intentaba amedrentarme. Su ostentación no era más que un apremio. Pero no necesitaba sus bravuconadas para ser plenamente consciente de mi fracaso. Un trueno espantoso retumbó en el cielo y se quedó vibrando en el aire, como si hubieran partido en universo con una piedra y los pedazos se desmoronaran.

—Está a punto de empezar a llover, *sire*.

—Está bien. Entremos en aquella taberna —rezongué.

Sobre la puerta, una burda talla de madera pintada, colgada de un espetón, mostraba una pequeña culebra ondulante. Debajo, en letras góticas, se podía leer: «*Coluver*».[5]

—El dueño debe de ser francés —comenté mientras empujaba la puerta.

5. Culebra, en francés.

—El dueño y todos sus clientes —añadió Jonás, sorprendido, cuando estuvimos dentro.

Una masa intransitable de aldeanos y peregrinos francos abarrotaba el local con un estruendo espantoso. Instintivamente, me llevé la mano a la nariz y la cubrí para evitarme el desagradable olor a cocimiento de sobaquina humana.

—¡No hay ni una maldita mesa! —grité al muchacho con la boca pegada a su oreja.

—¿Qué decís? —me respondió también a gritos.

—¡Que no hay una maldita mesa!

—¡Mirad! —chilló sin hacerme caso, señalando, al fondo, un oscuro rincón. Allí, bajo una ristra de embutidos colorados puestos a secar, un brazo desnudo y escuálido se agitaba llamándonos. En un primer momento no reconocí a su propietario, pero luego los rasgos se me fueron haciendo familiares y uní, por fin, cara y nombre. Bueno, lo de nombre es un decir. Allí estaba Nadie, el anciano del hospital de Santa Cristina, saludándonos con alborozo y ofreciéndonos ocupar un lugar a su lado en aquel largo tablero abarrotado de gente.

Nos encaminamos hacia él con gran esfuerzo, abriéndonos paso a empellones. A cada paso recibíamos los gruñidos de un montón de francos borrachos.

—¡Mi señor Galcerán! —exclamó el viejo cuando nos tuvo a su lado—. ¡García, querido muchacho! ¡Qué alegría tan grande encontraros por aquí!

—¿Cómo habéis llegado a Puente la Reina antes que nosotros, abuelo? —le preguntó Jonás con los ojos llenos de admiración, mientras tomábamos asiento a su lado.

—Hice parte del camino en carruaje, en compañía de unos bretones que tenían prisa por llegar a Santiago.

Yo me quedé aquí, en Puente la Reina, para descansar; a mi edad ya no se pueden cometer excesos.

—Pues no os vimos.

—Ni yo tampoco os vi, y eso que os estuve buscando. Los bretones de quienes os hablo gustaban de viajar también durante la noche. Seguramente, os encontraríais en el interior de algún templo cuando nos cruzamos, o durmiendo junto a la trocha.

—Es posible —convine de mala gana, dando unos puñetazos sobre la mesa para llamar la atención de la tabernera.

—¿Habéis visto muchas cosas hasta ahora, joven García?

—¡Oh, sí, abuelo! He visto mucho y he aprendido mucho.

—¡Contadme, contadme, estoy deseando escucharos!

Eran las palabras mágicas que abrían las compuertas, siempre a punto de estallar, de la verborrea de Jonás. Recuerdo que cruzó mi mente el temor a que hablara más de la cuenta, pero, afortunadamente, el chico no perdía la cordura a pesar de su inmadurez. Empezó a relatarle al viejo, con todo detalle, sus propias reflexiones personales en torno a las leyendas del Santo Cáliz y entró luego al trapo con los agotadores pormenores de su futura carrera como caballero del Grial. Entretanto, la tabernera nos trajo la bebida (un buen vaso de excelente vino de la tierra para mí y agua de cebada para el muchacho) y yo me perdí en mis pensamientos mientras examinaba al gentío que nos envolvía.

Hacía ya rato que un grupo de peregrinos francos cantaba a voz en cuello unos alegres romances en lengua provenzal, marcando el ritmo, muy vivo, con los golpes de las jarras contra las mesas y con palmadas y silbidos. Como el alboroto de la cantina era enorme, al principio no les había hecho caso. Pero algo, no sé qué, me hizo aguzar el oído y atender, quedándome de improviso sin sangre en las venas: la letra de la monserga contaba que una judía francesa que había venido a España para visitar Burgos había sido inútilmente requerida de amores por sus compañeros de viaje, deseosos, al parecer, de contar uno a uno los infinitos lunares repartidos por su cuerpo. Tuvieron que dejarla en paz porque, como eran peregrinos, no querían pecar contra santa María, pero al final se desvelaba que la judía era hechicera y que les había amenazado con dejarlos calvos y sin dientes si insistían en sus requiebros.

Aferré a Jonás por un brazo y tiré de él, girándolo hacia mí.

—¡Escucha! —le ordené sin miramientos.

Entre rugidos y risotadas, los francos estaban empezando de nuevo con la letra de la cancioncilla y, como los versos eran fáciles de recordar, otros grupos se les estaban sumando. Jonás prestó atención y luego me miró.

—¡Sara! —exclamó excitado.

—Seguro.

—¿Quién es Sara? —preguntó Nadie con mucha curiosidad.

—Una conocida nuestra, a quien dejamos no ha mucho en París.

—Pues creo que ya no está allí, si lo que dice la canción es cierto —repuso el viejo.

El muchacho y yo le ignoramos, atentos únicamente a la trova.

—Voy a enterarme —exclamó Jonás levantándose.

—Mejor voy yo —le detuve, obligándole a sentarse de nuevo—. Se burlarían de ti.

Me abrí paso entre la gente hasta llegar al grupo de peregrinos y me agaché hacia la sucia oreja del franco que parecía dirigir el cotarro. El hombretón escuchó mi petición, me examinó prolijamente, pareció meditar y, luego, estalló en carcajadas y haciendo un gesto con la mano a sus compañeros, se levantó y me llevo a un aparte.

—En efecto, *sire* —me confirmó con una sonrisa—, la judía de la canción se llama Sara. Ayer mismo se separó de nosotros y se unió a un grupo de judíos que viajaba hacia León.

—¿Y sabéis adónde se dirigía ella?

—¡Ya lo dice nuestra canción, *micer*! Hacia Burgos. Parece que allí hay un hombre que la está esperando. Tenía mucha prisa por llegar, por eso nos dejó. Los judíos con los que se fue viajaban más rápido que nosotros. ¡Y eso que hacemos la ruta con las mejores carretas de toda Francia! Sólo hemos tardado dos semanas en completar el trayecto desde París.

—¿A qué distancia calculáis que pueda estar ahora? —le pregunté.

—No sé... —masculló pinzándose el labio inferior con los dedos—. Podría estar a dos o tres jornadas a caballo. No creo que más.

Le di las gracias y regresé junto a Jonás y a Nadie, que me esperaban impacientes.

—¿Era Sara?

El muchacho mostraba una enorme expectación.

—Sí, era ella. El francés me lo ha confirmado.

—¿Y qué está haciendo aquí?

—No lo sé con certeza —repliqué dando un trago

de vino; notaba la garganta seca como la estopa—. Pero se encuentra a pocas millas de distancia. Dos o tres días a caballo, cómo máximo.

—¿Queréis alcanzarla? —preguntó Nadie con una curiosa entonación.

—Somos peregrinos sin recursos y no podemos comprar cabalgaduras —le aclaré de muy malos modos.

—Eso tiene fácil arreglo. Yo no cumplo penitencia de pobreza, así que puedo adquirir caballos para los tres.

—Sois muy amable, pero dudo que dispongáis de medios suficientes —proferí con el afán de ofenderle. Pero Nadie no era un caballero que debe defender su honor, ni siquiera tenía traza de noble o de hidalgo; parecía, más bien, un comerciante poco acaudalado.

—Los medios de que dispongo son cosa mía, *sire*. No os incumbe entender sobre esta materia. Os estoy ofreciendo la posibilidad de alcanzar a vuestra amiga. ¿Aceptáis?

—No. No podemos aceptar vuestra generosidad.

—¿No podemos? —se sorprendió Jonás.

—No, no podemos —repetí mirándole fijamente a los ojos para que se callara de una maldita vez.

—Pues no veo por qué no —insistió el viejo—. Hay unas caballerizas muy buenas detrás del hospital de San Pedro, con monturas de primera, y conozco al dueño. Nos venderá los animales que le pidamos a un precio razonable.

—¿Estáis seguro, *padre*, de que no podemos? —insistió el muchacho, haciendo hincapié en la palabra *padre*, usándola como si fuera un cuchillo.

Le lancé una mirada asesina que rebotó como una

flecha sobre un escudo. Le esperaba una buena a aquel estúpido *novicius* en cuanto llegáramos a la alberguería.

—Pensadlo bien, don Galcerán. Llegaríais antes a Santiago sin romper vuestro voto de pobreza.

Sabía que no debía, sabía que tenía una misión que cumplir y que viajar a caballo significaría perder pistas importantes, sabía que el conde Joffroi nos pisaba los talones y que vigilaba cada uno de nuestros movimientos, y sabía que, por encima de cualquier otra cosa —¿qué cosa era esa que me impulsaba a correr tras la judía?—, yo jamás había incumplido una orden.

—Está bien, anciano, acepto vuestro ofrecimiento.

La cara de Jonás reflejó una gran satisfacción, mientras que el viejo se levantaba de la mesa con una sonrisa.

—Vamos, pues. Apenas tenemos tiempo de comprar los animales y partir hacia Estella. Allí pasaremos la noche.

Por mi mente cruzó rápidamente la idea de que Nadie era uno de esos individuos que, incapaces de ganarse amigos de otra manera, los compran a base de regalos y favores, y que, una vez los han adquirido (o creen que los han adquirido), se enseñorean en el trato, tomando en sus manos las riendas de las vidas y las haciendas de sus víctimas, hasta que éstas, siempre de mala manera —pues no hay otra forma de desprenderse de estas fatigosas relaciones—, terminaban dándose a la fuga, desesperadas. La segunda cosa que pensé en aquel instante era que habíamos caído en una trampa mortal en la cual Nadie era la araña y Jonás y yo los pequeños e indefensos insectos que le iban a servir de cena. Y la tercera cosa que, si le acompañábamos a comprar los caballos, no íbamos a tener tiempo de visitar Nuestra Señora dels Orzs, la antigua iglesia templaria.

—Hay algo que debemos hacer antes de partir, Jonás.

El muchacho asintió.

—¿Qué es ello? —preguntó Nadie, impaciente.

—Visitar la parroquia de Murugarren. No podemos marcharnos de Puente la Reina sin haberle rezado a Nuestra Señora.

La cara del viejo reflejó contrariedad.

—No creo que eso sea imprescindible. Sólo es una iglesia más, una de tantas. Podréis rezar a la Santísima Virgen en otros muchos lugares.

—Me extraña que un viejo peregrino como vos diga una cosa así.

—Pues no debería extrañaros —repuso con acritud, pero de inmediato cambió el tono de voz, suavizándolo mucho—. Debéis comprender que, precisamente porque conozco muy bien la ruta del Apóstol, sé que no os faltarán emplazamientos de devoción mariana en los que rezar.

—Lo sabemos, pero quizá nosotros, al contrario que vos, no volvamos nunca por estos pagos.

Nadie pareció quedarse pensativo.

—Dejad, al menos, que el muchacho venga conmigo —dijo al fin—. Su parecer me será muy útil para elegir nuestras monturas.

—Sí, por favor, dejad que vaya con él —suplicó el tonto de mi hijo, implorante.

—Sea —accedí, aunque de mala gana—. Vete con él a comprar los caballos. Nos encontraremos en la hostería dentro de una hora.

¿Por qué?, me preguntaba mientras caminaba solo por la rúa Mayor, ¿por qué todo esto?, ¿por qué he aceptado el viaje a caballo?, ¿por qué he permitido que el viejo se inmiscuya en nuestras vidas?, ¿por qué estoy desatendiendo mi primera y principal obligación, una misión en la que el Papado y el Hospital de San Juan tienen importantes intereses?, ¿por qué descuido lo que es conveniente para mi hijo, su gradual iniciación en los Misterios, imposible de llevar a cabo en compañía de Nadie?, ¿por qué desafío de este modo al conde de Le Mans?, ¿por qué?, ¿por qué?, ¿por qué?...

La parroquia —y en esto no podía negar su origen templario— presentaba una extraña estructura en dos naves (en lugar de la nave única o de las tres naves, como es lo habitual), perfectamente iguales a pesar de que una de ellas se exhibía como capilla adyacente, carente de altar y de imagen sagrada. En la primera, una Virgen sentada en un trono con un niño clavado en sus rodillas, miraba inexpresivamente el espacio frente a ella, como si nada de lo que allí ocurriera pudiera afectarla en modo alguno. Era la imagen de Santa María dels Orzs, una talla pulcra y bien labrada pero de nulo interés mistérico. ¿Es que los templarios habían pasado por alto Puente la Reina? No podía creerlo, así que me encaminé hacia la segunda nave con una cierta desazón.

El ábside estaba extrañamente cubierto por una pesada tela negra que, por supuesto, despertó al punto mi curiosidad. ¿Qué podía haber detrás? Una iglesia no mantiene una nave vacía porque sí, tiene que existir alguna poderosa razón para una actitud tan desconcertante, y puesto que no se veían restos de obras ni andamios que justificaran tal protección, el encubrimiento debía de obedecer a algún otro motivo. No lo dudé ni un instante y, a riesgo de ser amonestado por alguno de los peregrinos que oraban allí en aquellos momentos, levanté una de las esquinas inferiores del paño.

—¿Qué hacéis? —chilló una voz aflautada en el silencio del templo.

—Miro. ¿Es que no se puede? —respondí sin soltar la tela.

—No se debe.

—Eso no es una prohibición —dije, mientras escudriñaba apresuradamente lo que había debajo.

—¡Soltad ahora mismo el lienzo o me veré obligado a llamar a la guardia!

No podía creer lo que tenía ante mí... Simplemente, no podía creerlo. Debía conservar en mi mente todos los detalles. Necesitaba tiempo para mirar bien.

—¿Y quién sois vos para gritar dentro de una iglesia? —pregunté estúpidamente con la pretensión de entretener a mi interlocutor. Sus pasos se acercaban veloces por la nave.

—¡Soy un cofrade de la parroquia! —exclamó la voz apenas un segundo después, ya junto a mi oreja, al mismo tiempo que una mano vieja y deficiente aplastaba la tela contra el muro, dando por definitivamente finalizada mi inspección—, el encargado de su custodia y vigilancia. ¿Y vos quién sois?

—Un peregrino de Santiago, sólo un peregrino —exclamé fingiendo tribulación—. No he podido resistir la curiosidad. Decidme, ¿de quién son estas hermosas pinturas?

—Del maestro germano Johan Oliver —me explicó el mezquino vigilante—. Pero, como veis, están sin terminar. Por eso no pueden verse.

—¡Pues son insuperables!

—Sí, pero probablemente serán sustituidas por un Crucifijo de verdad, por uno de similares características al que hay pintado en el muro.

—¿Y eso por qué? —pregunté con curiosidad.

—¡Y yo qué sé!

—Sois muy poco amable, cofrade.

—¡Y vos habéis faltado al respeto debido a este sagrado recinto! Así que ¡largo, bellaco! ¡Fuera de aquí! ¿Acaso no me oís? ¡He dicho que a la calle!

Salí de la iglesia casi corriendo, pero desde luego no por temor a las bravatas de aquel cofrade, que para mí no tenía ni media bofetada —por eso adopté una actitud humilde, resultaba más creíble para un jacarero de su especie—, sino porque necesitaba sentarme en alguna parte y pensar cuidadosamente en todo lo que había visto.

A poca distancia tropecé con la bellísima puerta de la iglesia de Santiago y me senté, como un mendigo, contra una de las jambas. No sé por qué me quedé allí, pero pocas eran las cosas que yo entendía de la ruta que estaba recorriendo. Todo era mágico y simbólico, todo era múltiple y ambiguo, cada signo representaba mil cosas posibles y cada cosa posible se relacionaba misteriosamente con lugares, conocimientos, hechos o períodos infinitamente lejanos en el espacio o el tiempo, o cercanos, pero esto sólo servía para aumentar su misterio.

Tras el lienzo negro del ábside había encontrado la representación más extraordinaria de cuantas había visto a lo largo de mi vida: sobre un fondo universal, la figura de un crucificado de tamaño y hechura humanas, colgaba, agonizante, de un árbol ahorquillado en forma de Y griega, con el cuerpo vuelto hacia la izquierda y la cabeza girada en sentido contrario. El dramatismo de la escena era tan crudo y sublime, y el verismo era tal que no podía reprimir un estremecimiento cada vez que lo recordaba. Pero había más: sobre la cabeza del Cristo, o sobre la copa del árbol, el ojo avizor de un águila ma-yestática examinaba un lejano ocaso solar. Eso era lo que había visto y eso era lo que debía interpretar. Si nada es casual en esta vida, aquella representación tenía el aspecto de ser lo menos casual que ha existido en la historia del mundo. Estaba allí por algo, por algo tenía aquella apariencia y desde luego también por algo se hallaba cubierta y bien cubierta.

Empecé a sopesar posibles interpretaciones. Nunca es bueno llegar a conclusiones precipitadas. Así pues, ¿qué tenía? Tenía un pintor germano, llamado Johan Oliver, que había dejado sin terminar unas pinturas; tenía unas pinturas que pronto serían sustituidas por un crucifijo real de similares características al del panel mural;[6] y tenía un extraordinario panel mural tapado por un lienzo negro que impedía su contemplación. Ésos eran los hechos. Ahora los símbolos. Tenía una crucifixión sin cruz —en uno de los capiteles del claus-tro de Eunate había encontrado la misma alusión—, ya que el árbol en forma de Y griega, con un tronco sin descortezar del que salían, desde la altura del abdomen de Cristo, los dos vástagos superiores, no era una cruz, sino una conocida representación de la Pata de Oca, signo de reconocimiento de las hermandades secretas de maestros constructores y pontífices iniciados (ejecu-tores, como Salomón en su templo, de los principios sa-

6. A pesar de que el Crucifijo no estaba todavía en la iglesia de Nuestra Señora dels Orzs —hoy llamada Iglesia del Crucifijo— en el momento de la desaparición de la Orden del Temple (1314), en los archivos de Casa Martija, en Puente la Reina, ha sido halla-do recientemente un testamento que lo sitúa ya en su lugar actual antes del 24 de junio de 1328.

grados de la arquitectura trascendente); tenía un águila majestuosa, símbolo de iluminación, que podía representar tanto la brillante luz solar como a san Juan Evangelista; y tenía, por último, un bellísimo crepúsculo, prefiguración de la muerte mistérica que convierte al iniciado en hijo de la Tierra y del Cielo.

Pues bien, ¿y qué?, ¿qué conclusión podía sacar de todo eso? Quizá el nexo de unión entre todos estos factores era algo tan absurdo que, teniéndolo delante, no podía verlo, o quizá era una relación tan tenue que, por su misma insignificancia, no lograba aprehenderla. También era posible, me dije desesperado, que el vínculo fuera tan rebuscado y confuso que nadie que no estuviera en posesión de la clave precisa, de la concreta para aquel enredo, podría desensamblar correctamente las piezas. Y tampoco podía dejar de lado, por supuesto, el capitel de Eunate, con su significativo error evangélico, que presentaba, además, verosímiles correspondencias con las pinturas del muro. Mi ceguera me exasperaba; no hacía más que buscar posibles combinaciones de símbolos, nombres y afinidades. Quizá me faltaba algo, quizá me estaba equivocando de procedimiento... La triste verdad es que no conseguía encontrar nada lógico.

Durante los años que dediqué al estudio de la *Qabalah*, una de las cosas fundamentales que aprendí fue que un buen cabalista jamás se rinde ante los obstáculos y los problemas que se le plantean en sus pesquisas. Antes bien, acepta la existencia de dichas dificultades como otro aspecto más del aprendizaje y, una vez hecho esto, se encuentra en la actitud adecuada para percibir lo que debe ser cambiado.

Los cascos de unos caballos me sacaron de mi enajenación. Y cuando digo los cascos de unos caballos quiero decir, literalmente, los cascos de unos caballos, y no su sonido, que en modo alguno hubiera penetrado hasta mi cerebro: sentado como me hallaba en la puerta de la iglesia de Santiago, con la cabeza hundida entre los hombros y la mirada gacha, vi avanzar hacia mí las patas de unos animales que se me plantaron frente a la cara y, antes de que tuviera tiempo de perder el color, la voz ofendida de Jonás empezó a reprocharme mi ausencia desde la altura que le otorgaba su palafrén:

—¿Acaso no habíamos quedado en la hostería una hora después de separarnos, *padre*? ¡Pues ya podíamos esperaros..., *padre*!

—¿Cuánto tiempo llevo aquí? —quise saber mientras me incorporaba dificultosamente, apoyando las palmas de las manos contra las columnas del pórtico.

—El tiempo que lleváis sentado no lo sabemos —me explicó Nadie inclinándose ligeramente para ofrecerme las riendas de mi corcel—. Pero vuestra ausencia ha durado más de dos horas, don Galcerán.

—¡Más de dos horas..., *padre*! —me increpó con insolencia el muchacho.

No lo pensé dos veces. Alargué el brazo derecho y agarré a Jonás por el cuello del jubón, tirando hacia abajo sin misericordia. Como tenía los pies ensartados en los estribos, se tambaleó y cayó al empedrado en mala postura, sin que por eso yo le soltara de mi traba. Desde abajo, sus pupilas reflejaban espanto y terror y las mías un resquemor que estaba muy lejos de sentir.

—Escúchame, García Galceráñez: que sea la última vez en tu vida que le faltas el respeto a tu *padre* —silabeé—. La última, ¿me has oído? ¿Quién te has creído que eres, miserable paniaguado impertinente? Dale gracias a la Virgen por tener el cuerpo libre de verdugones y sube a tu montura antes de que me arrepienta.

Le aupé a pulso, por la ropa todavía pinzada, y le dejé caer como un títere sobre la silla de montar. Vi la rabia y la impotencia reflejadas en su rostro descolorido y tembloroso, incluso vi un rayo de odio atravesando su mirada, pero el chico no era malo y el enfado se le disolvió en amargas lágrimas mientras yo montaba y abandonábamos Puente la Reina al paso lento de nuestros caballos. Ya no era el crío que encontré al llegar al cenobio de Ponç de Riba, aquel pequeño García que me espiaba por las ventanas de la biblioteca y que salía corriendo de la enfermería recogiéndose los diminutos faldones del hábito de *puer oblatus*. Ahora tenía el cuerpo de un hombre, la voz de un hombre y el genio vivo de un hombre, y por todo ello, aunque su mente siguiera siendo en muchas ocasiones la de aquel niño, tenía que empezar a comportarse como un verdadero hombre y no como un vulgar villano.

Al salir de Puente la Reina pusimos los animales al galope. Mi corcel era un espléndido cuadrúpedo de buena alzada y ligero como el viento, con el que hubiera luchado sin temor en cualquier batalla. Pero el bridón que Nadie había comprado para sí era, con diferencia, el mejor de los tres, bizarro y arrogante, y de sangre impetuosa.

En un *pater noster* cruzamos los poblados de Mañeru y Cirauqui y, siguiendo el trazado de una antigua calzada romana, alcanzamos rápidamente la aldehuela de Urbe. El sol declinaba por el oeste, a nuestra derecha, cuando atravesamos un puentecillo de dos arcos sobre el pequeño caudal del río Salado: «¡Cuidado con beber en él, ni tú ni tu caballo, pues es un río mortífero!», afirmaba Àymeric Picaud en el *Codex*. No es que le creyéramos, pero, por si acaso, seguimos su consejo a rajatabla.

Pasado el río, ascendimos una colina y, por buen camino, nos internamos en Lorca. Desde allí, cruzando un soberbio puente de piedra, alcanzamos Villatuerta, a la salida de la cual el Camino se bifurcaba hacia Montejurra e Irache, por la izquierda, y hacia Estella, por la derecha, dirección que tomamos sin frenar nuestras cabalgaduras.

Estella era una ciudad monumental y grandiosa, abastecida de todo tipo de bienes. Por su centro discurrían las aguas dulces, sanas y extraordinarias del río Ega, superado por tres puentes que unían sus riberas al principio, en el centro y al final de la población. Dentro de ella, las iglesias, los palacios y los conventos se sucedían uno tras otro, rivalizando en belleza y suntuosidad. No se podía pedir más a una urbe del Camino, desde luego.

Nos hospedamos en la alberguería monástica de San Lázaro, y allí nos sorprendimos al descubrir que la lengua oficial de Estella era el provenzal, que los monjes de la alberguería eran franceses y que la mayoría de la población estaba constituida por descendientes de francos que llegaron desde su país para establecerse como comerciantes. Unos pocos navarros y los judíos de la aljama integraban el resto de la vecindad.

Aprovechando una breve ausencia de Nadie durante la cena, interrogué a los cluniacenses galos de nuestra alberguería. Me tranquilizó mucho la conciencia saber que nada templario me había dejado en el tranco de aquel día, pues los *milites* del Temple apenas habían hecho acto de presencia por aquellos pagos, como no fuera para luchar en alguna célebre batalla contra los sarracenos. Tampoco en Estella había habido emplazamientos templarios, lo que mucho celebré en mi fuero interno, pues me liberaba de cualquier investigación por el momento. Cuando vi volver a Nadie con paso alegre hacia la mesa, mudé el cariz de mis preguntas y me interesé por un grupo de judíos franceses que viajaban hacia León y que debían de haber pasado por allí el día anterior, o dos días antes, a lo sumo.

—Si queréis saber algo de judíos —me contestó el monje con un brusco cambio de actitud, que pasó de la simpatía al menosprecio más evidente—, preguntad en la aljama de Olgacena. Debéis saber que ningún asesino de Cristo se atrevería a cruzar la santa puerta de nuestra casa.

Jonás, que desde el incidente de aquella tarde en Puente la Reina se mostraba más amable, cortés y educado que nunca, me miró sorprendido.

—¿Qué le pasa?

—Los judíos no son bien vistos en todas partes.

—Eso ya lo sé —protestó con una voz blanda como el algodón—. Lo que quiero saber es por qué se ha puesto tan agresivo.

—La intensidad del odio hacia los judíos, García, varía notoriamente de un sitio a otro. Aquí, por alguna razón que desconocemos, debe de revestir una especial virulencia.

—Quiero acompañaros a la aljama.

—Yo me apunto también a esa correría —declaró rápidamente Nadie.

—Y yo digo que iré solo —anuncié con un tono de voz que no admitía réplica, mirando a Jonás para que no se le ocurriera añadir nada al respecto. No estaba dispuesto a admitir a Nadie a mi lado en nada de lo que llevara a cabo y si llevaba a Jonás conmigo tendría que llevar también al viejo. Creo que el muchacho lo entendió (y si no lo entendió, al menos pareció aceptar mi orden con mansedumbre). Así pues, acabada la cena, ellos dos se encaminaron al dormitorio y yo salí de nuevo a la calle en busca de la aljama.

La encontré cerca del convento de Santo Domingo, en la ladera sobre la iglesia de Santa María de Jus del Castillo. Las puertas de la *madinat al yahud*[7] estaban a punto de ser cerradas y tuve que suplicarle al *bedin*[8] que me dejara pasar.

—¿Qué buscáis aquí a estas horas, señor?

—Busco información sobre un grupo de peregrinos hebreos que debieron de atravesar Estella recientemente y que se dirigían a León.

—¿Venían de Francia? —quiso saber, pensativo.

—¡En efecto! ¿Los visteis?

—¡Oh, sí! Pasaron ayer por la mañana. Eran las distinguidas familias Ha-Leví y Efraín, de la ciudad francesa de Périgueux —me informó—. No permanecieron aquí mucho tiempo. Comieron con los *muccadim*[9] y se marcharon. Con ellos viajaba una mujer que se ha quedado entre nosotros hasta hoy. Pero partió al alba, ella sola. Una verdadera *berrieh*[10] —murmuró.

—¿Se llamaba Sara por casualidad, Sara de París?

—En efecto.

7. Literalmente, ciudad de los judíos o judería.
8. Fiscal público que ejercía al mismo tiempo funciones de policía. *Caminos de Sefarad*, de Juan G. Atienza, Ed. Robin Book.
9. Ancianos. *Ibíd*.
10. En hebreo, mujer de gran talento y energía.

—Tenéis mucha razón, *bedin*, se trata, sin duda, de una mujer de carácter. Y es a ella precisamente a quien busco. ¿Qué podríais decirme?

—¡Oh, pues no mucho! Al parecer tuvo algún problema con los Ha-Leví y decidió separarse del grupo. Ayer por la tarde compró un caballo en Estella y hoy, a primera hora, se ha marchado. Creo que iba a Burgos.

—La mujer de quien habláis... —quise saber para no cometer ningún error—, ¿tenía el cabello blanco?

—¡Y lunares, muchos lunares! La verdad es que es raro que una judía tenga manchas en la piel como las que ella tiene. Al menos aquí, en Navarra, no lo habíamos visto antes.

—Gracias, *bedin*. Ya no necesito entrar en la aljama. Me habéis dicho todo lo que necesitaba saber.

—Señor, si puedo preguntaros... —exclamó cuando me encontraba ya a cierta distancia de las puertas.

—Decid.

—¿Por qué la buscáis?

—Eso quisiera saber yo, *bedin* —respondí sacudiendo la cabeza—. Eso quisiera saber yo...

Siempre que llegábamos a una población, Sara acababa de marcharse de allí. A cualquiera que preguntáramos por ella en Ayegui, Azqueta, Urbiola, Los Arcos, Desojo o Sansol, nos daba puntual razón sin dificultades, pero parecía que un destino maldito la mantenía siempre a la misma distancia de nosotros. Me desesperaba al comprobar la penosa lentitud de nuestro paso pues, aunque forzáramos al máximo nuestras caballerías, desde que abandonamos Estella tuvimos que luchar con un viento rabioso que nos venía en contra y una lluvia pertinaz que convirtió en gachas los caminos y senderos por los que transitábamos.

Nos demoramos algún tiempo en la villa de Torres del Río, apenas a media jornada de Logroño porque, cuando divisé desde lejos la solemne torre de su iglesia, supe que aquel emplazamiento no lo podía pasar de largo: se trataba de un diminuto conjunto de casas apretujado en torno a un hermoso templo octogonal.

Para detenernos allí y poder visitar la capilla templaria, tuve que vencer la tenaz resistencia de Nadie, que parecía más interesado que nosotros dos en dar alcance a Sara. Le di una explicación baladí sobre rezos, promesas y jaculatorias, pero no pareció convencerle en absoluto y, mientras estuvimos dentro del recinto, inesperadamente gemelo de Eunate, no paró de importunar y molestar con estúpidas observaciones y grotescas intromisiones en las pocas frases que intenté cruzar con el muchacho para que también él advirtiera los detalles importantes de lo que estábamos contemplando.

Las diferencias entre las capillas templarias de Eunate y Torres del Río eran imperceptibles. Ambas presentaban la misma estructura y las mismas representaciones y, de nuevo, un solo capitel diferente a todos los demás, el situado a la derecha del ábside, con un mensaje evangélico portador de una errata. En esta ocasión no se trataba de la resurrección milagrosa de Lázaro, sino de la del propio Jesús, y, en ella, dos mujeres contemplaban hieráticas el Santo Sepulcro vacío con la losa medio abierta. Su inmovilidad era total, su inexpresividad espantaba. Parecía que la impresión las hubiese matado. Sin embargo, la verdadera extravagancia de la escena se hallaba en la apócrifa cualidad de que el Sepulcro vacante dejaba escapar una nube de humo que se elevaba en una suerte de espirales laberínticas. ¿En qué pasaje de las Escrituras se decía que Jesucristo se hubiera volatilizado en forma de fumarola?

Como ya era habitual, en la aljama de Torreviento, en Viana, nos informaron de que Sara acababa de marcharse apenas unas horas antes. Estábamos realmente tan quebrantados por la batalla contra el vendaval que nos detuvimos a descansar en un hostal de la ciudad, el de Nuestra Señora de la Alberguería, donde unos criados nos ofrecieron una hogaza de pan excelente y un ánfora de inmejorable vino de la tierra. Jonás, que estaba callado como un muerto de puro cansancio, se tumbó sobre el banco en el que se hallaba sentado y desapareció de mi vista detrás de la mesa.

—El chico está agotado —murmuró Nadie, mirándole con afecto.

—Todos estamos agotados. Estas galopadas contra la ventisca fatigan a cualquiera.

—¡Tengo una idea excelente para animarnos! —exclamó de pronto, alborozado—. ¡García, eh, García, abre los ojos!

—¿Qué pasa? —preguntó una voz legañosa debajo de la madera.

—Voy a enseñarte un juego extraordinario.

—¡No quiero jugar!

—¡A fe que sí! Nunca en tu vida has visto una cosa igual. Es un juego tan divertido y enigmático que te repondrás enseguida.

El viejo sacó de su escarcela una pequeña talega y un lienzo cuadrado que desplegó cuidadosamente sobre la mesa. Jonás se incorporó a medias y echó una mirada rápida con los ojos entornados. El lienzo llevaba dibujada una vuelta en espiral dividida en sesenta y tres casillas adornadas con bellos emblemas, algunos fijos y otros variables. Nadie desató cuidadosamente los cordones de la taleguilla y sacó un par de dados de hueso y varios tacos de madera pintados de diferentes colores.

—¿Cuál prefieres? —preguntó a Jonás.

—El verde.

—¿Y vos, mi señor don Galcerán?

—El azul, sin duda —dije sonriendo y sentándome más cómodamente para ver bien el casillero. Jonás hizo lo mismo. Siempre me han gustado mucho los juegos de tablas y, afortunadamente para mí, el Hospital de San Juan de Jerusalén (al contrario que la mayoría de las Órdenes) los permite e incluso los alienta. En mi juventud, el ajedrez fue una de mis grandes pasiones, y durante mis estudios en Siria y Damasco me gustaba mucho intervenir en largas partidas de Escalera Real de Ur o de Damas. Aquel pasatiempo que Nadie nos proponía no lo había visto hasta entonces, y era raro porque los conocía casi todos (al menos, todos los que se jugaban en Oriente).

—Yo me quedaré con el taco rojo —anunció él—. Bien, este juego es uno de los favoritos de los peregrinos a Compostela. Se llama La Oca y consiste en lanzar los dados y avanzar tantas casillas como puntos se obtengan. Gana el que llegue primero a la última casilla.

—¿Y ya está? —preguntó despectivamente Jonás, echándose para atrás.

—No es tan sencillo como parece, joven García. En este juego aparecen muchos factores que lo vuelven apasionante. Ganar no es lo que importa. Lo que cuenta es la perseverancia y llegar hasta el final. Ya lo verás.

Nadie puso nuestras tres fichas junto a la primera celda del trapo, la número uno, y tiró sus dados. Pensé que, como en todo juego de tablas en el que figura un recorrido, La Oca debía de contener en su más secreto interior algún antiguo significado iniciático. Esta magnífica ave ha sido, desde la antigüedad más remota y olvidada, una deidad de carácter benéfico que acompañaba a las almas en su viaje al más allá. Fue precisamente una bandada de ocas la que avisó a los ciudadanos de Roma de la llegada de los bárbaros, salvando la ciudad. Los egipcios, por ejemplo, tenían una expresión muy concreta, «de oca a oca», para expresar el tránsito inverso de la reencarnación desde la muerte al nacimiento, pues es esta ave la que transporta el alma de un punto a otro. La voluntad firme de llegar hasta el final del juego de la que hablaba Nadie, debía de ser, sin duda, una metáfora de la tenacidad necesaria para recorrer el largo y difícil viaje interior que lleva a la iniciación, que el tablero intentaba representar figuradamente. Me fijé que, cada nueve casillas (las numeradas como 9, 18, 27, 36, 45, 54 y 63), aparecía una de esas palmípedas sagradas cuya pata era el símbolo de los maestros iniciados; en las casillas 6 y 12, aparecían puentes; en la 26 y en la 53, un par de dados; en la 31, un pozo; en la 42, un laberinto; y en la 58, la muerte.

La tirada de Nadie dio un resultado de 7, la de Jonás un 3 y la mía un 12, así que me tocó empezar a mí. Los dados me dieron cinco puntos.

—Como en vuestra primera tirada habéis sacado un cinco —explicó Nadie muy sonriente—, debéis avanzar directamente hasta la casilla número 53 y volver a tirar.

—¡Menuda tontería! —bufó Jonás.

—Son las reglas del juego, muchacho —le espetó Nadie con cara seria—. También en la vida real hay golpes de suerte.

Recogí los dados y tiré de nuevo: seis y cuatro, en total diez puntos. ¡Había llegado directamente a la última casilla con sólo dos tiradas!

—¡No vale! Yo todavía no he podido jugar —protestó el muchacho, mirando incrédulo mi ficha en el centro.

—Ya te he dicho —le explicó pacientemente Nadie— que son las reglas del juego. Si tu padre ha llegado al final con tanta suerte, por algo será. No existen las casualidades. Vos, don Galcerán, ya habéis alcanzado la meta, habéis recorrido el camino de la manera más rápida posible. Meditad sobre ello. Ahora me toca a mí.

Agitó los dados entre ambas manos y los lanzó sobre la mesa. Las piezas de hueso apuntaron un seis y un uno, o sea, un total de siete.

—¿Os habéis fijado que los dados, en sus puntuaciones opuestas, siempre suman siete, el número mágico? —preguntó mientras movía su taco de madera y lo colocaba sobre la figura de un pescador.

—Ahora me toca a mí... —dijo Jonás alcanzando los dados.

Al muchacho los dados le dieron un tres y un cuatro.

—¡Siete también! —exclamó situando su taco junto al de Nadie.

—De eso nada, García —dijo este retirando la madera verde—. Si un jugador, en su primera tirada, repite el número de otro anterior, se queda en la casilla número 1. Así que, al principio.

—¡Este juego es estúpido! ¡No quiero seguir!

—Si has empezado, debes terminar. Nunca hay que abandonar una partida a medias, como tampoco una tarea o un deber.

El viejo volvió a agitar los dados y a lanzarlos sobre

el lienzo. Cuatro y seis, diez. Como mi última tirada. Luego le tocó el turno a Jonás: dos y uno, tres. Luego Nadie llegó en su tercera tirada, a la casilla número 27, en la que había una oca:

—¡De oca a oca y tiro porque me toca! —gritó alborozado llevando su taco hasta la casilla número 36 y agitando nuevamente los cubitos de hueso. Sacó un seis en total. Su madera roja avanzó rápida como el rayo hasta la casilla 42, en la que, sin embargo, un laberinto le detuvo en seco:

—Ahora estaré un turno sin jugar y luego tendré que retroceder hasta la casilla 30.

—¿Qué habéis dicho antes? —pregunté impresionado.

—Que estaré un turno sin jugar.

—¡No, antes!

—«De oca a oca y tiro porque me toca.» ¿Os referíais a eso?

—¿«De oca a oca»...? —esbocé una sonrisa—. ¿Conocéis el origen de esa expresión y su significado?

—Por lo que sé —farfulló de mal humor—, sólo es una frase del juego, pero vos parecéis saber algo más.

—No, no —desmentí—, sólo me han hecho gracia los versos.

La partida continuó todavía un rato más entre ellos dos. Yo miraba el desarrollo con gran interés, porque lo cierto era que aquel juego no daba respiro a quien debía culminarlo por la vía lenta: cuando Jonás «cayó» en la Posada, estuvo dos tandas sin jugar, en el Pozo tuvo que esperar a que Nadie «cayera» también dentro para poder salir de allí y, finalmente, los dados le hicieron «perderse» en el Laberinto, mientras Nadie conseguía una buena racha y se precipitaba «de oca a oca» hasta el final.

—Bueno, pues si el juego ya se ha terminado —apostilló Jonás levantándose—, vámonos. A este paso no arribaremos nunca a Logroño.

—El juego no se ha terminado, joven García. Tú todavía no has llegado al Paraíso.

—¿Qué Paraíso?

—¿Acaso no ves que la última casilla, la grande del centro, tiene dibujados los jardines del Edén? Mira las fuentes y los lagos, los prados verdes y el sol.

—¿Debo terminar yo solo, sin competir con otros jugadores? —inquirió sorprendido—. ¡Qué juego más extraño!

—El objetivo del juego es llegar el primero a la última casilla, pero el hecho de que alguien llegue antes que tú no significa que tú ya hayas terminado. Tienes que hacer tu propio camino, enfrentarte a las dificultades y superarlas antes de alcanzar el Paraíso.

—¿Y si caigo en esta casilla, la de la calavera? —dijo señalándola con el dedo.

—La casilla 58 es la muerte, pero en el juego (como fuera de él, debo añadir), la muerte no es el final. Si caes en ella simplemente retrocedes a la número 1 y vuelves a empezar.

—Vale, jugaré..., pero otro día. Ahora de verdad que quiero partir.

Había tal sinceridad y cansancio en su voz que Nadie recogió los bártulos y salimos hacia los establos sin mediar palabra. Aquella noche dormimos en Logroño y al día siguiente partimos en dirección a Nájera y Santo Domingo de la Calzada. El viento y la lluvia continuaban malhumorándonos el viaje, dificultado nuestra marcha y cansando en exceso a los animales, que se revolvían inquietos y hacían extraños a las órdenes de las bridas. Si hay un fenómeno de la naturaleza que altere el ánimo, ese fenómeno es el viento. Es difícil comprender por qué, pero igual que el sol aviva el espíritu y la lluvia lo entristece, el viento siempre lo inquieta y perturba. Yo mismo me notaba receloso y enojado, pero en mi caso había, además, una razón de peso. Al despertar al alba, en Logroño, había encontrado en la paja del jergón, exactamente junto a mi cara, una nota clavada con una daga que rezaba de esta guisa: «*Beatus vir qui timet dominum*».[11] Tal como imaginaba, el conde Joffroi de Le Mans estaba perdiendo la paciencia y reclamaba resultados, pero ¿qué más podía hacer yo? Oculté rápidamente entre mis ropas el puñal que sujetaba la misiva e hice añicos el mensaje antes de desparramarlo por el suelo y esparcirlo con el pie. El hecho de saber positivamente que el Papa no nos haría daño en tanto no hubiéramos encontrado el oro aliviaba muy poco mi preocupación.

Cruzamos la amplia vega del río Ebro bajo un cielo encapotado, atravesando un paisaje de viñas y campos de labor cortado al sur por los picos nevados de la sierra de la Demanda. Después de un duro repecho encontramos la ciudad de Navarrete, villa próspera y artesana, dotada de muy buenos hospitales para peregrinos. Cruzamos sus calles siguiendo el trazado del Camino, admirando las numerosas casas y palacios blasonados que veíamos a derecha e izquierda. Las gentes del lugar, afables como pocas, nos saludaban con cortesía y amabilidad.

A la salida de Navarrete, la pista de barro que era nuestro suelo cruzaba la senda de Ventosa y ascendía

11. «Bienaventurado el varón que teme al Señor», sal. 111, 1.

suavemente, entre bosques, al Alto de San Antón, donde comenzó de nuevo a llover.

—Esta zona es insegura —comentó Nadie mirando en derredor con desconfianza—. Por desgracia, son muy frecuentes los asaltos de los bandoleros. Deberíamos apretar el paso y alejarnos de aquí cuanto antes.

El rostro de Jonás se iluminó de repente.

—¿En serio hay bandoleros por estos contornos?

—Y muy peligrosos, muchacho. Más de lo que nos conviene. Así que pon tu caballo al galope y ¡vámonos! —exclamó espoleando al suyo por las bravas y lanzándose colina abajo.

Poco antes de entrar en Nájera, el Camino bordeaba un pequeño cerro por la vertiente norte.

—Éste es el *Podium* de Roldán —dijo Nadie mirando a Jonás—. ¿Conoces la historia del gigante Ferragut?

—No lo había oído nombrar en mi vida.

—En el *Liber IV* del *Codex Calixtinus* —apunté con cierta envidia del viejo, que parecía saberlo todo del Camino del Apóstol— se recoge la *Crónica de Turpino*, arzobispo de Reims, que narra las hazañas de Carlomagno por estas tierras, y allí se encuentra reseñada la lucha entre Roldán y Ferragut.

—Así es, en efecto —admitió Nadie, asintiendo con la cabeza—. Cuenta Turpino que en Nájera, la ciudad que tienes delante de ti, había un gigante del linaje de Goliath, llamado Ferragut, que había venido de las tierras de Siria con veinte mil turcos para combatir a Carlomagno por encargo del emir de Babilonia. Ferragut no temía ni a las lanzas ni a las saetas y poseía la fuerza de cuarenta forzudos. Medía casi doce codos de estatura, su cara tenía casi un codo de largo, su nariz un palmo, sus brazos y piernas cuatro codos, y los dedos tres palmos —Nadie exhibió sus diminutas y encallecidas manos como ejemplo de las manos del gigante—. En cuanto Carlomagno supo de su existencia, acudió a Nájera enseguida y, apenas se enteró Ferragut de su llegada, salió de la ciudad y le retó a singular combate. Carlomagno envió a sus mejores guerreros: en primer lugar el dacio Ogier, a quien el gigante, en cuanto lo vio solo en el campo, se acercó pausadamente y con su brazo derecho lo cogió con todas sus armas y, a la vista de todos, se lo llevó a la ciudad como si fuera una mansa oveja. Luego Carlomagno mandó a Reinaldos de Montalbán y, enseguida, con un solo brazo, Ferragut se lo llevó también a la cárcel de Nájera. Después envió al rey de Roma, Constantino, y al conde Hoel, y a los dos al mismo tiempo, a uno con la derecha y a otro con la izquierda, Ferragut los metió en la cárcel. Por último se enviaron veinte luchadores, de dos en dos, e igualmente los encarceló. Visto esto, y en medio de la general expectación, no se atrevió Carlomagno a mandar a nadie más para luchar contra él.

—¿Y entonces qué pasó?

—Entonces, un día, llegó por allí Roldán, el caballero más valiente de Carlomagno. Desde lo alto de ese cerro que ves ahí, divisó el castillo del gigante en Nájera, y cuando Ferragut apareció en la puerta, tomó del suelo una piedra redonda, una de dos arrobas, midió cuidadosamente la distancia y, tomando impulso con una carrera, lanzó con fuerza el pedrusco que dio al gigante entre los ojos derribándolo en el acto. Desde entonces ese cerro se conoce como *Podium* de Roldán.[12]

12. Actualmente llamado Poyo Roldán o, abreviadamente, Poroldán.

—Pero ¿sabes qué es lo mejor de toda esta gesta, García? —pregunté a mi hijo con una sonrisa en los labios—. Que la historia da fe de que Carlomagno jamás llegó a entrar en tierras de España. Se detuvo en los Pirineos, en Roncesvalles, y no pasó de allí. ¿No recuerdas el cementerio de Ailiscampis, en Arlés, donde, según la leyenda, descansan los diez mil guerreros del ejército de Carlomagno? De modo que jamás pudo llegar hasta Nájera. ¿Qué te parece?

El muchacho me miró desconcertado y, luego, se rió, balanceando la cabeza de un lado a otro con la condescendencia del viejo sabio que no comprende al mundo. También Nadie soltó una sonora carcajada que hizo eco con la mía.

Seguimos camino dejando Huércanos a la derecha y Alesón a la izquierda, y poco después hacíamos entrada en Nájera cruzando un puente de siete arcos sobre el río Najerilla. Nájera había sufrido mucho por su condición de ciudad fronteriza entre Navarra y Castilla, padeciendo repetidamente las luchas entre ambos reinos hasta su definitiva incorporación a Castilla. Encontramos albergue en el noble monasterio de Santa María la Real, fundado trescientos años antes por un colombroño de Jonás, García I el de Nájera. Preparamos nuestros jergones con montones de crujiente paja de centeno y suaves pellejos de oveja, cenamos de buen grado las ricas viandas que nos sirvieron (pan de cebada, tocino, queso y habas frescas) y salimos en busca de la escurridiza Sara haciendo uso de nuestros bordones de peregrinos. En esta ocasión, para mi pesar, no pude desprenderme ni de Jonás ni de Nadie.

Todavía con luz crepuscular franqueamos las recias puertas de roble y hierro de la gran aljama de la ciudad. Hacía un frío endiablado y una densa humedad calaba la ropa hasta los huesos. Al contrario que en Estella, en Nájera se advertía una gran estimación por los israelitas que, al vivir sin el temor de ser agraviados por los gentiles, habían establecido comercios en todos los barrios y en todas las calles principales del centro, especialmente alrededor de la plaza del mercado y del palacio de doña Toda.

La aljama najerense era idéntica en su trazado al barrio judío de París y a los *calls* y juderías de Aragón y Navarra: callejuelas ceñidas, adarves, casas pequeñas con patios y rejas de madera, baños públicos... Los hebreos, estuvieran donde estuvieran y por encima de fronteras y culturas, formaban un pueblo ardorosamente unido por la Torá, y sus barrios (auténticas ciudades amuralladas dentro de las propias ciudades cristianas) les mantenían a salvo de las creencias, usanzas y conductas ajenas. Su temor al éxodo inesperado les llevaba a desarrollar tareas que no implicaran posesiones de penoso acarreo en caso de expulsión, y por eso la mayoría de ellos eran grandes estudiosos y apreciados artesanos, aunque los que se dedicaban a la usura y obtenían de ella pingües beneficios, o los que cobraban los diezmos para los reyes cristianos, despertaban en el pueblo cristiano un odio feroz.

En los callejones de la aljama preguntamos a cuantos nos cruzamos si habían oído hablar de una judía francesa llamada Sara que debía de haber pasado por allí ese mismo día o quizá el día anterior, pero nadie supo decirnos nada en concreto. Cuando, por fin, un vecino nos indicó la conveniencia de preguntar a un tal Judah

Ben Maimón, renombrado sedero cuyo establecimiento era lugar de reunión para los *muccadim* de la judería najerense, optamos por hacerle una visita, ya que si la francesa había pasado por allí, él lo sabría con certeza y podría informarnos.

Judah Ben Maimón era un venerable anciano de largas patillas blancas y rizadas. Su rostro arrugado desprendía gravedad y sus ojos negros brillaban intensamente con la claridad de la lumbre. Un penetrante olor a tinturas impregnaba la tienda, angosta aunque opulenta, de cuyo techo, cruzado de alcándaras, colgaban hermosísimas telas irisadas que, a la luz de las llamas, desprendían reflejos tornasolados. El mostrador a un costado y, enfrente, unas repisas colmadas de tambores de sedas persas y moriscas constituían todo el mobiliario.

—¿En qué puedo servirles, nobles señores?

—*Shalom*, Judah Ben Maimón —dije adelantándome un paso hacia él—. Nos han dicho que sois el hombre indicado para darnos razón de una mujer judía que ha debido de pasar por Nájera en las últimas horas. Se llama Sara y es de París.

Judah se quedó en suspenso unos instantes mientras nos observaba detenidamente con gran curiosidad.

—¿Qué queréis de ella? —preguntó.

—La conocimos no hace mucho en su ciudad y, hace unos días, en Puente la Reina, nos informaron de que se hallaba, como nosotros, camino de Burgos. Nos gustaría volver a verla y creemos que ella no pondrá reparos a que la encontremos.

Los dedos del judío comenzaron a tamborilear sobre el mostrador mientras abatía la cabeza como si tuviera que tomar una importante decisión. Al poco, la irguió de nuevo y nos miró.

—¿Cuáles son vuestros nombres?

—Yo soy don Galcerán de Born, peregrino a Santiago, y éste es mi hijo García. El anciano es un compañero de viaje que ha tenido a bien agregarse a nosotros.

—Está bien. Esperad aquí —dijo desapareciendo tras unas cortinas a su espalda.

El muchacho y yo nos miramos, desconcertados. Yo arqueé las cejas para indicarle mi perplejidad y él, en idéntica respuesta, se encogió de hombros. Aún no había puesto fin al gesto cuando las cortinas se levantaron de nuevo y la cara aturdida de Sara apareció frente a nosotros.

—Pero ¿cómo es posible...? —preguntó casi en un grito.

—¡Sara la hechicera! —exclamé soltando una carcajada—. ¿Dónde habéis dejado vuestro grajo parlanchín?

—Se quedó en París, en casa de una vecina a quien vendí mis útiles de brujería.

Sonreía. ¡Qué sonrisa más encantadora! Sin duda, yo era víctima de algún embrujo, pues no podía dejar de mirarla. A través de una bruma inexistente observé que llevaba el extraño pelo blanco recogido tras la cabeza con una redecilla, que su piel nacarada había adquirido un agradable tono dorado debido sin duda al viaje y que las constelaciones de lunares y pecas continuaban en sus sitios respectivos, según yo recordaba quizá demasiado bien. Como siempre que estaba con ella, tenía que ejercer un férreo control sobre mis emociones.

Me di cuenta de que me hallaba, precisamente, en la situación que había querido evitar cuando me encontrara con Sara: ella sabía que Jonás era mi hijo, pero había prometido tratarle como mi escudero, que era lo que el muchacho creía ser; por otro lado, allí estaba Nadie, que, gracias a una mentira, creía que Jonás era mi hijo verdadero, como así era. ¿Y ahora qué hacía yo? Debía tomar, rápidamente, las riendas de la situación, antes de que se produjera algún desliz irreparable.

—Aquí tenéis a mi hijo García, ¿le recordáis, Sara?

Sara me miró sin comprender, pero, como era una mujer perspicaz, en cuanto me vio desviar la mirada imperceptiblemente hacia el viejo, se puso a la altura de las circunstancias.

—Me alegro de veros, García —repuso poniéndose de puntillas para alcanzar con la mano la testa despeinada de Jonás—. Veo que habéis seguido creciendo y que ya sois tan alto como vuestro padre.

—Y yo me alegro de que no hayáis traido a vuestro grajo —puntualizó Jonás por todo saludo, pero, a pesar de la brusquedad que imprimió a sus palabras, sus labios curvados en sonrisa y el rojo bermellón de sus carrillos indicaban la satisfacción que sentía de volver a verla.

—Y éste, Sara —dije continuando con los saludos y las presentaciones—, éste es Nadie, un compañero de viaje que nos ha facilitado con su generosidad el que hayamos podido encontraros.

—¡Qué nombre tan curioso! ¿Cómo habéis dicho que se llama...?

—Me llamo Nadie, doña Sara. Fue don Galcerán quien me puso este nombre, aunque bien es verdad —quiso puntualizar rápidamente— que tengo otro más apropiado a mi condición de viajero y comerciante, pero como Nadie me gusta, si no os incomoda demasiado, llamadme así.

—Por supuesto, señor, cada cual es muy libre de hacerse llamar como más le guste.

—¿Y vos, Sara? —pregunté sin dejar de mirarla— ¿Qué hacéis vos por aquí?

—Es una historia muy larga para el corto tiempo que ha pasado desde que os marchasteis de París. Y ahora tampoco es el momento de contarla. Lo importante es saber si habéis cenado y, si no es así, si os apetecería compartir conmigo la humilde mesa de los Ben Maimón.

—Sí que hemos cenado —comenté desolado, y profundamente arrepentido de no haber dejado al muchacho y al viejo en el albergue. Aparte de concretar que haríamos el camino juntos hasta Burgos, no tenía ninguna buena excusa para prolongar el encuentro con Sara; estaba claro que en aquel momento ni yo podía contarle a ella el motivo de nuestro viaje ni ella podía contarme a mí el motivo del suyo. Me convencí de que la única solución era concertar una cita para más tarde, para cuando hubiera logrado desembarazarme de mis dos acompañantes, pero, por fortuna, Sara había tenido los mismos pensamientos, porque cuando nos despedimos hasta el día siguiente en la puerta de la tienda de Judah, se las arregló para deslizar subrepticiamente en mi oído el recado de que me esperaba en la puerta del mercado en cuanto el chico y el viejo se durmieran.

Poco antes de la hora de maitines, a medianoche, la respiración acompasada de Nadie y los farfulleos incoherentes del muchacho me indicaron que había llegado el momento de abandonar el aposento de la alberguería y dirigirme a la cita con Sara. Tuve que avanzar escondiéndome de las patrullas nocturnas, pero al final llegué a las puertas del mercado y distinguí, en la penumbra, dos siluetas que me estaban esperando.

—Éste es Salomón, el *aydem*[13] de Judah —susurró Sara, y, cogiéndome de la mano, tiró de mí en dirección a la aljama—. Venid. Aquí corremos peligro.

Como tres malhechores que escapan de la justicia, rodeamos a hurtadillas las murallas de la judería y, al llegar a un recodo disimulado en las faldas del monte, las atravesamos por un portillo diminuto oculto tras la maleza.

En pocos minutos nos encontrábamos de nuevo en la sedería de Judah, que nos esperaba pacientemente avivando el fuego.

—Ven, Salomón —le dijo a su yerno—. Ellos deben hablar a solas.

—Gracias, *abba*[14] —musitó Sara, dejando caer sobre los hombros la mantellina con la que se había cubierto la cabeza hasta ese momento—. Tomad asiento, *sire* —me dijo indicando dos taburetes que habían dispuesto para nosotros frente a la hoguera.

Si el mundo se hubiera parado en aquel momento, si aquella noche, aquel instante hubiera durado eternamente, yo no habría protestado ni habría exigido el regreso del sol. Tenía bastante para llenar el resto de mi vida con mirar el rostro de Sara iluminado por el fuego y su pelo blanco, suelto, argentando entre la seda.

—¿Empiezo yo o empezáis vos? —preguntó con ese tonillo impertinente que tan bien recordaba de París.

—Empezad vos, señora, tengo una gran curiosidad por saber qué hacéis en estas tierras.

13. En hebreo, yerno, hijo político.
14. En hebreo, padre.

246

Sara sonrió y se entretuvo contemplando los leños al rojo. Uno de ellos se cuarteó con un crujido y se desparramó sobre los demás.

—¿Recordáis que yo había hecho algunos favores a Mafalda d'Artois, la suegra del rey Felipe el Largo?

—En efecto, así me lo dijisteis.

—Pues bien, al parecer su dama de compañía, Beatriz d'Hirson, con la que vos mantuvisteis una entrevista, según supe poco después, alertó a Mafalda sobre la conveniencia de hacerme desaparecer. Eran muchas las cosas que yo sabía de la suegra del rey, demasiadas para que una ligera insinuación no abriera la caja de Pandora.

—Lamento haber sido el causante de vuestra desgracia.

—¡Oh, no, *sire* Galcerán! ¡Pero si me habéis hecho un favor! —replicó con firmeza, retirándose el pelo de la cara y enganchándolo suavemente tras las orejas—. Si vos no hubierais removido el fango, probablemente yo habría seguido toda mi vida en el agonizante gueto de París. Cuando supe por una buena amiga, dama también de la corte, que las tropas se apresuraban a detenerme por orden de Mafalda, comprendí que había estado perdiendo el tiempo y que aquello era una señal para que me pusiera en marcha y llevara a cabo lo que de verdad deseaba hacer.

—¿Y qué es ello? —pregunté intrigado.

—A vos no voy a mentiros, puesto que también vuestra vida está involucrada con los Mendoza. Pero lo que voy a contaros deberéis guardarlo siempre en secreto y vuestros labios no proferirán nunca una sola palabra de lo que ahora os voy a confesar.

—Os juro por mi hijo —dije, y recordé cuántas veces había jurado en falso a lo largo de mi vida para obtener información—, que jamás diré nada a nadie.

—Cuando Manrique de Mendoza tuvo que escapar de Francia, le prometí que le seguiría en cuanto me fuera posible. Ya supondréis que éramos amantes.

—¡Pero si él es monje! —objeté escandalizado.

—¡Y vos sois bobo, *micer* Galcerán! —exclamó riendo—. Manrique no es ni el primero ni el último que cohabita con mujer. ¿En qué mundo vivís?

—Escuchad, Sara, en las órdenes militares el voto de castidad es uno de los más importantes. Tanto el Temple, como la Orden Teutónica o la del Hospital de San Juan de Jerusalén castigan severamente el trato carnal con mujeres. El monje acusado de ello pierde el hábito y la casa, sin posibilidad de perdón.

—¿También vuestra nueva Orden de Montesa castiga con el mismo rigor?

Sus labios mostraban una sarcástica sonrisa mientras me reprochaba la falsa identidad que yo había utilizado —mal— ante ella, en París. Levanté las cejas y apreté los labios, con una mueca divertida de disculpa y, siguiendo la broma, asentí con la cabeza.

—Pues entonces —repuso ella con desprecio—, os perdéis lo más bello que hay en la vida, *sire*. Yo aceptaría de buen grado ser expulsada del mundo, si hiciera falta, a cambio del placer del amor.

Sí, hubo un tiempo muy lejano en que yo también opinaba como ella. Pero entonces las cosas eran distintas y también yo era otra persona.

—Así pues, ¿vais a reuniros con Manrique?

—Me dijo que le buscara en Burgos, que allí le encontraría. Y allí voy.

—También nosotros vamos a Burgos. Sabréis que

en el convento de las Huelgas profesó Isabel de Mendoza. Es curioso que ambos hermanos se encuentren, años después, en la misma ciudad —dije reflexionando sobre ello—. Quiero volver a ver a la madre de mi hijo y quiero que los dos se conozcan, y quiero también que Jonás conozca allí su verdadero origen.

—¿Es ése el motivo de vuestro viaje?

Aunque hubiera querido, no habría podido contarle la verdad, entre otras muchas razones porque Sara amaba a un templario y yo estaba buscando, sin demasiado éxito, el oro de los templarios para el Papa y para mi Orden. ¿Cómo insinuarle ni remotamente el fin último de nuestra peregrinación? Y, por otro lado, ¿cómo hacer camino con ella intentando encontrar los tesoros sin que se diera cuenta? En cualquier caso, para llegar a Burgos sólo faltaban dos o tres días, así que tampoco el riesgo era excesivo. Luego, Sara se quedaría con Manrique y nosotros continuaríamos nuestra marcha hasta Compostela.

—En efecto, reunir a Jonás con Isabel, su madre, es el motivo de nuestro largo viaje.

—Dejad que os pregunte, *micer* Galcerán: ¿culminasteis con éxito la misión que os llevó a París?

—Así es, Sara, y gracias a vos. Los documentos de Evrard fueron muy útiles para corroborar las sospechas que motivaron aquella investigación.

—¿Y ese extraño viejo que os acompaña, ese tal Nadie?

—No tengo ni idea de quién es. Sólo sé que, al poco de cruzar los Pirineos, apareció en nuestra vida y no hemos conseguido librarnos de él.

—Hay algo extraño en ese hombre —declaró Sara con enojo, frunciendo la frente—, algo que no termina de gustarme.

¡Un momento!, me dije, Sara tenía razón. Yo había experimentado la misma desconfianza desde el primer momento y esa sensación provenía de que algo no encajaba bien en la historia de Nadie.

—¿Qué os pasa, *sire* Galcerán? Os habéis quedado muy pensativo.

¿Quién demonios era el viejo? ¿Por qué sabía tantas cosas y por qué había demostrado tanto interés en obstaculizar nuestra visita a los lugares templarios en Puente la Reina y Torres del Río? Ciertamente, Nadie podía ser cualquiera, me dije receloso, podía ser cualquiera porque, en realidad, no era nadie, como bien indicaba su mote, pero ¿cómo averiguar su auténtica identidad? y, sobre todo, ¿cómo comprobar lo que me estaba temiendo...?

—*Sire*...

—No preocupaos, Sara —resoplé agobiado—. Simplemente, acabo de darme cuenta de algo que puede ser importante.

—¿Queréis contármelo?

—Mejor será que no os diga nada todavía, pero no debéis alarmaros. Este asunto lo voy a resolver muy pronto. Lo que necesito saber es si os incomodaría mucho hacer a pie el trecho que nos falta hasta Burgos. Es muy probable que debamos prescindir de nuestros caballos.

—Me gustará caminar con Jonás y con vos, *freire*.

—¡No, no! —exclamé aterrado—. ¡No debéis darme ese apelativo!

—¿Por qué? ¿Acaso no sois monje?

—Sí, sí lo soy —reconocí—. Pero en este viaje, por motivos particulares, no puedo asumir mi verdadera personalidad. Como habréis podido observar, Jonás

responde por su verdadero nombre de García Galceráñez y yo por mi condición de caballero. Viajamos como
padre e hijo, como peregrinos que cumplen penitencia
de pobreza hasta Santiago. Así que, os lo suplico, no
nos descubráis.

—¿Que no descubra qué?

—Lo de nuestras identidades falsas —declaré sorprendido.

—¿Qué identidades falsas? —preguntó con sonso-
nete zumbón.

En verdad, aquella hechicera tenía la capacidad de
alterar mis nervios, pero en aquel momento no podía
perder tiempo irritándome con sus juegos verbales: me
devanaba los sesos pensando cómo deshacerme de Nadie lo antes posible. No me cabía ninguna duda de que
la compañía del viejo era peligrosa y, aunque pudiera
estar equivocado y el buen hombre fuera un santo, no
tenía sentido prolongar una asociación que no había
sido de mi gusto desde el principio. Y mucho menos
ahora que Sara iba a viajar con nosotros.

De repente, se me ocurrió una idea brillante.

—Sara, ¿habría por ahí una jícara para calentar
agua?

Me miró desconcertada.

—Supongo que sí, tendría que buscar en la cocina.

—Traedla, por favor, y mirad también si la esposa
de Judah tiene centeno y pasas de Corinto.

—¿Qué queréis hacer? —preguntó enarcando las
cejas.

—Ahora lo veréis.

Mientras ella desaparecía en el interior de la vivienda, yo abrí mi escarcela sobre el mostrador y busqué la
talega de hierbas que había preparado en Ponç de Riba

por si nos hacía falta algún remedio durante el viaje.

Sara regresó enseguida con un pocillo de cobre rebosante de agua y un par de bolsas de tela.

—¿Necesitáis algo más?

—Poned la jícara al fuego.

Cuando el agua escalfó, eché las pasas de Corinto y el centeno, para que la base de la cocción fuera dulce y suave. Luego, abriendo un par de saquitos recuperados de la talega de los remedios, eché en el cocimiento un puñado de hojuelas de Sene de Alejandría, y, con el puñal, tomé una punta generosa de corteza en polvo de la temible *Rhamnus frangula*, conocida como arraclán, arraclanera, frángula o avellanillo, según la zona, cuyo sabor amargo y áspero quedaría cubierto por la pulpa dulce de las pasas. Cuando el centeno empezó a reventar, calculé el tiempo y, retirándolo de la lumbre, lo dejé decantar unos minutos y luego lo eché en un paño que dejó colar en mi calabaza un líquido bilioso y fluido como la orina.

—Bien se ve que mañana Nadie no podrá viajar con nosotros —musitó la hechicera con una sonrisa pícara en los labios.

—Habéis comprendido mi idea.

—¡Demasiado bien, me temo!

Regresé al albergue y me introduje subrepticiamente en el dormitorio, al fondo del cual ardía una lamparilla de sebo frente a una imagen de Nuestra Señora. Sigiloso como un gato y aguzando los sentidos para prevenir cualquier mal trance, agarré la calabaza de Nadie y vertí en su interior parte del contenido de la mía, mezclándolo con el agua. Si todo funcionaba como yo tenía previsto, Nadie bebería un gran trago nada más despertarse, según su costumbre, y aunque pudiera percibir un sabor extraño en el líquido, sería demasiado tarde para sus intestinos. Con un poco de suerte, cabía incluso la posibilidad de que, amodorrado, no se diera ni cuenta.

Y, en efecto, con las primeras luces de la mañana, el viejo bebió y, al poco, el purgante comenzó a surtir efecto: sus gemidos de dolor se oyeron por todo el albergue mientras él corría —casi volaba— en camisa hacia los establos sujetándose el vientre con las manos. Jonás le miraba divertido desde el lecho, profundamente admirado de la velocidad que el viejo imprimía a sus piernas para ir a descargar las tripas.

—¿Está enfermo? —preguntó, siguiendo con la mirada la nueva carrera de Nadie hasta la puerta.

—No creo. Debe de ser un simple trastorno por la cena de anoche.

—Pues ya ha hecho cuatro viajes a la cuadra. No habrá quien entre allí a buscar los animales. ¿No podéis darle nada que le mejore?

—Me temo —repuse ocultado una sonrisa— que no hay nada que pueda aliviarle.

No obstante, mientras nosotros desayunábamos nuestras sopas de pan y leche, la mirada dolorosa del enfermo me conmovió y le recomendé que tomara tres veces al día arcilla bien diluida en agua para cortar la flojedad de vientre. Si no mejoraba, le dije, lo mejor sería que acudiera al hospital de Santiago, en las afueras de la ciudad.

—Desde luego, no me siento con fuerzas para seguir viaje —musitó.

—Nosotros no podemos detenernos, amigo. Recordad que Sara tiene prisa por llegar a Burgos cuanto antes y que nos está esperando ahora mismo en la aljama.

En su cara apareció un rictus de malevolencia.

—Los caballos son míos y se quedan conmigo, así que decidid qué queréis hacer.

—Pues os damos las gracias por la ayuda que nos habéis prestado para dar con nuestra amiga —precisé—, pero, como comprenderéis, ahora que la hemos encontrado debemos proseguir el viaje con ella y no con vos.

La mirada del viejo manifestó una muda incredulidad.

—Pero vuestra amiga viaja a caballo —protestó.

—No, ya no.

—Pues os daré alcance en uno o dos días —se trataba casi de una amenaza.

—Estaremos contentos de recuperaros como compañero de viaje —mentí.

Recogimos a Sara en las puertas de la aljama y desanduvimos camino para salir de Nájera por delante de Santa María la Real en dirección a Azofra. Íbamos risueños y eufóricos mientras atravesábamos las tierras rojas, repletas de viñedos, que flanqueaban la senda. Desaparecida como por ensalmo la distancia creada por Nadie entre Jonás y yo, el muchacho volvía a parecer el mismo chico listo, despierto e inteligente que había demostrado ser durante nuestro viaje a París. El cielo seguía nublado y la luz era triste y plomiza, pero la conversación que manteníamos era tan animada que ni nos dimos cuenta de las incomodidades que suponía volver a pisar con los pies la masa de barro que cubría los caminos.

En Azofra nos desviamos hacia San Millán de la Cogolla para pedir comida al mediodía. Nos sorprendió mucho comprobar que San Millán, al contrario de lo que pudiera parecer, no era un solo monasterio, sino dos bien separados: San Millán de Suso —de Arriba— y San Millán de Yuso —de Abajo—. Al monasterio de arriba, el de Suso, se llegaba a través de un bosquecillo que venía a dar, directamente, a la explanada en la que se hallaba una iglesia en verdad hermosa de ejecución visigótica y mozárabe. Un lugar como he visto pocos a lo largo de mi vida. Allí se había criado y había vivido el célebre poeta Gonzalo, llamado de Berceo por haber nacido en esa localidad. Gonzalo fue quien escribió los *Milagros de Nuestra Señora*, veinticinco poemas en los que la intercesión milagrosa de la Virgen salva a sus devotos concediéndoles el perdón. Pero también era el autor de obras tan conocidas como el *Poema de Santa Oria*, compañera espiritual de san Millán, y la *Vida de santo Domingo de Silos*. Su merecida fama le venía de haber sido el primero en redactar sus obras en la lengua vulgar del pueblo y no en latín, como él mismo explicaba en unos versillos: «*Quiero fer una prosa en roman paladino, en cual suele el pueblo fablar a su vecino, ca non son tan letrado por fer otro latino, bien valdrá como creo un vaso de bon vino.*»

La tumba de alabastro de san Millán, un alabastro negro hermosamente tallado, se encontraba situada frente a la entrada del templo, al cual se accedía por una galería llena de sepulcros. Una vez en el interior, se vislumbraba una nave partida en dos por una curiosa arquería que, culminada por sendos arcos, daba acceso a dos capillas gemelas a los pies del recinto.

Pero no habían terminado allí las numerosas sepulturas que contenía aquel lugar: hacia el ábside, una escalera de madera permitía acceder a los restos del primitivo monasterio formado por muretes que unían criptas en las que se enterraban en vida los primeros monjes de aquel extraño cenobio. Una de las criptas llamó particularmente mi atención por el hecho de estar tapiada con una pared ante la cual se veían abundantes ramos de flores frescas.

—¿A quién pertenece esa hornacina? —pregunté a un benedictino que pasaba en aquellos momentos por allí.

—Es la celda donde se emparedó santa Oria, patrona, junto con san Millán, de este sagrado lugar.

—¿Cómo que se emparedó? —quiso saber, aterrada, la pobre Sara, poco acostumbrada a ciertas penitencias y martirios cristianos.

El monje hizo como que no la había oído (ni visto) y comenzó a explicarme a mí la historia de santa Oria, que había llegado a Suso en 1052, a los nueve años, acompañada por su madre, doña Amuña. Como era lógico, sintió de inmediato la llamada del Señor, y quiso dedicar su vida a la oración y la penitencia. Sin embargo, su deseo de profesar allí fue rechazado por tratarse de un cenobio de varones y por estar poco implantada en la zona la costumbre de que las mujeres adoptaran la vida de los anacoretas. A pesar de que Oria suplicó, lloró e insistió, la negativa se mantuvo, así que la niña decidió emparedarse de por vida en una celda cercana a la iglesia donde su presencia no perturbara a los monjes, que lo único que hicieron por ella durante veinte años (tiempo que tardó en morir) fue arrojarle comida y agua a través de un minúsculo ventanuco.

—¡Es la historia más horrible que he oído en toda mi vida! —exclamó Sara cuando el benedictino desapareció, muy satisfecho, ladera abajo—. ¡No puedo creer que una niña de nueve años exigiera ser emparedada hasta la muerte! Eso debió de ser cosa de su madre.

—¿Y qué más da? El caso es que se emparedó —murmuré distraído, mirando fijamente la pared que cubría la celda-sepulcro. Era un muro sólido de piedras unidas con argamasa.

¿Eran imaginaciones mías... o estaba viendo lo que creía que estaba viendo? No podía dar crédito a mis ojos. Fui dibujando paso a paso un semicírculo en torno al muro para cerciorarme.

—¿Se puede saber qué estáis haciendo? —clamó la hechicera con tono de pocos amigos.

La miré con los ojos brillantes y llenos de entusiasmo.

—¡Venid aquí! ¡Ven tú también, Jonás! Poneos aquí, sí, aquí, y así, para que apreciéis bien las piedras con el sol a contraluz. ¿Qué veis?

Invisible salvo con la luz enfrentada, y sólo desde un único punto del arco —cualquier variación insignificante hacia un lado o hacia otro provocaba la desaparición de la figura—, una cruz en forma de Tau se destacaba en el muro que cerraba la celda de Oria. Sara se fijaba cuanto podía pero no veía nada.

—¡La Tau! ¡De nuevo la Tau! —exclamó Jonás triunfante.

—¿Cómo de nuevo? —me sorprendí.

—¿Acaso no me contasteis que en la catedral de Jaca habíais encontrado otra?

Otra, otra, otra... Las palabras de Jonás rebotaban y volvían a rebotar dentro de mi cabeza, como si alguien las gritase en el interior de una profunda cueva y el eco las devolviera una y otra vez. Otra Tau. Sí, otra Tau en Jaca, en la catedral, en la capilla de santa Orosia. Santa Orosia, Orosia... Oria, santa Oria. ¡Cristo! ¡No podía ser! ¡Era demasiado hermoso! ¡Demasiado evidente! La deformación de los nombres de las supuestas santas me había confundido. En ambos, la clave estaba en el diptongo latino «au», que se había transformado, como en francés, en «o». «Au» de «Aureus», oro, y Oria venía de «Aurea», que quiere decir «de oro», y Orosia, «Aurosea», «del color del oro», ambas muy bien señaladas por sus respectivas Taus. «Tau-Aureus», como rezaba el mensaje de Manrique de Mendoza a su compañero Evrard, «la señal del oro». Eso era lo que los dos leones del tímpano de la catedral de Jaca estaban gritando a quien supiera oírles.

—¡Jonás! —grité—. Baja a San Millán de Yuso y busca acomodo para esta noche. ¡Al precio que sea! ¡Y lleva a Sara contigo!

Eché a correr monte arriba como un pobre loco poseído y me dediqué a buscar cantales y ramas que pudieran servirme como mazo y cincel, herramientas que esa noche iba a necesitar para tirar abajo el muro de la tumba de la pobre niña, cuya existencia física real empezaba a poner seriamente en duda. Crear leyendas, mitos, modificar vidas, construir santos o bendecir falsas reliquias es la inveterada costumbre de la Iglesia de Roma.

—Lo habéis hallado, ¿no es cierto?

La voz me sobresaltó. Giré medio cuerpo hacia mi izquierda y me encontré cara a cara con el conde Joffroi de Le Mans. Su porte patibulario volvió a impresionarme. A pesar de las ropas, que eran sin duda de una gran elegancia, su corpulencia abrupta y esa frente rocosa y protuberante le conferían un carácter marcadamente criminal.

—En la tumba de santa Oria, ¿no es verdad? —continuó.

¿Por qué enfadarme? Allí tenía al representante del Papa en persona, al mismísimo Juan XXII camuflado de soldado esperando ávidamente su oro. Lo que sea que yo hubiese encontrado ni era mío ni lo sería nunca, así pues, ¿por qué ofuscarme?

—En efecto —masculló con desagrado—, en la tumba de Santa Oria. Sólo hay que echar abajo el muro que la cubre. Lo más probable es que se halle enterrado bajo el suelo o tras alguna roca de las paredes de la cueva. No será difícil sacarlo a la luz.

—Esa tarea me corresponde a mí, *freire*. Vos habéis terminado. Continuad viaje.

—Os equivocáis, conde —exclamé cargado de ira—. No hemos terminado en modo alguno. Por si os interesa saberlo, lo que hallaréis en la tumba de santa Oria no es más que una ínfima parte, una pequeña partida de las riquezas que hay escondidas a lo largo del Camino. Y necesito estar presente cuando las desenterréis porque puede haber algún indicio que me ayude a proseguir la búsqueda. Os diré que podréis encontrar más oro en la catedral de Jaca. Enviad allí un emisario o lo que os plazca. En la capilla de la patrona de la localidad, santa Orosia, probablemente tras la pared que se halla a espaldas de la figurilla de una Santísima Virgen sedente, que porta una cruz en forma de Tau, encontraréis lo que probablemente sea la primera remesa de oro templario a este lado de los Pirineos. Pero atended: exijo una relación detallada de todo lo que aparezca.

Le Mans me miró inexpresivamente y, tras unos instantes, asintió. Era probable que él estuviera limitándose a cumplir con un trabajo más o menos rutinario, pero yo había llegado a aborrecerle de tal modo que le consideraba, más que a cualquier otra persona en el mundo, mi principal enemigo.

—Ni la mujer ni el niño podrán estar delante. Sólo vos.

—Muy bien —repuse y, dándole la espalda, descendí ladera abajo, despreocupado ya de cuanto pudiera hacer falta para los trabajos de la noche. ¿No estaba el conde a cargo del tesoro? Pues que estuviera también a cargo de cuantas pesadas tareas ocasionara. No pensaba mover ni un dedo para sacarlo a la luz. En el fondo, él tenía razón: mi única obligación era encontrarlo; todo lo demás, era de su competencia.

Jonás estaba impaciente por saber. Sara y él me esperaban en la puerta del albergue sentados junto a una hoguera con un grupo de peregrinos bretones. Al verme, el muchacho dio un respingo y quiso incorporarse para correr hacia mí. Sin embargo, un gesto disimulado de Sara, que le sujetó levemente con la mano, le contuvo. De nuevo me di cuenta de que aquella judía era una mujer admirable. No sabía nada de lo que yo estaba haciendo pero, en lugar de preguntar, indagar o sonsacar, aceptaba tranquilamente el misterio y vigilaba el apasionado temperamento del muchacho para que no despertara los recelos nadie, como si intuyera que muchos ojos podían estar observándonos.

Sin decir nada, me senté junto a ellos y permanecimos de charla con los bretones hasta la hora de la cena, bebiendo un vino excelente que aquéllos portaban en un pellejo de cabrito que fue pasando de mano en mano. Los monjes nos sirvieron en las escudillas una espesa sopa de cebolla y calabaza, acompañada con pedazos de tocino seco y hogazas de pan de trigo.

Al cerrar la noche, una vez que todos se hubieron retirado a descansar, emprendí de nuevo la subida a Suso para encontrarme con el conde. La oscuridad hacía parecer siniestro el mismo bosquecillo que durante el día me había dado sensación de ser plácido y agradable. Mis pasos crujían sobre la hojarasca y, a mi alrededor, en las ramas altas de los árboles, ululaban los búhos y silbaban las lechuzas. La tenue llama de mi lamparilla de sebo se estremecía y sofocaba con la brisa fría que corría a ráfagas por el boscaje. Íntimamente me sentí agradecido por llevar al cinto el puñal de Le Mans, pero si una banda de peligrosos salteadores me hubiera atacado en aquel momento, no me habría sentido peor de lo que me sentí cuando por fin alcancé el viejo monasterio y llegué a la tumba de santa Oria.

Unos tablones de madera apoyados sobre la roca cubrían la boca de la cripta ahora sin tapiar, pues el muro que la emparedaba había desaparecido. Cúmulos de escombros se amontonaban por los alrededores y ni un alma circulaba por allí, como si el mundo se hubiera quedado deshabitado por algún maleficio. Dentro de la celda, el suelo aparecía excavado y unas escaleras de madera permanecían apoyadas en el interior de un pozo de tamaño algo mayor que los demás. Al asomarme, alumbrando por encima de mi cabeza con la lamparilla de sebo, vi una pequeña cámara hueca, un sótano completamente vacío salvo por varios rollos abandonados de cuerdas de cáñamo. El maldito conde no había querido esperar para hacerse cargo del tesoro.

—¡Jofrooooooi! —aullé en mitad del silencio de la noche con toda la fuerza que la rabia y la impotencia dieron a mis pulmones. Pero no obtuve contestación. Me ahogaba de indignación, me hervía la sangre de ira.

No di ningún tipo de explicaciones a Sara y al chico, aunque los dos se morían por saber qué había pasado y a qué obedecía mi malhumor. Ignorándoles, me encerré en un mutismo hermético y, en silencio, iniciamos al día siguiente la caminata del nuevo tranco. No paraba de darle vueltas a lo sucedido. ¿En tan poco valoraban el Papa y mi Orden lo que yo estaba haciendo? ¿Acaso habían dado instrucciones a ese necio de Le Mans para que actuara a mis espaldas, despreciándome y tratándome como a un sirviente? ¿Pensaban, quizá, que yo iba a robar el oro? En aquel momento me encontraba como al principio: con las manos vacías por culpa de la ceguera y la avaricia de aquellos que, cómodamente, esperaban en Aviñón el resultado de mi trabajo. Quizá entre las riquezas encontradas en la celda no había nada que me hubiera servido para reanudar las pesquisas, pero ¿y si no era así? ¿y si el estúpido de Le Mans había estropeado algo importante? De nada valía mi enojo. En cualquier caso, el mal ya estaba hecho.

Pasamos por Santo Domingo de la Calzada y Jonás y yo rendimos devoción ante su sepulcro, tal como marca la tradición del Camino. El sosiego que inundaba el interior del templo me fue devolviendo poco a poco la calma. Aproveché aquella breve separación de Sara para poner al muchacho al tanto de lo sucedido, el cual, después de escucharme hasta el final, se quedó ensimismado mirando la gallera de madera en la que permanecían encerradas dos aves de corral de plumaje blanco (en conmemoración de un milagro realizado por santo Domingo, que resucitó a un inocente injustamente ahorcado). Luego, bajando la cabeza, dijo:

—Siento reconocerlo, *sire*, pero Le Mans sólo es un lacayo de Su Santidad. Por lo que sabemos de él, sería incapaz de hacer nada que no le hubiese ordenado su amo. Que Dios me perdone por pensar mal del Papa —¿por qué tenía la sensación, escuchándole, de que era un hombre y no un mozalbete quien hablaba? ¡Qué cambios de un día para otro! Deseaba con todo mi corazón que cuando se detuviera aquella rueda de transformaciones, el resultado final fuera tan admirable como el que ahora tenía delante—, pero creo que el conde sólo ha hecho lo que le habían mandado hacer.

—Lo cual demuestra, una vez más —añadí, siguiendo su razonamiento—, que estamos siendo utilizados para una empresa que poco tiene de honorable y digna.

En ese momento, inesperadamente, el gallo cantó dentro de la jaula. Un rumor creció en el interior de la iglesia. Jonás y yo nos miramos extrañados y miramos a nuestro alrededor buscando una explicación a aquella algarabía. Un viejo lombardo ataviado con la vestimenta de peregrino nos sonrió.

—¡El gallo ha cantado! —dijo en su lengua, dejando escapar el aire y la saliva entre los pocos dientes que le quedaban—. Todos los que lo hemos oído tendremos en adelante buena suerte para el Camino.

El día del equinoccio de otoño, el vigésimo primero de septiembre, salimos de Santo Domingo cruzando el puente sobre el río Oja, y seguimos la calzada que llevaba hasta Radicella.[15]

15. Redecilla del Camino, en el original del *Codex Calixtinus*.

263

Atravesamos Belfuratus,[16] Tosantos, Villambista, Espinosa y San Felices pateando un camino encharcado y lleno de piedras que destrozó nuestras sandalias de cuero, y al anochecer, después de cruzar el río Oca, llegamos —cansados, hambrientos y sucios— a Villafranca, frontera occidental de Navarra con el reino de Castilla, que según nuestro guía Aymeric, «es una tierra llena de tesoros, de oro, plata, rica en paños y vigorosos caballos, abundante en pan, vino, carne, pescado, leche y miel. Sin embargo, carece de arbolado y está llena de hombres malos y viciosos». Lo cierto es que las aguas estaban revueltas en Castilla y que el país no era un lugar muy seguro en aquellos momentos: tras la muerte del rey Fernando IV, su madre, la reina María de Molina, sostenía frecuentes disputas con los infantes del reino (sus propios hijos y cuñados) por la regencia del actual rey Alfonso XI, menor de edad. Estas disputas se traducían frecuentemente en cruentos enfrentamientos sociales que dejaban centenares de muertos por todos los rincones del reino. En aquel septiembre de 1317, las cosas estaban un poco más tranquilas por hallarse en vigor un pacto según el cual se habían convertido en tutores del rey tanto la reina María como los infantes Pedro, tío del niño, y Juan, tío-abuelo, por ser hijo de Alfonso X, apodado el Sabio.

Por de pronto, en contra de lo que decía nuestro guía sobre la carencia de arbolado de Castilla, al día siguiente tendríamos que cruzar los boscosos Montes de Oca, un tramo breve pero sumamente penoso que

16. Belorado.

264

aquella noche nos imponía un buen descanso para recuperar las fuerzas perdidas.

Hallamos alojamiento en la hospedería de la iglesia y, como la pobre Sara tenía los pies hinchados como odres de vino, tuve que prepararle un remedio a base de tuétano de hueso de vaca y manteca fresca.

—¿Veis? —comentaba jocosa—. Me han crecido los pies.

Como los dolores de su espinazo no le permitían aplicárselo adecuadamente, ordené a Jonás que la ayudara. Era un compromiso para el muchacho, que enrojeció hasta ponerse del color de la grana y comenzó a sudar a pesar del frío del recinto en el que nos hallábamos los tres solos, pero mucho más peligroso y pecaminoso hubiera sido para mí, que de seguro hubiera sudado tanto o más que mi hijo, incumpliendo así el principal de mis votos. Sin embargo, lo que sí hice fue envolverle yo mismo los pies en lienzos bien calientes para terminar la cura, no sin antes fijarme pecaminosamente en que sus dedos eran increíblemente ágiles y articulados, casi como los dedos de las manos, y me alteró en extremo comprobar que también en ellos había lunares. Cuando levanté los ojos, Sara me estaba observando de una manera tan especial que me arrastró hacia regiones prohibidas para mí, de las que, con gran esfuerzo, tuve que regresar apartando la mirada.

No se me había pasado por alto el curioso nombre de los montes. Era muy significativo que la puerta de entrada a Castilla estuviera marcada tan elocuentemente por la Oca, pues no sólo se trataba de los Montes, sino del río, de la imagen de Nuestra Señora de Oca, que permanecía en la parroquia, y del mismísimo pueblo, que antes de llamarse Villafranca, o «Villa de los francos», por la costumbre de denominarlo así que adoptaron los peregrinos, había recibido también el nombre de Oca. No podía dejar de pensar, mientras intentaba dormirme aterido de frío y con el estómago casi hueco, que debía de existir alguna relación desconocida entre el animal sagrado, el juego iniciático que nos había enseñado el viejo Nadie, la puerta de entrada a Castilla y el símbolo de la Pata de Oca de las hermandades de canteros, constructores y pontífices iniciados.

El día siguiente amaneció nublado pero, conforme el sol se fue elevando en el cielo, las nubes despejaron y la luz se hizo vigorosa y firme. Después de desayunar unos mendrugos mojados en agua y unos pedazos de sabroso queso de oveja que nos ofreció un pastor, dedicamos algún tiempo a limpiar y engrasar las correas de las sandalias mientras Sara aprovechaba para lavar en el río nuestras camisas, sayas, esclavinas y calzas que a gritos estaban pidiendo expurgo, fregado y baldeo desde semanas atrás. Fabriqué un armazón de maderas, en forma de cruz con varios travesaños, que sujeté por detrás a los hombros de Jonás y allí tendimos las prendas para que se fueran secando con el sol y el aire mientras continuábamos viaje.

Iniciamos la fuerte ascensión desde el interior mismo del pueblo. Pronto el camino se convirtió en un tapiz de hojas de roble, amarillentas y ocres, desprendidas por el otoño, que crujían bajo nuestros pasos. A pesar de no ser mucho trecho, la subida se nos hizo interminable y, para mayor desgracia, casi nos perdimos en un espeso bosque de pinos y abetos en el que barrunté la presencia de lobos y salteadores. Pero el gallo de Santo Domingo nos trajo suerte y salimos de allí indemnes y salvos, aunque agotados. Por fin, promediando el día, llegamos a lo más alto de los páramos de la Pedraja e iniciamos el descenso, cruzando el arroyo Peroja. Con el sol en lo más alto, alcanzamos el hospital de Valdefuentes, un auténtico paraíso para el descanso del transeúnte, con un manantial de agua fresca y limpia que hizo nuestras delicias.

Un grupo de peregrinos borgoñones procedentes de Autun animaba los alrededores del hospital con sus chanzas y jolgorios. A ellos les preguntamos sobre la conveniencia de tomar uno u otro de los dos caminos en los que, a partir de allí, se dividía la calzada para volver a unirse, más tarde, en Burgos.

—Nosotros tomaremos mañana la vía de San Juan de Ortega —nos dijo un mozo del grupo llamado Guillaume—, porque es la ruta recomendada por nuestro paisano Aymeric Picaud.

—También nosotros hemos seguido hasta aquí sus indicaciones.

—Su fama es universal —comentó orgulloso—, dado el gran número de peregrinos que recorren al año el Camino de Santiago. Si os ponéis en marcha ahora, llegaréis a San Juan de Ortega con muy buena luz, y el albergue del monasterio es famoso por su excelente hospitalidad.

Tenía mucha razón el joven borgoñón. Después de salvar un intrincado sendero que cruzaba la floresta, tropezamos con el ábside del templo y lo rodeamos para ir a dar a una explanada a cuya derecha quedaba la hostería, en la que fuimos acogidos con cordialidad y simpatía por el viejo monje encargado de atender a los peregrinos. El clérigo era un anciano charlatán que gustaba de la conversación y que se mostraba encantado de prestar oídos a las aventuras de cuantos llegaban hasta sus dominios. Puso abundantes raciones de comida sobre la mesa y se ofreció a mostrarnos la iglesia y el sepulcro del santo en cuanto hubiéramos terminado.

—San Juan de Ortega se llamó, en el mundo, Juan de Quintanaortuño, y nació allá por el año ochenta después del mil —nos explicaba a Jonás y a mí mientras avanzábamos por la explanada en dirección a las dos puertas gemelas de entrada de la fachada principal. Sara, respetuosa pero indiferente a nuestro fervor cristiano, se había quedado a descansar en el albergue—. La gente le considera como un simple colaborador de santo Domingo de la Calzada, que es mucho más famoso por haber despejado con una sencilla hoz de segador los árboles del bosque desde Nájera a Redecilla para construir aquel tramo de Camino. —Su tono indicaba que la proeza de santo Domingo era poca cosa para él—. Pero Juan de Quintanaortuño fue mucho más que un simple colaborador: Juan de Quintanaortuño fue el verdadero arquitecto del Camino de Santiago, porque si santo Domingo despejó un bosque, edificó un puente sobre el río Oja y levantó una iglesia y un hospital de peregrinos, san Juan de Ortega construyó el puente de Logroño, reconstruyó el del río Najerilla, levantó el hospital de Santiago de aquella ciudad y edificó esta iglesia y esta alberguería para auxilio de los jacobípetas.

Habíamos entrado en el pequeño santuario, suavemente iluminado por la luz que filtraban los alabastros de las ventanas. Un ensordecedor zumbido de moscas, que sobrevolaban en círculos la nave central, ahogó la voz del sacerdote. El sepulcro de piedra, abundantemente cincelado por todas sus caras, estaba situado frente al altar, y allí se mantenía, solitario y mudo, totalmente indiferente a nuestra presencia. El frade nos arrastró hacia un lado.

—Las mujeres estériles vienen mucho por aquí —continuó—. La popularidad de san Juan se debe sobre todo a sus milagros para devolver la fertilidad. Y buena culpa de ello la tiene este dichoso adorno. —Y señaló el capitel que teníamos sobre nuestras cabezas, el del ábside izquierdo, en el que se veía representada la escena de la Anunciación a María—. Pero yo creo que nuestro santo merece una celebridad mejor, por eso estoy recopilando los numerosos milagros que hizo curando a enfermos y resucitando muertos.

—¿Resucitando muertos?

—¡Oh, sí! Nuestro san Juan devolvió la vida a más de un pobre difunto.

¿Fue casualidad...? No lo creo, hace mucho tiempo que dejé de creer en las casualidades. Mientras se producía esta conversación, un rayo de luz procedente de la ojiva central del crucero comenzó a iluminar la cabeza del ángel que anunciaba a María su futura maternidad. Me quedé como embobado.

—Es bonito, sí —dijo el viejo observando mi distracción—, pero a mí me gusta más el otro, el de la derecha.

Y nos condujo hacia allí sin muchas contemplaciones. Jonás le seguía como un perrillo, sorteando el túmulo con un giro rápido similar al de nuestro mentor. El remate de columna del ábside derecho representaba a un guerrero con la espada en alto haciendo frente a un caballero montado. Pero yo seguía desconcertado por el otro, por aquella luz que iluminaba al ángel. Algo estaba germinando en mi cabeza. Giré sobre mí mismo y volví atrás. El rayo de luz alumbraba ahora a María. Si seguía con su trayectoria, acabaría iluminando la figura en piedra de un anciano, probablemente un san José, que descansaba todo el peso de su edad sobre un báculo en forma de Tau...

Ego sum lux..., recordé, y, de pronto, todo tenía sentido.

Era increíble el refinamiento de los templarios para esconder su oro. Habían ocultado sus riquezas tan magníficamente que, de no haber conseguido el mensaje de Manrique de Mendoza, jamás hubiéramos encontrado ni una sola de las partidas. La clave era la Tau, pero la Tau sólo era el reclamo, la llamada que atraía al iniciado; luego venía el esclarecimiento de las pistas que, como las piezas de una máquina, tenían que engarzar unas con otras para poder funcionar. Empecé a preguntarme si la Tau no sería tan sólo una de las muchas vías posibles, si no existirían otros reclamos como, por ejemplo, la Beta o la Pi, o quizá Aries o Géminis. La abundancia de posibilidades me produjo vértigo. Y para entonces el rayo de luz acariciaba ya al anciano con el báculo en forma de Tau y parecía demorarse en él perezosamente.

—Cuando el caballero quiera —exclamó el viejo clérigo a mi espalda—, podemos volver a la hostería.

—Os estamos profundamente agradecidos, frade, por vuestra amabilidad. Pero, si no os incomoda, mi hijo y yo nos quedaremos un rato rezando al santo.

—¡Veo que san Juan ha despertado vuestra piedad! —advirtió gozoso.

—Alzaremos plegarias por una hija de mi hermano que lleva años esperando concebir un hijo.

—¡Hacéis bien, hacéis bien! Sin duda, san Juan os otorgará lo que pedís. Os esperaré en casa con vuestra amiga judía. Quedad con Dios.

—Id vos con Él.

En cuanto hubo desaparecido, Jonás se volvió hacia mí y me escudriñó.

—¿Qué os pasa? No tenemos ninguna prima estéril.

—Atiende, muchacho.

Le cogí por el pescuezo y moví su cabeza, como si fuera la de un pelele de trapo, hacia el capitel de la Anunciación.

—Observa bien al viejo san José.

—¡Otra Tau! —exclamó alborozado.

—Otra Tau —convine—. Y mira ese rayo de luz que está desapareciendo; todavía la ilumina un poco.

—Si aquí hay una Tau —afirmó, soltándose de mi pinza con un cabeceo—, sin duda hay también otro escondite de tesoros templarios.

—Claro que lo hay. Y yo sé dónde está.

Me miró con los ojos muy abiertos y brillantes.

—¿Dónde, *sire*?

—Haz memoria, muchacho. ¿Qué fue lo que más nos llamó la atención en Eunate?

—La historia del rey Salomón y todos aquellos animales extraños de los capiteles.

—¡No, Jonás! ¡Piensa! Sólo había un capitel que era distinto a los demás. Tú mismo me lo señalaste.

—¡Ah, sí, aquel de la resurrección de Lázaro y el ciego Bartimeo!

—Exacto. Pero si recuerdas bien, la frase cincelada en la cartela de la escena de la resurrección era incorrecta. En ella, Jesús, mientras resucitaba a su amigo, decía: *Ego sum lux*, pero, según los Evangelios, Jesús no pronunció esas palabras en aquel momento. ¿Y qué tenemos aquí, en San Juan de Ortega?

—Tenemos una Tau y un rayo de luz que la alumbra.

—Y un santo taumaturgo que, según el frade de este lugar, era experto en resucitar difuntos, como la escena del capitel de Eunate y como la del capitel de la iglesilla templaria de Torres del Río, ¿recuerdas? También allí había un solo capitel de apariencia normal con el motivo de la resurrección de Jesús.

—¡Es verdad! —exclamó, golpeándose el muslo con el puño cerrado. No podía negarse que era hijo mío. Incluso sus gestos más irreflexivos eran un mal remedo de los míos—. Pero eso no nos dice dónde está escondido el oro.

—Sí nos lo dice, pero por si quedase alguna duda, también disponemos de la información recogida en la iglesia templaria de Puente la Reina.

—¿Qué información?

—Recordarás lo que te conté acerca de las pinturas murales de Nuestra Señora dels Orzs —el chico afirmó—. Pues bien, encima de un árbol en forma de Y griega, o de Pata de Oca, símbolo de las hermandades secretas de pontífices y arquitectos iniciados (y recuerda que san Juan de Ortega era uno de ellos), un águila mayestática examinaba una puesta de sol. Como ya sabes, el águila simboliza la luz solar, y el ocaso allí dibujado se corresponde con esta hora en la que ahora nos hallamos; ese rayo de sol que ha iluminado la Tau es un rayo de luz crepuscular.

—Bueno, bien, pero ¿dónde está el oro? —se impacientó.

—En el sepulcro de san Juan de Ortega.

—¡En el sepulcro! Queréis decir... ¿dentro del sepulcro?

—¿Por qué no? ¿No recuerdas los capiteles? Las lápidas estaban siempre apartadas a un lado para permitir la salida del muerto redivivo. Así ocurrió con el muro que cubría la cripta de santa Oria, y apuesto lo que quieras a que encontrarán el tesoro de santa Orosia de Jaca dentro de alguna sepultura a la que haya que quitar una pared. Aunque...

—Aunque... ¿qué?

—En Torres del Río una nube de humo salía del sepulcro abierto. De hecho, las dos figuras femeninas, las dos Marías del Evangelio, más parecían cadáveres que otra cosa. Es posible, Jonás, es muy posible que el sepulcro de san Juan de Ortega contenga alguna trampa, algún veneno volátil suspendido en el aire.

—Pues no se lo digáis al conde Le Mans —dejó escapar alegremente—. Debe de estar a punto de aparecer. Que lo abra él. ¿No es lo que desea?

—Sí —afirmé con una sonrisa parecida a la suya—, es una idea excelente. No digo que no sienta tentaciones de dejarle morir envenenado. Pero esta vez, muchacho, el tesoro lo recuperaremos nosotros. Le Mans no tiene que enterarse hasta que no hayamos visto el interior de esa tumba.

—¡Pero moriremos nosotros!

—No, porque sabemos que ese riesgo existe y pondremos los medios necesarios para impedir que ocurra. Y ahora, joven Jonás, aunque te cueste un esfuerzo enorme, pon cara de ángel seráfico y abandonemos esta iglesia como si hubiéramos estado rezando piadosamente: ni un gesto, ni un movimiento que delate lo que sabemos, ¿entendido? Recuerda que los esbirros de Le Mans nos observan.

—Tranquilo, *sire*, y fijaos en mí.

De repente se desmoronó. Su abatimiento y triste-

za eran tan exagerados que tuve que darle un cosco-
rrón.

—¡No tanto, zoquete!

Si volvíamos al santuario, Le Mans se enteraría, así que
debíamos encontrar una buena excusa que hiciera ra-
zonablemente lógica una nueva visita. Por fortuna, nos
la proporcionó el propio clérigo del lugar:

—Debo ir a la iglesia a apagar las velas de las lámparas y los cirios del altar —murmuró desperezándose
y dando un largo bostezo.

Estábamos sentados frente a un fuego, envueltos en
viejas y agujereadas mantas de lana. Sara dormitaba, inquieta, en su asiento; estaba nerviosa porque al día siguiente se iba a encontrar en Burgos con el de Mendoza. También yo me sentía alterado por la cercanía del
encuentro con Isabel, pero no sabía qué era lo que más
me afectaba, si ver a la madre de Jonás después de tantos años o que Sara encontrara a su amado Manrique.

—Dejad que vaya mi hijo —propuse.

—¡Oh, no! Tengo por costumbre rezar a san Juan
todos los días a estas horas mientras apago las candelas.

—Está bien, pues dejad que vayamos mi hijo y yo
y, en agradecimiento por lo bien que nos habéis tratado, ambos rezaremos al santo por vos y en vuestro
lugar.

—¡No es mala idea, no señor! —profirió encantado.

—Es muy buena idea —corroboré para no darle
tiempo a pensar—. Jonás, coge el apagavelas del frade
y vamos.

Jonás cogió de un rincón el cayado con el cucuru-
cho de latón en lo alto y se quedó de pie junto a la puer-

274

ta, esperándome. Yo me incorporé y me acerqué a Sara para decirle que nos íbamos, pero estaba tan dormida que no lo advirtió. Hubiera podido ponerle la mano en el hombro para despertarla y nadie habría pensado nada malo de mí; hubiera podido, incluso, cogerle una mano y acariciársela, y tampoco habría ocurrido nada extraordinario; hubiera podido rozarle el pelo suavemente, o la mejilla, y ni el buen cura se habría escandalizado. Pero no hice nada de todo aquello, porque yo sí hubiera sabido la verdad.

—Sara, Sara... —susurré cerca de su oído—. Id a la cama. Jonás y yo volveremos ahora mismo.

Atravesamos la explanada alumbrados por la luz del plenilunio. La iglesia estaba igual de vacía que cuando la dejamos, aunque más silenciosa porque el mosconeo, felizmente, había desaparecido.

—¿Cómo haremos para levantar la tapa del sepulcro? —susurró Jonás.

—«Dadme un punto de apoyo y moveré el mundo», dijo Arquímedes.

—¿Quién?

—¡Vivediós, Jonás! ¡No has recibido la menor educación!

—¡Pues ahora vos sois el único responsable de ella, así que ya sabéis!

Hice como que no le había oído y saqué de debajo de mi saya una azuela y la daga de Le Mans y, enarbolándolas, me acerqué a la sepultura.

—Toma —dije alargándole el estilete—, raspa la argamasa por el otro lado y cuando hayas terminado trae el apagavelas.

No fue difícil mover la plancha con la ayuda de la vara una vez que la hubimos desprendido, aunque había que hacerlo con mucho cuidado para no quebrar la madera.

—Quítate la camisa —ordené a Jonás—, y pártela en dos. Luego, empapa los pedazos en el agua bendita de la pila.

—¡En el agua bendita!

—¡Haz lo que te digo! ¡Y rápido, si no quieres morir envenenado!

Embozamos nuestros rostros con las telas mojadas sujetándolas con sendos nudos tras las cabezas y entonces di el empujón definitivo a la tapa, que cedió y se retiró un codo aproximadamente. Del interior se alzó una bocanada de humo amarillo que se expandió rápidamente por todo el recinto de la iglesia.

—¡Tápate los ojos con el paño mojado y tírate al suelo! —grité, mientras me abalanzaba hacia la puerta para abrirla de par en par. La brisa de la noche disipó parte de la niebla azafranada; el resto se quedó flotando en el cielo de la nave, apenas dos palmos sobre nuestras cabezas. Si no hubiéramos estado advertidos por el capitel, habríamos muerto irremisiblemente.

—¡Levántate despacio, muchacho!

Inclinado como un giboso para evitar la nube ponzoñosa, me asomé al interior del sepulcro. Unos peldaños de piedra descendían hacía el interior oscuro de una cripta oculta bajo el suelo de la iglesia.

—Jonás, coge uno de los candelabros del altar y tráelo. ¡Pero acuérdate de caminar inclinado! El aire es más limpio cerca del suelo.

Descendimos con suma precaución, temiendo que fallase el suelo bajo nuestros pies, que alguna piedra se desprendiese sobre nuestras cabezas, o que alguna trampa inesperada diera con nuestros huesos, para siempre, en aquella sepultura. Pero no se produjo ninguno de aquellos incidentes. Llegamos hasta abajo sin sorpresas desagradables. A la luz de las velas contemplamos una sala pequeñita y circular con las paredes y el techo cubiertos por grandes losas de piedra. El suelo no lo vimos, porque estaba oculto por grandes cofres repletos de monedas de oro y plata, por montones de gemas sobre los que descansaban piezas de telas bordadas, coronas, diademas, collares, pendientes, anillos, vasos, cálices, cruces, candelabros y un sinnúmero de pergaminos de variadas escrituras traídos del Oriente. ¡Y aquello no era más que un tesoro menor, una pequeña parte, una minúscula pizca del total! Silenciosos y deslumbrados por los reflejos de la luz sobre las joyas, estuvimos dando vueltas, mirando, tocando y calibrando valiosísimos rosarios, relicarios portentosos, vinajeras, copones, custodias y colgantes, hasta que, inesperadamente, el muchacho rompió el silencio:

—Tengo un mal presagio, *sire*. Vayámonos en seguida de aquí.

—¿De qué hablas?

—No lo sé, *sire*... —titubeó—. Sólo sé que quiero irme. Es una sensación muy fuerte.

—Está bien, muchacho, vámonos.

La vida me ha enseñado a recibir estas inexplicables señales con respeto. Más de una vez me había encontrado en serios apuros por no aceptar mis corazonadas, por no hacer caso de esos avisos misteriosos. De modo que, si mi hijo lo sentía así, había que irse... y rápido.

Sobre una mesilla de madreperla descansaba, como para hacerse notar, un vulgar *lectorile* de madera sin desbastar y, sobre él, abandonado, un rollo de cuero atado con cintas lacradas con el *sigillum*[17] templario. No lo pensé dos veces y lo cogí al vuelo, guardándolo entre los pliegues de mi saya mientras seguía al muchacho escalerilla arriba a toda velocidad.

No había nada particular en el exterior. Aparentemente, la iglesia continuaba igual de silenciosa, fría y desierta que cuando descendimos a la cripta.

—Lamento haber malogrado vuestras pesquisas —se disculpó Jonás, apesadumbrado.

—No te preocupes. Seguro que has percibido algo y no seré yo quien te culpe por ello. Todo lo contrario.

Aún no había terminado de proferir las últimas palabras cuando un chasquido nos hizo girar las cabezas, sobresaltados, hacia la sepultura. Un pequeño rumor precedió a un golpe seco, a un ruido de desmonte y desprendimiento cuyo fragor aumentó hasta hacer crepitar el suelo. Las losas de la tumba de san Juan de Ortega se inclinaron hacia el interior y cayeron al vacío, provocando una polvareda que ascendió hasta el techo del santuario y se mezcló con la nube amarilla de veneno. El estrépito era ensordecedor. Parecía que la iglesia se nos iba a venir encima de un momento a otro.

—¡Corre, Jonás, corre! —grité con toda mi alma, dándole un empujón que lo lanzó hacia la puerta.

Pero no sé qué fue peor, porque afuera nos esperaba, espada en ristre, el conde Joffroi de Le Mans con todos sus hombres.

—¡Hablad!

—¡Ya os lo he explicado cien veces! —repetí dejan-

17. Sello.

278

do caer la cabeza pesadamente entre los hombros—. Tenía que ver lo que había allí abajo antes de que vos arramblarais con todo. ¿Qué más queréis saber?

Los hombres de Le Mans trabajaban apresuradamente en el fondo de la cripta. Ya habían sacado todos los tesoros (que se agolpaban amontonados bajo el mismo capitel de la Anunciación que me había indicado su existencia) y ahora se afanaban reparando los estragos ocasionados por el derrumbe. Por lo que habíamos podido comprobar a deshora, la tapa del sepulcro era, en realidad, la pieza que sujetaba toda la estructura de la cámara secreta y, al quitarla, habíamos provocado la avalancha, tal y como alguien calculó metódicamente que ocurriría. ¿Qué detalle había pasado por alto? ¿Cuál había sido el fallo?

—Si no os mato ahora mismo es porque habéis empezado a cumplir con vuestra misión de encontrar el oro —bramó Le Mans—, pero el Papa será puntualmente informado y tened por seguro que no quedaréis sin castigo.

—Ya os he dicho, conde, que era necesario.

—Mis hombres repararán el daño y no quedará huella del desastre cuando despunte el día. Pero si los templarios llegasen a sospechar lo que estáis haciendo, ni vos ni vuestro hijo, ni esa judía que os acompaña, viviríais para ver un nuevo sol.

—¿Y el frade, qué pensáis hacer con él?

—Olvidadle. Ya no existe. Esta misma noche, alguien ocupará su lugar.

¿Para qué preguntar por su destino? El pobre hombre se había visto envuelto, sin tener arte ni parte, en una intriga demasiado grande para él, y había sido aplastado sin misericordia.

—Recoged vuestras cosas y partid —continuó Le Mans—. Y recordad que la próxima vez que decidáis tomar la iniciativa sin contar conmigo, vuestros trabajos habrán terminado para siempre.

—No estoy deseando otra cosa —repuse, a sabiendas de que la forma de terminar a la que ambos nos referíamos era completamente diferente.

En mitad de la noche recogimos nuestros bártulos y emprendimos camino hacia Burgos atravesando una zona de bosque de robles y pinos. La luna era nuestra lámpara y los aullidos de los lobos nuestra música de fondo. No teníamos otra dirección que la que nos marcaba el destino y hacia él nos encaminábamos. Los Mendoza, hermano y hermana, nos estaban esperando.

Capítulo V

A mediodía, con el sol luciendo en lo alto, entramos en la magnífica y soberbia ciudad de Burgos, capital del reino de Castilla. Ya desde la distancia, por el ajetreo de carros, gentes y animales, y por la cantidad de peregrinos que iban y venían a nuestro alrededor, reparamos que nos estábamos acercando a la más grandiosa de las poblaciones principales del Camino. A empujones tuvimos que abrirnos paso para cruzar el puentecillo que, junto a la iglesia de San Juan Evangelista, salvaba el foso y daba paso a la puerta de la muralla. Aunque el control era escaso por ser hora de comercio, los guardias nos pidieron los salvoconductos y sólo después de examinarlos atentamente nos dejaron paso libre. La larga vía empedrada que cruza la ciudad de lado a lado, y que forma parte del propio Camino del Apóstol, estaba flanqueada por ruidosos mesones y bulliciosas posadas, por innumerables tiendas en las que se vendían toda clase de mercancías y por pequeños obrajes de artesanos cristianos, judíos y moriscos. El olor a orines y excrementos era fuerte y penetrante, y flotaba sobre la ciudad como una emanación densa cargada de insalubres pestilencias. A buen seguro, los físicos de la ciudad no darían abasto para curar dolencias de pecho e intestinos.

En lugar de buscar acomodo, como la mayoría de

peregrinos, en alguna de las muchas alberguerías que se aglomeraban en torno a San Juan Evangelista, Jonás y yo pensábamos pedir asilo en el suntuoso Hospital del Rey, un opulento albergue regido por las dueñas bernardas del cercano Real Monasterio de Las Huelgas. Sara, que apenas había abierto la boca desde San Juan de Ortega, se despediría de nosotros en la grande y próspera judería de Burgos, donde pensaba alojarse en casa de un pariente lejano, un tal don Samuel, rabino de la aljama, que había sido almojarife mayor del fallecido rey don Fernando IV.

Pasamos por delante de las muchas y ricas iglesias que jalonaban la calzada, pero sólo ante la perfección y la monumentalidad de la catedral, sin parangón con ninguna otra edificación sagrada del Camino, enmudecimos y quedamos maravillados como si hubiésemos sido agasajados con una visión celeste y gloriosa. Los siglos, quizá, conocerán Burgos por sus héroes, como el caballero Ruy Díaz de Vivar, de quien ya hablan las crónicas y los juglares, pero no dudo de que la conocerán mucho más por su catedral, ejemplo de la belleza en piedra que puede crear el hombre con la inteligencia de su mente y la habilidad de sus manos.

Por desgracia, sólo unos pocos pasos más adelante tropezamos ya con la aljama. Allí, en la puerta, nos despedíamos de Sara quizá para siempre, y era un momento que, sepultado por los recientes acontecimientos en Ortega y por los que se avecinaban con los Mendoza, había carecido de importancia hasta prácticamente ese mismo instante, como si nunca hubiese de llegar, como si no fuera posible.

—No quiero que nos digamos adiós con tristeza —musitó Sara echándose su escarcela a la espalda con resolución—. La vida nos ha unido dos veces y puede volver a juntarnos algún día. ¿Quién sabe?

—¿Y si no es así? —preguntó Jonás, inquieto—. La vida también puede decidir que no nos encontremos nunca.

—Eso no ocurrirá, guapo Jonás —prometió la judía pasándole la mano por el bozo de la quijada—. Las personas importantes siempre vuelven. Todo gira en el universo, todo da vueltas, y en alguna de esas trayectorias nos encontraremos de nuevo. Os deseo lo mejor, *sire* Galcerán —dijo volviéndose hacia mí—. A vos es muy posible que no vuelva a veros.

—Será difícil, sí —convine, rechazando en mi interior la verdad de sus palabras—, porque cuando todo esto termine regresaré a mi casa en Rodas. Pero si vais por aquella isla algún día, buscadme en el hospital de mi Orden.

—No, *sire*..., no creo que vaya nunca a Rodas. Aceptar ese consuelo sería absurdo. Sed feliz. Que Yahvé guíe vuestros pasos.

—Que el cielo guíe los vuestros —murmuré entristecido, girando sobre mí mismo. Sentía cómo se desgarraba mi corazón, como mis nervios se tensaban—. Vámonos, Jonás.

—Adiós, Jonás —oí que decía Sara, alejándose.

—Adiós, Sara.

A poco de pasar la puerta de San Martín, descendiendo hacia el Hospital del Emperador —situado a escasa distancia del Hospital del Rey—, Jonás escupió lo que rumiaba:

—¿Por qué tenemos que separarnos de ella?

—Porque ella ama a un hombre que se encuentra en esta ciudad y no podemos inmiscuirnos en su vida.

—Hubiera querido ser libre para gritar el dolor que sentía en mi pecho—. Si prefiere quedarse en Burgos, es cosa suya, ¿no te parece...? —La voz se me quebraba en la garganta—, es imposible llevarla a rastras hasta Compostela. Además, tú y yo tenemos nuestro propio asunto en Burgos, así que date prisa.

—¿Qué asunto? —preguntó curioso.

—Algo demasiado importante para ponerte al tanto en mitad de estos parajes. —Caminábamos ya dentro del recinto amurallado del Hospital del Rey, por una senda amplia entre altísimos árboles que nos conducía hacia una construcción con aspecto de fortaleza más que de santo cenobio de dueñas.

Desde que iniciamos el viaje, no habíamos descansado en recinto más lujoso que el Hospital del Rey, donde los salvoconductos falsos nos abrieron las puertas de par en par. Dejamos de sentirnos pobres peregrinos para considerarnos cortesanos de la más rancia nobleza: regios aposentos gratamente caldeados por buenos fuegos, blandas camas con dosel, tapices en las paredes, telas finas, pieles de oso y zorro para los asientos, y abundantes raciones de bien preparada comida suficientes para alimentar a los ejércitos castellanos de Alfonso IX. Los legos que atendían a peregrinos como nosotros, es decir, a gente de linaje venida de toda Europa, eran limpios, esmerados y serviciales como no los habíamos visto antes, y lo más asombroso de todo era que aquel meritorio conjunto de fastuosa caridad y oración representaba sólo una pequeña parte de la abadía de Las Huelgas Reales, integrada, además, por numerosos conventos, iglesias, cenobios, ermitas, aldeas, bosques y dehesas gobernadas por la férrea mano de una sola mujer: la todopoderosa abadesa de Las Huelgas, señora, superiora y prelada con jurisdicción omnímoda y cuasi episcopal.

Después de la comida, sintiendo un sudor frío por todo el cuerpo, arreglé mi aspecto lo mejor que pude (incluso recorté mi larga barba con ayuda de la daga de Le Mans) y dejé a Jonás dormitando en el albergue para dirigirme a la portería del monasterio, expresión pura del arte castrense del Císter. Era el recibidor una nave larga en cuyos encumbrados frisos podían verse cenefas de clarión labrado, atauriques y, pintado sobre el yeso, un largo texto latino recitando estrofas de los salmos. Una lega de baja condición vino a recibirme entre aspavientos y con grandes muestras de respeto:

—*Pax Vobiscum.*

—*Et cum spiritu tuo.*

—¿Qué buscáis en la casa de Dios, *sire?*

—Quiero ver a la dueña Isabel de Mendoza.

La monja, una vieja a quien debí de despertar de algún sopor, me miró sorprendida desde debajo de su toca negra.

—Las dueñas de este monasterio no reciben visitas que no hayan sido autorizadas por la Alta Señora —dijo refiriéndose a la abadesa.

—Decidle, pues, a la Alta Señora, que don Galcerán de Born, enviado papal de Su Santidad Juan XXII, con autorización firmada por el propio Santo Padre para entrar en este cenobio de dueñas y ser recibido en cualquier momento por doña Isabel de Mendoza, quiere hacerle llegar sus respetos y sus mejores deseos.

La lega se alarmó. Luego de echarme una larga mirada recelosa, desapareció tras una puerta de roble labrado que se movió con dificultad bajo el cansino empuje de sus manos. Poco después reapareció acompañada por otra reverenda de refinado porte señorial. Ambas debían de estar, por sus funciones, exentas de la reclusión.

—Soy doña María de Almenar. ¿Qué deseáis?

Hinqué rodilla en tierra y besé ceremoniosamente el rico crucifijo del rosario que colgaba de su cíngulo.

—Mi nombre es don Galcerán de Born, mi dueña, y traigo una autorización del papa Juan XXII para violentar la clausura de este monasterio y entrevistarme con doña Isabel de Mendoza.

—Dejadme ver esos papeles —pidió con cortesía. Fuera cual fuera el origen de aquella monja, se trataba, sin duda, de una mujer principal. Por sus modales se adivinaba que debía de haber pasado la mayor parte de su vida en la corte.

Le alargué los documentos y, tras examinarlos un momento, desapareció por la misma puerta por la que había entrado. Esta vez el regreso se aplazó más de lo debido. Sospechaba que una turbulenta discusión tenía lugar tras aquellos muros y que la Alta Señora debía de estar pidiendo pareceres a diestro y siniestro, temiendo un engaño o una falsificación. Sin embargo, en este caso concreto, y a pesar de ser la mentira mi gran especialidad, la autorización que había entregado era estrictamente auténtica, firmada y sellada por el propio Juan XXII la noche en que me encomendó la desagradable misión que para él y para mi Orden estaba llevando a cabo a lo largo del Camino de Santiago.

Doña María de Almenar volvió con un gesto adusto en la cara.

—Seguidme, don Galcerán.

Salimos a un bello claustro de grandes proporciones que abandonamos al momento, girando dos veces hacia la siniestra por un carrejo que nos dejó en otro claustro más pequeño y de aspecto mucho más antiguo.

—Esperad aquí —dijo—. Doña Isabel vendrá pronto. Os halláis en la parte del monasterio que llamamos «las claustrillas». Era el jardín de la antigua mansión de recreo que los reyes de Castilla utilizaban para holgar lejos de los problemas del reino. Es por ello que este cenobio se llama Las Huelgas.

Yo no la estaba escuchando y tampoco noté su ausencia cuando desapareció. Con la mirada fija en los parterres, estaba muy ocupado intentando detener los impetuosos latidos de mi corazón. Tenía tanto o más miedo que en mis lejanos días de batalla cuando, armado hasta los dientes y cubierto por la armadura, me lanzaba al galope hacia el campo enemigo siguiendo la estela de mi gonfalón. Sabía que debía matar —y morir si llegaba el caso—, pero mis piernas no flaqueaban, ni temblaban mis manos como en aquellos momentos. Me hubiera gustado vestir hábitos nuevos y lucir la barba limpia y bien peinada, ir armado con espada y cubierto por el largo manto blanco con la cruz negra ochavada de los hospitalarios. Pero, lamentablemente, sólo vestía la mísera indumentaria de un jacobípeta pobre, y eso no era mucho para una dueña como Isabel de Mendoza.

Isabel de Mendoza... Todavía podía oír su risa infantil resonando por los corredores del castillo de su padre y ver el brillo de las llamas reflejado en sus hermosos ojos azules. Recordaba muy bien, para mi desgracia, el tacto aterciopelado de su joven piel y las formas de su cuerpo y, sin gran esfuerzo de memoria, podía revivir aquellos instantes en que se me entregaba entera, arrebatados ambos por la pasión propia de la mocedad. En uno de aquellos escasos momentos, fuimos descubiertos por su vieja aya —doña Misol se llamaba, jamás olvidaré su nombre—, que corrió a informar de nuestro delito a su padre, don Nuño de Mendoza, muy amigo del mío, en cuya casa estaba sirviendo yo como escudero. Aquello hubiera podido representar el final de mis posibilidades de ser nombrado caballero (don Nuño pidió al obispo de Álava un juicio de honor contra mí), pero, por intercesión de mi padre, tuve la suerte de poder profesar en la Orden Militar del Hospital de San Juan de Jerusalén. Fui separado de Isabel y de mi familia y enviado a Rodas a la edad de diecisiete años, sin que nadie me informara nunca del nacimiento de Jonás.

—Mi señor Galcerán de Born... —exclamó una voz a mi espalda. ¿Era la voz de Isabel? Podía serlo, pero no estaba seguro. Habían transcurrido quince años desde la última vez que la oí y ahora sonaba más aguda, más estridente. ¿Era Isabel quien estaba detrás de mí? Podía serlo, pero no estaría seguro hasta que no me diera la vuelta, y no tenía fuerzas para hacerlo. Me ahogaba. Con un firme acto de voluntad, conseguí avasallar mis miedos y giré sobre mí mismo.

—Mi señora doña Isabel... —atiné a pronunciar.

Unos ojos azules me miraban con curiosidad y espanto. En torno a ellos, el grueso óvalo de una cara desconocida, aunque lejanamente parecida a la de Jonás, enmarcaba unas cejas finas y una amplia frente depilada, así como unos pómulos cortantes que yo no recordaba. Gran cantidad de afeites, polvos y colores distorsionaban su apariencia. ¿Quién era aquella mujer?

—Es un placer volver a veros después de tantos años —dijo secamente, desmintiendo con el tono sus palabras de bienvenida. Sus ropajes negros conforme a la regla bernarda (cubiertos, eso sí, de hermosas joyas), y la toca que escondía sus cabellos, me desconcertaron. No la reconocía. Entrada en años y en carnes, en nada se parecía a mi preciosa Isabel. No, no sabía quién era aquella dueña de avanzada edad y semblante agriado.

—Lo mismo digo, señora. Mucho es el tiempo que ha pasado, en efecto.

Como por ensalmo desaparecieron mis temores, mis angustias y mis dolores. Todo mi trastorno se desvaneció en humo.

—¿Y cuál es el motivo de vuestra extraordinaria visita? Habéis levantado verdadero revuelo en el cenobio, y la Alta Señora no sabe bien qué pensar sobre vos y vuestros documentos.

—Aclaradle a la Alta Señora que los documentos son auténticos y que están en regla. Mucho me está costando haberlos conseguido, pero doy mis esfuerzos por bien empleados.

—Paseemos, don Galcerán. Las Claustrillas, como veis, es un lugar apacible.

De fondo se oía el ruido del agua de una fuentecilla y el canto de los pájaros. Todo era paz y serenidad..., incluso en mi corazón. Iniciamos así un recorrido por las galerías, cuyos arcos, sobrios y carentes de adornos, descansaban sobre columnas pareadas.

—Decid, señor, a qué debo el honor de esta visita.

—A nuestro hijo, doña Isabel, al joven García Galceráñez, abandonado en el cenobio de Ponç de Riba hace poco más de catorce años.

La dueña reprimió un sobresalto encubriendo su confusión con una sonrisa seca.

—No existe tal hijo —mintió.

—Sí que existe. Es más, ahora mismo se encuentra

en el vecino albergue del Hospital del Rey, descansando, y os aseguro que nadie en su sano juicio podría negar lo evidente: tiene vuestra misma cara, fielmente reproducida por la naturaleza hasta en los menores detalles. Sólo en el genio, la voz y la estatura se parece a mí. Hace poco, señora, que lo encontré donde vos ordenasteis dejarlo.

—Os equivocáis, señor —rechazó obstinadamente, pero el temblor de sus manos cargadas de anillos la delataba—. Nunca tuvimos un hijo.

—Mirad, dueña, que no estoy para chanzas ni pamplinas. Hace tres años —le expliqué—, trajeron a la enfermería de mi hospital, en Rodas, a un pobre mendigo comido por la lepra. No le quedaban muchas horas de vida y ordené trasladarlo a la sala de los moribundos. Al verme, el hombre me reconoció: era vuestro criado Gonçalvo, ¿os acordáis de él?, uno de los porquerizos del castillo Mendoza, el más joven. Fue Golçalvo quien me contó vuestro parto, ocurrido a principios de junio de 1303, quien me explicó que doña Misol y vos le entregasteis al niño para que lo llevara al lejano monasterio de Ponç de Riba, a cambio de lo cual obtuvo la libertad (de lo que deduzco que vuestro padre estaba detrás del asunto), y quien me explicó que habíais profesado como dueña bernarda en este cenobio de Burgos.

—¡No fui yo la que parió aquel día! —exclamó con vehemencia. Su voz sonaba muy aguda, señal de que se encontraba atrozmente alterada—. Fue doña Elvira, mi dama de compañía, aquella que os hacía reír con su gracejo.

—¡Dejad de mentir, dueña! —bramé, deteniendo mi paseo y mirándola fijamente—. El niño abandonado por Gonçalvo en Ponç de Riba portaba al cuello el amuleto judío de azabache y plata con forma de pez que yo os regalé cierta noche, ¿lo recordáis? Había colgado siempre sobre mi pecho, bajo las ropas, desde que mi madre lo puso allí el día de mi nacimiento hasta que vos os encaprichasteis de él porque os lo habíais clavado en la piel mientras estabais conmigo. Y en la nota dejada junto al niño ¿qué nombre pedíais que recibiera en el bautismo? García, el mismo que me dabais a mí en secreto porque os gustaba mucho desde que habíais oído un poema cuyo héroe se llamaba así.

Isabel, que me había estado contemplando con ojos extraviados y húmedos, se calmó de pronto. Una fría corriente de aire pareció atravesar su cuerpo, calmando su ánimo y dejando cristales de hielo en su mirada. Sus labios se curvaron en una mueca que pretendía ser una sonrisa y me observó con desprecio:

—¿Y qué? ¿Qué importa que diera a luz un hijo? ¿Qué importa un bastardo más o menos en este mundo? No fui la primera ni seré la última en parir ilegítimos. También la Alta Señora tuvo un hijo con un conde antes de profesar y nadie viene a recordárselo ni a echárselo en cara.

—No habéis entendido nada —murmuré apenado.

—¿Qué tengo que entender, que habéis venido con nuestro hijo a sacarme de aquí, que queréis formar una familia a la vejez? ¡Eso es...! —me escupió a la cara—. ¡Queréis una boda entre monje y monja, con nuestro bastardo como obispillo!

—¡Basta! —grité—. Basta...

—No sé qué pretendíais al venir, pero sea lo que sea, no lo conseguiréis.

—Vos no erais así antes, Isabel —me lamenté—.

¿Qué os ha pasado? ¿Por qué os habéis vuelto tan ruin?

—¿Ruin? —se sorprendió—. He pasado quince años de mi vida, los mismos que tenía cuando llegué, encerrada entre estos muros por vuestra culpa.

—¿Por mi culpa? —pregunté asombrado.

—Vos, al menos, fuisteis enviado a ultramar. Viajasteis, conocisteis mundo y estudiasteis, pero ¿y yo? Yo me vi confinada a la fuerza en este cenobio, sin más entretenimiento que los rezos ni más música que los cantos litúrgicos. Aquí dentro la vida no es fácil, señor... Mi tiempo pasa entre chismorreos, comadreos y murmuraciones. Lo que más me entretiene es crear alianzas y enemistades que invierto, por gusto, al cabo de un tiempo. Lo mismo hacen las demás, y la vida se nos pasa en estos vacuos menesteres. Excepto la Alta Señora y las sorores más próximas a ella, y las cuarenta legas que llevan la casa, las demás no tenemos gran cosa que hacer. Y así un día tras otro, un mes tras otro, un año tras otro...

—¿De qué os quejáis? Vuestra vida no hubiera sido muy diferente fuera de aquí, Isabel. Si nuestros abolengos hubieran sido parejos y nos hubieran casado, o si os hubieran casado con otro, ¿qué cosas distintas habríais hecho?

—Habría hecho traer a los mejores juglares del reino para escucharles junto al fuego en las noches de invierno —empezó a enumerar—, habría paseado a caballo por nuestras tierras, como paseaba por las de mi padre, y habría tenido con vos muchos hijos que hubieran ocupado mi tiempo. Habría leído todos los libros y os habría convencido para que peregrinásemos a Santiago, a Roma e, incluso —dijo riendo—, a Jerusalén.

Habría dirigido vuestra casa, vuestra hacienda y vuestros criados con mano firme, y os habría esperado cada noche en el lecho...

Se detuvo de pronto, con la mirada perdida, dejando la frase en el aire.

—No pudimos prever que doña Misol nos descubriría —murmuré.

—No, no pudimos, pero el caso es que nos descubrió y que nos separaron, y que vos no hicisteis nada para impedirlo, y que, nueve meses después, de mí nació un niño que me quitaron, y que luego me trajeron aquí y que aquí sigo, y que aquí seguiré hasta mi muerte.

—Yo no podía hacer nada contra vuestro padre y el mío, Isabel.

—¿No...? —inquirió con desprecio—. Pues yo, de haber sido vos, sí que hubiera podido.

—¿Y qué hubierais hecho, eh? —quise saber.

—¡Os hubiera raptado! —exclamó sin un asomo de duda en la cara. ¿Cómo podía explicarle que su padre me había hecho azotar hasta casi matarme, que me había encerrado en la torre-cárcel del castillo, y que allí me retuvo a pan y agua hasta que, inerte e privado, me entregó a los hombres del Hospital? Después de todo, nuestras vidas ya no tenían arreglo, pero había otra vida que sí lo tenía, y era por eso que yo estaba allí.

—Debí raptaros, sí... —acepté apesadumbrado—. Pero os suplico que penséis alguna vez que si vos, por vuestra parte, no tuvisteis opción, yo, por la mía, tampoco la tuve. Pero el futuro que a nosotros nos quitaron, Isabel, podemos dárselo a nuestro hijo.

—¿De qué estáis hablando? —preguntó con acritud.

—Dejad que le diga a García cuál es su auténtico

origen, entregadle cartas de legitimidad como Mendoza y yo haré lo propio como De Born. No he querido contarle la verdad sin tener vuestro consentimiento. Es cierto que mi padre puede adoptarle si se lo pido, pero vuestro linaje es superior al mío y, como imaginaréis, me gustaría que él lo tuviera. Vos no perderíais mucho (vuestro hermano y vos sois los últimos Mendoza y ambos carecéis de descendencia legítima) y él obtendría el lugar que le corresponde por nacimiento. Cuando vuelva a Rodas, lo dejaré al cuidado de mi familia para que sea nombrado caballero al cumplir los veinte años. Es un muchacho admirable, Isabel, es bueno e inteligente como vos, y extremadamente guapo. Sólo os diré que, en París, alguien que conocía a vuestro hermano Manrique le asoció rápidamente con vuestra familia. Es, quizá, demasiado alto para su edad; a veces temo que se le descoyunten los huesos, porque está muy flaco. Y ya exhibe bozo en la cara.

Hablaba sin parar. Quería crear en Isabel vínculos afectivos con su hijo. Pero, desgraciadamente, no tuve éxito. Quizá si hubiera recurrido a un ardid, a una estratagema, lo hubiese conseguido, pero ni siquiera se me había pasado por la cabeza. Soy un mentiroso y un perjuro, es verdad, pero hay ciertas cosas con las que mi conciencia no transige.

—No, don Galcerán, no acepto vuestra propuesta. Os repito, por si no me habéis oído con suficiente claridad, que, amén de cuestiones hereditarias ya resueltas en este momento y que se verían gravemente alteradas, yo no tengo ningún hijo.

—¡Pero eso no es cierto!

—Sí lo es —repuso firmemente—. A mí me enterraron aquí a los quince años y muerta estoy, y los muertos no pueden hacer nada por los vivos. El día que crucé el umbral de este cenobio por primera y última vez supe que todo había terminado para mí y que sólo me restaba esperar la muerte al cabo de unos años. Yo ya no existo, dejé de existir cuando profesé, sólo soy una sombra, un fantasma. Tampoco vos existís para mí, ni existe ese hijo que está ahí afuera... —Me miró sin expresión—. Haced lo que queráis, contadle quién es su madre si os place, pero decidle que jamás podrá conocerla. Y ahora, adiós, don Galcerán. Se acerca la hora nona y debo acudir a la iglesia.

Y mientras Isabel de Mendoza desaparecía para siempre por debajo de las hojas y las flores de piedra que ornaban el arco de la puerta, sonaron las campanas del monasterio llamando a las dueñas a la oración. Allí quedaba la mujer que había marcado mi vida para siempre tanto como yo había marcado la suya. Ninguno de los dos hubiéramos sido los que éramos en aquel momento de no habernos conocido y enamorado. De algún modo, su destino y el mío, aunque a distancia, permanecerían entrelazados, y nuestras sangres, unidas, cruzarían los siglos en los descendientes de Jonás... ¡Jonás...!, recordé de pronto. Debía regresar sin tardanza al albergue.

Abandoné el cenobio y salvé en un suspiro la distancia que me separaba del Hospital del Rey. Estaba oscureciendo rápidamente y ya cantaban los grillos en la espesura. Encontré al muchacho jugando en la explanada, frente al edificio, con un enorme gato pardo que parecía tener malas pulgas.

—¡Ya están sirviendo la cena, *sire*! —gritó al verme—. ¡Daos prisa, que tengo hambre!

—¡No, Jonás, ven tú aquí! —le grité a mi vez.

—¿Qué ocurre?

—¡Nada! ¡Ven!

Echó una carrera hacia mí con sus largas piernas y se plantó a mi lado en un instante.

—¿Qué queríais?

—Quiero que mires bien el monasterio de dueñas que tienes delante.

—¿Hay en él alguna pista templaria que desvelar?

—No, no hay ninguna pista templaria.

¿Cómo empezar a contarle...?

—¿Entonces? —me urgió— Es que tengo mucha hambre.

—Mira, Jonás, lo que tengo que decirte no es fácil, así que quiero que me prestes atención y que no digas nada hasta que termine.

Todo se lo expliqué sin tomar un maldito respiro. Empecé por el principio y terminé por el final, sin omitir nada ni ahorrarle nada, sin disculparme, aunque disculpando a su madre, y cuando hube acabado —para entonces era ya noche cerrada—, di un largo suspiro y me callé, agotado. El silencio se prolongó durante largo rato. El muchacho no hablaba, ni siquiera se movía. Todo a nuestro alrededor estaba en suspenso: el aire, las estrellas, las sombras elevadas de los árboles... Todo era quietud y silencio, hasta que, de pronto, inesperadamente, Jonás se puso en pie de un salto y, antes de que yo tuviese tiempo de reaccionar, echó a correr como un gamo en dirección a la ciudad.

—¡Jonás! —grité, corriendo tras él—. ¡Eh! ¡Detente, vuelve!

Pero ya no podía verle. El muchacho había sido tragado por la noche.

No supe nada de él hasta la tarde siguiente, cuando un criado de don Samuel, el pariente de Sara, vino a buscarme con el encargo de acompañarle a la aljama. Desde el primer momento supe que había acudido junto a la hechicera.

La casa de don Samuel era la más grande de su calle, con diferencia respecto a las otras, y aunque su fachada no lo aparentaba, el interior ostentaba el lujo propio de los palacios musulmanes. Multitud de servidores circulaban atareados por las salas que atravesé hasta llegar al blanco patio en el que, sentada sobre el brocal de piedra de un pozo bajo, me estaba esperando Sara. Verla no calmó mi inquietud, pero, al menos, alivió mucho mi corazón.

—No quisiera que os preocuparais por vuestro hijo, *sire* Galcerán. Jonás se encuentra bien y ahora duerme. Pasó la noche aquí y ha permanecido todo el día encerrado en el cuarto que don Samuel le ha dado en el piso superior —me explicó Sara al verme. Llamó poderosamente mi atención lo pálida que estaba (los lunares se le destacaban en exceso, observé) y lo cansada que parecía, como si no hubiera dormido en varios días—. Jonás me contó lo sucedido.

—Entonces no puedo añadir nada más. Ya lo sabéis todo.

—Tomad asiento junto a mí —me pidió la hechicera palmeando la piedra y esbozando una tenue sonrisa—. Vuestro hijo está indignado... En realidad, sólo está enfadado con vos.

—¿Conmigo?

—Afirma que habéis permanecido dos años a su lado sin confesarle la verdad, tratándole como a un vulgar escudero.

—¿Y cómo quería que le tratara? —pregunté, imaginándome, por desgracia, la respuesta.

—Según sus propias palabras —y Sara bajó el timbre de la voz para imitar la de Jonás—: «Conforme a la dignidad que mi estirpe merecía».

—¡Este hijo mío es idiota!

—Sólo es un niño... —terció Sara—. Sólo un niño de catorce años.

—¡Es un hombre y, además, un majadero! —exclamé. ¡Yo sí que estaba indignado y enfadado! ¡Ni De Born, ni Mendoza: Asno, simplemente Asno!—. ¿Ése era todo su disgusto? —pregunté, furioso—. ¿Por eso echó a correr como una liebre en mitad de la noche y vino a buscaros a vos?

—No comprendéis nada, *sire* Galcerán. ¡Naturalmente que no es esa tontería lo que le hace daño!, pero como no sabe expresarlo de otra forma, dice lo primero que le viene a la cabeza. En realidad, supongo que a lo largo de sus catorce años de vida ha debido de pensar muchas veces acerca de sus orígenes, acerca de quién sería él, quiénes serían sus padres, si tendría hermanos... En fin, lo normal. Ahora, de golpe, descubre que su padre es un caballero de noble estirpe, un gran físico, y que su madre es, nada más y nada menos, una mujer de sangre real. ¡Él, el pobre *novicius* García, abandonado al nacer, hijo vuestro y de Isabel de Mendoza! —Los ojos de Sara estaban rodeados por profundos cercos oscuros y me fijé que tenía los párpados levemente rojizos e hinchados, y, aunque hablaba con el donaire de siempre, se notaba que le costaba un gran esfuerzo hilar las palabras y las ideas—. Añadid a la mixtura —continuó— que vos, su padre, habéis pasado dos años a su lado sin decirle nada, cuando es evi-

298

dente que teníais planes para su vida, puesto que le sacasteis del cenobio, os lo llevasteis con vos a recorrer mundo y le confiasteis, al parecer, importantes secretos. Todo menos confesarle aquello que, para él, hubiera sido lo más importante.

—¿Habéis visto a Manrique de Mendoza? —le pregunté a bocajarro.

Sara guardó silencio. Pasó la palma de la mano sobre la piedra del pozo y luego, levantando la mirada hacia mí, la sacudió sobre la falda de su vestido.

—No.

—¿No?

—No. Los criados de su casa me informaron de que él, su esposa Leonor de Ojeda, y su hijo recién nacido se encuentran descansando en su palacio de Báscones, a unas setenta millas de aquí hacia el norte.

—¿Ha contraído esponsales y tiene un hijo legítimo? —balbucí.

—Así es. ¿Qué os parece?

Mi asombro no tenía fin. Ya sabía que, después de la disolución de la Orden del Temple, algunos *freires* aragoneses y castellanos, en lugar de huir hacia Portugal, habían optado por permanecer en las cercanías de sus antiguas encomiendas, bien como monjes en monasterios próximos, bien como caballeros sin oficio ni beneficio que vivían con los maravedíes que les pagaba mi Orden, o bien, más comúnmente, como lo que eran antes de profesar, pues habían quedado totalmente liberados de sus votos religiosos al desaparecer la Orden. Era lógico, pues, que *freire* Manrique, al recuperar su condición de seglar, hubiera contraído matrimonio, pero no dejaba de ser sorprendente hasta cierto punto, porque no cabía ninguna duda sobre la condición de cancerberos de todos esos antiguos templarios —guardianes, defensores y depositarios de propiedades, tesoros y secretos—, que, en realidad, seguían siendo fieles a su Regla. Por otro lado, ahora me resultaba más fácil explicarme la decisión de Isabel de no reconocer a su hijo, y comprendía cuáles eran esas «cuestiones hereditarias ya resueltas en este momento que se verían gravemente alteradas»: Manrique tenía un heredero legítimo y no aceptaría de grado que su hermana aportara un bastardo a la familia.

—Lo lamento, Sara, lo lamento de verdad por vos —mentí. En realidad no lo lamentaba en absoluto.

—Aunque su matrimonio fuera un matrimonio de conveniencia —razonó—, no me avendría a tener tratos con él. No me gusta compartir al hombre que amo, ni verlo saltar de una cama a otra, y mucho menos si esa *otra* es la mía. La que esté dispuesta a aguantarlo, que lo haga, pero yo no.

—Quizá os sigue amando... —apunté, deseoso de ver hasta dónde llegaban sus sentimientos y hasta dónde era firme su voluntad de no regresar con él—. Ya sabéis que no es el amor quien decide los matrimonios.

—Pues lo siento mucho, pero para mí, tres son multitud. He venido hasta aquí buscándole, he recorrido muchas millas para volver a verle, y me daba igual que fuera *freire*, *monacus* o el mismísimo Papa de Roma. Pero con otra... ¡Con otra, no!

—Respetáis, pues, el matrimonio —sugerí por pura maldad; quería verla enfurecida con Manrique, rabiosa.

—¡Lo que respeto es mi orgullo, *sire*! Me niego a contentarme con la mitad de lo que viene a buscar entero. No me vendo tan barata.

—Eso en el caso de que él os siguiera amando, porque quizá ama a su esposa.

—Quizá... —murmuró bajando la vista.

—¿Y qué pensáis hacer? No podéis volver a Francia. Tal vez don Samuel podría ayudaros a comprar a buen precio una casa en esta aljama.

—¡No quiero quedarme en Burgos! —exclamó con rabia—. ¡Lo último que haría en mi vida sería quedarme en Burgos! No quiero volver a ver nunca a Manrique de Mendoza, nunca, ni por casualidad.

—¿Entonces?

—¡Dejad que siga camino con Jonás y con vos hasta que encuentre un lugar donde quedarme! —imploró—. No haré preguntas. No me inmiscuiré en vuestros asuntos. Ya habéis podido comprobar que ni siquiera ante algo tan grave como lo sucedido en San Juan de Ortega he cometido la torpeza de querer saber. ¡Seré ciega, sorda y muda si me dejáis acompañaros!

—No me parece conveniente —murmuré apenado.

—¿Por qué? —se inquietó.

—Porque viajar con vos en esas condiciones sería un infierno: estaríais tropezando y cayendo a cada instante.

Y solté una carcajada tan grande que se oyó incluso en la calle. ¡Había conseguido, por primera vez, vencer a la hechicera!

Al día siguiente, muy temprano, salimos de Burgos en dirección a León y pronto avistamos la población de Tardajos. Aunque apenas una milla separa esta aldea de su vecina Rabé, atravesando las ciénagas pudimos comprender la verdad del dicho:

De Rabé a Tardajos,
no te faltarán trabajos.
De Tardajos a Rabé,
¡libéranos, Dominé!

Pero, para trabajos, los que tenía yo viajando con Sara y Jonás aquel día: el chico no hablaba, no miraba y casi ni estaba, y la judía, con un nubarrón en la frente, parecía sumida en negras reflexiones. Me aliviaba comprobar que no era de pena su gesto, y que ni dolor ni tristeza empañaban sus pupilas cuando me miraba. Era, más bien, furia contenida, indignación. Y a mí, aliviado del peso de una sombra que había lacrado mi vida durante años, aquello me parecía magnífico. Me sentía bien, contento y satisfecho, mientras avanzaba hacia un destino desconocido con aquel patán de hijo y la mujer más sorprendente del mundo.

Pasada una desolada e interminable meseta llegamos a Hornillos, en cuya entrada se elevaba un espléndido hospital de San Lázaro, y al poco, después de un tramo de peñascales, al pueblo de Hontanas. Para entonces la luz del día declinaba ya y teníamos que empezar a buscar un lugar donde pasar la noche.

—Por aquí no hay albergues —nos dijo un lugareño mientras blandía el cayado contra una piara de cerdos—. Seguid adelante, hasta Castrojeriz, que no está lejos. Seguro que encontraréis sitio. Pero si queréis un consejo —farfulló— no sigáis hoy la calzada. Esta noche los monjes de San Antón reciben a los malatos y el Camino pasa justo por delante de la puerta. Habrá muchos de ellos rodeando el monasterio.

—¿Hay por aquí un cenobio de antonianos? —pregunté incrédulo.

—Así es, señor —confirmó el porquero—. Y bien que lo sentimos los que vivimos cerca, porque aparte de los leprosos conocidos (los nuestros, quiero decir), y de los que peregrinan a Compostela buscando el perdón y la salud, cada semana, tal día como hoy, esos malditos malatos del Fuego de San Antón nos llegan a centenares.

—¡Antonianos, aquí! —resoplé. No podía ser, me dije confuso, ¿qué estaban haciendo en el Camino del Apóstol? Calma... Debía pensar con cordura y no dejarme arrastrar por la sorpresa. En realidad, si me paraba a reflexionar, la verdadera pregunta era: ¿por qué me sorprendía yo de encontrar a los extraños monjes de la Tau en un Camino extrañamente lleno de Taus? Hasta ahora, el «Tau-aureus», el signo del oro, había aparecido en la imagen de santa Orosia (en Jaca), en la pared de la tumba de santa Oria (en San Millán de Suso), y en el capitel de san Juan de Ortega, y siempre indicando de forma cabal la presencia de tesoros templarios ocultos. Ahora, de pronto, se presentaba en su aspecto más desconcertante: un cenobio de antonianos ubicado a medio camino entre Jaca y Compostela.

El porquero se alejó de nosotros golpeando con la vara los perniles de sus cerdos, y Sara y Jonás se quedaron mirándome desconcertados mientras yo permanecía clavado al suelo como si hubiera echado raíces.

—Parece que la presencia de esos *freires* os ha trastornado —dijo Sara escrutándome con la mirada.

—Caminemos —ordené secamente por toda respuesta.

Ni una sola vez, desde que encontramos el mensaje de Manrique de Mendoza, había relacionado la Tau con los monjes antonianos. Su existencia quedaba para mí demasiado lejos de aquella intriga, y, sin embargo, nada más lógico que hallarlos dentro. Aunque ni ricos ni poderosos, los antonianos compartían con los *freires* del Temple los conocimientos fundamentales de los secretos herméticos y habían sido designados, al decir de algunos, como herederos directos de los Grandes Misterios. Eran, en apariencia, los hermanos menores de los poderosos *milites Templi Salomonis*, esos segundones que toda familia, a falta de una herencia mejor que dejarles, destina a la Iglesia y que, dentro de ella, descollan por su prudencia, astucia y eficacia. Apenas tenían cinco o seis congregaciones repartidas entre Francia, Inglaterra y Tierra Santa, y de ahí mi sorpresa al descubrir su inesperada presencia en Castilla. Por alguna extraña razón que no se me alcanzaba, vestían hábito negro con una gran Tau azul cosida sobre el pecho.

Estaba intentando recordar con esfuerzo todo cuanto sabía acerca de ellos, buscando algún dato olvidado que pudiera relacionarlos con mi misión, cuando Sara, que caminaba a mi diestra, me preguntó por qué parecían inquietarme tanto esos monjes. Hubiera preferido que la curiosidad procediera de Jonás, pero éste continuaba encerrado en su terco mutismo. Aún así, deseaba que atendiera a mis palabras y que relacionara por sí solo lo que yo, por estar Sara delante, no podía explicarle.

—Los antonianos —empecé—son una pequeña Orden monástica cuyo origen está envuelto en una espesa niebla. Todo lo que se sabe es que nueve caballeros del Delfinado[1] (nueve, ¿os dais cuenta?) —Sara

---

1.   Delfinado (Dauphiné), antigua provincia fronteriza al sureste de Francia.

afirmó sin comprender, para que siguiera hablando, y Jonás levantó la mirada del suelo por primera vez—, partieron hace más de doscientos años hacia Bizancio en busca del cuerpo de Antonio el Ermitaño, el anacoreta de Egipto, canonizado como san Antonio Abad y llamado también san Antón, que obraba en poder de los emperadores de Oriente desde que fuera milagrosamente descubierto en el desierto. A su vuelta, las reliquias se instalaron en el santuario de La Motte-Saint Didier y los nueve caballeros crearon la Orden antoniana, puesta bajo la advocación y el patronazgo del santo eremita y de la santa anacoreta María Egipcíaca, que vivió oculta en el desierto durante cuarenta y seis años hasta que fue hallada por el monje Zósimo.

—¿Santa María Egipcíaca? —se extrañó Sara—. ¿Es que los cristianos habéis canonizado a una bruja?

Jonás, perdido el protagonismo por culpa de los antonianos y a punto de reventar de curiosidad, ya no pudo seguir forzando su aislamiento.

—¿Quién es una bruja? —preguntó.

—Pues María Egipcíaca.

Sonreí para mis adentros.

—¿Por qué? —continuó preguntado.

—Porque santa María Egipcíaca —le expliqué yo, adelantándome—, era en realidad la bella prostituta alejandrina Hipacia, famosa por su brillante inteligencia, fundadora de una poderosa e influyente escuela en la que, entre otras materias, se enseñaba matemáticas, geometría, astrología, medicina, filosofía...

—Y también nigromancia, alquimia, taumaturgia, magia y brujería —añadió Sara.

—Sí, y también todo eso —confirmé.

—¿Y por qué la santificaron?

Un gran resplandor comenzó a vislumbrarse a lo lejos, entre las sombras lejanas. La caminata era agradable, la luna brillaba, menguante, en lo alto, y el descenso volvía ligeros y veloces los pies.

—En realidad, no la santificaron a ella. Lo cierto es que Hipacia encontró un furibundo enemigo en la persona de san Cirilo, cuyas iracundas homilías predispusieron a la chusma contra ella. Esto ocurría en Egipto a finales de la cuarta centena. Se sabe poco sobre lo ocurrido, pero parece ser que Hipacia tuvo que huir al desierto para evitar la muerte y que cuarenta y seis años después fue encontrada (o eso dice al menos la leyenda) por el bienaventurado varón Zósimo. La Iglesia de Roma, en su afán por explicar el portento de su insólita supervivencia, de los extraños poderes que exhibía y de sus milagros, la renombró como María y la consagró en los altares. O sea, que inventaron una persona nueva.

—¿Qué extraños poderes?

—Podía conocer el pensamiento de los demás, permanecer inmóvil durante días y semanas sin ingerir alimentos y sin que se le encontrase el aliento, mover objetos sin tocarlos y realizar prodigiosas sanaciones.

—Las hechiceras —apostilló Sara, negándose a perder a su patrona y maestra— utilizamos muchas de sus antiguas fórmulas en nuestra magia actual.

Nos habíamos acercado bastante al origen del resplandor y difícilmente olvidaríamos nunca la imagen que se mostraba ante nuestros ojos: una construcción tan espigada que se perdía en la noche oscura, de formas sobrecogedoras, cuya sagrada ornamentación, cargada de agujas, chapiteles y gabletes, parecía hecha más para asustar almas que para calmar espíritus, surgía aterradoramente iluminada por las llamas de cientos de antorchas portadas por los aquejados del Fuego de san Antón. Algunos, los más, avanzaban por su propio pie con mayores o menores dificultades apoyados en un bordón, pero otros sólo podían hacerlo con la ayuda de familiares que los llevaban sobre los hombros o en angarillas. Lo que nosotros veíamos desde la distancia era un interminable río de fuego que giraba lentamente alrededor del monasterio impulsado por una fuerza misteriosa. Pero lo más curioso era que, a través de los altos y estrechos ventanales, se filtraba desde el interior una extraña luz azul, producto, seguramente, de los cristales de las vidrieras. En cualquier caso, fuera lo que fuera lo que provocara aquel resplandor, el resultado era pavoroso.

El Camino, totalmente invadido por enfermos a lo largo de un enorme trecho, pasaba por debajo de un arco que unía la puerta del monasterio con unas alacenas situadas enfrente, y allí mismo, en lo alto de las escalinatas, un reducido grupo de monjes antonianos repartía entre la muchedumbre minúsculas medallitas de latón con el símbolo de la Tau, medallitas que pudimos observar en manos de quienes ya se marchaban. Aquel que debía de ser el abad, con su báculo en forma de Tau tocaba ligeramente a quienes pasaban bajo el arco, al tiempo que los monjes enarbolaban en sus manos otras Taus menores con las que impartían bendiciones.

—No debemos mezclarnos con los leprosos —comentó Sara haciendo un gesto de aprensión.

—¡Patrañas! Debéis saber que en mis muchos años de trabajo con apestados jamás he conocido a nadie que se contagiara. Yo mismo, sin ir más lejos.

—De todos modos, no quiero pasar por allí.

—Ni yo tampoco, por si acaso —apuntó Jonás.

—Está bien, no preocupaos. No pasaremos. Es más —añadí—, acamparemos tras aquel recodo y pasaremos la noche al raso.

—¡Moriremos de frío! ¡Nos helaremos!

—Es un pequeño inconveniente, pero estoy seguro de que mañana estaremos vivos.

Encendimos un buen fuego al abrigo de una roca y nos dispusimos a cenar sentados en el suelo sobre nuestras capas. Sacamos de las escarcelas las viandas que traíamos desde Burgos y, con la ayuda de dos palos y un espetón, asamos unos pedazos de ternera —desangrada según la ley de Moisés— que nos había regalado don Samuel para el viaje. No hablábamos mucho: ellos, porque habían vuelto cada uno a sus extravíos mentales, y yo, porque estaba ocupando planeando la manera de entrar esa noche en el monasterio de los antonianos.

Una de las cosas que más me preocupaba era la afinidad de Sara con los templarios (al margen del desplante de Manrique). En realidad, estaba deseando contarle el motivo de nuestra peregrinación, de manera que Jonás y yo pudiéramos actuar con libertad sin tener que andarnos con disimulos y zarandajas. Pero contarle a Sara lo que estábamos haciendo era ponerla en peligro con Le Mans, así que, mal si no se lo contaba, pero también mal si se lo contaba. Por otro lado, la actitud de Jonás tampoco me ayudaba mucho a la hora de tomar una decisión, pero antes o después tendríamos que volver a la normalidad y, de hecho, por muy grande que hubiera sido su disgusto, era la primera vez que no amenazaba con volver corriendo al cenobio de Ponç de Riba, lo cual me indicaba que, aunque a las malas, por el momento deseaba continuar a mi lado.

—Jonás —le llamé.

Sólo obtuve el silencio por respuesta.

—¡Jonás! —repetí, armándome de paciencia, aunque sin disimular mi creciente enojo.

—¿Qué deseáis? —farfulló con disgusto.

—Necesito que me ayudes a tomar una decisión. Sara sabe de sobra que nuestro viaje obedece a algún motivo que nada tiene que ver con una devota peregrinación y, si alguna duda le hubiera quedado, en Ortega pudo comprobar que algo grave estaba pasando. Mi temor es, por una parte, su amistad con los templarios —Sara volteó rápidamente la cabeza hacia mí, con sobresalto, y me miró de hito en hito—, y por otra, el conde Le Mans. ¿Me entiendes, verdad?

Afirmó con la cabeza y pareció meditar largamente a cerca de mis palabras.

—Creo que debemos confiar en ella —anunció—, y, de todos modos, Le Mans dará por sentado que está enterada y no se andará con minucias.

El fuego chisporroteaba a nuestros pies y, sobre nuestras cabezas, la cúpula celeste aparecía llena de brillantes estrellas.

—Bueno, Sara, Jonás ha decidido con prudencia y yo estoy de acuerdo con él. Escuchad.

Alrededor de una hora tardé en contarle a Sara los aspectos más relevantes del encargo papal, y Jonás, por su parte, añadió los detalles pintorescos con entusiasmo creciente, como si refrescar la memoria le devolviera a la normalidad. Al finalizar el relato, ya me miraba de vez en cuando buscando mi conformidad e, incluso, mi aprobación. Sara, por su parte, escuchaba apasionadamente; el espíritu inquieto de aquella mujer encontraba, al fin, el yantar aventurero que estaba necesitando.

—Teníais razón al preocuparos —dijo cuando acabamos de narrarle los hechos—. Yo también hubiera dudado antes de contar todo esto a una persona que debe mucho a los *freires* templarios, como es mi caso. Pero debo aclararos que, si bien jamás conseguiríais de mí que les traicionara, entiendo que vos, *sire* Galcerán, estáis obligado a llevar a cabo vuestra misión y que sólo cumplís unas órdenes que os han sido dadas por vuestras mayores autoridades. En ningún caso podíais negaros a hacer lo que estáis haciendo, y creo que el acoso del conde Le Mans es buena prueba de lo que digo. Prometo guardar en secreto lo que me habéis confiado —manifestó—, y os ayudaré en lo que pueda siempre y cuando no me pidáis que haga algo que vaya contra mi conciencia y contra el respeto que siento, no ya por templarios como Manrique de Mendoza, a quien, sin dejar de ser un canalla, sin duda debo la vida, sino por hombres como Evrard, buenos y honrados.

—Jamás os pediría nada que pudiera incomodaros, Sara —afirmé—. Sólo vos podéis decidir sobre vuestras acciones.

—Nunca os ofenderíamos, Sara —añadió Jonás, removiendo las brasas con la punta de la sandalia.

—Lo sé, lo sé —murmuró ella, satisfecha.

Los ojos de Sara, iluminados por aquella sonrisa y por el fuego, eran como piedras preciosas, mucho más bellas que las encontradas en Ortega. Por un momento me despisté de lo que tenía que decir a continuación. Hubiera podido mirarla sin cansarme hasta el final del mundo, y aún mucho más, pues por aquel entonces estaba convencido (o me había querido convencer) de que podía sentir y pensar todo lo que quisiera mientras no diera ningún paso contrario a mi Regla, que, como la de los templarios y los teutónicos, prohibía absolutamente el trato con mujeres, a las que (en teoría, al menos) debíamos, incluso, evitar mirar. La prohibición alcanzaba también a nuestras madres o hermanas, a quienes no podíamos besar, como tampoco a «hembra alguna, ni viuda ni doncella». Amar a Sara en silencio y sin esperanza era una condena que yo aceptaba de buen grado, entusiasmado con mis propios sentimientos y convencido de que eso era lo máximo a lo que podía aspirar.

—Pues bien —dije saliendo esforzadamente del arrebato, ya que mi silencio no podía prolongarse más—, esta noche Jonás y yo entraremos en el convento de los antonianos mientras vos, Sara, permanecéis aquí, esperándonos.

—¿Que vamos a entrar dónde? —voceó Jonás, espantado.

—En el cenobio de los antonianos, para descubrir la relación entre los monjes de la Tau y los tesoros templarios.

—¿Lo estáis diciendo en serio? —volvió a vocear mirándome con cara de loco—. ¡De eso nada! ¡Conmigo no contéis!

Bueno, ya volvía a ser el mismo idiota de siempre, lo cual no dejaba de procurarme cierta alegría.

—¡Si no estás dispuesto a continuar ayudándome, ya puedes volverte a Ponç de Riba! ¡Los monjes estarán encantados de recibir de nuevo al joven *novicius* García!

—¡Eso no es justo! —clamó indignado en mitad de la noche.

—¡Pues andando, que se hace tarde! ¡Tú primero!

A regañadientes emprendió el camino hacia el monasterio antoniano, que ahora, solitario y oscuro, parecía más que nunca una sombra maléfica.

Rodeamos los muros con suma precaución para no delatarnos, aunque era inevitable espantar sin querer a los miles de pájaros, cuervos y palomas que anidaban en el suelo, en los árboles cercanos y en los intersticios de los contrafuertes. En la parte posterior de edificio encontramos un portillo cuyos goznes saltaron por los aires fácilmente con ayuda de la daga. Un búho ululó a nuestras espaldas y tanto el chico como yo dimos un respingo, pero todo quedó de nuevo en silencio y nada más se movió por allí. Saqué el portillo de su quicio y, dejándolo a un lado, entramos.

Un corredor pequeño y húmedo nos esperaba al otro lado. Hubiera sido inútil encender una lamparilla porque la luz nos habría delatado, así que tuvimos que esperar un buen rato a que los ojos se nos acostumbraran a la oscuridad. Luego seguimos camino hasta llegar a las cocinas, donde los enormes peroles de hierro semejaban bocas dispuestas a tragarnos en cuando nos acercásemos a ellas. Cruzamos la alacena, muy bien provista de grandes cantidades de alimentos, y entramos, explorando unos largos y sinuosos pasadizos, en la zona más interna del cenobio. Rápidamente llamó mi atención el hecho de que no aparecieran signos religiosos por parte alguna. Antes bien, si me hubieran llevado hasta allí con los ojos vendados y me los hubieran descubierto en alguna de las piezas que atravesamos, hubiese jurado, sin dudarlo, que me encontraba en el interior de un castillo, un palacio o una fortaleza, pues lujosos tapices cubrían los muros, cortinajes de terciopelo azul separaban las estancias, herrajes y cadenas decoraban las paredes libres, y otros muchos objetos que hubiera sido incapaz de nombrar, y ni tan siquiera de describir, se hallaban repartidos sobre las repisas de las chimeneas y el espléndido moblaje.

Yo buscaba, para empezar, la capilla del cenobio, pues todos mis descubrimientos hasta ese momento se habían producido en lugares semejantes, pero dar con una capilla en aquel lugar era más difícil que encontrar una aguja en un granero. Simplemente, no había capilla. Ni capilla, ni iglesia, ni oratorio, ni nada que recordase que aquello era una casa de retiro y oración.

Llevaba rato oyendo a mi diestra y a mi espalda leves rumores como los producidos por la seda de los vestidos de las mujeres al caminar. Al principio no les presté atención, pues eran demasiado imperceptibles como para estar seguro de haberlos oído, pero al cabo del tiempo, y como no cesaban, comencé a preocuparme.

—Jonás —susurré, sujetando al muchacho por una muñeca—. ¿Oyes tú algo?

—Hace rato que oigo cosas que no comprendo.

—Detengámonos y agucemos los sentidos.

Todo era silencio a nuestro alrededor. No había nada que temer, me dije para tranquilizarme. De pronto, una risita se oyó en un rincón. La sangre se me heló en el cuerpo y toda la piel se me erizó como si me hubieran acariciado la nuca con una pluma de ganso. La mano de Jonás se cerró en torno a mi brazo como una garra.

Oímos otra vez la risita mezquina y, como si fuera la señal para el ataque, un río de sonoras carcajadas se desencadenó a nuestro alrededor mientras unos brazos de hierro arrancaban a Jonás de mi lado y otros me sujetaban y maniataban. La llamarada de fuego de una antorcha cruzó como una exhalación ante nosotros, prendiendo otras muchas teas que se hallaban en poder de aquel ejército de espectros. Monjes antonianos, ataviados con sus hábitos negros con la Tau azul en el pecho, ocupaban las paredes de la cámara en la que el chico y yo habíamos entrado sin saber que nos metíamos en un cepo.

—Bienvenido, Galcerán de Born —exclamó alegremente una voz desde la balaustrada de una galería superior—. ¿Os acordáis de mí?

Miré hacia arriba y, entre las tinieblas, examiné detenidamente la silueta del hombre que me hablaba.

—Juraría que sois Manrique de Mendoza —contesté.

—¡Seguís tan listo como siempre, Galcerán! Y ese de ahí presumo que es mi sobrino, el hijo bastardo de mi hermana Isabel. ¡Me alegro de conocerte, García! Me han hablado mucho de ti.

Jonás no pronunció una sola palabra; se limitó a ojear despectivamente a su tío, como si en lugar de mirar a un hombre mirara a una rata o a una larva. Manrique lanzó una sonora carcajada.

—¡Ya me ha dicho Rodrigo Jiménez que has heredado el orgullo de tu padre! ¡Oh, pero si no sabes quién es Rodrigo Jiménez!, ¿verdad? Pues aunque no lo creas, le conoces bastante bien, pero bajo un nombre harto extraño que le dio tu padre: Nadie. A Nadie le gustará mucho volver a verte, García. Dentro de poco estará de regreso, ha ido con sus hombres a buscar a Sara la Hechicera. Por cierto, Galcerán, ¿cómo se os ha ocurrido meterla en esto?

—¿Es acaso necia para no darse cuenta por sí misma? —respondí. No podía verle bien desde donde me hallaba. La luz de las antorchas apenas alcanzaba para dejar vislumbrar su figura en lo alto.

—Pues bien que le habéis explicado esta noche toda la trama —rió—. De todos modos, ya no importa. Vuestro futuro, el de los tres, está escrito, y me temo que no es halagüeño.

—No hace falta que disfrutéis avisándonos de ello —repuse—. Mi hijo y yo afrontaremos lo que sea, aunque me cuesta aceptar que podáis hacerle daño a un niño, pero Sara no tiene por qué pagar con su vida el haber seguido fiel tanto a vos como a vuestra Orden, ya que, si habéis oído nuestra conversación de esta noche, estaréis al tanto de que jamás pensó traicionar a quienes tanto debe y respeta.

—Pero se ofreció a colaborar con vos, *freire*, y eso ya es suficiente.

Cerró la boca porque, de pronto, se oyó un gran estruendo de pasos avanzando por uno de los corredores. Sara apareció ligada y amordazada, seguida por cinco o seis templarios orgullosamente ataviados con sus mantos, ahora prohibidos. Al frente del grupo, más erguido y con una nueva personalidad, avanzaba Nadie, quien, como por arte de magia, se había transformado en un orgulloso *freire* del Temple dos palmos más alto y con presencia de caballero. Me maravilló su capacidad de transformación.

—¡Cuánto bueno por aquí! —exclamó al vernos. También su voz era otra, más grave y menos estentórea—. ¡Don Galcerán! ¡Joven García! Me alegro de volver a veros.

—Comprenderéis, don Nadie —le repliqué fríamente—, que nosotros no podamos decir lo mismo.

—Naturalmente que lo comprendo —dijo, y al mismo tiempo propinó un brusco empellón a Sara, lanzándola con fuerza contra nosotros. Detuve su impulso con mi cuerpo y Jonás logró detenerla antes de que cayera al suelo.

—¡No es necesario emplear la fuerza, hermano Rodrigo! —le reconvino Manrique desde arriba—. Ya los tenemos en nuestro poder y podemos dar por finalizada esta desagradable historia.

Sara se volvió rápidamente hacia la voz que acababa de oír y sus pupilas reflejaron un dolor que, hasta entonces, yo no había observado en ellos... ¡Maldito Manrique de Mendoza! ¡Malditos todos los Mendoza!

—Os equivocáis, *sire* —dije conteniendo mi ira y utilizando a propósito la fórmula seglar para remarcar las distancias entre nosotros—. Esta historia no está finalizada en modo alguno. El papa Juan no parará hasta dar con vuestras riquezas. Su ambición es tan desmedida que, si yo desaparezco, enviará a otro, y luego a otro más, hasta obtener lo que desea.

—No es mi intención adularos, *freire*, pero por muchos sabuesos que envíe, ninguno llegará tan lejos como vos lo habéis hecho.

—Volvéis a equivocaros, *sire*. El Papa es hombre desconfiado y peligroso, y por ello hemos estado vigilados todo el tiempo por uno de sus mejores soldados, el conde Joffroi de Le Mans, que está al tanto de mis descubrimientos. Sólo tiene que explicar lo que me ha visto hacer y alguien continuará desde donde yo me quedé.

El de Mendoza volvió a soltar una de sus estruendosas carcajadas.

—¡El pobre conde Joffroi no llegó a salir de San Juan de Ortega! —exclamó divertido—. No hubiera

316

sido inteligente por nuestra parte dejarle escapar, ¿no os parece? Nuestros espías en Aviñón nos informaron puntualmente de vuestras visitas a Su Santidad durante el mes de julio y, debido a vuestra gran fama, *Perquisitore*, y a que os hacíamos en Rodas, empezamos a preocuparnos: ¿a qué obedecería vuestro regreso y esas entrevistas con Juan XXII? Alguien tan peligroso como vos no acude inocentemente ante Su Santidad dos veces en un mes. Podía tratarse de algo ajeno a nosotros, pero nos pareció más prudente poneros bajo vigilancia, y así, cuando iniciasteis la peregrinación a Compostela supimos que había llegado el momento de actuar. Al hermano Rodrigo, que es uno de nuestros mejores espías, se le encargó la tarea de acompañaros. ¡Pero sois listo, Galcerán! Cuando se habla de vos siempre cuento la anécdota aquella en la que, con quince años, descubristeis, sólo por la forma zurda de coger el jarro, al criado ladrón que se estaba apropiando del vino de mi padre. ¿Os acordáis? ¡Pardiez! Aquello fue espléndido, sí señor. El hermano Rodrigo, que pocas veces ha fracasado, no pudo averiguar nada a pesar de sus esfuerzos y eso nos inquietó mucho más. Cuando vimos que os lo quitabais de en medio con aquel purgante y que el escondite de santa Oria había sido violado, ya no nos cupo ninguna duda. Sólo esperábamos el momento de poder poneros la mano encima. Y ese momento es éste. —Y añadió riendo—: Gracias por venir.

—No me interesa vuestra historia, *sire*. Como vuestro padre, siempre actuáis con jactancia y soberbia. Yo tenía un trabajo que hacer y lo he hecho lo mejor que he podido. Ahora os toca a vos cumplir con el vuestro. Ahorradme, pues, el miserable espectáculo de vuestra absurda petulancia.

Manrique soltó un exabrupto.

—Algún día, Galcerán, comprenderéis las tonterías que un hombre como vos puede llegar a decir en momentos como éste. ¡Cargadlos en el carro! —ordenó perentoriamente, y luego, bajando la voz, dijo—: Adiós, Sara, dulce amiga. Lamento que hayamos vuelto a encontrarnos en estas desgraciadas circunstancias.

Sara le dio la espalda, volviéndose hacia mí, pero no pude fijarme en ella porque los monjes se nos abalanzaron y, antes de que supiéramos cómo, nos encontramos en el interior de un estrecho cajón de madera con un minúsculo respiradero atravesado por barrotes. Era un carretón cerrado para el transporte de presos. Caímos los tres al suelo con la primera sacudida y así iniciamos un viaje, que yo suponía corto y hacia la muerte, pero que duró, en realidad, cuatro días completos, durante los cuales atravesamos a toda velocidad las interminables llanuras castellanas de Tierra de Campos y el pedregoso páramo leonés, oyendo el galope enloquecido de los caballos, los gritos del postillón y el incesante restallar del látigo.

Nuestro viaje culminó en el infierno. Al atardecer del último día, después de atravesar los Montes de Mercurio,[2] nos sacaron a empujones del carretón y nos fajaron los ojos con lienzos negros. Sin embargo, durante un instante tuvimos ocasión de contemplar un paisaje diabólico de sobrecogedores picachos rojos y agujas anaranjadas, salpicado por hoyas de verdes boscajes. ¿Dónde demonios estábamos? A un lado, una colosal emboca-

2. Nombre romano de los Montes de León.

dura de unas dieciséis o diecisiete alzadas[3] daba paso a una galería de paredes rocosas que torcía y serpenteaba hasta perderse de vista en las profundidades de la tierra. A golpes, nos introdujeron en aquel túnel y avanzamos un largo trecho tropezando, resbalando en no sé qué aguas y cayendo al suelo repetidamente, y luego, de pronto, todos mis recuerdos se vuelven confusos: el eco de las voces de mando en aquellos pasadizos ciclópeos se apagó poco a poco en mis oídos después de recibir un violento mazazo en la cabeza.

Cuando desperté había perdido completamente el sentido de la situación y del tiempo. No tenía ni idea de dónde me hallaba, ni por qué, ni en qué día, mes o año. Me dolía horrorosamente la parte posterior del cráneo en la que había recibido el golpe —un poco más arriba de la nuca— y no era capaz de hilar pensamientos con cordura ni de coordinar los movimientos de mi cuerpo. Sufría de una gran angustia en la boca del estómago y no empecé a sentirme mejor hasta después de haber vomitado el alma. Poco a poco fui recuperando la conciencia y me incorporé lastimosamente apoyando un codo sobre las losas del suelo. Aquel sitio apestaba (yo había contribuido a ello) y hacía un frío terrible. Junto a mí, esparcidas en el suelo de cualquier manera, se hallaban nuestras pobres posesiones; al parecer, después de examinarlas bien, no las habían considerado lo suficientemente valiosas como para privarnos de ellas.

A la luz de un débil resplandor que se colaba a través de los barrotes de la puerta, alcancé a ver a Sara y a Jonás, que yacían inconscientes al fondo de la mazmo-

3. Una «alzada» medieval equivale a 1'70 metros.

rra sobre unos montones de paja. Como pude, me acerqué hasta el chico para comprobar que respiraba; después hice lo mismo con Sara, y luego, sin darme cuenta, me dejé caer a su lado y hundí la nariz en el cuello de la hechicera.

Mucho después, cuando desperté de nuevo y me removí, la judía, que apenas se había distanciado lo suficiente para mirarme, me preguntó en un susurro:

—¿Cómo estáis?

No supe qué contestar. Por mi mente pasó la duda de si estaría preguntándome por mi estado o por la comodidad de encontrarme recostado sobre ella. Me incorporé, sintiéndome azorado e inseguro, y me costó lo mío separarme de su cuerpo.

—Me duele horriblemente la cabeza, pero, por lo demás, estoy bien. ¿Y vos?

—También a mí me golpearon —musitó llevándose una mano a la frente—. Pero me encuentro bien. No tengo nada roto, así que no preocupaos.

—¡Jonás! —llamé al muchacho.

Él abrió un ojo y me miró.

—Creo que no... que no... podré volver a moverme nunca más —balbuceó entre gemidos.

—Veámoslo. Levanta una mano. Bien, así me gusta. Ahora el brazo completo. Perfecto. Y ahora intenta mover una de esas piernas que no volverán a caminar nunca más. ¡Espléndido! Estás muy bien. No puedo examinarte el iris porque no hay luz, pero confiemos en tu fuerte constitución y en las ganas de vivir de tu joven cuerpo.

—Deberíamos empezar a pensar en cómo salir de aquí —soltó Sara con impaciencia.

—Ni siquiera sabemos dónde estamos.

—Es evidente que en un calabozo bajo tierra. ¡Este lugar no tiene precisamente el aspecto de un palacio!

Me aproximé a la puerta y, a través de los barrotes, inspeccioné el exterior.

—Es una galería tan larga que no puedo ver el final y la antorcha que nos alumbra está medio consumida.

—Alguien vendrá a reponerla.

—No estéis tan segura.

—Me niego a creer que nos tengan destinado un final tan cruel.

—¿En serio...? —dejé escapar con sarcasmo—. Entonces recordad al papa Clemente, al rey Felipe el Bello, al guardasellos Nogaret, al *frere* de san Juan de Ortega, y al desgraciado conde Le Mans.

—Eso es distinto, *freire*. A nosotros no nos dejarán morir así, confiad en mí.

—Mucho creéis vos en la virtud templaria.

—Me crié en la fortaleza del Marais, os lo recuerdo, y los templarios salvaron mi vida y la de mi familia. Los conozco mejor que vos y, estoy segura de que, dentro de poco, alguien vendrá a reponer la antorcha y espero que también a traernos comida.

—¿Y si no es así? —preguntó el chico atemorizado.

—Si no es así, Jonás —le respondí yo—, nos prepararemos para bien morir.

—¡*Sire*, por favor! —desaprobó Sara de muy malas maneras—. ¡Dejad de atemorizar a vuestro hijo con tonterías! No te preocupes, Jonás. Saldremos de aquí.

Poco más cabía hacer sino esperar la llegada de algún ser vivo a través de aquella silenciosa galería. Por mi cabeza pasaban diferentes proyectos: si la ocasión resultaba propicia, podríamos atacar a los carceleros, pero si eso no era posible —como yo mucho me temía—, nos quedaba la posibilidad de hacer un agujero en la pared, de blanda tierra arcillosa, aunque eso nos llevaría semanas de duro trabajo; y si ni siquiera la idea del agujero era factible, todavía podríamos atacar los desvencijados goznes de la puerta y su cerradura de hierro oxidado, o los astillados travesaños y cuarterones de la madera.

Bien mirado, muy poco parecía preocupar a los templarios la seguridad de nuestro encierro. Aquel portalón era cualquier cosa menos un obstáculo invencible para escapar del calabozo. Pero si ya estaba bastante sorprendido al comprobar la facilidad con que aquella hoja de madera podía venirse abajo, mi pasmo fue mayúsculo cuando oí el ruido de una llave al girar y la voz familiar de Nadie que nos pedía autorización para entrar y ofrecernos alimentos. Jonás echó una mirada resentida a la puerta y se dio la vuelta de forma ostentosa.

Un par de *freires* sirvientes, ataviados con sus sayales negros de templarios de segunda, acompañaban al ahora transformado Nadie, que nos ojeó con curiosidad y ojeó también la celda. A un gesto de su mano, uno de los criados empezó a cambiar la paja vieja por nueva, a limpiar mi vómito y a barrer y remover la tierra del suelo. El otro depositó cuidadosamente ante Sara una gran bandeja repleta de comida (pan blanco, una olla de barro rebosante de caldo, pescado salado, puerros frescos y un ánfora de vino); luego entró y salió de la mazmorra para colocar un taburete de cuero detrás de Nadie —que lo ocupó en el acto, quitándose de la cabeza el bonete de algodón que le cubría la calvicie—, y por último se retiró discretamente escoltado por su compañero. La puerta permaneció abierta de par en par.

—Siempre es un placer reencontrar a los viejos amigos —afirmó Nadie. Se le veía satisfecho. Vestía con orgullo el indumento de caballero templario y se envolvía en su capa blanca con gestos tan naturales y cómodos que ya no me era posible recordarle vestido de comerciante peregrino.

Jonás lanzó un gruñido desde su rincón y Sara decidió que era el momento de irse con el muchacho. Yo no despegué los labios.

—Debo pediros perdón por lo de Castrojeriz, doña Sara —declaró dirigiéndose a ella—. Por si os consuela, sabed que he sido duramente castigado por mi falta contra vos.

—Me da igual, *sire*. No tengo el menor interés por vuestras cosas —respondió la judía con la voz cargada de dignidad.

Viendo que sus humildades y mansedumbres le valían de bien poco, el hermano Rodrigo decidió ir directamente al grano:

—He sido enviado para informaros de vuestra situación. Os encontráis a mucha profundidad por debajo de la superficie de la tierra, al fondo de una galería ciega que forma parte de los cientos de galerías que horadan esta vertiente de los Montes Aquilanos. Este lugar, llamado Las Médulas, a doce millas de Ponferrada, es, por desgracia, el último reducto libre de mi Orden por estos y otros muchos reinos. Antes teníamos una verdadera red de castillos y fortalezas en esta zona del Bierzo: Pieros, Cornatel, Corullón, la misma Ponferrada, Balboa, Tremor, Antares, Sarracín... y casas en Bembibre, Rabanal, Cacabelos y Villafranca. Ahora, por desgracia, sólo nos quedan estos túneles.

El silencio en torno a Nadie se espesó.

—Presumo que vos, don Galcerán —continuó, demostrando una actitud realmente voluntariosa—, ya habréis observado lo endeble de vuestra prisión y, sin embargo, dejadme que os diga que escapar de Las Médulas es imposible y si habéis leído a Plinio[4] sabréis de qué os estoy hablando.

La mención a Plinio despertó mi memoria. En su grandiosa *Historia Natural*, el sabio romano hablaba de la descomunal explotación minera llevada a cabo por el emperador Augusto en la Hispania Citerior allá por los albores de nuestra era. Un lugar en concreto de esa Hispania romana merecía toda la atención del erudito: Las Médulas, de donde los romanos obtenían veinte mil libras de oro puro al año. El sistema empleado para arrancar el metal a la tierra era el llamado *ruina montium*, que consistía en soltar de golpe grandes cantidades de agua desde formidables embalses situados en los puntos más altos de los Montes Aquilanos. El agua liberada descendía furiosamente a través de siete acueductos y, al llegar a Las Médulas, encallejonada en una red de galerías excavadas previamente por esclavos, provocaba grandes desprendimientos y perforaba la tierra. Los restos auríferos eran arrastrados hasta las *agogas*, o enormes lagos que actuaban como lavaderos, donde se recogía y limpiaba el dorado metal. Toda esta actividad se estuvo realizando ininterrumpidamente durante doscientos años.

Ésa era la explicación de los picachos rojos y las agujas naranjas: restos de montañas devastadas por furiosas corrientes. Y era también la explicación de la

4. Plinio el Viejo (c. 23 d.C.-79), escritor y enciclopedista romano, máxima autoridad científica de la Europa antigua.

tremenda seguridad de nuestro encierro: ni con el hilo de Ariadna —el que utilizó Teseo para salir del laberinto—, hubiéramos podido escapar de aquella endiablada maraña de túneles. Estábamos más atrapados que si nos hubieran cargado de cadenas.

—Veo, por vuestra cara, don Galcerán, que habéis comprendido lo inútil de cualquier intento de fuga. Siendo así, no tendremos problemas. Y ya sólo me resta una cosa. —Nadie se puso en pie y se encaminó hacia la salida—. Se me ha ordenado comunicaros que próximamente seréis trasladados, para siempre, a un lugar mucho más seguro que éste, y éste, don Galcerán, es de los más seguros de la tierra, os lo puedo garantizar.

Abandonó nuestra celda con mucha dignidad y la puerta se cerró ruidosamente tras él. Cuando volvimos a quedarnos solos, los tres prisioneros permanecimos largo rato en el mismo silencio que habíamos mantenido mientras Nadie estaba con nosotros. Yo no dudaba acerca del próximo paso a dar: mientras estuviésemos vivos había que seguir luchando, y puesto que nuestro destino, fuera cual fuera, parecía escrito en piedra, ¿por qué no intentar introducir todas las variaciones posibles, si total íbamos a llegar al mismo lugar?

—¡En pie! —exclamé irguiéndome de un salto.

—¿En pie? —preguntó Sara extrañada.

—Nos vamos de aquí.

—¿Nos vamos de aquí? —repitió Jonás aún más extrañado.

—¿Es que vais a estar regurgitando todo lo que yo diga hasta el día del juicio final? ¿Acaso no hablo con suficiente claridad? He dicho que nos vamos, así que recoged las escarcelas porque tenemos un arduo trecho por delante.

Mientras ellos se preparaban, y como la daga de Le Mans era lo único que no me habían devuelto, saqué los documentos y salvoconductos falsos de la caja de estaño en la que los llevaba y, dejándola caer al suelo, la pisé con firmeza, y fui plegándola y pisándola hasta convertirla en un pequeño y resistente *scalpru*.[5] Luego me dirigí a la puerta y, haciendo palanca con la herramienta que acababa de fabricar, hice saltar los viejos y oxidados clavos de la cerradura, que extraje de su hueco en la madera en una sola pieza. El portalón se entreabrió, arrastrado por su propio peso.

—¡Vámonos! —exclamé alborozado.

Seguido por Sara y Jonás, emprendí la huida por el largo pasillo subterráneo, no sin antes haber cogido la antorcha que llameaba en la pared junto a la celda. Mi única preocupación era tropezar de bruces con alguna patrulla de templarios.

El pasillo seguía en línea recta unos cinco estadios y luego descendía por unas escaleras labradas en el suelo y continuaba otros cinco estadios más. De repente, empezó a girar a la siniestra, dibujando un arco perfecto, hasta llegar a una bifurcación de caminos. Allí me detuve, indeciso. ¿Qué dirección debía tomar? Se imponía adoptar un criterio general del tipo «siempre a la diestra» o «siempre a la siniestra» —en un laberinto es la única decisión posible—, y marcar las intersecciones por donde pasáramos para reconocerlas si, por desgracia, volvíamos a ellas.

—¿Hacia adónde os parece a ambos que deberíamos ir? —pregunté quedamente, sacando el *scalpru* de mi cinturón para hacer una muesca en la pared.

5. *Scalprum -i*, instrumento cortante, buril, cincel.

—¿Lo ves, Jonás? —oí susurrar a Sara—. Esto es lo que yo te decía. El camino está marcado como en los túneles del subsuelo de París.

Me giré sorprendido y tuve que bajar la mirada para encontrar, de hinojos frente a una esquina, a Jonás y a Sara, que me daban la espalda.

—¿Se puede saber qué demonios estáis haciendo? —bramé (en voz baja, por supuesto, pues todos nuestros diálogos eran pronunciados en susurros para no alertar a los templarios).

—¡Mirad, *sire*! —me dijo Jonás con los ojos brillantes—. Sara ha encontrado las señales para poder salir de aquí.

—¿Os acordáis de las muescas que mirábamos en las galerías subterráneas de París?

—¡Vos me guiabais, yo no vi nada de nada!

—Sí lo visteis, pero no os fijasteis, *freire* Galcerán. Yo consultaba de vez en cuando las marcas en las esquinas para que no nos perdiéramos, pues, por precaución, debía tomar cada día un camino diferente.

—Ahora que lo decís... —murmuré a regañadientes, recordando aquellos viajes nocturnos realizados apenas tres meses atrás. ¡Tan sólo tres meses!, me dije sorprendido. Parecía que una vida completa hubiera transcurrido desde entonces.

—¿Veis? —dijo Sara volviendo la cara de nuevo hacia la parte baja del recodo—. Acercad la antorcha.

Iluminé lo mejor posible la zona que ella señalaba y me incliné a observar. Tres muescas profundas se apreciaban en el borde de la arista, todas idénticas, de igual ancho y profundidad, hechas, a no dudar, con el mismo especial instrumento.

—¿Qué significa?

—¡Oh, bueno...! Puede significar muchas cosas en función de lo que se busque.

—Buscamos la salida —aclaró Jonás, por si acaso lo habíamos olvidado.

—Entonces debemos tomar a la diestra. Ése es el buen camino.

Caminamos unos tres estadios más por aquel corredor, y volvimos a encontrarnos en una intersección de galerías. En esta ocasión, cuatro posibilidades se nos ofrecían, una a la diestra y otra, que se dividía en un abanico de tres ramales, a la siniestra. Las dimensiones eran descomunales, entre seis y doce alzadas por boca de túnel. Parecíamos pequeñas hormigas caminando por las naves de una catedral. Sara me arrastró hacia las marcas de cada una de las esquinas, para que la iluminara mientras ella miraba. Con el dedo señaló el pasadizo que continuaba en línea recta al que habíamos seguido para llegar hasta allí.

—Ése —dijo muy segura.

—Ése también está señalado por tres marcas —observó Jonás.

—Las tres marcas significan «buena dirección», aunque también pueden significar «entrada» o «salida».

—¡Pero eso no es posible! Una misma señal no puede tener tres significados distintos.

—Pues ésta tiene bastantes más, pero sólo os menciono las que se ajustan mejor a lo que estamos buscando.

—¿Y si en lugar de tres hubiera dos muescas?

—También podría significar muchas cosas. En nuestro caso, por ejemplo, «desvío», «atajo», «refugio», o «capilla», si es que deseáis rezar antes de salir.

—¿Y una sola muesca?

—¡Nunca sigas las galerías marcadas con una sola muesca, Jonás! —exclamó Sara muy seria y con voz grave—. No regresarías jamás.

—¿Pero qué significa?

—Una muesca puede significar, por ejemplo, «trampa», «camino sin salida» o... «muerte». Si tuviésemos que separarnos por alguna razón, seguid siempre las galerías que muestren la triple marca y, si no la hubiera, las que muestren la marca doble. Jamás, ¡jamás!, ¿me oís bien?, las que sólo tienen una. Si todos los pasadizos estuvieran marcados por una sola muesca, retroceded hasta la intersección anterior y elegid de nuevo la menos mala de las restantes direcciones.

Al final de aquel inmenso corredor nos esperaba una vasta explanada vacía que sólo tenía una salida a la diestra. Cohibidos por la grandiosidad de aquellos lugares y por las tinieblas que nos rodeaban, avanzamos sigilosamente hacia allí. Por fortuna, la marca era de nuevo triple. La catacumba dibujaba una pequeña curva a la siniestra antes de lanzarse hacia adelante. A la diestra fuimos dejando una serie de siete bocas de túnel marcadas con la señal sencilla, la de una única muesca, así que nos abstuvimos de entrar. Cuando llegamos al final, encontramos otra explanada, aunque un poco más pequeña que la anterior. Nos quedamos helados cuando descubrimos que no tenía salida alguna.

—¿Y ahora qué? ¿No decíais que íbamos por buen camino? —preguntó Jonás a la hechicera.

—Y por buen camino íbamos, te lo aseguro. Esto también es incomprensible para mí.

Me quitó la antorcha con un gesto rápido y comenzó a examinar las curvadas paredes, a tantearlas con la palma de la mano, a remover la tierra con los pies.

—¡Aquí hay algo! —exclamó alborozada al cabo de un tiempo—. ¡Mirad!

El muchacho y yo nos inclinamos hacia el claro que Sara había despejado en el suelo con las sandalias. Un grabado pequeño, de apenas el tamaño de la palma de mi mano, y muy bien ejecutado, representaba la figura de un gallo con el cuello estirado y el pico abierto en actitud de cantar. De inmediato me resultó familiar y recordé enseguida dónde había visto recientemente una imagen idéntica.

—¿Qué puede significar? —me preguntó Jonás, arqueando las cejas.

—La simbología del gallo es múltiple —expliqué mientras dejaba caer al suelo mi escarcela y sacaba apresuradamente de su interior la talega de los remedios, la que había dispuesto por si nos hacían falta medicinas durante el viaje y que, de momento, sólo me había servido para preparar el purgante con el que, en Nájera, me había deshecho del viejo Nadie—. Por su relación con el amanecer —continué hablando—, simboliza la victoria de la luz sobre las tinieblas. Entre los antiguos griegos y romanos, y todavía en algunos pueblos de Oriente, el gallo representa la combatividad, la lucha y el valor. Para los cristianos, sin embargo, es un símbolo de la Resurrección y el retorno de Cristo.

Mientras hablaba, extraía a puñados de la talega los saquitos que contenían las hierbas curativas y, cuando estuvieron todos fuera, sobre el suelo, empecé a desatar los cordoncillos que los aseguraban y a arrojar al aire, sin miramientos, el contenido. Sara y Jonás me miraban boquiabiertos.

—¿Se puede saber qué estáis haciendo, *micer*? —consiguió preguntar finalmente la hechicera.

—¿Recuerdas, Jonás, que en la cripta de san Juan de Ortega encontramos un rollo de cuero lacrado con el sello templario?

—Sí. Lo cogisteis mientras escapábamos.

—Pues bien, el día que permanecí solo en el Hospital del Rey, en Burgos, esperando noticias tuyas, recordé que no lo había examinado, así que rompí el lacre y lo abrí. Era una pieza de cuero como de media vara de largo por otra media de ancho, y estaba llena de dibujos herméticos acompañados por breves textos latinos escritos en letras visigóticas. El encabezado era un versículo del Evangelio de Mateo: *Nihil enim est opertum quod non revelabitur, aut occultum quod non scietur,*[6] «Nada hay oculto que no llegue a descubrirse, ni secreto que no venga a conocerse»... En aquel momento, naturalmente, me resultó incomprensible, pero no albergaba dudas de que se trataba de algo importante que debía conservar y, como no me fiaba de Joffroi de Le Mans, me puse a pensar en alguna forma segura de ocultarlo, alguna que no despertara sospechas, así que dividí el cuero en pedazos, más o menos de igual tamaño y forma que los utilizados para guardar las hierbas, y sustituí los viejos saquitos por los nuevos.

—¿Y...? —me urgió Sara al ver que me detenía para tomar resuello.

—¿Y...? ¿Es que no está claro? Pues mirad bien, hechicera, y decidme si no es ese gallo del suelo idéntico al gallo dibujado en este pedazo de badana.

Le alargué uno de los recortes y ella lo cogió de mis manos y lo iluminó con la antorcha para contemplarlo detenidamente.

6. Mt 10, 26.

—¡Es el mismo signo! —exclamó mostrándoselo a Jonás que, como la superaba en estatura más de una cabeza, se asomaba cómodamente por encima de su hombro.

—Aquí hay algo —dijo el muchacho tomando el fragmento de las manos de Sara—. ¿No lo veis? Lleva una estampación. Está muy desdibujada pero no hay duda de que va unida al símbolo del gallo.

Ahora era mi turno de arrebatar el cuero. El chico tenía razón, allí había algo más: podía distinguirse la imagen de un árbol esbelto, que surgía de una figura yacente, coronado por un esférico Crismón. Estaba claro que era una representación abreviada del Árbol de Jesé, con el profeta Isaías durmiendo en la base y Jesucristo en lo alto.

—*Et egredietur virga de radice Iesse...*[7] —recitó Jonás, que había llegado, al parecer, a la misma conclusión que yo.

—Veo que no has olvidado tus años de *puer oblatus* —le dije complacido.

Enrojeció hasta las orejas y los labios le dibujaron una sonrisa de satisfacción que trató inútilmente de disimular.

—Como tengo muy buena memoria, en el cenobio me elegían siempre para ayudar en los Oficios y me los aprendí todos de principio a fin —dijo orgulloso—. Ahora ya no me acuerdo muy bien, pero antes podía recitarlos completos, sin equivocarme en nada. La parte que más me gustaba era el *Dies Irae*.

—Entonces no te será difícil explicar este *aenigma*.

—Sólo sé que ese árbol es el Árbol de Jesé, que des-

7. «Y brotará un retoño del tronco de Jesé...». Is 11, 1.

cribe la genealogía de Jesucristo, los cuarenta y dos reyes de Judá, basándose en la profecía de Isaías cuyo primer versículo he recitado.

—Puesto que conoces a fondo los Oficios Divinos, dime: ¿en cuál de ellos se recitan los nombres de los cuarenta y dos reyes de Judá?

Jonás hizo memoria.

—En Nochebuena, en el primer Oficio después de la medianoche, el que se celebra para conmemorar el nacimiento de Jesús.

—¿Aún no caes...? —pregunté viendo su cara de extrañeza—. Bueno, pues dime cómo se conoce popularmente esa primera misa que se celebra después del nacimiento de Jesús.

Su rostro se iluminó con una gran sonrisa.

—¡Ah, ya! ¡Misa del gallo!

—¿Del gallo? —inquirió Sara mirando alternativamente al animalito dibujado en el suelo y al dibujado en el cuero.

—Ya vais comprendiendo.

—Pues no —dejó escapar ella con un bufido—. No comprendo nada.

—¿No...? Pues mirad.

Me coloqué en el centro de la cámara y levanté la cabeza hacia la oscuridad que reinaba sobre mí, estirando el cuello como hacía el gallo de los dibujos.

—*Liber generationis Iesu Christi, filii David, filii Abraham* —comencé a recitar con voz vigorosa. En mi fuero interno rogaba para que no se me olvidara ningún nombre, pues hacía muchos años que no recitaba la genealogía de Jesús, uno de los ejercicios de memoria habituales en los estudios de los muchachos—. *Abraham genuit Isaac, Isaac autem genuit Iacob, Iacob autem ge-*

333

nuit Iudam et fratres eius, Iudas autem genuit Phares et Zaram de Thamar, Phares autem genuit Esrom, Esrom autem genuit Aram, Aram autem genuit Aminadab, Aminadab autem genuit Naasson, Naasson autem genuit Salmon, Salmon autem genuit Booz de Rachab, Booz autem genuit Obed ex Ruth, Obed autem genuit Iesse, Iesse autem genuit David regem...

Acababa de terminar el primer grupo de catorce reyes —la genealogía de Cristo siempre se enumera en tres grupos de catorce, tal como la refiere san Mateo en su Evangelio— y me detuve para serenar mi pulso y mi respiración. Nada singular ocurría de momento.

—¿Habéis acabado ya? —quiso saber Sara con tonillo de ironía.

—Aún le quedan dos grupos de reyes —le explicó Jonás. Yo continué.

—*David autem rex genuit Salomonem ex ea quae fuit Uriae, Salomon autem genuit Roboam, Roboam autem genuit Abiam, Abias autem genuit Asa, Asa autem genuit Iosaphat, Iosaphat autem genuit Ioram, Ioram autem genuit Oziam, Ozias autem genuit Ioatham, Ioatham autem genuit Achaz, Achaz autem genuit Ezechiam, Ezechias autem genuit Manassen, Manasses autem genuit Amon, Amon autem genuit Iosiam, Iosias autem genuit Iechoniam et fratres eius in transmigratione Babylonis.*

Volví a detenerme después de terminar el segundo grupo, entre las generaciones nacidas antes y después de la deportación a Babilonia. Pero seguía sin ocurrir nada especial.

—*Et post transmigrationem Babylonis* —continué, un poco desanimado—, *Iechonias genuit Salathihel, Salathihel autem genuit Zorobabel, Zorobabel autem genuit Abiud, Abiud autem genuit Eliachim, Eliachim au-*

tem genuit Azor, Azor autem genuit Saddoc, Saddoc autem genuit Achim, Achim autem genuit Eliud, Eliud autem genuit Eleazar, Eleazar autem genuit Matthan, Matthan autem genuit Iacob, Iacob autem genuit Ioseph, virum Mariae, de qua natus est Iesus qui vocatur Christus.[8]

Un ruido sordo, como el de un mecanismo que se pone lentamente en marcha, se empezó a oír sobre nuestras cabezas en cuanto pronuncié el nombre de María. Por más que alcé la antorcha, la luz que ésta irradiaba no llegaba hasta el techo, así que no pudimos ver qué estaba sucediendo allá arriba hasta que una cadena de hierro, gruesa como el brazo de un hombre, entró en el reducido círculo de claridad. Descendía lentamente, desenroscándose con pereza en alguna parte alta de la bóveda. Cuando estuvo al alcance de mi mano la sujeté con vehemencia y, una vez que se hubo detenido, tiré de ella con fuerza. Otro ruido extraño, como de ruedas dentadas que colisionan entre sí, se oyó en alguna parte tras la pared de roca que teníamos enfrente. Sara dio un paso atrás, cohibida, y se pegó a mi costado.

—¿Cómo pueden las palabras poner en marcha un ingenio mecánico? —preguntó sobrecogida.

—Sólo puedo deciros que existen ciertos lugares en el mundo en los que losas gigantescas y piedras descomunales, misteriosamente transportadas por el hombre en el pasado más remoto y colocadas en equilibrio sobre zócalos a veces inverosímiles, vibran y braman ante determinados sonidos, o cuando se pronuncian ante ellas unas palabras concretas. Nadie sabe cómo, quién

8. Mt 1, 1-16.

o por qué, pero el caso es que ahí están. En vuestro país se las llama *rouleurs* y aquí piedras oscilantes. He oído hablar de dos lugares en las que pueden encontrarse, uno en Rennes-les-Bains, en el Languedoc, y otro en Galicia, en Cabio.

La pared de roca se deslizaba suavemente hacia abajo, sin otro ruido que el chasquear de las piezas del artilugio que la movía. El paso quedó al fin libre. Al otro lado vimos una cámara idéntica a la que nos encontrábamos con la única diferencia de presentar unas escaleras que ascendían a un nivel superior.

—Jonás, ¿recuerdas la segunda escena del capitel de Eunate? —dije de pronto evocando el remate de aquella columna navarra.

—¿Ésa en la que el ciego Bartimeo llamaba a gritos a Jesús?

—Exacto. ¿Recuerdas el mensaje de la cartela, que reproducía las palabras de Bartimeo?

—¡Huuum!... *Fili David miserere mei.*

—¡*Fili David miserere mei!* «Hijo de David, ten misericordia de mí», ¿te das cuenta?

—¿De qué? —preguntó sorprendido.

—*Fili David, Fili David...* —exclamé—. Bartimeo grita «Hijo de David», que es la expresión utilizada para afirmar la ascendencia real del Mesías, su genealogía. Y el versículo del Evangelio de Mateo comienza *Liber generationis Iesu Christi, filii David... ¿*No lo ves? Todavía no sé cómo enlazarlo con la puesta en marcha del mecanismo que ha abierto esta pared de roca, pero no dudo de que dicha relación existe.

De nuevo comenzó la andadura a través de interminables galerías e interminables pasadizos. Nuestras sandalias habían adquirido el tono rojizo de la tierra y nuestros ojos habían aguzado sus capacidades hasta permitirnos ver en la oscuridad. Ya no necesitábamos inclinarnos para distinguir las marcas en las bocas de los túneles; una ojeada al pasar nos bastaba para apreciarlas con nitidez.

Comenzaba a preocuparme gravemente el hecho de no hallar patrullas de templarios por ningún lado. Había partido de la mazmorra convencido de que antes o después tendríamos que ocultarnos o enfrentarnos a los *freires*, y el hecho de llevar más de una hora de escapada sin tropezar con un alma viviente empezaba a ponerme nervioso. Ni pasos, ni sombras, ni ruidos humanos...

—¿Qué es eso que se oye al fondo? —preguntó de repente Sara.

—Yo no oigo nada —afirmé.

—Yo tampoco.

—Pues es un murmullo, como un mosconeo.

Jonás y yo prestamos mucha atención, pero sin éxito. Lo único que se oía era el leve crepitar de la antorcha y el eco de nuestros pasos. Sara, sin embargo, volvió a insistir al cabo de poco:

—Pero ¿de verdad no lo oís?

—No, de verdad que no.

—Pues cada vez es más fuerte, como si nos fuéramos acercando a algo que emite un zumbido.

—¡Yo sí lo oigo! —anunció Jonás con alegría.

—¡Bueno, menos mal!

—¡Es un canto! —explicó el chico—. Una salmodia, una suerte de canturreo. ¿No lo oís, *sire*?

—No —gruñí.

Seguimos avanzando y, al pasar por delante de una bocamina marcada con la señal triple, percibí por fin el

337

sonido. Era, efectivamente, un canto llano monocorde, un *De profundis* entonado por un formidable coro de voces masculinas. Ésa era la razón, me dije, de no haber encontrado ni un solo templario desde que escapamos del calabozo: se hallaban todos reunidos al final de aquel pasadizo que acabábamos de emprender, celebrando un Oficio Divino. Nunca, en toda mi larga vida, había tenido ocasión de escuchar a tan nutrido grupo de hombres cantando al unísono y el sentimiento que ello me despertaba era de profunda exaltación, de intenso arrebato, como si la melopea pulsara mis nervios a modo de cuerdas de salterio. El sonido se volvía más y más fuerte conforme nos íbamos acercando, y, al doblar un recodo de la galería, atisbamos también un brillante resplandor. Jonás hizo el gesto de taparse los oídos con las manos, ensordecido por el estruendo del canto —considerablemente acentuado por la acústica de las bóvedas—, pero en ese momento, al finalizar una leve subida en el tono, las voces guardaron silencio de pronto. Un leve retumbo quedó flotando en el aire húmedo y caliente.

Con un gesto imperioso de la mano ordené el máximo sigilo. Acababa de vislumbrar una sombra en el resplandor, un leve movimiento en la luz que procedía del fondo del corredor. Sara y Jonás se pegaron a la roca con cara de espanto. No cabía ninguna duda de que había alguien ahí delante, y era preciso que no nos descubriera. Les indiqué mediante señas que permanecieran inmóviles donde estaban y yo seguí avanzando calladamente, con pasos quedos y conteniendo la respiración. El pasillo se estrechaba como un embudo hasta adquirir proporciones humanas y en su extremo final, frente a una balaustradilla que daba al vacío, vi la espalda de un templario con la cabeza sometida al yelmo y cubierto por el largo manto blanco con la gran cruz bermeja de extremos ensanchados. Parecía estar de guardia y permanecía muy atento a lo que sucedía más allá del barandal. Intentando no ser descubierto, retrocedí con cautela, caminando hacia atrás sin perderle de vista, pero aquel día la diosa Fortuna no estaba de mi parte y un maldito guijarro, pequeño como el diente de un ratón, se incrustó entre las correas de mi sandalia clavándose en mi carne y haciéndome perder el equilibrio. Braceé y oscilé tan silenciosamente como pude, pero la palma de mi mano buscó el apoyo en la piedra y se oyó un chasquido seco. El templario se volvió, supongo que esperando no encontrar nada y, al verme, sus ojos se desorbitaron. Incrédulo, tardó unos instantes vitales en reaccionar, en decidir qué debía hacer, y, aunque se recuperó rápido, mucho más rápido fue el impulso de mi brazo lanzando con ferocidad el *scalpru*, que fue a incrustarse limpiamente en su garganta, bajo la nuez, impidiéndole emitir cualquier sonido y segándole la vida. Sus pupilas se tornaron vidriosas e inició el absurdo gesto de bajar la cabeza para mirar el extremo del arma que llevaba en el gaznate, pero no pudo: un río de sangre empezó a manar de la herida y su corpachón se tambaleó. Habría caído al suelo como un odre de vino de no haberlo sostenido yo por la cintura.

Después de comprobar que aquel descomulgado estaba bien muerto, le quité rápidamente la capa, me la dejé caer por los hombros y me cubrí la cabeza con el yelmo cilíndrico, pasando a ocupar su lugar en la balaustrada.

Me mantuvo en pie la incredulidad y el deseo de seguir vivo. A mis pies, la más hermosa de las basílicas, rutilante de luz y esplendor, brillaba como uno de esos espejos de mujer exquisitamente engastados con piedras preciosas. Todo el templo estaba hecho de oro puro y un intenso aroma a incienso y otros perfumes se esparcía en el interior. Las dimensiones de aquella gran nave octogonal excavada en la roca superaban con mucho las de Notre Dame de París, y ninguna de las más fastuosas mezquitas del Oriente, ni siquiera la gran mezquita de Damasco, la alcanzaba en ornato y opulencia: recubrimientos de mármol, colgaduras de terciopelo, bellísimos reposteros, largos paneles de espléndidos mosaicos con motivos del Antiguo Testamento, frescos con escenas de la Virgen, lámparas de bronce, candelabros de oro y plata, joyas, y, en el centro, sobre un entarimado cubierto de alfombras, un altar suntuoso (de unos diez palmos de altura por otros quince o más de longitud), trabajado en filigrana y cubierto por un templete junto al que sermoneaba, en pie, un *freire* capellán. En torno al ara, cientos de caballeros templarios, ataviados con sus mantos blancos y con las cabezas descubiertas e inclinadas en señal de respeto, permanecían hincados de hinojos y totalmente subyugados por las palabras del sacerdote, que peroraba sobre los valores necesarios para afrontar los malos tiempos y las fuerzas espirituales que debían alimentar a la Orden para llevar a cabo su misión eterna.

Desde mi puesto de observación en aquella estrecha bocamina convertida en balcón de vigilancia, la visión que se me ofrecía era la de un espacio mágico cargado de misterio, y me sentía tan confundido que tardé un poco en descubrir que el altar situado en el centro no era otra cosa que una elegante cubierta cuya única función consistía en custodiar algo mucho más valioso e importante.

Todavía oí un canto más —durante el cual Sara y Jonás se situaron silenciosamente a mi espalda—, antes de caer en la cuenta de que lo que tanta devoción inspiraba a aquellos extáticos y fascinados caballeros del Temple (que, como figuras de piedra, permanecían arrodillados sin mover ni un pliegue de sus mantos), era, ni más ni menos, que el Arca de la Alianza.

¿Cómo explicar la emoción que me supuso descubrir que allí mismo, ante mis asombrados ojos, estaba el objeto más deseado de la historia de la humanidad, el trono de Dios, el receptáculo de Su fuerza y Su poder...? Aunque lo deseaba con toda mi alma —en aras de la moderación—, no podía albergar ningún recelo sobre lo que estaba viendo:

Harás un Arca de madera de acacia —dijo Yahvé a Moisés—, *dos codos y medio de largo, codo y medio de ancho y codo y medio de alto. La cubrirás de oro puro, por dentro y por fuera, y en torno de ella pondrás una moldura de oro. Fundirás para ella cuatro anillos de oro que pondrás en los cuatro ángulos, dos de un lado, dos del otro. Harás unas barras de madera de acacia y también las cubrirás de oro, y las pasarás por los anillos de los lados del arca para que pueda ser llevada. Las barras quedarán siempre en los anillos y no se sacarán.*

En el arca pondrás el testimonio que yo te daré.

Harás asimismo una tabla de oro puro de dos codos y medio de largo y un codo y medio de ancho. Harás dos querubines de oro, de oro batido, a los dos extremos de la tabla, uno al uno, otro al otro lado de ella. Los dos querubines estarán a los dos extremos. Estarán cubriendo cada uno con sus dos alas desde arriba la tabla, de cara el uno al otro, mirando la tabla. Pondrás la tabla sobre el

arca, encerrando en ella el testimonio que yo te daré. Allí
me revelaré a ti y sobre la tabla, en medio de los dos que-
rubines, te comunicaré yo todo cuanto para los hijos de
Israel te mandaré.[9]

¡Así pues, era cierto que los templarios habían encontrado el Arca de la Alianza! Aquellos nueve caballeros
que fundaron la Orden en Jerusalén lograron cumplir
la misión encomendada por san Bernardo. Probablemente, un grupo numeroso de *freires milites* la escoltó
en secreto muchos años atrás desde las caballerizas del
templo de Salomón en Jerusalén hasta aquellas galerías
subterráneas del Bierzo, permaneciendo desde entonces en aquel lugar ignoto.

Pude sentir la emoción recorriéndome la columna
vertebral y sacudiendo todo mi cuerpo de arriba abajo.
Aquella Arca contenía, de ser ciertas las palabras de la
Biblia, las Tablas de la Ley, pero no de la Ley entendida
como un cúmulo de pueriles prohibiciones impropias
de un Dios, si no como el *Logos*, como el *Verbo*, como
las medidas sagradas arquitectónicas, las relaciones ge-
ométricas, musicales y matemáticas del Universo, como
potencia destructiva que acabó con la vida de los filis-
teos llenándolos de tumores[10] y como gigantesca columna de fuego capaz de ascender hasta los cielos.[11]

Ningún otro poder, ni destructor ni creador, era
comparable al de aquella Arca y, sin embargo, nada en
su pacífica apariencia, en la afectada serenidad de los

9. Ex 25, 10-22.
10. I Sam 5, 6; I Sam 6, 19; I Par 13, 9-10.
11. Num 9, 15-23; Exod 13, 21; Exod 40, 34-38; I Re 8, 10-11.

dorados querubines, en su belleza, lo dejaba traslucir. No era de extrañar, pues, la actitud de los *freires* salomónicos, arrodillados con auténtica reverencia. También yo, de haber podido, me hubiera prosternado. A no dudar, la red de fortalezas y casas templarias de los contornos, esas que había mencionado Nadie durante su visita al calabozo, estaban destinadas a proteger el Arca de la Alianza.

El eco de un grito de alarma conmovió súbitamente las paredes de la basílica. Mil cabezas se izaron y un rumor sordo empezó a circular como un torbellino por el recinto. Antes de que se hubiera apagado el retumbo del anterior, otro alarido hizo que todos los templarios se pusieran en pie llevándose las diestras a las espadas. El clamor aumentaba y, una tras otra, las miradas fueron convergiendo hacia mí. El embotamiento de mis sentidos me paralizaba, pero el tumulto era demasiado grande para ignorar que había sido descubierto. ¿Cómo demonios habían sabido que...?

La figura larguirucha de Jonás permanecía inmóvil a mi lado con los ojos fijos en el Arca. Ni el estruendo ocasionado por su aparición en la balconada, ni los tirones que Sara propinaba a su jubón, conseguían despertarle de la fascinada contemplación en la que se hallaba inmerso.

—¡Huyamos! —grité, arrancándome el yelmo y la capa, y tirando de Jonás por un brazo.

Nos precipitamos galería abajo esperando alcanzar la salida antes de que los templarios tuvieran tiempo de llegar hasta allí. Recogí la antorcha del lugar en que Sara la había dejado, y con Jonás siguiéndonos como un galgo, nos abalanzamos sobre las esquinas de los túneles para observar las marcas. Corríamos a ciegas, sin saber qué dirección llevábamos, acosados por los gritos y el rumor de pasos y carreras. Atravesamos innumerables galerías, pasadizos y cámaras, subimos escaleras y remontamos pendientes (de lo que dedujimos que ascendíamos hacia la superficie), persuadidos de que nos daban alcance en cualquier momento. En más de una ocasión oímos amenazadores ladridos de mastines, así como cascos de caballos lanzados al galope por los túneles. Por fortuna, conseguíamos escapar por los pelos salvando frágiles puentes de cuerda o pasarelas de madera sobre abismos impenetrables. Finalmente, con las piernas doloridas y el resuello agotado, desesperados y sudorosos, llegamos a un recinto de grandes dimensiones y, por desgracia, sin salida posible. Unos pequeños orificios, distribuidos a modo de cenefa o ribete a unas diez alzadas del suelo, dejaban entrar maravillosos rayos de luz natural.

—¡Estamos en la salida! —gritó Sara, señalando las hebras de sol.

—¿Qué salida? —preguntó Jonás, desanimado.

—Esa salida... —murmuré, y apunté con el mentón una extraña silueta en la pared rocosa. Mas, no bien hube acabado el incipiente gesto, se oyó un rugido lejano, una especie de bramido que surgía del interior de la tierra, un fragor que llegaba acompañado de un ligero temblor del suelo y las paredes.

—¿Qué demonios es eso? —exclamé enojado.

—No sé, *sire* —murmuró Jonás volviendo la mirada hacia el túnel—, pero no me gusta nada cómo suena.

—No perdamos tiempo —apremió Sara—. La salida, *sire* Galcerán.

—¡Ah, sí, la salida!

Una franja del muro rocoso que teníamos frente a

nosotros estaba artificialmente construida con grandes sillares ajustados entre sí y, justo a ras de suelo, a modo de puerta, con el alto y el ancho de una persona, uno de los bloques presentaba, cincelado, un círculo con un punto en el centro.

Aquél era el símbolo que, para la alquimia, la *Qabalah* y el Zodíaco representaba al Sol —el Uno—, y estaba claro que su presencia no obedecía a una mera casualidad o a un capricho decorativo. El hecho de ser el último obstáculo antes de alcanzar la salida —la luz aludida por el ribete de orificios—, indicaba claramente que el símbolo solar tenía mucho que ver con la forma de poder abandonar aquel laberinto subterráneo. ¿Se cumplía acaso la norma descrita por las pistas halladas a lo largo del Camino del Apóstol? Sí, pues, de momento, teníamos una losa que apartar, una roca que empujar para alcanzar el objetivo, como en Jaca, San Millán o San Juan de Ortega, aunque aquí, en lugar de Taus, tenía el símbolo del Sol. ¿Qué podía significar?, me preguntaba.

—Algo no marcha bien... —murmuró Jonás dando unos pasos hacia el túnel para oír mejor el horrísono estrépito que procedía de las entrañas de la tierra. El temblor del suelo era claramente perceptible a través de los pies y aumentaba en proporción al ruido.

—La salida, *sire*, la salida... —me urgió Sara con cara de angustia.

La salida... El bloque marcado con el símbolo parecía sostener toda la estructura de sillares, lo que venía a significar una trampa mortal, pues, si lo retirábamos empujándolo hacia fuera, los pesados fragmentos de roca se desmoronarían sobre nuestras cabezas para, en el mejor de los casos, cerrarnos la salida para siempre. *Ego sum lux*, rezaba el capitel de Eunate. Puerta solar, puerta del sol, puerta de la luz, orificios a través de los cuales se colaba la luz... Pero podríamos haber llegado hasta allí de noche, como en San Juan de Ortega, por ejemplo, y en ese caso la luz no hubiera entrado... La luz, el rayo de luz que iluminaba el capitel de la Anunciación en San Juan de Ortega... ¿Por qué siempre la luz?

—¡Dios nos asista! —gritó Jonás volviendo a mí su cara desesperada—. ¡Están inundando las galerías!

—¿Qué?

—¡Han soltado el agua de algún antiguo embalse romano para anegar esta parte de las galerías y ahogarnos adentro! ¿Es que no lo oís? *Ruina Montium*... ¡Ese ruido es el agua, el agua que viene hacia aquí!

De pronto el bramido me resultó horrorosamente siniestro. ¡Estábamos atrapados en una ratonera!

—¡La salida, *sire* Galcerán, la salida! —gritó Sara.

—¡La salida, padre! —gritó Jonás acudiendo junto a mí en busca de protección.

¿Por qué mis pensamientos vagaban hacia un lejano pasado en lugar de buscar la solución al enigma de la puerta solar? ¿Por qué, mientras pasaba un brazo por los hombros de mi hijo, mi mente recuperaba imágenes de la mocedad en las que me veía paseando por el campo, bajo los rayos cálidos del sol, con Isabel de Mendoza? Como si estuviera aceptando la muerte, mi corazón volvía a las soleadas mañanas de mi pasado, cuando tenía toda la vida por delante, cuando el calor hacía hervir mi sangre y la sangre del joven cuerpo de Isabel.

Y de repente lo supe. Supe la solución mientras la

mano tibia de Sara se introducía en la mía buscando el calor ante el frío de la muerte.

—¡Empujad! —grité intentando hacerme oír por encima del ensordecedor bramido del agua, que debía de estar ya a punto de alcanzar nuestra cámara a juzgar por el estruendo.

—¡Nos aplastarán las rocas, padre! —opuso Jonás en mi oído.

—¡Empujad los dos con todas vuestras fuerzas! ¡Empujad esa roca, vivediós, o moriremos aquí dentro como gusanos!

Nos abalanzamos los tres contra la losa marcada con el signo solar y empujamos con todas nuestras fuerzas. Pero la roca no se movió. No sé cómo se me ocurrió empujar directamente sobre el símbolo, y la puerta de piedra se deslizó, no sin dificultades, hacia el exterior, y ni uno solo de los sillares que se sostenían en el aire sobre nuestras cabezas se movió un ápice. Salimos al exterior y corrimos como almas que lleva el diablo, ascendiendo una de las vertientes cercanas para quedar fuera del alcance del torrente que, como una serpiente enloquecida, en su ansia por salir al exterior había derribado la franja de rocas milagrosamente sostenida sobre nosotros mientras atravesábamos el vano de la puerta.

—¿Cómo supisteis que podíamos salir sin peligro de morir aplastados? —me preguntó Sara poco después, mientras contemplábamos cómo se deslizaba el agua entre los picachos del extraño paisaje de Las Médulas.

—Por el sol —les expliqué sonriendo—. Si hubiera sido de noche, habríamos muerto sin remedio. Las piedras se habrían desmoronado sobre nosotros al empujar la losa con la intención de salir. Pero el calor, el calor del sol en este caso, produce un extraño fenómeno en los cuerpos: los dilata, los hace más anchos, mientras que, por el contrario, el frío los encoge. *Sine lumine pereo*, sin luz perezco, como dice el adagio... Los sillares de la pared rocosa, al calentarse, se han expandido, manteniéndose íntegra la estructura aunque hayamos retirado la puerta con el símbolo solar. Por la noche, sin embargo, sólo se sujeta gracias a ella —me quedé pensativo unos instantes—. Algo así debía de ocurrir en San Juan de Ortega, sin duda, aunque no lo comprendí a tiempo. Probablemente, si hubiéramos poseído todas las claves, la cripta no se hubiera venido abajo.

—¿Y adónde iremos ahora? —preguntó Sara.

—En busca de los míos —repliqué—. Somos una presa fácil para los *milites Templi*: un hombre alto, una judía de pelo blanco y un muchacho larguirucho. ¿Cuánto pensáis que tardarían en darnos alcance si no encontramos pronto un refugio seguro...? Y puesto que es evidente que mi misión ha terminado, lo mejor es buscar la primera casa de sanjuanistas que haya por estos pagos para pedir protección y esperar instrucciones.

—Debemos marcharnos pronto, padre... —apuntó Jonás con preocupación—. Los templarios no tardarán en venir a buscar nuestros cuerpos.

—Tienes razón, muchacho —convine poniéndome en pie y ofreciendo mi mano a Sara para ayudarla a incorporarse.

La mano de la judía alteró el pulso de mi corazón, ya de por sí bastante alterado por los recientes acontecimientos. La luz del sol (de ese sol que nos había salvado la vida) le daba de lleno en sus ojos negros, haciéndoles desprender reflejos mágicos y, ciertamente, hechiceros.

Tardamos dos días con sus noches en llegar a Villafranca del Bierzo, la primera localidad donde hallamos, por fin, presencia hospitalaria. El trecho resultó incómodo y fatigoso porque, amén de viajar desde la caída del sol hasta el amanecer (durmiendo de día en improvisados escondites), el frío y la humedad nocturna provocaron una dolorosa afección de oídos a Jonás, que se retorcía de sufrimiento como un penado en el tormento. Intentando evitar el flujo de purulencia, le apliqué con rapidez compresas muy calientes que le aliviaron un poco, sabiendo que hubiesen hecho mucho más efecto si el chico hubiera podido descansar en un cómodo jergón de paja en lugar de caminar bajo el relente de la noche a la luz de una fría luna de principios de octubre.

Un *freire* capellán —o *freixo*, como él prefería ser llamado— nos recibió al alba en la puerta de la iglesia de San Juan de Ziz, situada al sur de Villafranca, en cuyos muros ondeaba el gallardete de mi Orden. Esta localidad, rica en vides desde que los «monjes negros» de Cluny trajeron las cepas de Francia, era famosa por una extraordinaria peculiaridad: en su iglesia de Santiago los peregrinos enfermos, incapaces de llegar hasta Compostela, podían obtener la Gran Perdonanza como si realmente hubiesen alcanzado la tumba del Apóstol. Es por ello que gran cantidad de gentes de todas las nacionalidades, clases y procedencias se arracimaban junto a sus muros sintiéndose allí un poco más cerca del final del Camino.

El *freixo* hospitalario, un hombre robusto y torpe de

escasa cabellera y ningún diente, se puso a mi disposición en cuanto le di mi nombre y mi cargo en nuestra común Orden. Rápidamente me ofreció su casa, una humilde vivienda de techo de paja pegada a los recios muros de la iglesia de San Juan, en la que desde hacía muchos años habitaban en hermandad un *freixo* lego de pocas luces y él. Ambos formaban una especie de destacamento o avanzadilla religiosa del Hospital en las puertas orientales de Galicia, reino éste en el que mi Orden disponía, al parecer, de abundantes encomiendas, castillos y prioratos que, desde la desaparición de *os bruxos* templarios, no hacían más que progresar e incrementarse. La casa principal, una hermosa fortaleza levantada en Portomarín y dedicada a san Nicolás, se hallaba a unas sesenta millas de distancia en dirección a Santiago. Con buenos caballos, dijo, no se tardaba más allá de dos días en realizar cómodamente el viaje. Sin ofrecerle demasiados detalles le hice saber que no estábamos en situación de comprar ni buenos ni malos caballos y que esperaba de su generosidad y compasiva disposición ese pequeño regalo. Cuando le vi titubear y balbucir unas tímidas excusas, tuve que ejercer todo el poder que mi rango de caballero hospitalario me otorgaba para borrar cualquier duda de su mente: necesitábamos esos animales y no había pretexto posible. No le dije que nuestras vidas corrían peligro y que sólo en San Nicolás, el chico, Sara y yo podríamos estar a salvo. Además, tenía que quedarme en alguna parte a la espera de órdenes de Juan XXII y de *frey* Robert d'Arthus-Bertrand, gran comendador de Francia, que a no dudar estarían ansiosos por conocer los enclaves del oro templario, y la fortaleza de Portomarín parecía el lugar adecuado para ello.

Abandonamos Villafranca esa misma tarde a lomos de tres buenos jamelgos pardos y atravesamos el estrecho desfiladero del río Valcarce, bordeando escarpados repechos llenos de castaños, que exhibían orgullosos sus punzantes y amenazadores frutos verdes. El dolor de oídos de Jonás no menguaba, y el muchacho presentaba un aspecto macilento y afiebrado. Ni siquiera pareció alegrarse cuando alcanzamos, después de grandes dificultades, la cumbre del monte O Cebreiro, desde donde vislumbramos, a la luz de la luna, el magnífico descenso que nos esperaba en dirección a Sarriá. Durante dos noches atravesamos húmedos y lóbregos bosques de robles centenarios, hayas, avellanos, tejos, pinos y arces, y un sinfín de hoscas aldeas cuyos habitantes dormían silenciosamente en sus pallozas de cuelmo mientras los perros ladraban al paso de nuestras cabalgaduras. Mi temor a ser capturados nuevamente por los *freires* templarios se desvanecía ante la certeza de que sólo unos locos como nosotros se atreverían a viajar de noche por aquellos pagos infestados de zorros, osos, lobos y jabalíes. No es que no tuviera miedo de sufrir el ataque de alguna de esas peligrosas criaturas, es que conocía sus hábitos de caza y sueño, y procuraba que nuestra ruta se alejara lo más posible de sus madrigueras para no alertarles ni provocarles con nuestros sonidos o nuestro olor, al mismo tiempo que mantenía en ristre, por si acaso, la vieja espada de hierro que también me había regalado el *freixo*.

Por fin, al rayar el día cuarto de octubre, cruzamos el puente de piedra sobre el Miño y entramos en Portomarín, feudo de mi Orden, cuyos estandartes y gonfalones ondeaban en todos los edificios principales de la ciudad. Era como estar en Rodas, me dije con el pecho henchido de alegría. Mi espíritu anhelaba ardientemente un merecido descanso dentro de los familiares muros de la fortaleza, lo más parecido a mi casa de la isla que había visto durante los últimos años.

Fuimos recibidos por cuatro *freixos* sirvientes que se hicieron cargo inmediatamente de la silenciosa Sara y del abatido Jonás, mientras yo era conducido por largos pasillos a presencia del prior de la casa, don Pero Nunes, que, al parecer, esperaba mi llegada desde hacía varios días. Me sentía mareado por la falta de sueño y desfallecido de hambre, pero la entrevista que me aguardaba era mucho más importante que un cálido lecho y una deliciosa comida; me consolé pensando que al menos Sara y el muchacho habían puesto fin a sus penalidades, y que, en breve, estaría de nuevo con ellos. Aunque ¿por cuánto tiempo?, me pregunté afligido. Ahora que todo había terminado, ¿tendría que separarme de la hechicera y el chico...?

Al fondo de una caldeada estancia, apoyado en la repisa de una gran chimenea que iluminaba sobradamente el inmenso salón, don Pero Nunes, prior de Portomarín, esperaba mi entrada para levantar la cabeza y echarme una minuciosa ojeada. Iba ataviado con el camisón de dormir —se notaba que le habían sacado con premura de la cama— y cubierto por un largo manto blanco de gruesa lana, y en sus ojos, al contrario que en los míos, brillaba la agitación y el ansia.

—¡*Freixo* Galcerán de Born! —exclamó viniendo hacia mí con los brazos extendidos. Su voz era grave y poderosa, impropia de un cuerpo tan estilizado y de unas maneras tan elegantes, mucho más apropiada para gritar órdenes a bordo de una *nao* que para dirigir los rezos en un priorato hospitalario. No supe distinguir si el aroma de perfume que llegaba hasta mi nariz venía de las telas y tapices de la sala o del camisón de don Pero.

—¡*Freixo* Galcerán de Born! —repitió emocionado—. Estábamos avisados de vuestra posible llegada. Se han recibido las más rigurosas instrucciones al respecto en todas las encomiendas y fortalezas que hay desde los Pirineos hasta Compostela. ¿Qué tenéis vos, *freixo*, para levantar esta polvareda?

—¿No os han explicado nada, prior? ¿Qué es lo que sabéis?

—Me temo, caballero —dijo cambiando el tono de suave a dominante—, que soy yo quien hace las preguntas y vos quien las responde. Pero tomad asiento, por favor. Lamento mi descortesía. Debéis de tener hambre, ¿no es cierto? Contadme qué es lo que está ocurriendo mientras nos sirven un buen desayuno.

—En cualquier otra circunstancia, prior —me disculpé—, no dudaría un instante en satisfacer vuestra demanda, pues como caballero y como hospitalario os debo completa obediencia, pero en este caso, *micer*, os ruego, con todo el respeto del mundo, que primero me expliquéis vos lo que os han dicho y cuáles son las órdenes que habéis recibido respecto a mí.

Don Pero gruñó y me echó una mirada torva, pero la naturaleza del caso debió de aconsejarle prudencia y moderación.

—Sólo sé, *freixo*, que debo comunicar vuestra aparición en esta casa en el mismo momento en que se produzca, enviando dos caballeros a la ciudad de León con los caballos más veloces de nuestras cuadras. Allí, al parecer, aguardan ansiosamente noticias sobre vos. Mientras tanto debo prestaros toda la asistencia que preciséis —suspiró—. Ahora os toca a vos.

—Si nuestros superiores no os han contado nada, *sire*, perdonad a este pobre y cansado caballero por su obstinado silencio, pero no puedo deciros más.

—¡Ah, cuánto lo lamento! —protestó, disimulando su enfado y poniéndose en pie despectivamente—. La casa está a vuestra disposición, *freixo*. Os incorporaréis a las prácticas religiosas y ejerceréis cualquiera de las funciones que mejor os acomode.

—Soy físico en el hospital de Rodas.

—¡Oh, Rodas! Bien, pues os dejo a cargo de nuestro pequeño hospital hasta que lleguen los emisarios de León. ¿Deseáis alguna cosa en particular?

—El muchacho y la mujer...

—Judía, ¿no es cierto? —inquirió con desdén.

—En efecto, *frey*, es judía. Pues bien, tanto ella, como el chico y yo estamos en grave peligro.

—Ya lo suponía —se jactó.

—Nuestra presencia no debe ser delatada bajo ningún concepto.

—Bien, en ese caso, os adjudicaremos una vivienda que hay en el molino de una granja cercana a la que nunca va nadie y que se encuentra muy bien protegida por esta fortaleza. ¿Estáis de acuerdo?

—Os lo agradezco, prior.

—Sea, pues. Hasta la vista, *freixo* Galcerán.

Y así me despidió, con un gesto displicente, sin ofrecerme el desayuno prometido y quitándome de en medio como quien aparta una mosca engorrosa.

Aquella tarde, cuando despertamos, Sara y yo inspeccionamos nuestro refugio mientras Jonás seguía durmiendo profundamente. Por la mañana, antes de dejarnos caer en los jergones, le había administrado un poco de opio para que descansara de verdad después de tantos días de dolor insoportable. Por fortuna, su respiración era acompasada y su pulso tranquilo.

La torre del molino estaba en medio de un pastizal desierto y su estado ruinoso denotaba los muchos años de abandono que pesaban sobre él. Era una construcción sencilla, de madera, levantada en torno a un grueso mástil central que sobresalía por el tejado. En el piso superior estaban nuestros jergones, y en el inferior, donde nos encontrábamos Sara y yo en esos momentos, se hallaba el viejo mecanismo de arrastre, desbaratado y sin piedras de moler. Grandes telarañas colgaban de las esquinas del techo y, al descubrir a uno de esos laboriosos y benéficos insectos, la hechicera hizo un mohín de satisfacción:

—¿Sabéis que las arañas son un buen agüero y que si se ve una araña por la tarde o por la noche pronostica que se cumplirá un deseo...? —dijo al tiempo que cogía mi mano y tiraba de mí hacia el exterior.

Fuera brillaba el pálido sol de media tarde y el aire era puro, de manera que nos sentamos en un rincón del edificio para saborear el placer de la tregua y la quietud del lugar. Ya no teníamos que huir, ni escondernos, ni viajar de noche o escapar de los *fratres milites*; sólo debíamos permanecer allí sentados tranquilamente, disfrutando de la libertad.

—Así que habéis llegado a casa, por fin... —dejó escapar con tono neutro.

—Os dije que era un monje del Hospital, ¿recordáis?

—¡Un montesino! ¡Eso fue lo que me dijisteis que érais!

—No quise ofenderos con aquella mentira, Sara, pero tenía órdenes de no identificarme como hospitalario.

Su rostro se contrajo en una mueca despectiva.

—A fin de cuentas, ¿qué más da? Sois un monje soldado, un caballero de la Orden más poderosa que existe en estos momentos, y, además sois honesto, fiel a vuestros votos y a la tarea que se os ha encomendado. Con seguridad, seréis también un gran físico.

—Desgraciadamente, soy más conocido por mi habilidad para este tipo de extrañas misiones que por mis capacidades como médico. Todos me conocen como el *Perquisitore*.

—Pues es una lástima, *Perquisitore* —dijo con triste acento—, que no seáis un simple caballero o un sencillo cirujano barbero.

Enmudecimos los dos durante un tiempo, apesadumbrados por aquello que yo no podría ser nunca, por lo que ambos no podríamos ser jamás. Las palabras de Sara me transmitían los anhelos que yo mismo sentía como puñales en mi interior, pero no podía responder a ellos porque hubiera sido como aceptar un compromiso que no podía contraer. Y, sin embargo, la amaba.

—Sois un cobarde, *Perquisitore* —susurró—. Estáis dejando todo el trabajo en mis manos.

La idea de que pronto me separaría de ella para siempre me laceraba el corazón.

—No puedo ayudaros, Sara. Os juro que si hubiera una puerta por la que escapar para reunirme con vos, la cruzaría sin dudarlo ni un segundo.

—¡Pero esa puerta existe, *sire*! —protestó.

Mi cuerpo gritaba de deseos de abrazarla y el aire no llegaba a mis pulmones. La sentía tan cerca, tan próxima, tan cálida, que el dolor punzaba mis sienes y el corazón me latía enloquecido en el pecho.

—Esa puerta existe... —repitió acercando sus labios a los míos.

Allí, bajo el sol poniente, pude sentir el sabor de su boca y recibir su aliento, dulce y abrasador. Sus besos, al principio secos y tímidos, se fueron convirtiendo en un torrente que me arrastró hacia lugares olvidados. La amaba, la amaba más que a mi vida, la deseaba hasta dolerme el cuerpo, no podía soportar la idea de perderla por unos votos absurdos. Desesperado, la estreché ansiosamente entre mis brazos hasta casi romperla y rodamos por la hierba.

Durante horas sólo existí en el cuerpo de Sara. Vino la noche, y el frío, y no lo noté. De aquellos instantes puedo recordar el brillo de su piel moteada y sudorosa bajo la luz de la luna, la curva de sus caderas, el perfil puntiagudo de sus pechos pequeños y la tersura de su espalda, de su vientre, de sus muslos, que mis manos acariciaban sin descanso. Ella me fue guiando, me fue enseñando, y nos unimos apasionadamente una o mil veces, no lo recuerdo, nos besamos hasta que los labios nos dolieron, hasta que no pudimos más y, aún así, seguía vivo el delirio, el ansia, el deseo, el pobre e inútil anhelo de permanecer allí para siempre con nuestros cuerpos fundidos en uno solo.

Todo había empezado en medio de la tristeza y, sin embargo, terminó entre risas y murmullos de placer. Le repetí incansablemente, una y otra vez, que la amaba y que la amaría siempre, y ella, que suspiraba de satisfacción al escucharme, mordisqueaba mi oreja y mi cuello con una sonrisa de felicidad que yo notaba dibujada en mi piel. Nos dormimos sobre la hierba, abrazados, agotados, pero el húmedo frío de la alborada nos despertó y, recogiendo nuestras ropas del suelo y echándonoslas por encima, entramos sonrientes en el desvencijado molino y nos acomodamos juntos en uno de los dos jergones, cubriéndonos con las mismas pieles. Nuestros cuerpos encontraron rápidamente la postura para dormir unidos, se adaptaron de una forma natural, como si siempre lo hubieran hecho, como si cada esquina, relieve y turgencia encajara perfectamente en los ahuecamientos del otro. Y así descansamos hasta el día siguiente. Si Jonás oyó, vio o adivinó algo aquella primera noche, lo disimuló muy bien con su inmovilidad y sus ojos cerrados, pero, curiosamente, cuando poco después se repuso de su mal, decidió que deseaba dormir solo en el piso inferior.

Yo sabía que mi amor por Sara no acabaría jamás, pero no quería plantearme lo que sería de nosotros en cuanto la vida real entrara a la fuerza en aquel pequeño paraíso. Mi mente y mi cuerpo rechazaban la idea de que cada segundo que pasaba junto a ella era un segundo robado, un segundo amenazado, y que ambos habríamos de pagarlo más tarde con creces. El amor de mocedad que había sentido por la madre de Jonás era como un sueño lleno de pureza, como una tarde plácida junto a una fuente tranquila; el amor que sentía por Sara nada tenía que ver con todo aquello, pues la pasión más ardiente desbordaba los cauces de aquel río de locura. Sabía que no había ninguna forma de poder conjugar mi estado de hospitalario con aquella maravillosa judía que había devuelto a mi vida el pulso y la dicha, pero no quería pensar en ello, no quería desperdiciar ni una sola gota de aquel bebedizo de euforia.

Pero el destino, ese misterioso y supremo destino del que habla la *Qabalah*, el que teje los hilos de los acontecimientos sin contar con nosotros —aunque encaminándonos suavemente hacia lo inexorable—, decidió una vez más que yo debía afrontar la realidad de la forma más brusca para así llegar más rápido hasta la verdad. El día que se cumplían los dos meses justos del comienzo de nuestra peregrinación, el noveno día de octubre, la desgracia se presentó de improviso en el molino.

Sara y yo habíamos estado haciendo el amor durante buena parte de la noche y luego habíamos caído profundamente dormidos uno en brazos del otro, con nuestras piernas entrelazadas como cuerdas anudadas bajo las pieles. Su cabeza reposaba contra mi pecho mientras mis brazos la rodeaban con un gesto avaro y protector. Mi nariz se apoyaba directamente sobre su pelo plateado, pues me había acostumbrado a las cosquillas que me producía con tal de respirar su fragancia durante toda la noche. Sara cuidaba mucho su cabello. Continuamente lo lavaba y lo peinaba con cuidado porque decía que no soportaba llevarlo pegado a la cabeza, lleno de grasa y suciedad. Lo cierto es que le gustaba mantener el brillo argentado de su excepcional cabellera, herencia, al parecer, de la familia de su madre, en la que todos, hombres y mujeres, lucían un hermoso y abundante cabello blanco desde la más tierna mocedad.

Unos pasos violentos y unos golpes bruscos en la escalera de madera que daba acceso al segundo piso me sacaron a duras penas de mi reciente sueño, pero seguía aturdido cuando las pisadas se detuvieron junto a mi cara.

—Soy el hermano Valerio de Villares, comendador de León —dijo una voz firme y maciza—, y éste es mi lugarteniente, el hermano Ferrando de Çohinos. Levantaros, hermano de Born.

Abrí los ojos, espantado, y salté del jergón completamente desnudo. Los muchos años de disciplina militar me impidieron pensar.

—Poneos las ropas, hermano —me ordenó el comendador—. Por respeto a la mujer, os esperaremos abajo.

Los ojos atemorizados de Sara buscaron los míos que, aunque reflejaron culpabilidad durante unos breves instantes, enseguida mostraron la firmeza de mis pensamientos.

—No te preocupes, amor mío —le dije con una sonrisa, inclinándome a besarla—. No debes temer nada en absoluto.

—Te separarán de mí —balbució.

Cogí sus manos entre las mías y la miré directamente a los ojos.

—Nada hay en este mundo, mi amor, que pueda separarme de ti. ¿Me oyes? ¡Acuérdate siempre, Sara, porque es importante! Pase lo que pase, confía en este juramento que ahora te hago: no nos separaremos nunca. ¿Me crees?

Los ojos de la judía se llenaron de lágrimas.

—Sí.

Jonás apareció en ese momento por la boca de la escalera.

—¿Quiénes son esos *freires*, padre? —preguntó vacilante.

—Son grandes dignatarios de mi Orden —le aclaré mientras me vestía—. Escucha, Jonás, quiero que te quedes aquí con Sara mientras yo hablo con ellos. Y no quiero que ninguno de los dos os preocupéis por nada.

—¿Os obligarán a volver a Rodas? —En la voz de Jonás sonaba un acento de temor que me sorprendió. Mientras yo vivía la más plena felicidad, el chico había estado dándole vueltas a la idea de mi más que probable regreso a la isla. No me atreví a mentirle.

—Es probable que así me lo ordenen, en efecto.

Y dándome media vuelta les dejé solos. Abajo, en el exterior del molino, *frey* Valerio y *frey* Ferrando me esperaban. Un pesado silencio nos envolvió a los tres cuando me paré frente a sus miradas acusadoras.

—La situación ya es bastante complicada, hermano —me recriminó fríamente *frey* Valerio.

—Lo sé, mi señor —respondí con humildad. No era el momento de mostrarse digno.

—Sin duda, tenéis un claro conocimiento de lo que significa para vos haberos metido en la cama con esa mujer.

—Así es, mi señor.

Ambos hombres me clavaron una mirada fija y lacerante. Para ellos debía de resultar incomprensible que un hospitalario de mi rango y formación estuviera dispuesto a perder el manto y la casa, a ser expulsado de la Orden sin honor, por una vulgar aventura de faldas con una judía. Cruzaron una mirada de inteligencia entre sí, y guardaron un seco silencio.

—Está bien —soltó por fin *frey* Valerio—. No podemos perder el tiempo ahora con estas cosas. Urge que continuéis vuestra misión, hermano Galcerán. Eso es lo único que interesa y lo más importante. Este pequeño incidente debe ser olvidado aquí y ahora. Dejaréis al chico y a la judía en esta fortaleza de Portomarín a cargo de don Pero y culminaréis el trabajo que os encomendó Su Santidad.

Tardé unos segundos en reaccionar y la sorpresa debió de reflejarse en mi rostro porque *frey* Ferrando hizo un gesto de impaciencia, como un padre cansado de soportar impertinencias de su hijo.

—¿Acaso no habéis comprendido vuestras órdenes? —preguntó irritado.

—Perdonadme, *frey* Ferrando —repuse recobrando el control—, pero no creo que quede ninguna misión por cumplir. El asunto está zanjado desde que fui capturado por los templarios en Castrojeriz.

—En eso erráis, hermano —denegó—. El oro encontrado no cubre en modo alguno la suma calculada por los procuradores de las comisiones de investigación. Apenas alcanza la ridícula cifra de cincuenta millones de francos.

—¡Pero eso es una inmensa fortuna! —exclamé. Por un instante estuve tentado de contar lo que había visto en Las Médulas, de hablar sobre la inmensa basílica, el Arca de la Alianza, el cuero lleno de dibujos herméticos..., pero algo me contuvo, un fuerte instinto irracional selló mi boca.

—Eso no es más que una miseria, una insignificancia. Debéis saber que nuestra Orden se encuentra fuertemente endeudada con el rey de Francia por culpa de las costas del proceso (que por estúpidos artificios legales han venido a recaer sobre nosotros), y que las rentas pagaderas de por vida a los antiguos templarios, el mantenimiento de los presos y la administración de los bienes están arruinando nuestras arcas y las arcas de la

Iglesia. Así que, vos, hermano, debéis continuar buscando ese maldito oro y hallarlo para vuestra Orden y para el Santo Padre. Cueste lo que cueste.

—¿Aunque lo que cueste sea mi propia vida?

—Aunque cueste vuestra vida y la de cincuenta como vos, *Perquisitore* —dejó escapar *frey* Valerio con una voz fría como el hielo.

No tenía mucho tiempo para pensar y necesitaba hacerlo desesperadamente. No negaré ahora que fue durante aquellos escasos minutos (en los que hice mil preguntas irrelevantes para mantener distraídos a *frey* Valerio y *frey* Ferrando) cuando organicé, al menos en bosquejo, todos los pasos subsiguientes. En mi corazón, además del amor por Sara y por mi hijo, albergaba el cadáver de mi fidelidad a la Orden sanjuanista. Aquellos a quienes había respetado y admirado no eran más que sombras de una vida pasada a la que no regresaría jamás. Por descontado, no pensaba separarme de la mujer y del chico, que ahora eran mi única Orden, mi único destino y mi único hogar, pero escapar de los hospitalarios, de los templarios y de la Iglesia al mismo tiempo era demasiado para un monje renegado. No podía pensar ni remotamente en imponer a mi noble y viejo padre la infamante carga de esconder en su castillo y sus tierras a un hijo sin honor acompañado por un vástago ilegítimo y una hechicera judía. Era sencillamente impensable. Así que no tenía muchas posibilidades: el mundo era demasiado pequeño y debía meditar con calma las escasas alternativas que se me ofrecían.

—No debéis preocuparos, hermano —añadió *frey* Ferrando—. Llevaréis una escolta permanente de caballeros sanjuanistas, como antes llevabais una escolta de soldados del Papa. Yo mismo estaré al frente del grupo y hablaréis conmigo como antes lo hacíais con el desaparecido conde Le Mans. Estaréis bien protegido contra los templarios.

—No iré a ninguna parte sin la judía y el muchacho.

—¿Cómo? —bramó—. ¿Qué habéis dicho?

—He dicho, mi señor, que no iré a ninguna parte ni haré ninguna cosa sin la mujer y el chico.

—¿Os dais cuenta de que seréis severamente castigado por esta desobediencia, hermano?

—No quise ofenderos, mi señor, ni a vos tampoco, *frey* Valerio, pero no podría encontrar el oro sin ellos. Sería incapaz de continuar la búsqueda yo solo, por eso os pido que les permitáis acompañarme.

—No lo habéis pedido, hermano, lo habéis exigido, y no os quepa ninguna duda de que seréis sancionado por vuestro superior y vuestro capítulo en cuanto volváis a Rodas.

—Muy poco debéis de apreciarlos cuando tanto deseáis ponerlos en peligro —apuntó sañudo el de Villares.

No, no deseaba ponerlos en peligro, deseaba sacarlos de aquella capitanía de Portomarín donde sin duda serían retenidos a la fuerza hasta que yo terminase la tarea y luego enviados a remotos lugares donde no pudiese encontrarlos. La incapacidad demostrada para hallar los tesoros templarios sin mi colaboración demostraba bien a las claras que no me dejarían escapar fácilmente aunque me acostara con mil mujeres o incumpliera todos mis votos y todos los preceptos de la Regla hospitalaria.

—Sin ellos no puedo hacerlo —repetí machaconamente.

Frey Valerio y su lugarteniente intercambiaron de nuevo miradas de inteligencia, aunque esta vez había en ellas un algo de desesperación. Debían de estar tan presionados como yo y tan preocupados como yo lo estaba minutos antes.

—Está bien —concedió el comendador—. ¿Cómo deseáis continuar? ¿Queréis regresar a Castrojeriz para reemprender la búsqueda desde allí?

—No me parece oportuno —apunté pensativo—. Eso es precisamente lo que los templarios esperan que hagamos. Creo que deberíamos continuar hacia Santiago, ganar la Gran Perdonanza, y regresar sobre nuestros pasos como unos pacíficos *concheiros* que vuelven a casa con las bien ganadas vieras en los sombreros y las ropas. La mujer, el chico y yo deberíamos adoptar unos disfraces realmente buenos, muy diferentes a los que hemos utilizado hasta ahora, y eso nos llevará algún tiempo de preparación.

—Tiempo es lo que no tenemos, hermano. ¿Qué necesitáis?

—Cuando lo sepa, mi señor, os lo diré.

Nos separaron. Durante la semana que tardamos en preparar las nuevas personalidades y apariencias, me impidieron dormir con Sara, obligándome a pernoctar en el interior de la fortaleza. La echaba terriblemente de menos, pero me decía que, si quería conseguir un futuro para ambos, un largo futuro, debía someterme con aparente docilidad a los dictados de mis superiores. *Frey* Valerio desapareció al día siguiente de nuestra conversación, pero el hermano Ferrando de Çohinos se convirtió en mi maldita sombra. Don Pero, por su parte, estaba molesto y se le notaba; no le gustaba verse apartado de un asunto de importancia que se cocía en sus propios dominios, y de muy mala gana permanecía al margen de nuestros tejemanejes sin atreverse a preguntar por miedo a otra desagradable respuesta de *frey* Ferrando, que no refrenó su lengua cuando el prior de Portomarín intentó meter las narices.

Con la ayuda de mucha cerveza, excremento de golondrinas, raíces de avellano, hiel de buey e infusiones de manzanilla, Jonás y yo tornamos rubios nuestros cabellos negros, así como las cejas, que nos dieron bastantes problemas. La barba, para mí, también fue un asunto difícil, pues crecía como una discrepante sombra oscura que delataba el tinte, de modo que tendría que dejarla crecer e ir aclarándola con gran cuidado todos los días. Para Sara, sin embargo, fue mucho más sencillo. Su pelo blanco embebió el cocimiento de bulbos de puerro de una sola vez, y quedó convertida en una hermosa mujer morena, de piel lechosa e inmaculada gracias a los polvos blancos que ocultaron sus lunares. Pasó a ser una gran dama francesa que acudía a Compostela para suplicar por la salud de su esposo enfermo, y que viajaba en un rico carruaje guiado por un palafrenero contrahecho y desdentado (para lo cual añadí giba y cojera a mi figura deforme y pinté de negro alguno de mis dientes) y por su prudente y solícito hermano. Dos hospitalarios de la mesnada de acompañamiento (uno, joven, de mandíbula firme y ojos vacíos, y otro de mediana edad que, aunque hablaba poco, cuando lo hacía mostraba un par de hileras de dientes mal formados y podridos), se convirtieron en soldados al servicio de la distinguida señora, la cual, le expliqué asimismo a *frey* Ferrando, se detendría a rezar en todos los santuarios del Camino para permitirme realizar cómodamente mis observaciones y estudios, y sería muy generosa en limosnas con los pobres peregrinos y los enfermos, de manera que los ojos del Temple, que esperaban descubrir un trío de fugitivos mendicantes, quedasen cegados por el perfil de un grupo de cinco que dejaba abundantes rastros de riquezas.

Por fin, el decimosexto día de octubre, dejando atrás los robledales de la encomienda, partimos rumbo a Santiago de Compostela. Aunque sólo yo lo sabía, Portomarín había sido el último lugar hospitalario que pisaba en mi vida.

Mientras atravesábamos Sala Regina y Ligonde, mientras parábamos a rezar en la iglesilla de Villar de Donas, y seguíamos por Lestredo y Ave Nostre en dirección a Palas de Rei, en mi mente volaban y se cruzaban como pájaros enloquecidos los enredados elementos que componían nuestra difícil situación. Nunca es bueno hacer las cosas sin haber previsto antes todos los movimientos posibles de la partida, y yo, mientras guiaba el espléndido tronco de animales del vistoso carruaje negro en cuyo interior viajaban cómodamente Sara y Jonás, con el pensamiento recorría arriba y abajo, abajo y arriba, todas las sendas posibles por donde podrían discurrir los acontecimientos en función de las decisiones que tomara o de las acciones que llevara a cabo. Cuando todo el plan estuvo sólidamente preparado, hice saber a Sara y a Jonás el cuándo, el qué y el cómo de las partes que a ellos les correspondían.

Conforme nos aproximábamos a Compostela, para la que apenas nos faltaban dos días de viaje, grupos incontables de humildes peregrinos avanzaban rápidamente en nuestra misma dirección con las caras rebosantes de entusiasmo, como si después de tan largo viaje —de cientos o miles de millas de andadura— no dispusieran de tiempo que perder ahora que se hallaban a tan escasa distancia de su objetivo. En verdad, incluso desde el pescante podía apreciarse el anhelo violento que brillaba en el fondo de sus ojos por llegar a la adorada ciudad de Santiago.

Aunque realmente no tenía ningún interés en encontrar pistas templarias en los lugares por los que íbamos pasando, tampoco hubiera disfrutado de mejor suerte de estar necesitado de hallarlas, pues parecía que por aquellos pagos gallegos los *freires* salomónicos poco o nada habían tenido o disfrutado. El Camino, que alternaba parajes de bosque con incontables aldeas en una sucesión rigurosa, se había vuelto recto como un palo y suavemente inclinado, con leves subidas y bajadas, como si estuviera decidido a ayudar amablemente a los peregrinos para que alcanzasen su ansiado destino, y como si ninguna otra cosa tuviera importancia en aquellas tierras verdes, húmedas y frías, en las que reinaba, soberano, el gloriosísimo hijo de Zebedeo (que, para otros, era el gloriosísimo hermano del Salvador, y, para unos pocos iniciados, el gloriosísimo hereje Prisciliano), llamado indistintamente Santiago, Jacobo, Jacques, Jackob, o *Iacobus*.

En el cuarto siglo de nuestra era, Prisciliano, discípulo del anacoreta egipcio Marcos de Memphis y *episcopus de Gallaecia*, había sido el instaurador de una doctrina cristiana que la Iglesia de Roma condenó inmediatamente por herética. En poco tiempo, sus seguidores se contaban por miles (con numerosos sacerdotes y obispos entre ellos) y su hermosa herejía basada en la igualdad, la libertad y el respeto, así como en la conservación de los conocimientos y ritos antiguos, se extendió por la toda la península hispana, e incluso allende sus fronteras. El ingenuo Prisciliano, que acudió confiadamente a Roma para pedir comprensión al papa Dámaso, fue torturado y condenado por los jueces eclesiásticos que le juzgaron en Tréveris, y, finalmente, decapitado sin misericordia. Sin embargo, sus seguidores, lejos de dejarse atemorizar por las amenazas de la Santa Iglesia de Roma, recuperaron el cuerpo descabezado de Prisciliano devolviéndolo a las Hispanias, y su herejía siguió propagándose por todas partes como un fuego griego. Muy pronto, la tumba del mártir hereje, que había sido un hombre bueno, se convirtió en lugar de masivas peregrinaciones y, como ni los siglos ni los enormes esfuerzos derrochados por la Iglesia consiguieron terminar con esta costumbre, el largo brazo eclesiástico hizo de nuevo aquello que tan magníficamente había demostrado saber hacer: del mismo modo que inventaba santos inexistentes, transformaba las celebraciones de los antiguos dioses de la humanidad en fiestas cristianas o maquillaba las vidas de personajes populares —casi siempre paganos o iniciados—, para ajustarlas a los cánones romanos de la santidad, aprovechando el transitorio olvido en el que había quedado el sepulcro de Prisciliano por la confusión, la muerte y el terror que supuso para la península la invasión árabe del siglo octavo, transformó el sepulcro de Prisciliano en el sepulcro del apóstol Santiago el Mayor, hermano de san Juan Evangelista, e hijo, como éste, del pescador Zebedeo y de una mujer llamada María Salomé, dotándole de una hermosa leyenda cargada de milagros que justificaran lo imposible, pues ni Santiago el Mayor había venido nunca a Hispania, como se demostraba en los Evangelios y en los Hechos de los Apóstoles, ni su cuerpo, curiosamente también decapitado, había regresado a ella desde Jerusalén en una barca de piedra empujada por el viento.

Tres días después de salir de Portomarín, bajo un sol blanco que apenas calentaba los huesos, entramos, cruzando la Porta Franca, en la muy noble e ilustre ciudad de Compostela, donde, según dicen, todos los milagros son posibles.

—¡Al fin! —gritó Jonás varias veces, teniendo como fondo la risa alegre y chispeante de mi dama hechicera. Los dos *freixos* hospitalarios que cabalgaban a nuestro lado continuaron altaneramente impasibles.

Un enorme tráfago confuso de hombres de todas las razas y lenguas, y de animales de toda índole, taponaba las calles angostas, retorcidas, cenagosas y pestilentes de la ciudad. Para quien, como yo, había viajado por las grandes ciudades del orbe, tanto en Oriente como en Occidente, la población de Santiago, uno de los tres *Axis Mundi*, constituía el mayor desengaño que pudiera imaginarse. Ni siquiera la impresionante rúa de Casas Reais, flanqueada por ricos palacios y casas solariegas, presentaba mejor cariz en cuanto a suciedad y hedor que la populachera Vía Francígena, permanentemente abarrotada por una turba vociferante de mesoneros, mercaderes, mendigos, rameras, cambistas y vendedores de amuletos y reliquias. Pero cuando ya desesperaba de no hallar nada digno en aquel execrable lugar, ahogando mis arriesgados planes en una ciénaga de vacilaciones provocadas por el ambiente, el carruaje, torciendo por una calleja miserable, enfiló de lleno hacia la deslumbrante basílica del Apóstol, frente a la cual cientos de peregrinos se aglomeraban como una masa grotesca y maloliente de carne humana y harapos sucios, bien empujándose unos a otros para atravesar el pórtico, bien besando el suelo largamente deseado, o bien arrodillados en actitud fervorosa, con la cabeza inclinada y descubierta, y el bordón (¡compañero de tantos días!) caído en los adoquines y abandonado. Era imposible atravesar aquella muchedumbre con el tronco de caballos, así que dimos media vuelta y buscamos otras rúas por las que llegar hasta nuestro alojamiento, en el Palacio de Ramirans. Bueno, en el palacio se alojarían Sara, Jonás y la escolta, porque yo, tal y como esperaba, descansaría mis huesos en un rincón del guadarnés de las caballerizas, entre sillas, arreos, correajes y jaeces. Era un detalle importante, porque si durante el día los ojos de *frey* Ferrando y de sus hombres no se apartaban de nosotros, de noche, y con las debidas precauciones, un hombre solo, un criado anónimo, podía abandonar silenciosamente el palacio sin ser advertido.

La tarde de nuestra llegada, Sara y Jonás salieron de compras por la ciudad mientras yo me quedaba en las cuadras limpiando y cepillando a los animales. Los *freires* hospitalarios de nuestra comitiva tuvieron, pues, que dividirse también, y uno de ellos, el más joven, permaneció a mi lado, primero sin despegar los labios y luego, después de un par de partidas de damas, hablándome incansablemente de las producciones agrícolas y las rentas anuales de nuestras capitanías. Le escuché con suma atención, como si aquello que me estaba contando, y que me aburría hasta el infinito, fuera lo más interesante que había oído en toda mi vida, de modo que le hice muchas preguntas atinadas, ahondé en los asuntos que más parecían importarle, y concluí con él en que nuestra Orden debería llevar a cabo una mejor

371

gestión de los cultivos de cereales y vides para aumentar los rendimientos. A cambio de soportar pacientemente semejante monserga obtuve su agradecida estima y, con ella, el menoscabo de su vigilancia.

Cuando por fin, esa noche, el palacio quedó en silencio y yo me encontré solo en el guadarnés, me deshice de mi disfraz de auriga cojo, giboso y desdentado, y me imbuí en las ropas de chalán que Sara y Jonás habían comprado esa tarde para mí —de acuerdo con mis indicaciones— y que me habían hecho llegar disimuladas en un hatillo de vestiduras usadas de Jonás. Hundí la cabeza en un bonete de fieltro para ocultar mis cabellos rubios y salí del palacio escondiéndome entre los criados y sirvientas que regresaban a sus hogares. Antes de que el grupo se hiciera peligrosamente pequeño, dirigí mis pasos hacia la primera taberna que encontré en el camino y, ya en ella, sentado en un oscuro rincón y dando grandes tragos de esa bebida caliente y dulzona que los gallegos elaboran con manzanas, redacté la comprometida misiva que nos sacaría para siempre (al menos así lo esperaba) de aquella peligrosa situación. No estaba dispuesto a ser separado de Sara, a la que amaba más que a mi vida, ni de mi hijo, a quien deseaba ver convertido en un hombre, mientras yo envejecía ejerciendo mis funciones de médico en Rodas bajo la estrecha vigilancia de mis superiores. Y todo esto en el mejor de los casos, pues en el peor (es decir, si escapábamos), seríamos perseguidos incansablemente por la Iglesia y el Hospital, ávidos de riquezas y poder, y también por los templarios, deseosos de mantener el secreto de sus valiosos depósitos y, sobre todo, de silenciar la existencia del Arca de la Alianza. No habría lugar en el mundo en el que pudiéramos escondernos y, como lo sabía, como quería vivir en paz, sin miedo, abrazando todas las noches el cuerpo cálido de Sara y viendo crecer a mi hijo, debía escribir, sin dudarlo, aquella arriesgada nota.

A la muerte de don Rodrigo de Padrón, acaecida el año anterior, había sido nombrado como arzobispo de Santiago don Berenguel de Landoira, hombre de reconocidas simpatías por la Orden del Temple y que, según se rumoreaba, había colocado secretamente a más de un antiguo *freire* salomónico entre los miembros de su séquito, sus consejeros y los servidores de su palacio. Él era el destinatario de mi carta, así que me encaminé hacia su residencia, paredaña a la catedral, y tabaleé sigilosamente en la puerta. El frío era tan intenso que salían nubes de vaho de mi nariz y mi boca. Pasado un rato grande sin que nadie acudiera a abrirme, insistí, y, al final, la cara de un muchacho somnoliento asomó por el ventanillo.

—*Pax Vobiscum.*

—*Et cum spiritu tuo.*

—¿Qué buscáis a estas horas en la casa de Dios?

—Quisiera entregaros una carta para don Berenguel de Landoira.

—El arzobispo duerme, señor. Volved mañana.

Me impacienté. Tenía mucho frío y había empezado a lloviznar.

—¡No quiero entregar una carta *a* don Berenguel de Landoira, muchacho! ¡Quiero entregaros una carta *para* don Berenguel de Landoira!

—¡Oh, sí, señor, perdonadme! —murmuró atribulado—. No os había comprendido bien. Dádmela, señor, yo se la haré llegar por la mañana.

—Escucha, chico, esta misiva es muy importante y

debe ser leída sin falta por el arzobispo. Como quiero que al despertar recuerdes bien este recado y no te demores en su cumplimiento, toma —le dije alargándole el pliego junto con una moneda de oro—, aquí tienes una buena gratificación.

—Gracias, señor. No os preocupéis.

Regresé al Palacio de Ramirans y dormí como un leño hasta el día siguiente.

Había decidido pactar con el diablo. Nunca he sido un buen comerciante, pero tenía algo que vender y sabía que el diablo pagaría cualquier precio por obtenerlo. Por eso, al atardecer del día siguiente, mientras Sara y Jonás, escoltados por los dos sanjuanistas, acudían a la catedral para visitar la tumba del Apóstol, yo volví a cambiar mi indumentaria y apariencia y abandoné el palacio detrás de ellos.

Me sumergí en la abigarrada multitud de seres que pululaban por las cenagosas rúas de Compostela y, después de deambular un rato contemplando las mercaderías que se brindaban en los tenduchos colocados bajo las arcadas, compré un trozo de empanada de miel y dirigí mis pasos hacia la catedral. No sabía quién se aproximaría hasta mí en medio de la multitud, pero, fuera quien fuera, debería llevar un bordón adornado con lazos blancos. Una tontería, sí, pero me había apetecido gastar una humorada al desgraciado mensajero. Paseé indolente entre la masa de harapientos peregrinos llegados aquel día a la ciudad, sabiendo que los ojos de cien templarios me observaban desde distintos puntos de aquella animada explanada, y terminé con calma mi empanada de miel. Había elegido aquel lugar precisamente por estar tan concurrido. De otro modo, mi vida no hubiera estado segura. Entre la muchedumbre, jamás se atreverían a hacerme nada.

Sentí un fuerte golpe en un costado y, antes de que tuviera tiempo de girarme, una mano deslizó subrepticiamente algo en el bolsillo de mi faldellín.

—¡Perdón, hermano! —exclamó regocijado un sucio peregrino. Su boca sonreía aviesamente mientras exhibía ante mí un alto bordón cargado de cintas blancas. Pero ni el sombrero de ala ancha, ni las ropas, ni la barba larga y mugrienta consiguieron despistarme: aquel hombre que se alejaba con paso ligero era, sin duda alguna, Rodrigo Jiménez, más conocido por nosotros como Nadie. Apreté los dientes y mis pupilas le siguieron, relampagueando de hostilidad, hasta que se perdió entre la multitud.

Lo cierto es que estuve a punto de arrepentirme, pero hay momentos en la vida en los que intentar retroceder te hace perder pie y caer ruidosamente, así que, a despecho de mi propia y furiosa desesperación, decidí que, a pesar de todo, debía continuar adelante. Me uní al tropel que intentaba llegar hasta el templo para entrar en él por la puerta occidental, por el llamado Pórtico de la Gloria. Empujado por la marea humana, avancé a ciegas hasta encontrarme, de pronto, frente a un impresionante prodigio de belleza tallada en piedra: presidido por una figura del Salvador de tamaño descomunal, de al menos tres alzadas, y abarrotado de personajes del Apocalipsis y de los Evangelios, un tímpano gigantesco coronaba la puerta de entrada a la catedral en cuyo parteluz descubrí, de manera casi instantánea, el símbolo que había guiado mi destino durante los últimos y largos meses... Santiago Apóstol apoyaba sus pies sobre un Árbol de Jesé ¡y sus manos sobre un báculo en forma de Tau!

Me sentí mareado, aturdido, demasiado cansado para intentar comprender aquellas señales, aquel conjunto de señales que saltaban desde el Pórtico hasta mí con refinada crueldad. Me negué en redondo a poner mi mano sobre el tronco del Árbol de Jesé, como estaban haciendo todos los peregrinos, y tampoco golpeé mi cabeza con la cabeza de piedra de la grotesca efigie que, de espaldas al pórtico, miraba imperturbable hacia el interior del templo. Me estaba preguntando quién sería aquel duende, cuando oí a unos peregrinos aragoneses explicarse mutuamente que aquella figura achaparrada era la de un tal maestro Mateo, el artífice del pórtico. ¡Qué cosas!, pensé entre divertido y perplejo, la gente hacía, sin saberlo, el gesto de la transmisión del conocimiento con un maestro constructor indiscutiblemente iniciado. Cerré los ojos y me dejé arrastrar de nuevo por la marea. En el interior, rutilante de luces y resplandores de oro y piedras preciosas, vi gentes llorando por la emoción, gentes arrodilladas, encogidas sobre sí mismas, gentes pasmadas, gentes boquiabiertas que no podían dejar de mirar las inconmensurables riquezas que les rodeaban. Gentes, gentes, gentes... Por todas partes gentes venidas de todas partes. Y el apestoso hedor que desprendían aquellos pobres cuerpos se mezclaba con un penetrante olor a incienso que se combinaba, a su vez, con los efluvios de los sahumerios y con el aroma de los millares de flores de los altares (el de san Nicolás, el de la santa Cruz, el de santa Fe, el de san Juan Evangelista, el de san Pedro, el de san Andrés, el de san Martín, el de María Magdalena, el del Salvador, el de Santiago...).

No sé bien cómo llegué hasta el altar del presbiterio, el altar mayor, bajo el cual se encontraban, en un arca de mármol, las supuestas reliquias del bendito Apóstol Santiago. El tabernáculo era de gran tamaño: tenía cinco palmos de altura, doce de longitud y siete de anchura, y estaba cerrado en su parte delantera por un frontal bellamente trabajado en oro y plata en el que podían verse los veinticuatro ancianos del Apocalipsis, la figura de Cristo y las de los doce apóstoles. Este altar, bajo el que reposaba, como he dicho, el sepulcro invisible de Santiago, estaba cubierto por un templete cuadrado apoyado sobre cuatro estilizadas columnas y decorado por dentro y por fuera con admirables pinturas y dibujos y con diversos adornos. ¿Qué otro lugar mejor podría encontrar para leer el mensaje escondido por Nadie, el espía, en el bolsillo de mi faldellín? Aunque hubiera agitado un paño rojo hasta cansarme los brazos, nadie me habría prestado la menor atención. Gracias por tu colaboración, venerable Prisciliano, pensé mirando el sepulcro. Que por los siglos de los siglos continúes recibiendo la adoración del mundo, aunque sea bajo un nombre falso.

Si, como parecía, yo estaba dispuesto a negociar, indicaba la nota, Manrique de Mendoza me esperaba, una semana después, en el Fin del Mundo... Me quedé helado. ¡Sólo tenía una semana para acabar con mi vida pasada y llegar hasta el final de la tierra con Sara y con Jonás! Noté que la piel se me erizaba (como cuando Sara me mordisqueaba la oreja) y que un sudor frío me recorría la espalda. ¡Piensa, Galcerán, piensa!, me repetía incansablemente mientras regresaba corriendo al Palacio Ramirans por las callejuelas más atestadas y bulliciosas que pude encontrar.

Entré en los establos, recuperé mi disfraz de postillón desdentado, y dispuse un montón de forraje para que comieran los caballos. Luego me senté sobre el jergón del guadarnés y cerré los ojos, concentrándome en el problema, decidido a no moverme de allí hasta dar con la solución, pero no pude permanecer en esta postura durante mucho tiempo porque, con el plan de fuga a medio esbozar, me di cuenta de que necesitaba una gran cantidad de información de la que no disponía, así que, renqueando, y simulando una apatía que estaba muy lejos de sentir, me dirigí a las cocinas del palacio para charlar con los sirvientes.

Esa noche, después de cenar, cuando Jonás asomó la nariz por las caballerizas como estaba convenido, vio que nuestros animales tenían puestas las gualdrapas y se quedó un rato hablando conmigo.

Tres horas más tarde, siendo todavía noche cerrada, mi dulce Sara (vestida con ropas de hombre), el muchacho y yo, abandonábamos calladamente el palacio, llevando los caballos por las riendas. (Para evitar el ruido de los cascos contra el empedrado, habíamos enrollado las patas de los animales en trozos de gruesa tela que luego, cuando nos hubimos alejado lo suficiente, les quitamos.) Poco antes de sumarnos a la fila de carros y peregrinos que esperaban adormilados la apertura de la Porta Falguera para salir de la ciudad, nos detuvimos en una pequeña plaza silenciosa en la cual embadurnamos nuestras caras y manos con una fina capa de ungüento de color ocre rojizo, envolvimos nuestras cabezas en largas tiras de paño oscuro, a modo de turbantes —grandes, por cierto, como ruedas de molino—, y nos dejamos caer encima unas amplias túnicas que nos cubrieron hasta los pies.

Los sanjuanistas no tardarían mucho en descubrir nuestra ausencia (aunque, para ganar todo el tiempo posible, habíamos rellenado los lechos con almohadones), y se lanzarían con saña en pos nuestro en cuanto descubrieran que habíamos conseguido burlar su torpe vigilancia. Si también conseguíamos engañar a los guardias de la Porta Falguera con nuestros disfraces de musulmanes, ganaríamos, además, uno o dos días de ventaja, lo que haría prácticamente imposible nuestra captura.

Salir de la ciudad resultó mucho más fácil que entrar. Nunca te piden los salvoconductos cuando te marchas de un sitio, así que, convertidos en tres mercaderes árabes, dejamos atrás Compostela sin despertar ninguna curiosidad y, apenas hubimos traspasado las viejas murallas de la ciudad, montamos velozmente en las cabalgaduras (yo en una y ellos, por su peso más ligero, juntos sobre la otra), y salimos al galope hacia la costa más próxima, hacia la cercana localidad de Noia, de la que tanto había oído yo hablar durante mis largos años de estudio en Oriente. No podía dejar de pensar, pues, en el misterioso destino que teje los hilos de los acontecimientos de nuestras vidas.

A la entrada de Brión nos deshicimos de los disfraces (aunque Sara siguió usando ropas de hombre y sombrero ancho para recogerse el cabello), y continuamos adelante. Llegamos a Noia al mediodía, cruzamos sus estrechas y señoriales calles, y bajamos hacia la ría con la esperanza de encontrar una barca que navegara hacia el norte a lo largo de la costa. Unos viejos descansaban sentados sobre unos cubos de madera y al fondo,

379

recortadas contra un monte, se veían numerosas bar-quichuelas abandonadas en la arena. Respiré con placer el aire salado; ¿sería éste el principio de la libertad? Naturalmente, nuestra llegada había llamado la atención de los lugareños y avanzábamos rodeados por un grupo de niños que corrían al paso de nuestros caballos profiriendo alaridos. Los viejos se nos quedaron mirando mientras nos acercábamos.

—¿Qué buscáis? —preguntó uno ellos.

—Una embarcación de cabotaje que nos lleve al muelle de Finisterre.

—Hasta la pleamar no la hallaréis, señor.

—¿Cuánto falta? —pregunté inquieto; necesitaba tiempo para hacer lo que tenía que hacer.

—Unas diez o doce horas —dijo otro con una sonrisa malévola en los labios.

—¿Por quién debo preguntar?

—Por Martiño. Él tiene la barca más grande. Transporta ganado y mercancías desde Muros al cabo Touriñán.

—¿Admite pasajeros?

—Si pagan bien...

—Pagaremos bien.

—Entonces os llevará donde queráis.

—¿Hay algún lugar para descansar hasta que suba la marea? —quiso saber Jonás.

—La taberna está ahí mismo —intervino uno de los niños señalando con el dedo hacia una hilera de casas bajas pegadas a la playa—. Mi padre os atenderá. Es el dueño.

Acompañé a Sara y a Jonás hasta la puerta del establecimiento y les anuncié que les abandonaba por unas horas.

—¿No entras con nosotros? —se sorprendió Sara.

—No puedo —le expliqué poniendo la palma de mi mano sobre su mejilla—. Debo hacer algo muy importante. Pero estaré de vuelta antes de que suba la marea. Te lo prometo.

—¡Yo quiero ir con vos! —protestó mi hijo.

—No. Lo que tengo que hacer, debo hacerlo solo. Además, tú debes cuidar de Sara hasta mi regreso.

Le entregué a Jonás las riendas del caballo y me alejé de la ría caminando, internándome de nuevo en las callejuelas empedradas. Mis pasos me llevaron, como si conocieran el camino, hasta el pequeño cementerio de la iglesia de Santa María. ¿Cuántas veces había oído de boca de los viejos maestros sus propias muertes ocurridas en este mismo lugar? No me cabía ninguna duda de que el destino había reservado para mí la misma experiencia. Y estaba preparado.

Me detuve frente los montones de losas apiladas, unas sobre otras, contra los muros de la iglesia y me recreé contemplando los dibujos grabados en ellas desde tiempos inmemoriales. Según la tradición, la barca de Noé se detuvo en Noia tras el Diluvio Universal y aunque esto, naturalmente, no era más que un mito, este mito ocultaba una verdad mucho más importante y secreta. Es cierto que después de un gran desastre que asoló la tierra, una nao había arribado hasta Noia. Pero no era Noé quien viajaba en ese barco, como tampoco era Santiago quien estaba enterrado en Compostela.

Volví a fijar mi atención en las lápidas. Aquellas piedras que, en apariencia, no eran sino tapas de sepulcros, estaban llenas de símbolos, imágenes y emblemas mistéricos, y carecían por completo de cualquier inscripción que permitiera identificar a su supuesto y fallecido propietario. No tuve ninguna dificultad para entender los grabados a pesar del tiempo transcurrido desde que había estudiado aquel lenguaje y, a través de ellos, recibí las voces lejanas de quienes, como yo, habían llegado hasta allí abandonando para siempre una vida anterior, renunciando a sus viejas creencias y fidelidades en pos de una nueva verdad.

—¿Entendéis lo que dicen? —preguntó una voz a mi espalda.

No me volví. Fuera quien fuera, me había estado esperando.

—Sabéis que sí —repuse serenamente.

—Aquel montón de *laudas sepulcrais* no tiene inscripciones. Elegid la vuestra.

—Cualquiera servirá, no os preocupéis.

—¿Habéis comido algo, señor?

—No.

—Pues acompañadme, por favor. Entrad conmigo en la iglesia.

Cuando, al anochecer, salí del cementerio, una nueva losa había quedado apoyada contra el muro sur de la iglesia. Yo mismo había tallado en ella mi ascendencia y mi linaje, mis pasados dolores y mi soledad, el largo amor que había sentido por Isabel de Mendoza, mis votos hospitalarios, mis años en Rodas, y todo aquello que había constituido la biografía del desaparecido Galcerán de Born. Tenía una nueva identidad, un nuevo nombre secreto que no podría revelar jamás y por el que siempre debería responder ante mí mismo. «Adiós, pasado», dije mientras me alejaba de mi propio sepulcro.

Embarcamos en plena noche a bordo de la barca de Martiño. Era una sólida embarcación de dos mástiles, ceñida, larga y de proa cortante, con el timón colgado del codaste y dotada de altos flancos para resistir mejor las embestidas de la mar, tan brava y tormentosa por aquellas costas. Abandonamos Noia cruzando la lengua de mar hacia el puerto de Muros, hacia el norte, y desde allí seguimos los contornos de un paisaje formado por escarpados acantilados y arenosas playas. En los días sucesivos rebasamos la amplia ensenada de Carnota, el legendario Monte Pindo, que fue pasando por todos los tonos posibles de color rosado mientras lo tuvimos a la vista, y las hermosísimas cascadas de Ézaro, donde las aguas del río se entregaban al mar saltando al vacío desde un prominente acantilado cortado a pico.

Tras cinco jornadas de viaje por mar, nos acercábamos por fin a Finisterre, el temible Fin del Mundo, último reducto habitado por el hombre antes del gran reino de Atlas, del gran océano a partir del cual no hay más que un vacío infinito, el lugar donde, según la historia, las legiones romanas de Décimo Junio Bruto se aterrorizaron al observar cómo el *Mare Tenebrosum* engullía el sol y lo hacía desaparecer, la última tierra, en fin, que pisan los muertos antes de subir a la barca de Hermes para ser conducidos al Hades... Hubiéramos podido llegar mucho antes, pero Martiño se acercaba a tierra y echaba el áncora frente a cada villorrio, aldehuela o palomar solitario que apareciera en la costa. En un pueblo recogía una vaca y la dejaba en el siguiente; en otro soltaba un fardo de forraje pero subía a cambio seis o siete espuertas de vierias, berberechos, nécoras, percebes y calamares; en la aldea inmediata subía telas que luego cambiaba por cereales. Jonás, que hasta llegar a Noia sólo había visto el mar (y de pasada) el día que nos despedimos a toda prisa de Joanot y Gerard en el *portus* de Barcelona, se unió alegremente a la tripulación de la nave, rebosante de energía y entusiasmo, realizando duras faenas que ponían a prueba sus músculos y que le dejaban exhausto pero complacido. Dos días antes de desembarcar, después de la cena, se acercó a Sara y a mí, que conversábamos apaciblemente apoyados en un costado de la nave y nos soltó a bocajarro:

—Quiero ser marinero.

—Me lo temía —exclamé, golpeándome la frente con la mano sin volverme.

Sara soltó una carcajada y Jonás pareció vivamente molesto.

—¡Pero no ahora! —gritó enfurecido—. ¡Cuando acabemos este extraño viaje!

—¡Menos mal...! Ya me dejas más tranquilo —murmuré reprimiendo la risa a duras penas.

Nunca me había sentido tan feliz, nunca había sido tan rico y poderoso, nunca había tenido, a la vez, todo lo que deseaba en este mundo. El nuevo Galcerán era un ser afortunado, a pesar de hallarse todavía en el ojo del dragón.

—¿Sabes una cosa? —bisbiseó Sara cuando Jonás desapareció, muy ofendido, en las sombras del barco.

—¿Qué?

—Estoy cansada de este «extraño viaje», como lo ha llamado Jonás con toda la razón. Quiero que paremos ya, quiero que busquemos un lugar para vivir y que compremos una casa en la que estemos siempre juntos, tú y yo. ¡Tenemos mucho dinero! Todavía nos quedan cuatro bolsas de oro de las que nos dieron en Portomarín. Podríamos comprar una granja —murmuró soñadora— y muchos animales.

—Detén tus sueños, Sara —rechacé con tristeza. Me hubiera gustado abrazarla y besarla en aquel mismo instante. Me hubiera gustado hacerle el amor allí mismo—. Soñar es algo que todavía no nos podemos permitir. Dentro de dos días, si todo va bien, pondremos fin a este «extraño viaje». Pero aún no sabemos qué va a pasar, Sara, no sabemos qué será de nosotros, ni siquiera podemos tener la certeza de que no tengamos que seguir huyendo.

Ella me miró con dolor.

—No creo que valga la pena vivir una vida en la que siempre tengamos que estar escondiéndonos, escapando, mintiendo y ocultándonos del mundo.

No pude responder con palabras, no pude decirle que, si las cosas salían mal en Finisterre, ése era el mejor futuro al que podíamos aspirar. Yo tampoco deseaba un mañana así para nosotros. ¿Quién puede ambicionar una vida de esta suerte?

—Escúchame atentamente, Sara —dije conteniendo mi aflicción y pasando a detallarle ciertos importantes pormenores—. Esto es lo que quiero que hagáis Jonás y tú...

Al día siguiente, muy temprano, la nave fondeó frente a Corcubión, en la entrada de la ría, pasados los islotes de Lobeira y Carromoeiro, y se quedó cabeceando en la marea baja de aquellas aguas frías y transparentes de reflejos turquesa. Desde la rada, abarrotada de grandes barcos de pesca, Corcubión parecía una localidad próspera y rica, con grandes y señoriales mansiones de piedra cuyos ventanales relucían al sol como el azogue y la plata.

—Esta tarde llegaremos *o Fin do Mundo* —proclamó Martiño, satisfecho—, a *Fisterra* —y se puso a canturrear—: *O que vai a Compostela... fai ou non fai romaría... se chega ou non a Fisterra...*

—Tengo un asunto que proponeros, Martiño —le dije súbitamente, interrumpiendo su romanza.

—¿Qué es ello? —preguntó con curiosidad.

—¿Cuánto pediríais por introducir un pequeño cambio en vuestra ruta?

—¿Un pequeño cambio en mi ruta...? ¿Qué cambio?

—Necesito que amarréis vuestra barca aquí, en Corcubión, y que, luego, a medianoche, nos llevéis hasta Finisterre, pero no al puerto, si no al mismo cabo, y que me dejéis en tierra, y que os quedéis en el mar a una distancia prudente desde donde yo pueda veros, y que, a partir de ese momento, obedezcáis las órdenes de mis hijos, que os indicarán cuándo debéis volver a tierra, para recogerme o para desembarcarlos a ellos, o si debéis partir hacia donde os ordenen y dejarme.

Martiño quedó muy pensativo y comenzó a morderse el labio inferior. Era un hombre de unos veinticinco o veintiséis años, curtido, fornido y voluntarioso, y se notaba a la legua que pensar no era lo suyo, que tenía bastante con timonear espléndidamente su nave a lo largo de la costa. Sin embargo, también era un hábil comerciante, y yo confiaba en que no dejaría escapar una buena oportunidad. Si se negaba, no tendría más remedio que bajar a tierra en Corcubión y buscar otro barco.

—No sé... —murmuró—. ¿Qué os parecería una dobla de oro?

—¡Una dobla!

—¡Está bien, está bien! ¡Cien maravedís, sólo cien maravedís! Pero debéis tener en cuenta que los arrecifes del Cabo *Fisterra* son los más peligrosos del mundo. Será muy difícil acercaros hasta allí.

Me eché a reír.

—¡No, Martiño, si una dobla está bien! Os pagaré una dobla ahora, y otra más cuando hayamos terminado. ¿Estáis de acuerdo?

Martiño estaba completamente de acuerdo, por supuesto; seguramente no ganaría tal cantidad de dinero ni con cincuenta de sus duros viajes. Pero, si ya era difícil mantener a salvo la nave en aquel mar violento, lo que le estaba pidiendo en realidad —y yo lo sabía— era un milagro: que costeara en plena noche los cortantes acantilados del confín del mundo, esquivando las puntiagudas rocas y los arrecifes, y que me dejara a salvo en tierra poco antes de la salida del sol... Tal esfuerzo, bien valía, sin lugar a dudas, dos doblas de oro.

A fe que aquella noche Martiño demostró su buen hacer como piloto y su valor inquebrantable. Por culpa de un golpe de viento estuvimos a punto de chocar contra el escollo de Bufadoiro, pero guió su nave con una pericia insuperable y, poco antes del alba, la barca rozaba de costado las rocas graníticas del Cabo de Finisterre. Poco después, dando un pequeño salto, yo ponía el pie en el confín del mundo.

—Tened cuidado, padre —suplicó la voz de Jonás en tanto la barca se alejaba mar adentro.

Di unos pasos hacia adelante y me detuve mirando en derredor. Ya no había más caminos que recorrer. Había llegado.

Mientras esperaba que saliera el sol y que llegara Manrique de Mendoza, estuve paseando sin cesar por aquella desierta penisla sintiendo en mi corazón, como un puñal, la dolorosa mirada que Sara me había echado cuando bajé del barco. Sus ojos negros habían querido atraparme como si presintieran que era la última vez que me veían, y yo hubiera deseado estrecharla entre mis brazos y darle millones de besos y decirle al oído cuánto la amaba y cuánto la necesitaba. Por ella estaba allí, caminando aterido entre los riscos del fin del mundo, por ella y por aquel mozalbete larguirucho y desgarbado que gastaba mi misma voz al hablar y que tenía un genio de mil demonios. Si ellos no hubieran existido, si no hubieran estado a bordo de esa pequeña embarcación que veía mecerse sobre el piélago a escasa distancia de la costa, yo no habría estado jugándome el todo por el todo en aquella mañana que apuntaba tristemente entre la bruma.

Iba armado, desde luego, pero de nada me iba a servir la fina daga que llevaba oculta en el pecho, bajo el jubón, si una mesnada de templarios aparecía en aquel peñón desierto con la intención de poner fin a mi vida. No les convenía hacerlo —en eso basaba yo la firmeza de mi oferta—, y buena prueba de que ellos también lo sabían era la rapidez con que se habían avenido a negociar. Pero siempre existía la peligrosa posibilidad de que el de Mendoza hubiera resuelto despachar el problema por la vía rápida, confiando en imponderables desconocidos para mí o con los que yo no había contado por ignorancia o mal juicio.

Repasaba con creciente desesperación los puntos principales de mi ofrecimiento, pareciéndome, conforme pasaban las horas sin que Manrique se dejase ver, que eran cada vez más débiles e inconsistentes, pero me decía que aquella impresión era sólo producto del miedo, y que el miedo era, precisamente, el único sentimiento que no me podía permitir, porque me convertía de antemano en el perdedor de la partida.

Por fin, cuando comenzaba a rayar el mediodía, en torno a la hora sexta, la figura de un hombre montado a caballo se dibujó al oriente. A pesar de no poder distinguirlo al principio —la niebla se mantenía baja—, no me cupo ninguna duda de que se trataba de Manrique de Mendoza.

—¡Veo que habéis llegado el primero! —gritó cuando estuvo ya a escasa distancia de mí, que le esperaba de pie y con los brazos cruzados sobre el pecho en actitud desafiante.

—¿Acaso lo dudabais? —repuse orgulloso.

—No. Lo cierto es que no. Sois varón precavido, Galcerán de Born, y eso está bien.

Desmontó y sujetó las riendas de su caballo en unas matas.

—Aquí estamos otra vez, viejo amigo —exclamó mirándome escrutadoramente a los ojos y examinándome luego de arriba abajo, como quien contempla a un lacayo al que debe dar el beneplácito—. De nuevo el destino nos une, ¿no es curioso...? Recuerdo cuando Evrard y yo regresamos de Chipre, hace dieciséis años, y pasamos unas semanas en el castillo de mi padre. Allí estabais vos, un muchacho aún, un joven escudero enamoriscado de la tonta de mi hermana. ¡Ja, ja, ja...!

Debía contener mi cólera, debía permanecer impasible ante aquella sucia provocación.

—Recuerdo también... —continuó mientras buscaba con la mirada un lugar adecuado para sentarse—, recuerdo también con cuánta atención nos escuchabais a Evrard y a mí cuando contábamos historias de las Cruzadas, de Tierra Santa, del gran Salah Al-Din, de la piedra negra de La Meca... ¡Erais un muchacho despierto, Galcerán! Parecía que teníais un gran futuro por delante. Es una verdadera pena que vuestro linaje no os permitiera llevar a cabo las esperanzas que vuestra familia tenía depositadas en vos.

Refrena tu furor, Galcerán, refrena tu ira, me decía mientras luchaba por no lanzarme contra él y golpearle de lleno en el pecho hasta cortarle la respiración.

—Fue una época dulce, sí —prosiguió dejándose caer, al fin, sobre una roca. Su caballo piafó intranquilo—. Mi compañero Evrard..., mi pobre compañero Evrard y yo comentábamos entonces lo muy lejos que llegaríais cuando fuerais un hombre. Evrard especialmente estaba convencido de que oiríamos hablar mucho y muy bien de vos. Os tomó mucho aprecio, *freire*. Lástima que errarais de aquella manera tan lamentable.

No hice ningún gesto, ni pronuncié ninguna palabra. Le dejé continuar con su sarta de estúpidos recuerdos que no eran otra cosa que una ruin maniobra para debilitar mi posición antes de entrar en la palestra. Por fortuna, pareció haber agotado todas las viejas crónicas de mi lejana mocedad y se quedó por fin callado y pensativo. Quizá se debió a su gran parecido con mi hijo —así sería Jonás cuando tuviera cuarenta y cinco años, me dije conmovido—, pero el caso fue que me detuve a observarlo y que advertí en él los terribles signos del paso del tiempo y de una creciente dificultad para respirar, acompañada de un fuerte rubor de cara y de unos ojos inyectados en sangre que no dejaban lugar a dudas respecto a la enfermedad mortal que llevaba dentro, aunque, al contrario que él, yo me abstuve de decirle nada. Mi estrategia no incluía sajar al contrario antes de la lucha.

—Pues bien, amigo mío —dijo alzando los sanguinolentos ojos azules—, vos habéis solicitado esta entrevista y aquí estamos de nuevo, así que hablad.

—Creí que no terminaríais nunca —masculló—. ¿Os hacía falta todo este preámbulo para sentiros más a gusto?

Me miró y sonrió.

—Hablad.

Era mi turno. La partida estaba casi acabada y llegábamos a los últimos movimientos. No habría más huidas en mitad de la noche ni más disfraces. Ahora primaba el talento y la rapidez de pensamiento.

—Os diré lo que deseo —comencé—. Deseo protección frente a la Iglesia y el Hospital de San Juan. Ni quiero ni puedo volver, así que solicito del Temple un lugar seguro en el que vivir con la mujer y el chico. No pido manutención: soy perfectamente capaz de mantenerme y de mantener a mi familia ejerciendo mi profesión de médico. Pido, además de dicha seguridad, que cese la persecución por vuestra parte de manera definitiva y que nos acojáis en alguna ciudad o pueblo que se halle en el interior de vuestros territorios en Portugal, Chipre, o donde mejor os venga. Adoptaremos nuevas identidades y nos dejaréis vivir en paz, aunque salvaguardándonos de los esbirros papales y de los soldados hospitalarios.

Manrique me miró estupefacto, paralizado por la sorpresa. No sé qué demonios había esperado que le pidiera, pero, por la cara que puso, aquello no lo tenía previsto. De repente soltó una de sus estruendosas carcajadas.

—¡Vivediós, Galcerán de Born! Siempre conseguís sorprenderme. ¿Y por qué tendríamos que concederos tan extraordinaria petición? ¡El *Perquisitore* suplicando al Temple un rinconcito en el que enterrarse y morir! ¡A fe mía que esto no me lo esperaba!

—Tendréis que concederme lo que os pido por varias razones. La primera, porque he visto el Arca de la Alianza —Manrique dio un respingo involuntario— y sé dónde la tenéis guardada y, aunque la hubierais cambiado de refugio, el mero hecho de saber con certeza que está en vuestro poder convocaría a todos los reyes cristianos de Europa en vuestra contra, incluidos los que se han portado misericordiosamente durante el proceso.

—Con mataros... —masculló cargado de odio—. Además, ¿quién me asegura que no habéis hablado ya sobre ello con el papado y con el Hospital y que todo esto no es más que una asquerosa trampa? ¿Cómo puedo saber que el secreto del Arca continúa seguro?

—Matarme no serviría de nada, *sire*, puesto que Sara y Jonás también conocen el lugar donde está oculta y se encargarían de propagarlo a los cuatro vientos antes de que les dierais alcance, lo que os resultaría, en cualquier caso, muy perjudicial. Respecto a si he guardado el secreto del Arca, no tengo más pruebas que la propia estupidez y avaricia de Su Santidad y de mis superiores: ¿creéis realmente que si yo hubiera hablado del Arca cuando escapamos de Las Médulas hace un mes habrían esperado tanto tiempo para enviar sus huestes a las galerías subterráneas del Bierzo? Por más que yo hubiera suplicado prudencia y sigilo (aunque no sé muy bien con qué objeto), a estas horas los túneles estarían plagados de soldados.

Manrique permaneció en silencio.

—La segunda razón por la cual accederéis a mi petición —dije sin ofrecerle una tregua— es que conozco perfectamente la manera de encontrar vuestro oro, y no me estoy refiriendo a la clave de la Tau, sino a la forma, al procedimiento que utilizáis para esconder los tesoros. Sé que esta clave no es la única, que hay otras muchas de similares características, y no creo que me costase demasiado trabajo dar con ellas. Aunque, estoy pensando que, en realidad, podría continuar un poco más con la Tau, porque es imposible que hayáis logrado cambiar de lugar todas las riquezas ocultas bajo este signo. Por otro lado... —continué—, por otro lado, sé que no sólo tenéis el Arca de la Alianza, sino que también poseéis el tesoro del Templo de Salomón. ¿Me equivoco? —La cara de Manrique era una máscara de piedra—. Siempre se ha rumoreado que los templarios poseíais ambas cosas, el Arca y el tesoro del Templo, pero nunca pudo probarse. Sin embargo, si tenéis una de ellas, como yo sé con total certeza, ¿por qué no ibais a tener también la otra? Y os apuesto lo que queráis a que está también en Las Médulas, ya que es el único lugar que ofrece las garantías de seguridad necesarias para algo tan valioso.

—Nadie lo encontrará nunca —afirmó torvamente. Yo, en aquellos momentos, interpreté sus palabras como una señal de que había decidido matarme.

—Ya os he dicho, Manrique —exclamé precipitadamente—, que todavía tengo algo más que ofreceros.

—¡Hablad, maldita sea! ¡Terminad de una vez!

—El pergamino de claves.

—¿El pergamino de claves...? ¿Qué pergamino de claves?

—El pergamino de claves que encontré en la cripta de San Juan de Ortega, un rollo de cuero lleno de signos herméticos y textos latinos escritos en letras visigóticas que empieza con un versículo del Evangelio de Mateo: *Nihil enim est opertum quod non revelabitur, aut occultum quod non scietur*, «Nada hay oculto que no llegue a descubrirse, ni secreto que no venga a conocerse».

Aunque no moví un músculo de la cara, por dentro mi espíritu estaba pletórico de satisfacción. Había ganado la partida, me dije orgulloso. Jaque mate.

—Sí —sentencié—, *ese* pergamino de claves.

La máscara de piedra de Manrique de Mendoza había pasado a convertirse en el rostro demudado de un hombre incrédulo, apabullado, aplastado bajo un peso indecible caído súbitamente sobre sus hombros. La sangre había huido de sus mejillas y sus ojos empezaron a emitir una luz de desvarío.

—No, no es posible... —tartajeó—. ¿Cómo...?

—¿Es que acaso no habíais advertido su pérdida? —quise saber con inocencia.

—Sólo hay tres copias —dijo pasándose la mano por la frente para secar un sudor frío y oleoso—. Sólo hay tres copias en todo el orbe. Y sólo dos personas saben dónde están esas copias: el gran maestre y el comandante del Reino de Jerusalén, nuestro tesorero general. Ni siquiera yo estaba al tanto de que una de ellas se hallaba oculta en San Juan de Ortega.

—Mala táctica —afirmé fingiendo pesar—. Supongo que vuestra Orden está persuadida de poseer un sistema de seguridad infalible.

—¿Qué duda cabe? Pero ¿cómo supisteis vos de qué se trataba?

—En realidad, sólo estaba seguro de su importancia como códice de claves. En cuanto a su contenido, todavía no tengo claro si se trata de algo parecido a una llave universal que permite el acceso a cualquier lugar secreto de vuestra Orden, o si sólo vale para llegar hasta el Arca de la Alianza y el tesoro del Templo de Salomón. En cualquier caso, conozco su valor, *sire*, y os repito que obra en mi poder.

—¿Lo lleváis encima? Dejadme verlo.

No pude creer lo que acababa de oír. O Manrique me creía tonto, o el tonto indiscutible era él. La sorpresa debió de reflejarse en mi cara, porque a renglón seguido el de Mendoza dejó escapar una carcajada.

—¡Bueno! —exclamó de excelente humor—. ¡Tenía la obligación de intentarlo! Vos habríais hecho lo mismo.

—Permitid que os aclare algunas cosas —exclamé enojado—. Si no regreso hoy mismo junto a Sara y a Jonás...

—¿Por qué pronunciáis siempre su nombre en primer lugar? ¿Es que ya la habéis hecho vuestra?

Me abalancé sobre Manrique y, antes de que tuviera tiempo de reaccionar, le clavé el puño en la boca. Pero si había supuesto que la debilidad de su corazón le iba a impedir responder a mi ataque, me había equivocado por completo. Saltó sobre mí como un toro y me incrustó la cabeza en el estómago, doblándome en dos y dejándome sin aliento, propinándome, a continuación, un rodillazo tremendo en la barbilla.

—¡Basta ya! —gritó entre jadeos, alejándose con paso inseguro—. ¡Basta ya!

Su labio estaba partido y la sangre le chorreaba por el mentón.

—¡Bellaco mal nacido! —le espeté desde el suelo, respirando afanosamente.

—¡Si no fuera porque cumplo órdenes, no saldríais vivo de aquí!

—¡Miserable! —exclamé mientras me incorporaba

con dificultad y recuperaba el resuello. Sacudí mis ropas y le miré desafiante—. Si no regreso hoy mismo junto a Sara y a Jonás, ellos tienen instrucciones para hacer llegar el pergamino a manos del gran comendador hospitalario de Francia, *frey* Robert d'Arthus-Bertrand, duque de Soyecourt, de quien sin duda habréis oído hablar. Sin embargo, si llegamos a un acuerdo, yo mismo os lo entregaré en cuanto la mujer, el chico y yo estemos a salvo.

Manrique continuó en silencio. Sus ojos cansados recorrieron el acantilado, deteniéndose en la forma borrosa de la barca de Martiño.

—Ella está allí, ¿verdad? —preguntó con una repentina tristeza. Entonces lo comprendí todo. Todavía amaba a Sara.

Por primera vez en mi vida, sentí el aguijonazo de los celos atravesándome el corazón. Me pregunté qué diría ella, qué sentiría si lo supiera. ¿Desearía volver con él? ¿Le había amado más de lo que me amaba a mí...? No, me dije, los ojos de Sara no sabían mentir. El cuerpo de Sara no mentía jamás.

—Vos habéis elegido la libertad —dejó escapar Manrique por fin—. Yo siempre he obedecido órdenes. Vivimos tiempos difíciles y alguien tiene que hacer el trabajo sucio.

—¿Aceptáis mi propuesta? —le urgí, volviendo sobre el asunto que nos ocupaba. Tenía prisa por volver junto a Sara, por salir de allí.

—No.

—¿No?

Sabía que podía ocurrir, contaba con esa posibilidad, pero en el fondo de mi corazón había deseado tanto que aquello saliera bien que la negativa me desconcertó.

—¿No? —repetí incrédulo.

—No.

Se dejó caer pesadamente sobre la roca que le servía de asiento y me miró.

—Vos habéis expuesto vuestras necesidades y lo que deseáis de nosotros. Ahora me toca a mí exponeros lo que el Temple quiere de vos.

—¿No es bastante mi silencio, mi desaparición, la entrega del pergamino?

—No digo que no sea interesante —sonrió—. Es más, estoy seguro de que mi Orden hubiera valorado muy positivamente vuestro ofrecimiento de no mediar otros intereses fundamentales. Habría sido una manera sencilla de resolver un problema que está manteniendo ocupadas a una parte importante de nuestras fuerzas. Pero hay algo que la Orden del Temple necesita por encima de cualquier otra cosa, y sin eso no hay trato posible.

—¿Qué es lo que deseáis?

—A vos, Galcerán de Born. A vos.

Creía que no le había comprendido bien, y repasé varias veces en mi mente su respuesta hasta que se hizo la luz en mis duras entendederas.

—¡A mí!

—¿No os parece que ha llegado la hora de tomar algún alimento? El sol está alto y todavía nos queda mucho de qué hablar. En las alforjas traigo pan, queso, pescado seco, tocino ahumado, manzanas y un buen pellejo de vino. ¿Os apetece?

—No tengo hambre.

—Bien, pues permitid que yo tome algo. El aire del mar me abre el apetito.

Comió frugal y rápidamente, y yo, por no dejarle solo, mastiqué sin ganas un poco de pan y un resto de queso. El vino, fuerte y transparente, nos relajó el humor y, para cuando hubimos acabado con las viandas, proseguimos con la charla.

—¿Qué es lo que el Temple quiere de mí? ¡Sería absurdo que me pidierais que tomara los votos templarios cuando acabo de abandonar los votos hospitalarios!

—El Temple no os quiere a vos, Galcerán de Born. El Temple quiere al *Perquisitore*.

—¡Yo soy el *Perquisitore*! —repuse indignado.

—¿Y cuántos como vos creéis que existen? ¡Ninguno! Bien a las claras ha quedado. Por eso os necesitamos. No os pedimos que proféis en nuestra Orden, ni que renunciéis a la vida que deseáis. Sólo queremos que trabajéis para nosotros, y el pago que obtendréis a cambio será todo cuanto habéis pedido, y tal vez mucho más, pues estamos convencidos de que un hombre como vos se verá ampliamente recompensado por el hecho de formar parte de los proyectos en los que estamos trabajando.

—¡Cuánta presunción! Esa actitud no hace si no desmerecer vuestra oferta.

—¡Esperad, que no he terminado!

Su rostro reflejaba una íntima satisfacción, una secreta complacencia que no pude comprender. ¿Por qué debía ceder a su demanda? Yo tenía mis armas y las había esgrimido: si no me daban esto yo haría lo otro, y no había más discusión, aunque debo confesar que sentía una gran curiosidad por la propuesta de Manrique.

—El Capítulo General de la desaparecida Orden del Temple, celebrado hace pocos días en Portugal, decretó como objetivo prioritario conseguir la colaboración del *Perquisitore* en ciertas empresas que estamos llevando a cabo. Debéis saber que el papa Juan XXII ha autorizado una nueva Orden militar en Portugal, la Orden de los Caballeros de Cristo.

—¡La autorizó por fin!

—¡Ah, conocéis el tema! Bien, entonces ya sabréis que el rey de Portugal, don Dinis, es un ferviente aliado nuestro y que con la fundación de esta nueva Orden, que se creará oficialmente el año próximo, pretende facilitar nuestra supervivencia y devolvernos nuestras posesiones lusitanas, que habían pasado legalmente a sus manos por la bula disolutoria del fallecido papa Clemente V.

—A quien vos mismo matasteis.

—¿También sabéis eso? —se sorprendió—. ¡Caramba, caramba, Galcerán, sois realmente mucho más listo de lo que nadie pueda imaginar! ¿Os lo ha contado Sara?

—No. Ya os dije que Sara siente una inmensa lealtad hacia Evrard y hacia vos, y hacia la Orden del Temple en general. En realidad fue François, el mesonero de Roquemaure.

—¡Oh, sí, le recuerdo!

—El buen hombre anotó los nombres de los dos médicos árabes que atendieron a Su Santidad, *Adab Al-Acsa* y *Fat Al-Yedom*, «Castigo de los templarios» y «Victoria de Molay».

—De veras que no puedo creer lo que estoy oyendo... —murmuró con creciente admiración—. En otro momento os preguntaré cómo sabéis tanto sobre esta historia. Es cierto, a Evrard y a mí nos correspondió el honor de ajusticiar a esos canallas. Ya os he dicho que alguien tiene que hacer siempre el trabajo sucio, y nosotros lo hicimos realmente bien, debéis reconocerlo.

Pero, si os place, dejad que continúe con lo nuestro, que todavía tengo mucho que decir.

—Adelante. Os escucho.

—Bien, la situación es la que os estaba contando: los templarios hemos dejado de existir, pública y privadamente, y antes de un año nos llamaremos caballeros de Cristo, con todas nuestras posesiones en Portugal recuperadas y con una gran capacidad de maniobra y un vasto horizonte frente a nosotros.

—Portugal no es un reino grande, ni tampoco poderoso.

—No, tenéis razón, pero es una enorme puerta de salida al océano.

Antes de que pudiera preguntarme para qué demonios querían los templarios una puerta al océano, Manrique continuó:

—El Capítulo General, adelantándose a vuestra demanda de negociación, estimó que vos, Galcerán el *Perquisitore*, erais una adquisición esencial para la nueva Orden. Al parecer estaban impresionados por vuestra habilidad para dar al traste con nuestras claves más secretas (claves que, en doscientos años, nadie había conseguido descifrar), para encontrar nuestros tesoros, escapar de nuestras trampas, y evadiros de Las Médulas. Nosotros, los más hábiles y astutos, habíamos sido burlados por un solo hombre, así que, ese hombre, el único capaz de derribar todas nuestras barreras, debía estar de nuestro lado, y no del lado de nuestros enemigos. No estamos comprando vuestro silencio, Galcerán —añadió con preocupación por si yo le había entendido mal—; eso acabáis de ofrecérmelo vos mismo a cambio de protección. Estamos comprando vuestra inteligencia, que, amigo mío, no tiene precio. Deseamos que recompongáis de principio a fin nuestro sistema de seguridad. Si vos lo habéis quebrantado, vos lo repararéis de manera que nadie, ni ahora ni en los siglos venideros, pueda tener acceso a nuestros lugares prohibidos, a nuestros documentos, a nuestras vías de comunicación o a nuestras misiones secretas.

Yo le escuchaba boquiabierto, sin atreverme a respirar para no interrumpir su perorata.

—Veo, por vuestra cara, que os interesa... —Manrique sonrió—. Pues mucho más ha de interesaros la oferta cuando os cuente el proyecto en el que vos empezaríais a trabajar de inmediato: debemos trasladar a Portugal, sin dilación, el Arca de la Alianza y el tesoro del Templo de Salomón, así como buena parte de las riquezas escondidas tanto en nuestras antiguas encomiendas europeas como a lo largo del Camino de Santiago, y encontrar un sitio donde ocultarlo todo de manera que jamás, ¿oís bien?, ¡jamás!, pueda ser encontrado.

Debía de llevar mucho rato conteniendo la respiración, porque noté cómo mi pecho, hundido y vacío, se expandía como un fuelle con una gran y necesaria inspiración de aire. El sol empezaba a declinar en el fin del mundo y pronto sería devorado por el océano.

—¿Aceptáis?

La barquichuela de Martiño, envuelta en la bruma, luchaba contra los caprichos de un Atlántico cada vez más embravecido. Mi dulce Sara estaría preocupada por mí, preguntándose si todavía, después de tantas horas de ausencia, seguiría o no con vida. Tenía que avisarla de que todo había ido bien, de que todo había salido mucho mejor de lo que esperábamos.

—¿Aceptáis, Galcerán?

Tenía que decirle a Sara que nos esperaba toda una vida llena de experiencias que se anunciaban extraordinarias, de dormir unidos noche tras noche y de despertar abrazados día tras día, sin miedo de ser descubiertos y sin tener que escapar nunca más.

—¿Galcerán...? ¡Eh, *Perquisitore*!

—¿Sí?

—¿Aceptáis el trato?

—Naturalmente.

Epílogo

Hasta aquí llega la crónica de todo lo acaecido durante estos últimos y azarosos años. Espero haber sido fiel a la verdad y a la historia, y si en algo he fallado, espero también que me sea perdonado, pues el único motivo del tal error se hallaría en el desconocimiento y la ignorancia, que no en la mala fe, ni en la mala voluntad, ni en el deseo de engañar.

He aclarado mis ideas consignando los hechos por escrito, pues mientras redactaba reflexionaba, y mientras reflexionaba aprendía de aquellas cosas que me ocurrieron y a las que, en su momento, no presté la debida atención. Ahora ya no soy monje del Hospital de San Juan, pues aquel que fui murió en el cementerio de Noia cierto día de hace apenas dos años, pero sigo siendo caballero y médico, y respondo aún por el sobrenombre de *Perquisitore*. La persona que usaba antes este apelativo, un tal Galcerán de Born, ya no existe, pues su cuerpo, así como el de un muchacho y el de una mujer judía que le acompañaban, aparecieron muertos, despeñados, en un acantilado de la costa gallega. Según se confirmó poco después, la familia De Born, de Taradell, recibió la triste noticia a través de la Orden del Hospital, a la que Galcerán había pertenecido hasta su muerte, ocurrida durante el cumplimiento de una importante misión.

Meses más tarde, arribaba a la ciudad portuguesa de Serra d'El-Rei —burgo costero propiedad de la nueva Orden de los Caballeros de Cristo—, un físico borgoñón llamado Iacobus, casado con una hermosa y extraña mujer de pelo blanco y padre de un muchacho que muy pronto empezó a ser conocido en la villa como Jonás el *Companheiro*, pues sentía repentinas e intensas vocaciones que le llevaban a entrar como aprendiz de todos los oficios que existían en la ciudad.

Poco después de habernos instalado en esta hermosa casa junto al puerto, desde la que puedo ver el mar, y cuando todo discurría tal y como Sara y yo habíamos planeado, fui requerido por los caballeros de Cristo para empezar con los trabajos de recuperación de las riquezas templarias y su posterior ocultación en Portugal. Se me asignó un lugar de trabajo, el castillo de Amourol, construido en medio del Tajo, junto a la fortaleza de Tomar, y un numeroso grupo de ayudantes que actuaban bajo mis órdenes, entre los que había astrólogos, aritméticos, alquimistas y maestros artesanos de todas clases.

Al día de hoy los trabajos continúan y, naturalmente, continuarán todavía durante mucho tiempo. Es posible que no termine esta tarea antes de quince o veinte años, pero aun así, aunque no la haya completado, me temo que muy pronto recibiré otros muchos encargos similares. Recientemente, una comunidad de excelentes cartógrafos judíos de Mallorca, los mejores trazadores de cartas de navegación del mundo, ha ocupado uno de los sótanos clausurados del castillo. Todavía no sabemos nada, pero se habla de mapas para la exploración del Atlántico y de nuevas y lejanas tierras llenas de riquezas. Cuando vuelvo a casa puedo comprobar, además, como los astilleros de Serra d'El-Rei hierven de actividad, ya que la vieja flota del Temple está siendo potenciada con flamantes y magníficas naves capaces de cruzar todos los océanos.

Dentro de tres meses nacerá mi segundo hijo. Sara se encuentra perfectamente y lleva su embarazo sin grandes problemas (aparte de un par de muelas que se le han picado y de las estrías en la piel del vientre), pero eso no es nada comparado con la alegría que siente por su futuro alumbramiento. Por cómo habla, y por lo que no habla pero insinúa, me temo que en cuanto nuestro hijo gatee por el mundo volverá a sus quehaceres de hechicera.

Aquí termina esta crónica, en el día decimonoveno del mes de mayo del año de Nuestro Señor de 1319, en la localidad portuguesa de Serra d'El-Rei.

Impreso en Litografía Rosés, S.A.
Progrés, 54-60. Polígono La Post
Gavá (Barcelona)